ハヤカワ文庫 FT
〈FT534〉

英国パラソル奇譚

アレクシア女史、飛行船で人狼城を訪《おとな》う

ゲイル・キャリガー
川野靖子訳

早川書房
6882

CHANGELESS

by

Gail Carriger

Translated by
Yasuko Kawano

First published 2011 in Japan by
HAYAKAWA PUBLISHING, INC.
This book is published in Japan by
arrangement with
LITTLE, BROWN, AND COMPANY
New York, New York, USA.
through TUTTLE-MORI AGENCY, INC., TOKYO.

謝辞

世のなかでもっとも報われず、もっとも働き者である三つの〝書物の擁護者〟――独立書店、司書、そして教師の皆様――に大いなる感謝をこめて。

目次

アレクシア女史、飛行船で人狼城を訪《おとな》う

登場人物

アレクシア・マコン……………〈魂なき者《ソウルレス》〉。陰の議会の〈議長《マージャ》〉
コナル・マコン卿………………ウールジー人狼団のボス《アルファ》。ＢＵＲ
捜査官
ランドルフ・ライオール………マコン卿の副官《ベータ》
タンステル………………………ウールジー人狼団の世話人《クラヴィジャー》
アイヴィ・ヒッセルペニー……アレクシアの親友
フェリシティ……………………アレクシアの異父妹
アンジェリク……………………アレクシアのメイド
アケルダマ卿……………………ロンドンで最高齢の吸血鬼
ビフィ……………………………アケルダマ卿の取り巻き《ドローン》
マダム・ルフォー………………帽子店の主
チャニング・
　チャニング少佐………………ウールジー人狼団のガンマ。英国
海軍コールドスチーム近衛連隊長
シドヒーグ………………………キングエア城の女領主

1　何かが消え、アレクシアがテントに立腹し、アイヴィが報告する

「なんだと？」

ウールジー伯爵のコナル・マコン卿が叫んだ。大声で。驚くことではない。なにしろおそるべき肺活量と樽なみの大きな胸を合わせ持つ、ふだんから耳が割れそうなほど声の大きい紳士なのだから。

女王陛下の〈議長《マージャ》〉にして大英帝国の反異界族特命秘密兵器であるウールジー伯爵夫人ことアレクシア・マコンは深い甘美な眠りから目を覚ました。

「あたくしのせいじゃないわ」夫がなんのことを言っているのかまったくわからないまま、アレクシアはあわてて答えた。たしかに大声の原因の大半はあたしだけど、今回の騒ぎの原因が何にせよ、いまここで白状する気はない。アレクシアはきつく目を閉じ、暖かい羽毛布にもぐりこんだ。文句があるんなら、もう少しあとにしてくれないかしら？

「やつらがいない、いなくなったとはどういうことだ？」マコン卿の大声にベッドがかすかに揺れた。

驚いたのは、その声が本気で両肺をふくらませたときに出る音量よりはるかに大きかったことだ。

「間違ってもあたくしはいなくなれなんて言ってないわ」アレクシアは枕に向かってつぶやいた。それにしてもやつらって誰のことかしら？ そのときようやくアレクシアは真綿のようにぼんやりした思考回路をたどり、夫が自分ではなく、誰か別の人物に向かってどなっていることに気づいた。しかも夫婦の寝室で。

あらまあ。

自分自身にどなっているのでないかぎり。

おやまあ。

「なんだと？ ひとり残らず？」

科学的好奇心が頭をもたげ、アレクシアはぼんやりと音波の強度について考えをめぐらせた――このテーマについては最近、王立協会の小冊子で読んだような気がするわ。

「一度にか？」

アレクシアはため息をついて大声のするほうに横転し、片目を開けた。夫の裸の背中が目の前に広がった。もっとよく見るためには上体を起こさなければならない。でも起こしたら冷たい空気に身をさらすことになる。アレクシアは起きるのをやめた。とはいえ太陽が沈みかけたばかりなのは確かだ。こんなとてつもなく早い時間にコナルが起きてわめくなんて、いったい何ごとかしら？ 夫の怒号はめずらしくないが、夕刻のこんな早い時間に響くのはめずらしい。異界族の慣習からすれば、いくらウールジー城の人狼団のボス《アルファ》でも通常この時間は静かなはずだ。

「それで正確な半径の広さは？　そんな遠くまで広がるはずがねぇ」

あらまあ、スコットランドなまりが出ている。誰にとっても不吉な兆候だ。

「ロンドンじゅうか？　違う？　テムズ川北岸地域と市の中心部だけ？　どう考えてもありえん」

ここで初めてアレクシアは夫のどなり声に応じる小さなつぶやき声に気づいた。よかった——少なくとも頭がおかしくなったわけではなさそうだ。それにしても、こんなとんでもない時間に寝ているマコン卿を起こすなんて、よほど勇気のある人物に違いない。アレクシアはもういちど夫の背中を見た。それにしても、つくづく場所を取る人ね。

アレクシアは身を起こした。

アレクシア・マコンは堂々とした物腰の女性として知られるが、容姿に関してそれ以上の評判はあまりない。伯爵夫人という地位にもかかわらず上流階級から今ひとつ受けが悪いのは、色黒のせいだ。だが、本人はつねづね姿勢のよさは自分の最後の砦と信じており、〝堂々とした物腰〟という形容語句を勝ち得たことはまんざらでもなかった。しかし、今朝は毛布と枕がその威厳を邪魔した。アレクシアは麺のように力が入らない背中を必死に起こし、ぶざまにのたうちながらようやく両肘をついた。

ヘラクレスなみの努力のすえに見えたのは、銀色の霞《かすみ》とぼんやりした人の姿——〈かつてのメリウェイ〉だ。

「むにゃむにゃ……ぶつぶつ……」〈かつてのメリウェイ〉は小声でつぶやくと薄暗闇のなかで身をひきしめ、はっきり姿を現わした。礼儀正しいゴーストで、比較的若くて保存状態もよく、いまもまったく正気を保っている。

「まったく、なんてこった」マコン卿はますますいらだった声で言った。あの口調には聞き覚えがある——アレクシアは思った——いつもあたしに向ける口調だ。「だが、いったい誰にそんなことができるって言うんだ？」

ふたたび〈かつてのメリウェイ〉が何かつぶやいた。

「昼番の捜査官にはすべて当たってみたのか？」

アレクシアは耳をそばだてた。もともと低くしおらしい声のゴーストがさらに声をひそめた場合、聞き取るのは難しい。どうやらこう答えたようだ——「はい、見当もつかないそうです」

〈かつてのメリウェイ〉の声にはおびえが感じられた。夫のいらだちより〈悲しいかなそれは日常茶飯事だ〉、その事実にアレクシアは不安になった。すでに死んだ者をおびえさせるものなど——反異界族を除けば——まずない。しかもゴーストが〈魂なき者《ソウルレス》〉を恐れるのはごくかぎられた状況だけだ。

「なんだと？　見当もつかない？　わかった」マコン卿は毛布を脇に放り投げてベッドから下りた。

〈かつてのメリウェイ〉は息をのんでチラチラゆらめき、真っ裸のマコン卿にくるりと透明の背中を向けた。

レディ・マコンは礼儀を重んじる――たとえ夫がそうでなくても。骨の髄《ずい》まで礼儀正しい哀れなメリウェイは――ゴーストにどれだけ骨の髄が残っているにせよ――夫の不作法には耐えられなかったようだ。だがアレクシアは〈かつてのメリウェイ〉ほど繊細ではない。アレクシアに言わせれば、夫は文句なくすばらしい後ろ姿の持ち主だ。しかも、そのことを友人のミス・アイヴィ・ヒッセルペニーに話し、あきれられたことも一度や二度ではなかった。起きるには早すぎる時間かもしれないが、何かを讃美するのに早すぎることはない。マコン卿は着替え室に向かい、芸術的に美しい肉体の一部がアレクシアの目の前から消えた。

「ライオールはどこだ?」マコン卿がどなった。

アレクシアはもういちど眠ろうとした。

「なんだと! ライオールもいない? 全員がわたしの前から消えるつもりか? いや、あいつを送り出してはおらんぞ……」一瞬の間。「ああ、そうだ、きみの言うとおり、たしかに送り出した。駅に到着する」――バシャ、バシャ、バシャ――「人狼団を」――バシャ、バシャ――「迎えに行かせたんだった」ビシャ、ビシャッ。「もう戻ってもいいころじゃないか?」

大声がときおり水の音で途切れるところからすると、顔を洗っているらしい。アレクシアはタンステルの声が聞こえないかと耳を澄ました。従者のタンステルがいないときの夫の身なりは破滅的だ。一人でまともに着替えられたためしは一度もない。

「よし、ライオールのもとに大至急、世話人《クラヴィジャー》を一人送ってくれ」

この時点で〈かつてのメリウェイ〉のぼんやりした姿は見えなくなった。

ふたたびマコン卿がアレクシアの視界のなかに現われ、ベッドの脇テーブルから金の懐中時計を取った。「連中は侮辱と受け取るだろうが、今回ばかりはしかたない」

やっぱり思ったとおりだ。夫はマントしか着ていない。つまりタンステルがいないということだ。

そこで初めてマコン卿は妻の存在を思い出した。

アレクシアは眠っているふりをした。

マコン卿は乱れた豊かな黒髪と眠ったふりをする様子をあがめつつ、やさしく妻を揺り動かした。その手がいよいよ執拗になったところで、アレクシアは夫に向かって長いまつげをぱちぱちさせた。

「あら、おはよう《グッド・イブニング》、あなた」

アレクシアはかすかに縁《ふち》が赤らんだ茶色の目で見返した。夫はこの半日、ろくに寝かせてくれなかった。そうでなければ、この夕暮れどきの騒ぎもそれほどうらめしくはなかったはずだ。夫婦の肉体活動が不快だったのではない。ただ、あまりに情熱的で長すぎた。

「何ごとなの、あなた?」アレクシアは疑いを秘めたなめらかな声でたずねた。

「すまない、マイ・ディア」

アレクシアは夫から〝マイ・ディア〟と呼ばれるのが嫌いだ。夫がこういうときは隠しごとをするときと決まっている。

「今夜は急いで執務室に行かなければならなくなった。異界管理局《BUR》に関する重大事だ」マントだけをはおり、犬歯が伸びているところを見ると、夫は文字どおり走るつもりらしい――狼の姿で。何が起こったにせよ、よほどの緊急事態のようだ。BURに行くときは快適で上品な馬車を好む夫が、毛皮を生やして行こうというのだから。

「あら、そうなの？」アレクシアはつぶやいた。

マコン卿は毛布でアレクシアをくるみはじめた。大きな手に似合わぬ優しいしぐさだ。反異界族の妻に触れたとたん犬歯が消えた。この短いあいだだけマコン卿は人間になる。

「今夜は〈陰の議会〉の日か？」

アレクシアは考えこんだ。今日は木曜日？「ええ、そうね」

「さぞおもしろい会議になるぞ」と、マコン卿。思わせぶりな口調だ。

アレクシアは上体を起こし、巻かれた毛布を振りほどいた。「なんですって？　どういう意味？」毛布がすべり落ち、レディ・マコンの豊かな肉体があらわになった。この豊かさは本物だ。ぎゅうぎゅう締めるコルセットやきつい補正下着《ステイズ》のような流行のごまかしで作られたものではない。夜ごと目にしているにもかかわらず、この事実が本当であることを〝確かめ〟たくて、マコン卿は舞踏会に行くたびに人目につかないバルコニーに妻を引きずってゆきたい気分になる。

「こんなに早く起こしてすまない、マイ・ディア」またしても嫌な言葉だ。「この埋め合わせは明日の朝、必ずするよ」マコン卿は意味ありげに眉毛を動かし、顔を近づけて長くたっぷりキスした。

アレクシアは口ごもり、無駄と知りつつ夫の大きな胸を押し返した。

「コナル、いったい何ごとなの？」

だが、いらだたしい人狼の夫はすでに部屋を出ていた。

「団員集合！」マコン卿の大声が廊下を通って響きわたった。叫ぶ前に扉を閉めたのが、せめてもの妻への気づかいだ。

マコン夫妻の寝室はウールジー城のもっとも高い塔の最上階にある。いわば城壁のてっぺんにできた立派なおできのような場所だ。それほどまわりから離れているにもかかわらず、マコン卿の大声は広い城の隅々に——クラヴィジャーたちがお茶を楽しむ休憩室にまで——届いた。

ウールジー城のクラヴィジャーは、睡眠中の人狼の監督をしたり、人狼団にかかわる昼間の仕事をしたりと、日中は激務をこなしている。だから多くの者にとって、お茶の時間は団と関係ない仕事に行く前のつかのまの貴重な休憩時間だ。人狼団が創造的な人種を世話人に選ぶ傾向にあることと、ウールジー城がロンドンに近いことから、クラヴィジャーのなかには精力的にウエスト・エンドの劇場に出演する者もいる。だが、ご主人様のヨーデルが聞こえたら、どんなにおいしいオールダーショット・プディングとマディラ・ケーキと銀青茶《ガンパウダー》を楽しんでいる途中でも立ち上がり、ただちに行動しなければならない。

にわかに屋敷じゅうが騒々しくなった。前庭の小石を蹴立てて馬車や人馬が出入りし、扉がバタンと閉まり、あちこちで呼び合う声がする。まるでハイド・パークの芝生に飛行船が降り立ったかのような騒ぎだ。

アレクシアは迷惑そうに重々しいため息をついてベッドから転がり下りると、石の床の上でくしゃくしゃになったフリルとレースの塊を拾い上げた。マコン卿がアレクシアに結婚の贈り物としてくれたナイトガウンだ。いや、柔らかいフランスシルク地で、恥ずかしいほどひだが少ないデザインからすると、自分のための贈り物だったのかもしれない。いかにもフランスふうのおしゃれなガウンでアレクシアのお気に入りだが、マコン卿が好きなのはこれを脱がせることらしい。その結果が床に落ちた塊というわけだ。ナイトガウンについては当面こんな取り決めが交わされた――〝ガウンを着るのはベッドから出たときだけ〟。こうしたことに関するかぎり、マコン卿――とその身体の一部――は一歩もゆずらない。アレクシアは思った――人狼と結婚した以上、裸で寝ることに慣れるしかない。城が火事になったら人前を真っ裸で走らなければならないという不安はあるが、その心配も次第に薄れてきた。人狼団とともに暮らしていれば、彼らの絶えまない裸体にはいやがおうにも慣れるものだ。いまのところアレクシアは月に一度のペースで、一般的な英国女性の許容量をはるかに超える大量の毛深い男を見ている。それでもまだ団の半数がインド北部に出征しているというのだから、いずれ満月の日にはさらに多くの裸体を見ることになるだろう。でも――アレクシアはふと思った――夫の裸には日に一度のペースで向き合っているわ。

おずおずと扉を叩く音がした。しばらくして寝室の扉がゆっくり押し開けられ、濃い金髪に大きなすみれ色の目をしたハート型の顔がなかをのぞきこんだ。不安そうな目だ。マコン夫妻づきのメイドは、これまでの屈辱的経験から、夫婦の寝室に入るときはノックのあと充分な時間を取ることを学んだ。マコン卿の性欲が高まるときを予測できる者はいないが、夫婦の時間を邪魔されたマコン卿の機嫌がどうなるかを予測できない者はいない。

メイドは主人がいないことにほっとした表情を浮かべると、片腕に温かい白タオルをかけ、熱い湯の入った洗面器を抱えたまま、アレクシアに優雅にお辞儀した。地味だが、流行のデザインの灰色のドレスに、ぱりっとした白いエプロン。他人はいざ知らず、アレクシアはメイドの細い首まわりの高い白襟の下にいくつもの嚙み跡があるのを知っている。もと吸血鬼の取り巻き《ドローン》が人狼の屋敷で働いているだけでも驚きなのに、口を開くとわかるとおり、このメイドはフランス人だ。

「こんばんわ、奥様」

アレクシアはほほえんだ。「こんばんは、アンジェリク」

伯爵夫人の地位について三ヵ月たらずにして、すでにアレクシアはその大胆な趣味と、食事にかける比類なき情熱と、流行を決めるとも言われる服のセンスで評判になっていた。また、アレクシアが〈陰の議会〉の一員であることは誰も知らないが、ヴィクトリア女王と親しいことは有名だ。さらに、夫がひとかどの財産と社会的地位を持つ気むずかしい人狼であるという事実のおかげで、アレクシアは夜中でもパラソルを持ち歩き、妙にきれいなフランス人メイドを雇うというとっぴな行動をしても上流階級からは大目に見られていた。

アンジェリクは洗面器とタオルを鏡台に置いて退室した。それからたっぷり十分たってから紅茶を持って現われると、使ったタオルと汚れた水をさっと片づけ、決然とした表情と静かな威厳をたたえて戻ってきた。レディ・マコンの服選びに小さな争いはつきものだが、最近《レディーズ・ピクトリアル》誌の上流階級コラム欄でドレスを賞賛されたことで、アレクシアはアンジェリクの婦人服《ア・ラ・トワレット》に関するセンスには一目置くようになった。

「さて、手厳しいお嬢さん」アレクシアは口数の少ないメイドに声をかけた。「今夜は何を着たらいいかしら？」

アンジェリクが衣装だんすから選んだのは、チョコレート色のビロード縁と大きな真鍮ボタンのついた軍人ふうの紅茶色のドレスだ。たしかに、きちんとした印象は〈陰の議会〉の会合にふさわしい。

「シルクのスカーフはいらないわ」アレクシアはせめてもの抵抗をこころみた。「今夜は首を見せる必要があるの」〝衛兵が噛み跡をチェックするから〟とは言わなかった。アンジェリクはアレクシアが〈陰の議会〉の〈議長《マージャ》〉であることを知らない。アレクシアづきのメイドとはいえ、フランス人だ。いかにフルーテが異議を唱えようと、屋敷内の使用人がすべてを知る必要はない。

アンジェリクはおとなしくしたがい、ドレスの厳粛さを完璧にするべく簡素に髪を結い上げた。レースの小さな縁なし帽から巻き髪と後れ毛が少し見えている。「これでいいわ」とと言ってアレクシアはアンジェリクをさがらせた――それにしてもコナルはなぜあんなにあわてて出て行ったのだろうといぶかしみながら。

だが、たずねる相手は誰もいなかった。夕食のテーブルはからっぽだ。クラヴィジャーも団員もマコン卿とともに消えてしまい、城内には召使しかいない。アレクシアは探りを入れようとしたが、この三カ月のあいだに女主人を避ける術を会得した召使たちは、蜘蛛の子を散らすように自分たちの仕事に戻った。

ウールジー城の執事ランペットは悪びれもせずマコン夫人の質問に答えるのを拒否し、あのフルーテさえ、午後はずっと図書室にいて何も聞かなかったと言った。

「フルーテ、あなたには事態を把握しておいてもらわなきゃ困るわ。あなただけが頼りなんだから！　あなたはいつだってなんでも知ってるはずよ」

フルーテに見つめられてアレクシアは七歳の子どもに戻ったような気がした。執事から個人秘書に昇格したフルーテだが、厳格な雰囲気は執事時代と少しも変わらない。

フルーテはアレクシアに革の書類カバンを手渡した。「先《さき》の日曜日の議事録を検討いたしました」

「それで、あなたの意見は？」フルーテはアレクシアが生まれる前からアレクシアの父親アレッサンドロ・タラボッティの従者だった男で、父親の過激な評判にもかかわらず（というより、それゆえに）あらゆる世事に通じている。〈議長〉の座についたアレクシアはいつのまにか――自分の意見を確かめるためとはいえ――ますますフルーテの意見を頼りにするようになっていた。

フルーテはしばらく考えてから言った。「心配なのは規制緩和に関する条項です、マダム。誓約書を提出したからと言って科学者たちを釈放するのは時期尚早かと存じます」

「そうね、あたくしもそう思うわ。その条項については異議を申し立てましょう。ありがとう、フルーテ」

アレクシアは背を向けて行きかけたフルーテを呼びとめた。

「ああ、フルーテ」

フルーテがあきらめ顔で振り向いた。

「大変なことが起こったらしいの。夫があわてて出ていったわ。帰ってから図書室で調べものにつきあってもらうかもしれないから、予定をあけておいてちょうだい」

「かしこまりました、マダム」フルーテは小さくお辞儀してすべるように立ち去り、馬車を呼んだ。

食事をすませたアレクシアは長いウールのジャケットをはおり、書類カバンとまあたらしいパラソルを持ってゆっくり玄関から出た。

ところが、誰もが出はらったはずの場所——丸石を敷き詰めた城の中庭に続く広々とした前庭——では、いつのまにか軍服を着た人狼が増殖し、その小さな脳みそにしかわからないなんらかの理由でとてつもない数の巨大な帆布のテントを立てるという行為におよんでいた。テント設営に一役買っているのは最新型の官給品——〝自己拡張型蒸気ポール〟だ。金属製の細長い棒状で、パスタのように巨大な胴鍋で沸騰させて使用する。加熱前は小型望遠鏡くらいの大きさだが、一定の温度に達するとポンという音を立てて伸びるしくみだ。そして今アレクシアの目の前では、一般的な軍規で必要とされる以上の兵士が鍋のまわりを取りかこんでポールが沸騰するのを見つめ、ポンと伸びるたびに歓声を上げていた。伸びたポールは二枚の革の鍋つかみで次々にテントに運ばれてゆく。

アレクシアの怒りが爆発した。「いったいここで何をしているの？」

だが、誰も振り向かなければ、アレクシアの存在に気づきもしない。

アレクシアは頭をのけぞらせて叫んだ。「タンステル！」巨体のマコン卿に匹敵する肺活量はないが、かといって繊細な花のような華奢な体格でもない。アレクシアの父方の祖先はかつて帝国を征服したこともある。アレクシアの怒号を聞けば、誰もが納得するだろう。

ハンサムでひょろっとした赤毛のタンステルが跳ねるように現われた。多くの人にとって、この消えることのない笑みと邪気のないしぐさは魅力だが、それ以外の者には腹立たしいだけだ。

「タンステル」アレクシアはできるだけ淡々と落ち着いた口調で言った。「ど、い、どうして前庭にテントがあるの？」

マコン卿の従者にしてクラヴィジャー頭《がしら》のタンステルはいつもの快活さで周囲を見まわした――何も問題はなく、話し相手ができてうれしいとでも言うように。タンステルはいつも陽気で、それが最大の欠点だ。さらに、ウールジー城の住人のなかでマコン卿とマコン夫人の怒りにまったく動じない——というより気づかない——数少ない人物の一人でもある。それが二番目に大きな欠点だ。

「マコン卿からお聞きになってませんか？」タンステルはそばかすの顔を上気させて答えた。テントを立てる手伝いをしていたらしい。

「いいえ、まったく何も聞いてないわ」アレクシアはパラソルの銀の石突きで玄関ポーチをカチカチと突いた。

タンステルはニッコリ笑った。「実は奥様、残りの団員が帰還したんです」そう言って両手の指を大げさに動かしながら目の前に広がるテントだらけの前庭を指した。タンステルは名の知れた役者だ。やることなすこと、すべて仰々しい。

「タンステル」アレクシアは物わかりの悪い子どもに言ってきかせるかのように言葉を選んだ。「そうなると夫はとてつもなく大きな人狼団を持っているということになるわ。英国にこれほど大所帯の人狼団を持つアルファはいないはずよ？」

「あ、いえ、そうではなくて、残りの団員が残りの連隊を連れて帰ってきたんです」タンステルは、とびきりのいたずらをたくらむ仲間に告げるように秘密めかした口調で説明した。

「人狼団と連隊将校は帰還と同時に別行動を取るしきたりでしょう？　普通は目が覚めて屋敷の芝生で何百人もの兵士が野営しているところを見るなんてことはありえないわ」

「いいえ、ウールジー団のやりかたは少し違います。英国最大の人狼団であるわれわれは団内に兵役部門を持つ唯一の団です。そこで、帰還後も数週間はコールドスチーム近衛連隊とともに過ごすんです。結束を固めるために」またしてもタンステルは細くて白い両手をひらひらと大仰に動かし、熱っぽくうなずいた。

「そして、その結束を固める野営とやらはウールジー城の前庭で行なわなければならないというのね？」カチ、カチ、カチとパラソルの音。

BURは最新兵器の実験を行なっている。数カ月前に〈ヒポクラス・クラブ〉を閉鎖したとき、一台の小型圧縮蒸気装置が押収された。マコン卿が見せてくれたその装置は爆発するまで温度が上がりつづけるしくみらしく、カチ、カチ、カチと時限爆弾のような音を立てていた——いまアレクシアのパラソルが立てる音と同じような。

タンステルはこの相関関係に気づいていないようだ。あるいは気づいていながら慎重に話を続けているの？　いや、タンステルのことだ——気づいているとは思えない。

「ええ、楽しそうでしょう？」タンステルははしゃいでいる。

「でも、なぜ？」カチ、カチ、カチ。

「それは昔からの慣習だからだ」別の声が答えた。この声の持ち主もカチカチと音を立てる爆発性蒸気装置を知らない人物らしい。

アレクシアはくるりと振り向き、口をはさんだ人物を遠慮なくにらみつけた。マコン卿ほどではないものの、長身で体格のいい紳士だ。マコン卿はスコットランドふう大男だが、この男はイングランドふう大男だ——このふたつにははっきりした違いがある。しかも、自分の身体の大きさを正しく認識していないかのようにしょっちゅう物にぶつかるマコン卿とは違い、目の前の男は自分のサイズをよく把握しているようだ。将校服をびしっと着こなし、それが似合っていることを知っている。ピカピカに磨いたブーツ。ピンと立てた金髪。まったくなまりのない上品な言葉づかい。いい教育を受けた裕福な名門の出であることは間違いない。

「あらそう？　でも、これからは違いますわ」アレクシアは歯ぎしりしながらタンステルを振り返った。「あさっての晩、晩餐会があるの。すぐにテントを片づけてちょうだい」

「断わる」大柄の金髪男が近づいた。なまりもなく、身だしなみも完璧だが、どうやら紳士ではなさそうだ。よく見るととびきり鋭い青い目が冷たく光っている。

タンステルはにこやかな笑みの奥に困惑の表情を浮かべた。どちらにしたがうべきか迷っているようだ。

アレクシアは金髪男を無視して続けた。「どうしてもここで野営したいのなら裏に移動してもらってちょうだい」

伯爵夫人の命令に、しかたなくタンステルが背を向けて行きかけると、金髪男が白い手袋をはめた大きな手をタンステルの肩に置いて制止した。

「そうはいかん」男はアレクシアに向かって完璧な歯を剝いた。「これまで連隊の野営地はつねに前庭だった。裏庭よりはるかに都合がいい」

「さあ、急いで」なおもアレクシアは金髪男を無視し、タンステルをうながした。あたしにこんな口調で話しかけるなんていったいどういうつもり？　しかも紹介もまだだというのに。

タンステルはアレクシアがこれまで見たなかでもっとも思い詰めた表情を浮かべ、女主人と男を交互に見た。いまにも片手を額に当てて卒倒しそうだ。

「そこを動くな、タンステル」見知らぬ金髪男が命じた。

「いったいぜんたい《ザ・デビル》あなたは誰?」男のあまりに傲慢な物言いに、思わずアレクシアは冒とく的言葉でたずねた。

「チェスターフィールド・チャニングスのチャニング・チャニング少佐だ」

アレクシアはぽかんと口を開けた。男が自分のことしか頭にないのも当然だ。こんな名前で生きてゆくとなれば、そうなるのも無理はない。

「ではチャニング少佐、城内のことには口出しなさらないでいただけませんこと? ここはい、い、い、あたくしの管轄ですわ」

「ああ、きみは新しい家政婦か? レディ・マコンが野営地を変更させたとは聞いていないが?」

アレクシアは驚かなかった。イタリアふうの風貌で、そう若くもなく、はっきり言ってかなり太めの自分がレディ・マコンとして一般的に想像されるタイプでないことはよくわかっている。これ以上、事態がこじれる前に間違いを正そうとしたが、男はその隙を与えなかった。明らかにチェスターフィールド・チャニングスのチャニング・チャニングは自分の声音《こわね》に酔っていた。

「われわれの野営に関してきみのかわいい頭を悩ませることはない。ご主人様も奥様もきみをとがめることはないから安心したまえ。連隊のことはわれわれにまかせ、きみは自分の仕事に戻るがいい」

その奥様は男の誤解にかっとなった。「言っておきますけど、ウールジー城の内外で起こることはすべてあたくしに関係しますわ」

チェスターフィールド・チャニングスのチャニング・チャニングは完璧な笑みを浮かべて青い目をきらめかせた。あの視線によほど自信があるらしい。「さあさあ、きみもわたしもこんなことをしている時間はない、だろう？　さっさといつもの仕事に戻りたまえ。言うとおりにすれば、あとでちょっとしたお楽しみをやろう」

いまのは色目？　どうやらそのようね。

「あたくしをくどいてらっしゃるの？」アレクシアは驚いてたずねた。

「そうしてほしいかね？」チャニング少佐はさらに笑みを広げた。

これではっきりした。チャニング少佐は紳士ではない。

「あちゃー」タンステルがかすかにあとずさりながら小さくつぶやいた。

「なんていやらしい」と、アレクシア。

「それはどうかな」チャニング少佐がさらに近づいた。「きみのように若くて美しい情熱的なイタリア人にも楽しい夜が待っているかもしれん。わたしもかの地ではいつも少しばかり楽しんだものだ」

イタリアの血といっても半分だけで、骨の髄まで英国ふうに育てられたアレクシアにチャニング少佐の言葉はあまりに無礼すぎた。どこに腹を立てるべきかわからず、言葉に詰まったほどだ。

もう少しで身体に触れられそうだ。

そう判断するやアレクシアはパラソルを振り上げ、チャニング少佐の脳天に強烈な一撃を加えた。

前庭にいた全員が作業の手を止めて振り向き、堂々たる体格のレディ・マコンがウールジー人狼団のナンバー・スリー《ガンマ》にしてコールドスチーム近衛遠征連隊長をなぐりつけるのを見た。

チャニング少佐の目がさらに冷たいブルーに変わり、虹彩のまわりが黒くなり、完璧な白い歯の先が鋭くなった。

この人も人狼なの？　アレクシア・マコンのパラソルの石突きが銀でできているのには理由がある。ふたたびアレクシアはパラソルをふるった――今度は確実に銀の石突きが相手の皮膚に触れるように。そして同時に言葉を取り戻した。

「よくもそんな真似を！　このずうずうしい」――バシッ――「傲慢な」――バシッ――「横柄な」――バシッ――「行儀の悪い犬ころめ！」バシッ、バシッ。いつもならこんな言葉は使わないし、こんな暴力もふるわないが、今回は状況が違う。相手は人狼だ。相手に触れて異界族の能力を打ち消さないかぎり、ダメージを与えることはできない。ここはしつけのためにも二、三度ぶちのめしておくべきだ。

無防備そうな家政婦からいきなりなぐられて愕然としたチャニング少佐は、頭を守りながらパラソルをつかんでグイと引き寄せた。同時にアレクシアが手を離し、チャニング少佐はパラソルを持ったまま後ろによろめいた。いまにもなぐり返しそうな雰囲気だ。アレクシアに異界族のような治癒力はない。なぐられたらかすり傷ではすまないだろう。だがチャニング少佐はパラソルを脇に投げ捨て、平手打ちの構えを見せた。

その瞬間、タンステルがチャニング少佐の背中に飛びかかり、長い手足を巻きつけて少佐の動きを封じた。

集まった兵士たちは恐怖に息をのんだ。一介のクラヴィジャーが団員に襲いかかるなど前代未聞だ。即刻追放に値する行為だが、アレクシアが誰かを知る残りの団員とクラヴィジャーは取るものもとりあえず応援に駆けつけた。

チャニング少佐はタンステルを振り落とし、手の甲で思いきり顔をなぐりつけた。この一発でタンステルはあっけなく地面に投げ飛ばされ、大きなうめきを上げて伸びた。

アレクシアは金髪の悪漢を憎々しげににらみ、身をかがめて倒れたタンステルを見た。両目は閉じているが、息はあるようだ。アレクシアは身を起こして静かに言った。「あたくしがあなたなら、ただちにこんなことはやめますわ、ミスター・チャニング」軽蔑のあまり〝少佐〟をつけ忘れたほどだ。

「やめるつもりはない」チャニング少佐は軍服のボタンをはずし、白い手袋を脱ぎはじめた。「どうやらきみにも規律を教える必要がありそうだ」

次の瞬間、チャニング少佐は変身しはじめた。観客が上流階級ならショックに悲鳴が上がったかもしれないが、ここにいるのは変身を見なれている者ばかりだ。人狼団が連隊の一部になってから数十年のあいだに、兵士たちは荒っぽい言葉と同様、変身にもすっかり慣れてしまった。だが、まさかレディの目の前で——たとえ家政婦と思いこんでいようと——変身するとは。群衆のあいだに驚きのつぶやきが波のように広がった。

さすがのアレクシアも驚いた。まだ日は落ちたばかりで満月の日も遠い。この状況で変身できるということは、軽率な行動に似合わずチャニング少佐が高齢で経験も豊富だということだ。しかも、マコン卿をして〝死なずに耐えられる痛みのなかで最悪〟と言わしめる過酷な行為においても、優雅さを失わないだけの変身術に長《た》けていた。もがき、泣き声を上げる若い団員と違い、チャニング少佐は溶けるように人間から狼に変身した。皮膚と骨と毛がなめらかに組み変わり、見たこともないほど美しい狼が現われた。大柄で冷たい青い目の純白の狼。白狼は軍服の切れ端を振り落とし、アレクシアのまわりをゆっくりまわりはじめた。

アレクシアは身構えた。一瞬でも触れれば狼は人間に戻るが、身の安全の保証はない。人間に戻ってもチャニング少佐はアレクシアより大きく、力も強そうだ。しかも手もとにパラソルもない。

大きな白狼が飛びかかろうとしたとき、別の狼が歯を剥き出し、アレクシアとタンステルの前に飛び出した。白狼よりかなり小柄で、頭と首まわりに黒毛の混じった薄茶色の毛皮に淡い黄色の目を持つキツネ顔の狼だ。

毛におおわれた肉体がぶつかりあう不気味な音がしたかと思うと、二匹は爪と歯を剝き出してひっかき合った。体格は白狼のほうが大きいが、やがて小さいほうがスピードと技にすぐれていることが判明した。相手の体格をうまく利用した闘いぶりだ。数分後、小型の狼は身をよじり、白狼の喉もとをあざやかに押さえた。

始まりと同様、決闘は一瞬のうちに終わった。白狼はさっと身を伏せて横転し、小柄な対戦相手に腹を見せて服従のポーズを取った。

誰かのうめき声が聞こえ、アレクシアは二匹の狼から目を離した。タンステルが上体を起こして座り、ぼんやりした表情でまばたきしている。鼻からおびただしい血が出ているが、それ以外に傷はなく、眩暈《めまい》がするだけのようだ。アレクシアはタンステルにハンカチを渡し、身をかがめてパラソルを探した。探すふりをしていれば、二人の人狼が人間に戻るところを見ずにすむ。

それでもアレクシアは二人の様子を盗み見た。これほど血の気の多い女性に見るなというほうが無理だ。チャニング少佐は筋肉質で、マコン卿より長身で細身だが、正直なところ見事な肉体であると認めざるをえなかった。しかしアレクシアが驚いたのは、チャニング少佐の隣に悠然と立つ年齢不詳の小柄な薄茶色の髪の男だ。これを見ていたら〝頭脳派のあなたに筋肉は無駄ね〟などとは決して言わなかっただろう。それほどライオール教授は引き締まった肉体の持ち主だった。いったい人狼になる前はどんな職業についていたのかしら――アレクシアはまたしても首をかしげた。そこへレディ・マコンの思索の対象物をおおい隠すべく二人のクラヴィジャーが長いコートを持って近づいた。

「いったいどういうことだ？」あごが人間の形に戻るや、チャニング少佐は吐き捨てるように言うと、隣に無言で立つ洗練された男をにらみつけた。「教授に挑戦したわけではない。わたしがそんな真似をしないことは知ってるだろう。この件については何年も前に片がついている。人狼団の規律からすれば、これはまったくもって正当な行為だ。無礼なクラヴィジャーには身体でわからせなければならん」

「そのうちのひとりがクラヴィジャーでない場合は話が別だ」ウールジー人狼団の辛抱づよい副官《ベータ》ことランドルフ・ライオール教授が答えた。

チャニング少佐は不安そうな表情を浮かべた。さっきまでの傲慢さはすっかり消えている。アレクシアは思った――こっちの表情のほうがずっと魅力的だわ。

ライオールはため息をついて紹介した。「ウールジー人狼団ガンマのチャニング少佐、こちらは呪い破り《カース・ブレーカー》にして、われらが新しいアルファ雌のアレクシア・マコン伯爵夫人だ」

アレクシアは〝カース・ブレーカー〟という言葉が嫌いだ。なんだかどこかのスポーツマンの名前のようで、これから延々と続くクリケットの延長戦に加わらなければならないような気にさせられる。もっとも、人狼のなかにはいまも自分たちの不死を呪いと考える者がいるのだから、満月の夜の獣性を阻止する能力に敬意を表した呼び名とも言える。たしかに〝魂吸い《ソウル・サッカー》〟と呼ばれるより、〝カース・ブレーカー〟のほうがましだ。吸血鬼なら、〝クリケットよりさらに野蛮なスポーツ――もしそんなものがあるとすれば――を連想させる呼び名を考えついても不思議はない。

アレクシアはパラソルをつかんで立ち上がった。「〝お会いできて光栄です〟と言いたいところだけど、チャニング少佐、夜も早い時刻から自分に嘘をつく気はありませんわ」

「くそっ」チャニング少佐は最初にライオールを、次に周囲の者たちをにらみつけた。「どうしてもっと早く教えてくれなかった?」

アレクシアはかすかに罪悪感を覚えた。ついカッとなってしまったわ。でも、実際のところ、チャニング少佐は自己紹介するまも与えてくれなかった。

「つまり、あたくしの容姿については聞いてなかったってこと?」今夜のことは〝夫の失敗リスト〟に忘れずに書き加えておこう。本人が帰ったらこっぴどく叱ってやるわ。

「いや、その、それほど正確には……つまり、その、数カ月前に短い信書は受け取りましたが、内容はそれほど……つまり……まさかこれほど……」

アレクシアは重さを確かめるかのようにパラソルを上下させた。

チャニング少佐はすばやくあとずさりながら答えた。「……イタリアふうのかたとは思いませんでした」

「そして最愛の夫はあなたが到着したときも事実を告げなかったの?」アレクシアの表情が怒りから思案顔に変わった。チャニング少佐もそれほど悪い人物ではないのかもしれない。なんといってもマコン卿が結婚相手にあたしを選んだことには、あたし自身も驚いているのだから。

アレクシアの問いにチャニング少佐はいらだちの表情を浮かべた。「帰還してからマコン卿にはまだ会っておりません、奥様。会っていれば、このような事態は避けられたはずです」

「それはどうかしら」アレクシアは肩をすくめた。「夫はあたくしをほめすぎる傾向にあるわ。あの人の表現は少し非現実的よ」

チャニング少佐がお愛想の目盛りを最高に上げた。アレクシアには文字どおり歯車がガチャリと回転し、少佐の身体から蒸気がシューッと渦を巻いて吹き出したように見えた。「まさか、そんなことはありません、奥様」チャニング少佐にとっての不幸は、せっかく本心からアレクシアをほめたのに、言われた本人がそれをおべっかと受け取ったことだ。

アレクシアは茶色の目を冷たくこわばらせ、ふっくらした唇を真一文字に引き結んだ。

チャニング少佐はライオールのほうを向き、あわてて話題を変えた。「なぜマコン卿は駅に会いに来なかった？　至急、相談したいことがあったんだが」

ライオールは肩をすくめた。〝その件については追求するな〟と言いたげなしぐさだ。いかなるときも非難はガンマの役目で、弁護はベータの務めだ——いかにアルファの行動が無礼であっても。「BURに関する緊急事態が発生した」ライオールは短く答えた。

「なるほど、だがこちらの問題も緊急だ」チャニング少佐がきつい口調で言った。「どちらが重要かはわからんが、団のことで相談したいときに肝心のアルファがいないとは」

「何ごとだ？」ライオールの口調には〝緊急事態がなんであれ、どうせきみの責任だろう〟

となじるような含みがあった。

「いや、船上でわれわれ人狼に奇妙なことが起こっただけだ」と、チャニング少佐。ライオールが用心して話さないのならこっちも話すものかと言いたげだ。チャニング少佐はわざとらしくアレクシアに向きなおった。「お目にかかれて光栄でした、レディ・マコン。今回の無礼を深くおわびいたします。〝知らなかった〟ではすまないことは重々、承知しております。微力ながら精いっぱいつぐなう所存です」

「謝るのならタンステルに謝ってちょうだい」と、アレクシア。

チャニング少佐は愕然とした。人狼団のガンマがクラヴィジャーに謝るだと？　チャニング少佐は歯のすきまから苦しげに息を吸いつつ、しかたなく命令にしたがった。少佐が流麗な謝罪の言葉を並べ立てれば立てるほど、赤毛のタンステルは相手の屈辱をひしひしと感じてますます身を縮め、終わるころにはそばかすが見えなくなるほど顔が真っ赤だった。謝罪を終えるや、チャニング少佐はそそくさと立ち去った。

「どこへ行ったの？」と、アレクシア。

「連隊の野営地を裏庭に移動させるつもりでしょう。しかしながら奥様、ポールが冷めるまでしばらく待たなければなりません」

「そう」アレクシアはにんまりした。「あたくしの勝ちのようね」

ライオールはため息をつくと、つかのま月を見上げ、天の神に訴えるかのように言った――

――「まったくアルファというものは」

「それで」――アレクシアはライオールを探るように見つめ――「チェスターフィールド・チャニングスのチャニング・チャニングについて説明してくれないかしら？　あの人は、夫がガンマに選びそうな人物とはとても思えないわ」

ライオールは首をかしげた。「マコン卿がどう思っているかは存じませんが、望むと望まざるとにかかわらずチャニング少佐はウールジー団とともにマコン卿に引き継がれました。わたくしと同じように。マコン卿が選んだわけではありません。それに、はっきり申し上げて、それほど悪い人物でもありません。戦場ではぜひとも背後を守らせたい優秀な軍人です。あの態度ばかりを見て目くじらを立てるべきではありません。彼はつねにガンマという第三位に許される範囲で行動する男です――マコン卿とわたくしを嫌っているにもかかわらず」

「どうして？　というか、なぜあなたを？　少佐がコナル《Conall》を嫌う気持ちはよくわかるわ。あ、いい、わたくしだってたいていは嫌いだもの」

ライオール《Lyall》は笑いをこらえた。「チャニング少佐はアルファベットの〝L〟がふたつ重なる名前を嫌っているんだと思います。ひどくウェールズふうだという理由で。しかしながら奥様のことは気に入ったようですな」

アレクシアは困惑してパラソルを振りまわした。「まさか――あのいやらしい目線が本物だったとでも言うの？」なぜかあたしの体型と性格は大柄な人狼に魅力的に映るらしい。どうにかならないものかしら？

ライオールは肩をすくめた。「わたくしが奥様の立場なら、女性としてチャニング少佐に近づくのはやめておきます」

「なぜ?」

ライオールは失礼にならない言いかたを探したが、ついに無礼な真実を告げた。「どう見てもチャニング少佐は攻撃的な女性が好みです。しかし、それは」――そこで慎重に間合いを取り――「その性質に磨きをかけるのが好きだからです」

アレクシアは鼻にしわを寄せた。ライオールの言葉にはみだらな含みがあった。あとで調べてみよう。きっと父親の蔵書が答えをくれるに違いない。同じ反異界族で危険な人生を送ったアレッサンドロ・タラボッティは娘にたくさんの本を残した。そのなかには彼の無鉄砲さを立証するようなとんでもなく不届きな絵が描かれたものもある。夫が日々、ベッドで示す革新的要求の数々にアレクシアが卒倒せずにすんでいるのは、そうした本のおかげだ。

ライオールは肩をすくめた。「女性のなかには、そのようなことを好むかたもおります」

「刺繍を好む女性がいるように」アレクシアは答えた。これ以上、チャニング少佐について考えるのはよそう。面倒なことになりそうだ。「そして恐ろしく醜い帽子が好きな女性もいるわ」そう言ったのは、ちょうど親友のミス・アイヴィ・ヒッセルペニーがウールジー城の長い私道の端で貸し馬車から降りる姿が見えたからだ。

どんなに遠くてもわかる――あんな帽子をかぶる女性はアイヴィしかいない。単調な紫色に派手な緑色の縁取り。頭頂部全体に載った果物カゴとおぼしきしろものから突き出た三本の羽根。カゴの片側から作りもののブドウ房が形のいい小さなあごにつきそうにぶらさがっている。「こんなことをしてたら会議に遅れてしまうわ」

「あら、大変」アレクシアがライオールに言った。

ライオールが立ち去りかけた。アイヴィの帽子から逃げようとしたのかもしれない。アレクシアはライオールを呼びとめた。

「さっきは本当にありがとう。まさかあなたが助けてくれるなんて……。チャニング少佐が本気で襲ってくるとは思わなかったわ」

ライオールはアルファの伴侶をまじまじと見つめた。めずらしくギョロメガネをつけていない無防備な表情で、淡いハシバミ色の目に困惑を浮かべている。「なぜまさかなのです？わたくしにはマコン卿に代わってあなたをお守りすることができないとでも？」

アレクシアは首を横に振った。たしかに、やせ形で、いかにも教授ふうのライオールがこれほど腕力が強いとは思っていなかった。マコン卿が巨木ならライオールはやぶだ。でも、言いたかったのは体格のことではない。「あら、そうじゃないわ。まさかと言ったのは、BURの問題が深刻そうだったから、てっきりあなたも一緒に出かけたと思ったからよ」

ライオールは納得したようにうなずいた。

アレクシアは最後にもういちど探りを入れた。「コナルがあわてていたのは連隊の到着が原因じゃなさそうね？」

「そうではありません。マコン卿は連隊の帰還をご存じでした。ですからわたくしを駅へ迎えに行かせたのです」

「あら、そう？　それなのにあたくしには知らせなかったの？」

ライオールはうっかりアルファを窮地に追いこんだことに気づき、即座に言いつくろった。

「あなたはご存じだと思ったのでしょう。連隊を呼び戻すよう命令を出したのは〈将軍〉です。数カ月前〈陰の議会〉を通して撤兵命令が出されました」

アレクシアは眉をひそめた。そう言えば〈議長〉に就任したばかりのとき、この件に関して〈宰相〉と〈将軍〉が激しく言い争っていたような気がする。結局〈将軍〉の言いぶんが通った。ヴィクトリア女王の軍事力と大英帝国の発展は人狼団の協力に負う部分が大きい。東インド会社の利益と傭兵部隊の管理は吸血鬼の管轄だが、これは正規軍の問題だから人狼の担当だ。それにしても、あのときの決断が玄関先の野営という結果になるとは夢にも思わなかったわ。

「どこかに起居できるような兵舎はないの？」

「ありますが、昼間族の兵が帰還する前に団を再編成するあいだの数週間は、ここで全員が過ごすしきたりです」

アレクシアはテントと兵士の荷物がごった返すなかをすり抜けるようにして近づいてくるアイヴィを見つめた。まるで感嘆符をつけて歩いているかのような決然とした足取りだ。そのかたわらで水素エンジンが黄色い小さな煙を噴き出し、圧縮拡張型テントポールが早々と地面から引き抜かれるたびにシューッと音を立てている。いまやすべてのテントがたたまれ、屋敷をぐるりとまわってウールジー城の広大な裏庭に移動しはじめていた。

「あたくしがどれほどしきたりが嫌いか言わなかった？」そこでアレクシアははっとした。「もしかして連隊全員に食べさせなきゃならないの？」

ブドウ房がアイヴィの小幅な急ぎ足に合わせて上下した。立ちどまって前庭の混乱の原因を確かめる気もなさそうだ。あきらかにアイヴィは急いでいる――つまり大ニュースがあるということだ。

「ランペットが万事、心得ております。ご心配にはおよびません」と、ライオール。

「本当に何も話さないつもり？　コナルはとても早く起きたわ。そして間違いなく〈かつてのメリウェイ〉が関係してるわね」

「誰です？　ランペットが？」

アレクシアはとぼけるライオールを不快そうに見た。

「詳しいことはわたくしも聞いておりません」ライオールはしかたなく認めた。

アレクシアは顔をしかめた。「〈かつてのメリウェイ〉も話してはくれないわ。ひどく動転してふわふわしていたもの」

アイヴィが正面玄関の階段に到達した。

それを見たライオールがあわてて言った。「失礼いたします、奥様。そろそろ行かなければなりません」

ライオールはアイヴィにお辞儀し、チャニング少佐のあとを追って屋敷の裏に消えた。

アイヴィは長いシルクの軸についたイチゴを左耳の横で揺らして、立ち去るライオールにお辞儀すると、ライオールのあわてた様子に腹を立てるふうもなく、アレクシアが持つ書類カバンと待機する馬車を悠然と無視してポーチの階段を駆けのぼった。どうやら親友の出発を遅らせてでも知らせるべき重要な知らせらしい。

「アレクシア、前庭で連隊が野営をたたんでいるの、知ってた？」

アレクシアはため息をついた。「あら、まったく気づかなかったわ」

アイヴィは皮肉を無視した。「すばらしいニュースがあるの。なかでお茶でも飲まない？」

「アイヴィ、これから街で仕事があるの。すでに遅刻よ」ヴィクトリア女王と会う仕事だとは言わなかった。アイヴィはアレクシアが反異界族であることも、〈議長〉を引き受けたことも知らない。そして知られないほうがいい。アイヴィは知らないことにかけては超一流だが、ささいな情報で大騒ぎする達人でもある。

「でもアレクシア、大ニュースなの！」ブドウが激しく揺れた。

「あら、パリから冬のショールが店に届いたの？」

アイヴィはいらだたしげに頭をのけぞらせた。「そんなつまらない話じゃないわ、アレクシア」

アレクシアはかろうじてアイヴィの帽子から目をそらした。「だったらこれ以上、引き延ばさないで。お願いだから今すぐ話してちょうだい」ああ、とにかく急いで。まったくアイヴィったら、よりによってこんなときに。

「どうして庭に連隊がいるの？」アイヴィがなおもたずねた。

「人狼の問題よ」アレクシアはアイヴィを煙にまくもっとも効果的な言葉ではぐらかした。アイヴィは人狼に慣れていない──親友が無謀にもその一人と結婚したにもかかわらず。人狼と結婚する友人などめったにいないし、彼らの特色である大声と突然の裸体にはどうしても耐えられない。アレクシアのように慣れるのはとうてい無理だ。そこでアイヴィは実にアイヴィらしく、彼らの存在を無視する方法を選んだ。

「アイヴィ、いったい何をしに来たの？」

「ああ、アレクシア、いきなり訪ねてごめんなさい！カードを送る時間がなかったの。でも、決まりしだい、あなたに伝えなきゃと思ったものだから」アイヴィは大きく目を見開き、頭に向かって両手を動かした。「わたし、婚約したの」

2 人間化病

大男のマコン卿は並はずれて大きい狼に変身した。一般的な狼が望みうる以上に大きく、筋肉隆々で、四肢も太い。一目で異界の生き物とわかる風貌だが、この寒い冬の宵の口に街道を歩く旅人がすれ違ったとしても、その姿に気づきはしなかっただろう。それほどマコン卿は猛スピードで移動していた。しかも毛皮は濃いまだら色だ。これで目が黄色くなかったら完全に闇に溶けこんでいたに違いない。妻のアレクシアはいつも狼のときのおれをハンサムだと言うが、人間のときは一度も言われたことがない。そのうちきいてみるか？　マコン卿は一瞬、考え、思いなおした。いや、やめておこう。

人狼というものは、たいていこんなどうでもいいことを考えながら田舎道をロンドンに向かう。ウールジー城は大都市ロンドンから少し離れたバーキング自治区の北にある。馬車や飛行船だとゆうに二時間はかかるが、四本脚なら、それより少し速く着く。時間とともに、まわりの湿った草地と手入れの行き届いた生け垣と驚いたウサギが、ぬかるみと石壁と冷淡な路地ネコに代わりはじめた。

疾走を楽しんでいたマコン卿に異変が起こったのはロンドン市内に入ってから──フェア

フット・ロード付近に来たときだった。いきなり、そしてまったくもって狼でいられなくなったのだ。それは驚くべき現象だった。四本脚で前に進もうとしたとたん骨がボキボキと音を立て、毛が後退し、膝は砂利の上にがくりと崩れ落ち、気がつくと路上で息を切らし、裸で震えていた。

「いったいどういうこった！」悩める伯爵は声を張り上げた。

こんな経験は生まれて初めてだ。美しくも厄介な反異界族の妻に触れられて人間に戻るときも、これほど急激ではない。あの妻でさえたいていはなんらかの警告をくれる。といっても、ほんのわずかな警告だが。叫び声のひとつかふたつのような。

マコン卿は不安げに周囲を見まわした。だが、アレクシアはどこにもいない。当然だ。間違っても妻に危険が及ばないよう──いまごろは怒っているだろうが──城に残してきた。アレクシアのほかに大ロンドン圏内に登録された反異界族はいない。だとしたら、いったいどうして？

見下ろすと、膝からかすかに血が出ていた。治癒力も消えている。人狼は異界族だから、この程度のかすり傷なら一瞬で治るはずだ。だが、膝からはゆっくりと古い血が流れ、ぬかるんだ砂利道にしたたっていた。

マコン卿は狼に戻るべく膝をついた場所に戻り、人間の骨格を断ち切ろうとした。だが何も起こらない。ボス《アルファ》の切り札である〈アヌビスの形《かた》〉──頭が狼で身体は人間──をためしてみた。これもだめだ。マコン卿は深く困惑し、素っ裸でフェアフット・ロードに座りこむほかなかった。

ふと捜査官魂が頭をもたげ、マコン卿はもときた道を少し戻って再度〈アヌビスの形〉をこころみた。頭だけを狼に変えるのは全身を変えるより速い。アルファだけにできる技だ。今度はうまくいったが、次なる難問が立ちはだかった――狼の頭であたりをうろつくか、それとも裸のまま局に向かうか？　結局マコン卿は頭を人間に戻した。

通常、屋外で変身する必要があるときは口にマントをくわえて出かける。だが、今回はいつもと同じように異界管理局《BUR》本部に着き、人目につく前に控え室に入るつもりでいた。おれとしたことがうかつだった。〈かつてのメリウェイ〉が言ったとおりだ。ロンドンで何やら恐るべきことが起こっている――おれが今こうして真っ裸でうろついていること以外に。影響を受けたのはゴーストだけではない。人狼にも影響はおよんでいる。マコン卿はこわばった笑みを浮かべ、あわてて荷カゴの山の後ろに身をひそめた。きっと今夜は吸血鬼の牙も伸びないだろう――少なくともテムズ川流域では。ウェストミンスター群の吸血鬼女王ナダスディ伯爵夫人はさぞ取り乱しているに違いない。ということは――マコン卿は顔をゆがめた――あとでありがたいことにアンブローズ卿がどなりこんでくるかもしれん。長い夜になりそうだ。

多くの観光客の予想に反して、BURは官公庁の建物が並ぶホワイトホール大通りではなく、フリート・ストリートから少しはずれた《タイムズ》紙の本社に近い地味なジョージ王朝ふうの建物のなかにある。十年前にマコン卿は、政治的問題にかぎらずロンドン界隈で実際に起こっていることをもっとも把握しているのは政府機関でなく報道機関だと知り、フリート・ストリート近くに本部を移転させた。だが今夜ばかりはあのときの決断を後悔した。というのも、BUR本部に着くためには商業地区とにぎやかな大通りをいくつも通らなければならないからだ。

マコン卿はロンドン一とも言うべき薄汚れた裏路地をすり抜け、泥が飛び散る角を曲がり、なんとか誰にも見られず本部のある建物に近づいた。この離れ業《わざ》ができたのは、どの通りも兵士であふれていたおかげだ。さいわい彼らはロンドン帰還を祝うのに夢中で、裸のマコン卿には気づかなかった。だが、フリート・ストリートのインクのにおいがただよう聖ブライド教会の近くで、マコン卿は思いがけない人物に声をかけられた。

美しいソフト・ジャケットと目の覚めるようなレモンイエローの幅広ネクタイ《クラバット》でめかしこんだとびきりの伊達男が、伊達男には似合わない薄ぎたないパブの裏の暗闇から現われ、裸の人狼に向かって愛想よく帽子を取った。

「もしやマコン卿ではありませんか。これはこれはごきげんよう。おたがい夜の散歩には少し薄着じゃありませんか？」聞き覚えのある声にはおもしろがるような響きがあった。

「ビフィか」マコン卿はうめくようにつぶやいた。

「かわいい奥方はお元気ですか？」ビフィは有名な取り巻き《ドローン》で、彼の主人である吸血鬼のアケルダマ卿は――まったくいまいましいことに――アレクシアの大親友だ。それを言うなら、このビフィとも親しい。この前、主人の伝言を届けにウールジー城にやってきたビフィはアレクシアとパリの最新ヘアスタイルについて何時間もしゃべっていった。どうやら妻は軽薄さを信条とする男性が好みらしい。マコン卿はにがにがしく思った――おれの性格が陰でなんと噂されているかわかったものではない。

「かわいい奥方のことなどどうでもいい。それより、そこの居酒屋からコートを失敬してきてくれないか？」

ビフィは片眉を吊り上げた。「ぼくの上着でよければ喜んでお貸ししますが、燕尾服なので役には立ちませんね。いずれにせよ、あなたの身体には小さすぎます」そう言って値踏みするようにまじまじとマコン卿を見つめた。「いやはやまったく、この場に居合わせなかったことをご主人様がどれほど悔しがることか」

「きみのとんでもないご主人様は、すでにわたしの裸を鑑賞ずみだ」

ビフィは下唇を指先で軽く叩き、興味深げな目を向けた。

「とぼけるな。きみもあの場にいただろう」マコン卿はいらいらして言った。

ビフィは無言でほほえんだ。

「マントだ」マコン卿は言葉を切り、とどろくような声で言った。「頼む！」

ビフィは姿を消したかと思うと、オイルスキンの外套を抱えてすばやく戻ってきた。無骨なデザインで海水のにおいがするが、裸体を隠す大きさだけは充分だ。

マコン卿は肩をすぼめるようにして外套をはおり、なおも笑みを浮かべるビフィをにらみつけた。「ゆでた海草のにおいがする」

「街は海軍帰還兵であふれています」

「それで、この異常事態について何を知っている？」ビフィは軽薄な男で、その主人は輪をかけて軽薄だが、アケルダマ卿はロンドンでも名うての詮索ずきで、おしゃれな子分たちに情報を集めさせる手並みは一流だ。政府の情報機関もかなわない。

「昨日、八つの連隊が港に到着しました――ブラック・スコッツ、ノーサンバーランド、コールドスチーム近衛連隊――」ビフィはわざととぼけた。

マコン卿がさえぎった。「そうじゃない――大量除霊現象のことだ」

「ああ、そのことですね。だからこうして待っていたのです」

「そうだと思った」マコン卿はため息をついた。

ビフィは真顔になった。「少し歩きましょうか、マコン卿？」もはや人狼ではないマコン卿はビフィと肩を並べ、フリート・ストリートに向かって歩きはじめた――裸足で、丸石の上で足音ひとつ立てずに。

「えっ！」驚きの声を上げたのはアレクシアだけではなかった。アレクシアと、そのときまで忘れられていたタンステルだ。

アイヴィの驚きのニュースに、ポーチの陰に座ってチャニング少佐になぐられた場所をさすっていた、ひょろりとしたタンステルが近づいた。右目のまわりにはどす黒い痕《あと》になりそうな大きな赤いあざができ、鼻血を止めるために片手で鼻をつまんでいる。アレクシアが渡したハンカチも自分のクラバットも役には立たなかったようだ。

「婚約——ですか、ミス・ヒッセルペニー？」ただでさえボロボロのタンステルは、まさにシェイクスピア喜劇に出てくる悲劇役者さながら、ハンカチの奥で苦悩に満ちた目を大きく見開いた。マコン夫妻の結婚式でダンスを踊って以来、タンステルはアイヴィに惹かれていたが、公的に親しくすることは許されなかった。アイヴィは良家のレディで、タンステルはただの下っ端クラヴィジャー。しかも俳優だ。アレクシアは首をかしげた——タンステルの愛情は本物なの？　それとも、かなわぬ恋と知ってなおさら燃え上がっているだけ？

「誰と？」アレクシアは当然の質問をした。

アイヴィはアレクシアを無視してタンステルに駆け寄った。

「まあ、あなた、ケガをしているじゃないの！」アイヴィはブドウ房とシルクのイチゴを揺らして驚くと、小さなサクランボの房を刺繍したしみひとつないハンカチを取り出し、形ばかりタンステルの顔に押し当てた。

「ただのかすり傷です、ミス・ヒッセルペニー、大丈夫です」形ばかりであろうと、タンステルはアイヴィの行為をうれしそうに受け入れた。

「でも血が出ているわ、ぽたぽたと」と、アイヴィ。

「ご心配なく。こぶしが当たったらこうなるものです」

アイヴィが息をのんだ。「げんこつでなぐられたの！　まあ、なんて恐ろしい！　かわいそうなミスター・タンステル」アイヴィは白い手袋をした手でタンステルの血のついていない頬をなでた。

〝かわいそうなミスター・タンステル〟は、しかし、少しも気にしていなかった。こうして介抱してもらえるのはなぐられたおかげだ。「ああ、どうかそんなに心配しないでください」そう言いながらもアイヴィの手に顔をあずけた。「なんてすてきな帽子でしょう、ミス・ヒッセルペニー、なんというか」――タンステルはふさわしい言葉を探し――「とてもフルーティです」

アイヴィはビーツのように真っ赤になった。「あら、気に入ってくださった？　特注品ですの」

やっぱり。「アイヴィ」アレクシアは鋭い口調で大事な話に引き戻した。「いったい誰と婚約したの？」

魅力的なミスター・タンステルにうっとりしていたアイヴィはハッと現実に戻った。「名前はフェザーストーンホー大尉――〝ノーサンバーリングらせん状パスタ《フジッリ》〟とともにインドからはるばる戻ってこられたばかりなの」

「〝ノーサンバーランド小銃隊《フュージリア》〟じゃないの？」

「あら、そう言わなかった？」アイヴィは無邪気に大きな目を輝かせた。

〈将軍〉の命令による軍隊再編成は思った以上に多くの連隊に関係しているようだ。女王陛下と軍上層部が何を考えているのか〈陰の議会〉で突きとめる必要がありそうね。

その会議に、すでにアレクシアは言いわけできないほど遅れていた。

アイヴィが続けた。「悪い話じゃないのよ。もっとも母はせめて少佐ランクにしたかったようだけど。でもほら――」アイヴィはささやくように声を低めた――「この歳では、あまりえり好みできないし」

これを聞いてタンステルは愕然とした。たしかにミス・ヒッセルペニーは自分より年上だが、結婚相手としては申しぶんない。そんな女性が一大尉と結婚するなんて。タンステルは思わず口を開きかけたが、女主人から鋭くにらまれ、めずらしく口をつぐんだ。

「タンステル、仕事に戻ってちょうだい」アレクシアが命じた。「婚約おめでとう、アイヴィ、でも本当に行かなければならないの。大事な会議があって、もうとっくに遅刻なのよ」

アイヴィは立ち去るタンステルの背中を目で追った。「もちろん、フェザーストーンホー大尉は理想の相手じゃないわ。軍人というのは、ほら、とても現実的でしょう？　どちらかと言えばあなた向きだわ、アレクシア。わたしは昔から詩人の魂を持った男性が理想だったの」

アレクシアはあきれて両手を上げた。「タンステルはクラヴィジャーよ。どういう意味かわかるでしょう？　いずれ、それも近いうちに彼は変異を申し出て、おそらく命を落とすわ。たとえ生き延びたとしても人狼になるのよ。あなた、人狼は嫌いでしょ？」

アイヴィはブドウ房を揺らして無邪気に目を見開いた。「でも、変異する前に、やめようと思えばいつでもやめられるんでしょう？」

「やめて何になるの？　本職の役者？　うつり気な観客のご機嫌取りをしながら一日一ペニ

ーで暮らすつもり？」

アイヴィは鼻を鳴らした。「あら、いつミスター・タンステルの話だなんて言ったかしら？」

これ以上、付き合ってはいられない。「馬車に乗って、アイヴィ。街まで送るわ」

ロンドンに着くまでの二時間、アイヴィは間近に迫った結婚や付き添い役の衣装、招待客リスト、披露宴の料理についてえんえんとしゃべりつづけた。だが、肝心の前途有望な花婿の話はあまり出てこない。相手がどんな人物かどうかはあまり関係なさそうね——馬車に揺られながらアレクシアは思った。アイヴィが馬車を降り、こぢんまりした屋敷に小走りで入ってゆくのを見て、アレクシアはふと不安になった。アイヴィはそれだけを伝えにきたのかしら？　だが、いまは親友を心配する時間はない。アレクシアは馬車をバッキンガム宮殿に向かわせた。

宮殿では衛兵たちが待っていた。これまでレディ・マコンは日曜日と木曜日には必ず日没から二時間後には宮殿に到着していた。そして、その率直な物言いと鋭い意見にもかかわらず、いまや女王陛下を訪ねる常連のなかでもっとも品行方正で好感を持たれる人物となった。しかも最初の二週間で衛兵全員の名前を覚えたことでアレクシアの株はぐんと上がった。上流階級はマコン卿が選んだ結婚相手に懐疑的だったが、軍部には受けがいい。軍人というものは単純明快な意見を好むものだ——たとえそれが女性からのものであっても。

「遅刻ですよ、レディ・マコン」衛兵の一人が首に嚙み跡がないか、書類カバンのなかに違法な蒸気装置がないかを確かめながら言った。

「わかってるわ、ファンティントン中尉、わかっています」と、アレクシア。

「さあ、時間がありません。急いで」

アレクシアはファンティントン中尉に硬い笑みを向けてなかに急いだ。

なかでは〈将軍〉と〈宰相〉が〈議長《マージャ》〉の到着を待っていた。ヴィクトリア女王は不在だ。女王陛下はたいてい真夜中近く、家族との夕食を終えたあとに現われ、三人の議論の結果を聞き、最終決断を下す。

「お待たせして申しわけありません」と、アレクシア。「今夜は屋敷の前庭に予想外の不法占拠者が現われ、同じくらい予想外の婚約に対処しなければなりませんでしたの。言いわけ無用なことは承知しています。でも、いちおうそういう事情でしたので」

「なるほど」〈将軍〉が不満そうにうなった。「不法占拠者と親切心は大英帝国の公務にも優先するということか」広い屋敷こそ持たないものの、アッパー・スローターの伯爵でもある〈将軍〉は、毛皮を賭けてウールジー伯爵と一戦を交えることのできるイングランド内でも数少ない人狼の一人であり、現にその事実を証明したこともある。マコン卿と同じくらいの巨体だが、少し年上のようだ。黒い髪。大きな顔。くぼんだ目。少し口が大きすぎるのと、あごの割れ目が深すぎるのと、口ひげと頰ひげが個性的すぎることを除けば、かなりの美男子だ。

　あの口ひげを見るたび、アレクシアは不思議でならなかった。人狼は歳を取らないから髪や毛は伸びない。だとしたら、あのひげはどこから出てきたの？　昔から生えていたの？　あのかわいそうな上唇は、いったい何世紀わずらわしいひげを堪えしのんできたのかしら？　でも今夜は〈将軍〉や、その顔の特徴に悩んでいる場合ではない。「では」アレクシアは椅子に座り、かたわらの机に書類カバンを置いた。

「そうしよう」〈宰相〉が落ち着いたなめらかな声で答えた。「始めましょうか？」「ときに、今夜の体調はどうだね、〈議長《マージャ》〉？」

　アレクシアは意外な質問に驚いた。「快調ですわ」

〈陰の議会〉の吸血鬼メンバーである〈宰相〉は人狼の〈将軍〉より危険だ。彼には年齢という強みがあり、〈将軍〉より信用できない。〈将軍〉の反発が形式的であるのに対し、〈宰相〉は心からアレクシアを嫌悪している。アレクシアがウールジー団のアルファと結婚するときも、ヴィクトリア女王によって〈陰の議会〉の一員に任命されたときも〈宰相〉は公式文書で不服を申し立てた。本当の理由はわからないが、この件に関しても、いつものごとく〈宰相〉は吸血群の支持を得ていた。つまり、団に対する忠誠心が脆弱な〈将軍〉よりはるかに手ごわい存在だということだ。

「胃の不調もなく？」

　アレクシアは〈宰相〉を疑わしそうに見た。「いいえ、まったく。そろそろ始めませんこと？」

通常〈陰の議会〉は異界族と王室の意見交換という形で進む。ＢＵＲが行政機関だとすれば、〈陰の議会〉は立法、政治的・軍事的指導、そしてときにはやっかいな後始末を受け持つ機関だ。アレクシアが議員になってから数カ月間で討論された議題は、アフリカの田舎にある吸血群の承認、海外で死亡した人狼ボスの補充に関する軍事規定、公共博物館における首隠し禁止条例など多岐にわたるが、いわゆる深刻な問題をあつかったことはまだ一度もない。でも、今夜の会議はおもしろくなりそうだ。

アレクシアは書類カバンの蓋をパチンと開け、波動聴覚共鳴妨害装置を取り出した。釘のようなものがついた小型装置で、二本の音叉が水晶柱から突き出ているようにも見える。アレクシアは一本の音叉を指ではじき、しばらくしてもう片方の音叉をはじいた。二本の音叉がぶーんとうなるような不協和音をかなで、それが水晶で増幅されて盗聴を防止する。アレクシアは盗聴防止装置を巨大な会議テーブルの中央にそっと置いた。耳ざわりだが、みな慣れている。たとえ警備の厳しいバッキンガム宮殿のなかでも、用心するにこしたことはない。

「今夜ロンドンで何が起こったのです？　何にせよ夫は、あろうことか日没と同時に目を覚まし、情報を届けた地元ゴーストはすっかり狼狽していました」アレクシアはお気に入りの小さな手帳とアメリカから輸入された尖筆型万年筆《スタイログラフィックペン》を取り出した。

「何も知らないのかね、〈議長〉？」〈将軍〉が冷ややかにたずねた。

「もちろん知ってますわ。ただ、ちょっとした楽しみのためにこうしておたずねしているんです」アレクシアは皮肉っぽく答えた。

「今夜のわれわれ二人に、どこか違うところはないかね？」〈宰相〉は濃い赤茶色のテーブルの上で純白のヘビのような両手を突き合わせ、深くくぼんだ美しい緑色の目でアレクシアを見た。

「遠まわしな言いかたは無用だ。〈議長《マージャ》〉が関係していることは間違いない」〈将軍〉は立ち上がり、室内をうろうろしはじめた——会議中、こうして落ち着きなくうろつくのが〈将軍〉のくせだ。

アレクシアは書類カバンからお気に入りのギョロメガネを取り出して鼻に載せた。正式名称は〝分光修正機能つき単眼交差型拡大鏡〟だが、最近ではみな——ライオール教授でさえ——ギョロメガネと呼ぶ。アレクシアのは金製で、縁には装飾的な縞瑪瑙《オニキス》がはめこんであり、複数レンズや液状緩衝体はついていない。つまみやダイヤルもすべてオニキス製だが、どんなに高価な材料を使ってもけったいな印象に変わりはない。ギョロメガネは総じてけったいなしろものだ——双眼鏡とオペラ・グラスが密通してできた不幸な子どものような。

アレクシアはギョロメガネのダイヤルをまわし、右目を異様に拡大させて〈宰相〉の顔に焦点を合わせた。整った左右対称の顔。濃い眉。緑色の目。まったく普通で、むしろ自然《ナチュラル》な印象だ。肌もそれほど青白くなく、健康そうに見える。〈宰相〉が小さく笑った。白い歯が箱のようにずらりと並んでいる。そこでアレクシアははっと息をのんだ。

これは問題だ。牙がない。

アレクシアは立ち上がり、せわしなく動く〈将軍〉の前に立ちはだかると、ギョロメガネを〈将軍〉の顔に向け、目に焦点を当てた。なんの変哲もない焦げ茶色。虹彩のまわりが黄色くもなければ、広い草原を思わせる雰囲気も、狩人の本能の気配もない。

アレクシアは考えぶかげに椅子に座り、ていねいにギョロメガネをはずしてカバンにしまった。

「どうだね？」

「つまりあなたがたは、その、いま現在、体調不良というか」──アレクシアはふさわしい言葉を探し──「つまり、普通の状態に……感染しているということですわね？」

〈将軍〉が不愉快そうに見返し、アレクシアは手帳に書きとめた。

「驚きました。ほかにどれだけの異界族が人間に戻っているんですの？」アレクシアは万年筆をかかげてたずねた。

「ロンドン中心部にいるすべての吸血鬼と人狼だ」〈宰相〉はどこまでも冷静だ。

アレクシアは心底、驚いた。全員が異界族でないとすれば、すなわち誰が死んでも不思議はないということだ。反異界族のあたしは感染したのかしら？　アレクシアはしばし自分の体調を思い返した。いつもと変わったところはない──でも判断は難しい。

「変身できない現象はどの地域まで広がっているのです？」

「波止場を中心にテムズ川北岸地域に広がっているようだ」

「その感染域を離れたら異界族の状態に戻るんですの？」アレクシアの科学的好奇心が頭をもたげた。

「いい質問だ」〈将軍〉が扉から出て行った。使者を送りこんで調べさせるのだろう。ふつう、このような任務はゴースト捜査官の仕事のはずだ。専属ゴーストはどうしたのかしら？

「ゴーストはどうなの？」アレクシアは眉をひそめてたずねた。

「それこそが感染域を特定できた理由だ。日没以降、テムズ川流域を地場とするゴーストは一人も現われていない。全員が消えた。除霊されたのだ」〈宰相〉はアレクシアをじっと見つめた。当然ながら〈宰相〉はアレクシアが今回の件に関係があると思っている。この世に──不快な仕事ではあるが──ゴーストを除霊できる特殊な能力を持つ生き物は一種類しかいない。それこそ反異界族であり、アレクシアはロンドンに暮らす唯一の反異界族だ。

「まあ」アレクシアはため息まじりに言った。「王室のゴースト職員は何人いなくなったんですの？」

「〈陰の議会〉担当が六人、BUR担当が四人。残りの亡霊のうち八人は騒霊状態《ポルターガイスト》だから いなくなっても問題ない。あとの十八人は消魂《ディスアニムス》の最終段階だ」〈宰相〉は書類の束をアレクシアに向けて放り投げた。アレクシアは内容に目を通しながら書類をめくった。

〈将軍〉が戻ってきた。「さっきの答えは一時間以内にわかるだろう」そう言うと、ふたたび室内をうろうろしはじめた。

「念のために言っておきますけど、あたくしは昼間じゅうウールジー城で寝ていました。夫が証言しますわ──寝室は同じですから」アレクシアはかすかに頬を赤らめた。こんなことを言うのは不本意だが、身の潔白を証明するためにはしかたない。

「なるほど」いまや吸血鬼ではなく一人の人間となった〈宰相〉が言った。この数百年で初めてのことだ。あの高そうな房つきブーツのなかでは脚が震えているに違いない。なにせ何世紀ぶりに死の恐怖に向き合うのだから。言うまでもなく感染域内には吸血群がある——つまり吸血鬼女王も危険にさらされているということだ。吸血鬼というものは——たとえ〈宰相〉のようなはぐれ者でも——女王を守るためならなんでもする。

「だが、きみの人狼の夫は日中はぐっすり眠っているはずだ。まさか睡眠ちゅう、ずっと夫君に触れているわけではあるまい？」

「まさか」アレクシアは思わぬ質問に驚いた。毎日、眠っているあいだじゅうコナルと触れ合っていたら、そのあいだに彼は歳をとってしまう。自分だけが老いてゆくのは考えるだけでぞっとするけど、だからと言って夫をともに老いさせようとは思わない。それに日中ずっと触れていたらひげが伸びて、目覚めるたびにコナルは今よりもっとむさくるしくなるだろう。

「つまり、きみはこっそり城を抜け出すこともできたわけだな？」〈将軍〉が足を止め、アレクシアをにらんだ。

冗談じゃないわ——アレクシアはチッと舌を鳴らした。「うちの城の者たちをご存じないようですわね？　たとえ執事のランペットが止めなかったとしても、個人秘書のフルーテが止めるでしょう。メイドのアンジェリクがあわてて髪を整えに駆けつけるのは言うまでもありません。こっそり抜け出すなんてことができたのは——悲しいかな——いまや過去の話です。でもお二人に今回の事件を解明する気がないのなら、あたくしが犯人あつかいされてもしかたありませんわね」

さすがの〈宰相〉も少しは納得したようだ。あるいはアレクシアにそんなことができると信じたくないのかもしれない。

「よろしいですか？」アレクシアは続けた。「一人の反異界族に――たとえどんなに力が強くても――街全体に影響を与えることなどできません。異界族を人間にするには実際に触れなければならないし、ゴーストを消すには死体に触れなければなりませんわ。あたくしが同時にあらゆる場所に存在したとでもおっしゃるの？　それに、現に今あたくしはあなたがたに触れていない――なのにお二人は人間です」

「ではどういうことだ？　反異界族が束になって現われたというのか？」〈将軍〉の言いそうなことだ。なんでも数で考えたがるのは軍事訓練ばかりしているせいに違いない。

〈宰相〉は首を横に振った。「ＢＵＲの記録を見たことがあるが、イングランドに、これほど大量のゴーストを一瞬で消せるだけの反異界族はいない。文明社会全体を探しても、そんなにはいないだろう」

どうやって記録を見たのかしら――アレクシアは首をかしげた。この件はあとで夫に話しておいたほうがよさそうだ。アレクシアは目の前の話に注意を戻した。「世のなかに反異界族より強力な存在がいます？」

いまや吸血鬼でない〈宰相〉はまたもや首を振った。「いや、この能力に特化した生物はいない。吸血鬼の公文書によれば、魂吸《ソウル・サッカー》いは地球上で二番目に恐ろしい存在だ。しかも、もっとも恐ろしいのはヒルではなく別の寄生体だとも書いてある。だが、これがその寄生体のしわざとは思えない」

アレクシアは興味と混乱を感じつつ手帳に書きつけた。「あたくしたちソウル・サッカーより恐ろしいもの？　そんなものが本当に存在するんですの？　あたくしたちほど嫌われている種族はないと思っていましたわ。それで、あなたがたは彼らにどんなひどい呼び名をつけていますの？」

〈宰相〉は質問を無視した。「知らないほうが幸せだ」

アレクシアは追及したかったが、同じような質問をしても無視されるだけだ。「となるとこれは兵器、すなわち科学装置によるものでしょう。それしか考えられませんわ」

「あるいは、あの突拍子もないダーウィンの進化論とやらにあるように、反異界族が突然、進化して新種が生まれたのか……」

アレクシアはうなずいた。ダーウィンと種の起源に関する理論には懐疑的だが、彼の説も考慮に入れるべきかもしれない。

だが、〈将軍〉はダーウィン説を鼻であしらった。「人狼というのは概して吸血鬼より科学に関心が低い――武器の開発を除けば。ともあれ今回の件に関しては〈議長〉の意見に賛成だ。〈議長〉のしわざでないとすれば、おそらく最新技術を使った発明品によるものだろう」

「たしかに今は〈発明の時代〉だ」〈宰相〉も同意した。

ふと〈将軍〉が眉をひそめた。「ついにテンプル騎士団はイタリアを統一し、自分たちを〝無謬《むびゅう》〟だと宣言した。彼らがふたたび関心を外に向けだしたとも考えられる」

「第二の異端審問の先触れだと言うのか？」〈宰相〉の顔が蒼白になった。いかにも人間らしい反応だ。

〈将軍〉は肩をすくめた。

「過激な憶測をめぐらしても意味がありませんわ」アレクシアはあくまでも現実的だ。「テンプル騎士団の関与を示すものは何もないのですから」

「きみはイタリア人だ」〈将軍〉がうなるように言った。

「ばかばかしい。この会議では、あたくしがイタリア人の父を持つことがすべて原因とされるんですの？　あたくしの髪は巻き毛ですけど、それもなんらかの関係があると？　あたくしはこんなふうに生まれてきました。どんなに変えたくても、これぱかりはどうしようもありません。できることなら、もっと小さい鼻に生まれたかったほどですわ。とにかく、今回の〝広域反異界族的影響〟の原因は、ある種の兵器によるものと考えるのが妥当でしょう」

アレクシアは〈宰相〉を振り返った。「過去にこのような現象がなかったというのは確かですの？」

〈宰相〉は緑色の目をくもらせ、白い指先で眉間のしわをこすった。妙に人間らしいしぐさだ。「公文書管理官に問い合わせてみるが、おそらくこんなことは初めてだ」

アレクシアは〈将軍〉を見た。〈将軍〉も首を横に振った。

「となると、問題は今回のことで得をするのは誰かってことですわね？」

〈宰相〉と〈将軍〉はきょとんとしてアレクシアを見つめた。

そのとき扉を叩く音がして〈将軍〉が応じ、扉の隙間から小声で言葉を交わした。戻ってきた〈将軍〉の表情は恐怖から困惑に変わっていた。

「人間化現象は先ほど話した感染域の外に出ると消えるようだ。少なくとも人狼は完全に異界族に戻る。もっとも、ゴーストは場所を移動できないから無意味だがね。吸血鬼はどうかわからんが」

〈将軍〉はそう言ってとぼけたが、人狼がもとに戻るとしたら吸血鬼も戻るはずだ。たがいに認めたがらないが、両者の性質はよく似ている。

「この会議が終わりしだい独自に調べてみよう」〈宰相〉は明らかにほっとした表情を浮かべた。人間に戻っているせいだろう。いつもはこれほど感情をあらわにする人物ではない。

〈将軍〉が〈宰相〉にあざけるような視線を向けた。「必要なら、大事な女王様に危険がおよばぬよう、すみかを移動させたらどうだ？」

「ほかに議論すべき議題は？」〈宰相〉は〈将軍〉の言葉を無視してたずねた。

アレクシアは波動聴覚共鳴妨害装置を万年筆の反対側でもう一度はじき、〈将軍〉を振り返った。「この時期なぜこんなに多くの連隊が戻ってきたのです？」

「たしかに今夜ここに来る途中、どの通りも兵士であふれていたな」〈宰相〉もけげんそうに言った。

〈将軍〉はさりげなく肩をすくめたが、動揺しているのは明らかだ。「文句があるならカードウェル陸相と彼の改革に言ってもらいたい」

アレクシアは当てつけがましく鼻を鳴らした。アレクシアはカードウェルが推し進める陸軍近代化に賛成だ。むち打ちの廃止と短期兵役制の採用により、軍は以前よりはるかに人道的になった。だが、〈将軍〉は昔気質《むかしかたぎ》だ——兵士は叩かれ、鍛えられ、ときには血を流すべきだと信じている。

〈将軍〉はアレクシアの反応を無視して続けた。「数カ月前、西アフリカのアシャンティ族に苦しめられた連隊の汽船が戻ってきた。そこで陸相は兵員交替のため、東方出兵していた者たちを全員、呼び戻したのだ」

「インドにはいまも多くの連隊が駐留しているんですの？　とっくに平定されたと思っていましたわ」

「とんでもない。だが、正規軍は引き揚げさせ、あとは東インド会社の傭兵部隊にまかせている。いまは何より帝国の安定が重要だ。陸相は西アフリカに人狼補助部隊のいる正式な連隊を送りこみたがっている。無理もない。かの地は一筋縄ではいかんからな。いまロンドンに帰還中の各連隊は二個大隊に再編成され、ひと月内にはふたたび外洋に出る。それまでちょっとした騒ぎだ。できるだけ早く帰還するため、連隊の大半がエジプトを経由してきた。命令の遂行までどれだけ呼び戻せばいいのかわからないが、とにかく当分のあいだロンドンの居酒屋は兵士のたまり場となる。一刻も早く戦地に送り返したいところだが」

そこで〈将軍〉はマコン夫人に歯を剝いた。「それで思い出した。くれぐれもマコン卿には、ふたつの人狼団をきちんと監督してもらいたい」

「ふたつの人狼団？　前回、調べたときはロンドンにひとつしかありませんでしたわ。言っておきますけど、団の監督は夫の仕事ではありません。つねに見張るわけにはいきませんから」

〈将軍〉は立派な口ひげを動かしてニヤリと笑った。「チャニング少佐に会ったようだな？」

イングランドにはそれほど人狼の数が多くないため、全員が知り合いだ。しかもみな噂話が好きらしい。

「ご明察ですわ」アレクシアは顔をしかめた。

「わたしが言いたいのはスコットランド高地のキングエア人狼団のことだ」と、〈将軍〉。

「キングエア団はブラックウォッチ連隊とともに行動していたが、ちょっとした襲撃事件があった。てっきり夫君が手を打つと思ったんだが」

アレクシアは眉を寄せた。「どうかしら？」

「そのときキングエア団のアルファが殺されたのを知っているか？　ナイオールとかなんとかいう連隊長だ。ひどい事件だった。キングエア団は正午ごろ、もっとも人狼の力が弱まる時間に不意打ちされ、誰も変身できなかったらしい。その後しばらくは連隊全体が機能不全におちいった。人狼だろうと人間だろうと上級将校を失った組織は混乱をきわめるものだ」

アレクシアはさらに顔をしかめた。「いいえ、知りませんでしたわ」コナルは知っているのかしら？　アレクシアは万年筆の反対側で唇を叩いた。団を失ったアルファが生き延びるのはきわめてまれだ。マコン卿はスコットランドを捨てた理由と原因を決して話さない。だが、自分が見捨てた団になんらかの責任を感じていることは確かだ――たとえ何十年も前のことだとしても。

会議は誰が兵器を作っているかという議論に移った。秘密とは名ばかりの各種結社か、他国政府か、あるいは反政府派か。アレクシアは〈ヒポクラス・クラブ〉のような科学者たちのしわざだと主張し、彼らに対する規制解除には断固反対する姿勢を示した。〈ヒポクラス・クラブ〉の生き残りを独自のやりかたで処罰したいと思っている〈宰相〉は不満そうだが、〈将軍〉はアレクシアの意見に賛同した。〈将軍〉はこの手の科学的研究にさほど関心はないが、すべてを吸血鬼の手にゆだねる気もない。議論は〈ヒポクラス・クラブ〉が保有していた装置の配分におよんだ。アレクシアがＢＵＲへの委託を提案すると、意外にも〈宰相〉は――マコン卿がＢＵＲの主任捜査官であるにもかかわらず――吸血鬼捜査官を配属させるのを条件に同意した。

ヴィクトリア女王が会議に現われたころには、いくつかの結論が出ていた。今回の人間化現象の概要と、なんらかの秘密兵器によるものだという説を報告すると、女王は予想どおり憂慮の表情を浮かべた。大英帝国の隆盛が吸血鬼の助言と人狼戦士の後ろ盾によることは誰よりもよく知っている。吸血鬼と人狼の命が危うくなれば、帝国の安全もおびやかされかねない。とりわけ女王はアレクシアによる捜査を熱望した。なんといっても除霊は反異界族である〈議長〉の専売特許だ。

いずれにせよ謎の究明に当たるつもりだったアレクシアは、女王から正式な依頼を受けて満足し、予想外の達成感を覚えながら〈陰の議会〉をあとにした。むさくるしいBURの執務室に押しかけて夫を問いつめたくてたまらなかったが、そんなことをしても口論になるだけだ。アレクシアはフルーテと図書室の待つ城に向かった。

アレクシアの父親の蔵書はつねに優れた――少なくとも気晴らしにはなる――情報を提供してくれる。だが、異界族の力を広範囲で打ち消す事例のことはどこにも書かれていなかった。〝吸血鬼にはソウル・サッカーより恐ろしい存在がいる〟という〈宰相〉の気になる言葉の答えとなるような記述もない。アレクシアとフルーテは何時間もかけて古びた革張りの本や古い巻紙、日誌などをめくったが、何ひとつ見つからなかった。小さな革の手帳に書きこむようなものもなければ、謎を解く手がかりすらない。

フルーテの沈黙が雄弁に物語っていた。

アレクシアはトーストと缶詰ハムと薫製サーモンで軽く朝食を取り、敗北感といらだちを抱いたまま夜明け前に床についた。

翌朝早くアレクシアは夫に起こされ、まったく別の欲求不満のなかで目を覚ました。ざらついた大きな手は執拗だが、こんなふうに起こされるのは嫌ではない——とくにどうしても夫にききたいことがあるときは。朝の光が射しこみ、まともな異界族ならぐっすり眠っている時間だが、さいわいマコン卿は体力のあるアルファだ。若い人狼と違って、数日間なら太陽の害を受けることなく連続で起きていられる。

今回の迫りかたはいつもと違った。寝具をかぶり、ベッドの足もとから身をよじって近づいてくる。目を開けると、巨大な寝具の塊が荷物を背負ったクラゲよろしく前後に揺れながら向かってくるという滑稽な光景が目に入った。横向きになったアレクシアの脚の裏に胸毛が当たったかと思うと、マコン卿が前進しながら妻のナイトガウンを押し上げた。片膝の裏に軽くキスされ、アレクシアは思わず脚を引っこめた。ぞくぞくするほどくすぐったい。

アレクシアは毛布をめくり、夫を見下ろした。「何をしているの、おバカさん？　まるで狂ったモグラみたいよ」

「透明人間だぞ。見えないはずだがな？」マコン卿はわざと不満そうに答えた。

「これはなんの真似？」

マコン卿は一瞬、照れを浮かべた。巨体のスコットランド男にはどう見ても似合わない表情だ。「スパイの潜入法を愛情表現に応用してみた。BUR捜査官の奥義《おうぎ》だ。もっとも、この捜査官は帰宅が遅すぎるが」

アレクシアは片肘をつき、笑いをかみ殺しながら恐ろしげに眉を吊り上げた。

「ダメか？」

アレクシアはさらに眉を吊り上げた。

「いいだろ？」

アレクシアはこみあげる笑いをこらえ、レディ・マコンにふさわしい厳めしさをよそおった。「しかたないわね」アレクシアは片手を胸に置き、悲劇のヒロインが出しそうなため息とともに枕に頭をあずけた。

マコン卿の目はキャラメル色と黄色の中間くらいで、広い野原のにおいがする。狼の姿で戻ってきたのかしら？

「あなた、話があるの」

「ああ、あとでな」マコン卿はつぶやき、ナイトガウンをさらに押し上げると、あまりくすぐったくない――でも感じやすい部分を責めはじめた。

「このガウンは最悪だ」そう言っていまいましいナイトガウンを脱がせると、いつものように床に放り投げた。

アレクシアは捕食者のようにじりじりと這いのぼってくる夫を見つめた。いまにも寄り目になりそうだ。

「あなたが買ったのよ」アレクシアは下のほうに身をずらし、ぴったり身体をくっつけた。寒いし、毛布をかけてくれないのだからしかたない。

「そうだった。これから買うのはパラソルだけにしよう」

マコン卿の目が茶褐色から完全に黄色になった。この段階にくると、いつもこんな色になる。あたしの好きな目だ。アレクシアが不満を言う前に――言う気もなかったけど――マコン卿はたっぷりと濃厚なキスを浴びせた。きっと立っていたら膝が震えていただろう。

だが二人はいまベッドのなかで、アレクシアはすっかり目覚めている。震える膝にも、夫のキスにも、それを言うなら身体のどんなに敏感な部分に触れられても惑わされないわ。

「あなた、あたくしはとても怒ってるのよ」アレクシアはかすかにあえぎながら夫を非難し、その理由を思い出そうとした。

肩と首のあいだのやわらかい部分に軽く歯を立てられ、アレクシアは小さなうめきをもらした。

「わたしが今度は何をしでかした？」マコン卿はたずね、ふたたび妻の身体を唇で探索しはじめた。実に勇敢な探検家だ。

アレクシアは夫から逃れようと身をよじった。

だが、それも夫をうならせ、さらにしつこくしただけだ。

「前庭で野営する連隊のことを何も告げずに出ていったわね」アレクシアはようやく怒りの原因を思い出した。

「ああ、それか」温かいキスを腹部に浴びせた。

「あのチェスターフィールド・チャニングス・チャニング・チャニングとかいう少佐はいったい何？」

マコン卿はキスを中断した。「まるで病原体のような口ぶりだな」

「もう会ったんでしょう？」

マコン卿は小さく鼻を鳴らすと、ふたたびお腹にキスしはじめた。

「連隊が来るってこと、ひとことも教えてくれなかったわね」

マコン卿はアレクシアの剝き出しの腹部に息を吹きかけた。

アレクシアは肩をつねった。マコン卿は妻の下半身に熱中している。「ライオールか」「そうよ！ ライオールはあろうことか、あたくしをあたくしの団に紹介しなければならなかったのよ。なにしろ兵士の誰とも会ったことがなかったんだから。わかってる？」

「ライオールから聞いた。かなり難《ハード》しい状況にみごとに対処したそうだな？」マコン卿はキスと愛撫のあいだに言った。「こっちの硬《ハード》いものもなだめてくれないか？」

悪くないわね――アレクシアは思った。そもそも、どうしてあたしだけ息が荒いの？ アレクシアは正しいキスのためにマコン卿の身体を引き上げ、下のほうに手を伸ばした。

「それからロンドンで起こった大量除霊現象のことはどうなの？ それもあなたは教えてくれなかったわ」アレクシアは優しく握りながら、不満そうにつぶやいた。

「ああ、うむ、それは……」マコン卿はアレクシアの髪に息を吹きかけ、まったくよくしゃべる口だとかなんとかつぶやいたあとで「……終わった」と答え、ますます執拗に首を愛撫しはじめた。

「待って」アレクシアが叫んだ。「話をするんじゃなかったの？」

「話をしてるのはきみだけだ」そう答えたあとでマコン卿は思い出した。妻の口を封じる確実な方法はひとつしかない。マコン卿は顔を近づけ、唇をふさいだ。

3　帽子の買い物といくつもの困難

アレクシアはできかけのオムレツのような、じっとり、ぐったりした気分でしげしげと天井を見つめていたが、ふと身をこわばらせた。「何が終わったんですって？」

アレクシアの問いに小さな寝息が答えた。吸血鬼と違って人狼は昼間でも死んだようには見えない。ただ、ものすごく眠りが深いだけだ。

だが、この人狼は違う。しかも妻が何か言おうとしているときにおちおち寝てはいられない。アレクシアは親指で夫の脇腹をぐいと突いた。

突きの強さのせいか、それとも反異界族が触れたせいか、マコン卿は小さく鼻を鳴らして目覚めた。

「何が終わったの？」

威圧的な顔に見下ろされてマコン卿はふと考えた――おれはどうして人生の伴侶にこんな女性を選んだのだろう？　アレクシアが身をかがめてマコン卿の胸を噛んだ。ああ、そうだ――この大胆さと頭の回転の速さのせいだ。

胸への愛撫がやんだ。「どうなの？」

そして人をあやつる力。

マコン卿は充血した黄褐色の目を細めた。「きみの脳みそは休むことがないのか？」

「そうでもないわ」アレクシアはいたずらっぽい表情を浮かべ、分厚いビロード地のカーテンの隙間から射しこむ光の角度に目を細めた。「あなたはゆうに二時間はあたくしの脳みそを休止させたわ」

「たったそれだけか？　どうだ、レディ・マコン、三時間に挑戦してみないか？」

アレクシアは軽く夫を叩いた。「こんなふうにひっきりなしに運動するには歳を取りすぎてると思わない？」

「何を言うか、マイ・ラブ」マコン卿はむっとして鼻を鳴らした。「わたしは二百歳を超えたばかりの、ほんの若造だ」

もうそんな言葉にはだまされないわ。「それで、何が終わったの？」

マコン卿はため息をついた。「早朝三時ごろに謎の〝広域反異界族的現象〟は治まった。異界族は──ゴーストを除いて──全員が普通に戻った。テムズ川北岸地域に拠点を置くゴーストは一人残らず、永遠に除霊された。現象が治まった一時間後、みずから志願した肉体つきゴーストでためしたところ、何ごともなくつなぎとめられたから、あの地域でも新しく生まれるゴーストは問題なく根づくだろう。だが、古いゴーストは永遠に消えた」

「それで終わり？　危機は回避されたってこと？」アレクシアはがっかりした。ことの顚末を忘れないように調査手帳に書きとめておこう。

「いや、そうとは思えん。今回の事件をこのまま闇に葬るつもりはない。なんとしても真相を突きとめなければならん。事件のことは誰もが——昼間族さえ——知っている。異界族ほどの動揺はないが、みな真相を知りたがっている」

「ヴィクトリア女王もね」と、アレクシア。

「異界管理局《BUR》は今回の大量除霊で優秀なゴーストを数名、失った。王室もそうだ。おまけに局には《タイムズ》、《ナイトリー・イーソグラフ》、《イブニング・リーダー》各紙もやってきた。烈火のごとく怒ったアンブローズ卿が押しかけてきたのは言うまでもない」

「まあ、かわいそうに」アレクシアはやさしく夫の頭をなでた。マコン卿はマスコミ嫌いで、アンブローズ卿と同じ部屋の空気を吸うことにはもっと耐えられない。「ナダスディ伯爵夫人も今回ばかりは動揺したでしょうね」

「群全体が動揺したはずだ。なんといっても女王がこれほどの危険にさらされたのは何千年ぶりだからな」

アレクシアは鼻を鳴らした。「少しはいい薬じゃない?」アレクシアはあからさまにウェストミンスター吸血群の女王を嫌っている。信用ならない相手だ。両伯爵夫人はたがいに距離を保っているが、ナダスディ伯爵夫人はたまの夜会に必ずマコン夫妻を招待し、マコン夫妻は当てつけがましく必ず出席した。

「アンブローズ卿はわたしを脅したんだぞ。このわたしを!」マコン卿は文字どおりうなった。「わたしのせいだとでも言うように!」

「アンブローズ卿はあたくしが犯人だと疑ってるのよ」

マコン卿はさらに怒りをつのらせた。「まったく、あの男も、吸血群も脳たりんのバカ野郎ばかりだ。たわごとをほざきおって」

「言葉に気をつけて、あなた。〈宰相〉も〈将軍〉もそう思ってたみたいよ」

「やつらもきみを脅したのか？」マコン卿は身を起こし、波止場ふうの悪態を羅列した。

アレクシアはマコン卿の長たらしいぼやきをさえぎった。「彼らの言いぶんもわかるわ」

「なんだと？」

「考えてもみて、コナル。あたくしはロンドンで唯一の魂なき者《ソウルレス》で、いまのところ異界族にこうした影響を与えられるのは反異界族だけよ。あたくしを犯人だと思うのも無理はないわ」

「きみが犯人でないことはわたしたちがよく知っている」

「そうよ！　だったら誰？　何が原因なの？　いったい何が起こったの？　あなた、何か知ってるんじゃない？」

マコン卿は含み笑いを漏らした。おれは魂のない女性と結婚したのだ――妻の徹底した実務第一主義にいちいち驚いてどうする？　それに、この現実的な性格は意外にもいい気分転換になる。「まずはきみの意見を聞こう」

アレクシアはマコン卿の身体を引きおろして横に寝かせ、胸と肩のあいだにできた隙間に頭を載せた。「〈陰の議会〉は女王陛下に新しい科学兵器のしわざじゃないかと伝えたわ」

「きみもそう思うか?」耳もとでマコン卿の声がとどろいた。

「いまは進歩の時代だから可能性はあるけど、ひとつの仮説にすぎないわ。もしかしたらダーウィンの言うとおり反異界族が新たな進化をとげたのかもしれないし、テンプル騎士団がからんでいるのかもしれない。あるいは何か重要なことを見落としているのかも」アレクシアは無言の夫に鋭い視線を向けた。「それでBURは何を突きとめたの?」

アレクシアはひそかに思っていた——これこそ〈議長《マージャ》〉の重要な任務のひとつじゃないかと。ヴィクトリア女王はあたしが〈議長〉職を引き受ける前から、やけに熱心にあたしをコナルと結婚させたがっていた。どう考えても、あれはBURと〈陰の議会〉のあいだの情報交換をより円滑にしたいという意図があったに違いない。でも、さすがの女王も情報交換がこれほど肉体的に行なわれるとは思わなかったはずだ。

「古代エジプトのことをどれくらい知っている?」マコン卿はアレクシアの頭をはずして片腕をつき、空いた手で妻の脇腹をぼんやりなではじめた。

アレクシアは頭を枕に載せて肩をすくめた。父の蔵書のなかにはパピルスの巻紙もたくさんある。エジプトも好きだったらしい。だがアレクシアはエジプトより古代ギリシア・ローマ世界のほうに興味があった。ナイル川流域の激しさと情熱には、どことなく暗い影が感じられる。アレクシアには華麗な走り書きのようなアラビア文字より、数学的緻密さに満ちたラテン文字のほうが魅力的だった。

マコン卿は唇を引き結んだ。「かつてエジプトはわれわれ人狼の土地だった。いまから四千年以上も昔——太陰暦もなかったころの話だ。昼間族がギリシアに都市を造り、吸血鬼がローマを形成するよりはるか昔、人狼はエジプトを支配していた。わたしが頭だけ狼に変身できるのを知ってるだろう？」

「本物のアルファだけができる変身ね？」アレクシアは頭が狼で身体が人間のマコン卿を思い出した。なんとも気味の悪い、ぞっとするような光景だった。

マコン卿はうなずいた。「今もわれわれはあれを〈アヌビスの形〉と呼ぶ。語り部《ハウラー》によれば、古代エジプトには人狼が神とあがめられた時代があったそうだ。そして、その時代に破滅が始まった。伝説の疫病が発生したのだ。異界族だけを襲う伝染病で、〈神殺し病《ゴッド・ブレーカー》〉——破壊の病《やまい》と呼ばれている。疫病はナイル川流域から血と牙を一掃し、人狼も吸血鬼もみな人間に戻り、その世代は瀕死の状態にあったそうだ。それから一千年のあいだ、ナイル川流域では一度も変異がなかった」

「それで今は？」

「今はエジプトじゅうで吸血群はひとつしかない。アレキサンドリアに近いナイル川デルタ北部のプトレマイオス群の生き残りだ。ギリシアがエジプトを制圧したときにできた唯一の吸血群で、力の強い吸血鬼が六人いるだけらしい。いっぽう、病を生き延びた数個の人狼団は砂漠を越えてナイル川をさかのぼり、南に向かった。だが、疫病は今なお〈王家の谷〉に残ると言われ、考古学に手を染める異界族は一人もいない。今も人狼のあいだでは禁じられた学問だ」

アレクシアは話を整理した。「つまり、今回の事件も疫病ってこと？　〈ゴッド・ブレーカー病〉のような？」

「可能性はある」

「だったら、どうしてあっさり終わったの？」

マコン卿は胼胝《たこ》のできた大きな手で顔をこすった。「わからん。人狼の伝説はハウラーからハウラーへ口伝えされてきた。われわれは公文書を持たない。だから内容も時間とともに微妙に変化する。過去の疫病はそれほどひどいものではなかったかもしれないし、先祖がその土地を離れる方法を知らなかっただけかもしれない。今回の現象がまったく別の疫病だとも考えられる」

アレクシアは肩をすくめた。「武器説と同じくらいの可能性はありそうね。真実を確かめる方法はひとつしかないわ」

「それで女王はきみに捜査を依頼したのか？」マコン卿はアレクシアに現場捜査をさせることには今も反対だ。妻を〈議長《マージャ》〉の地位に推薦したのは、事務処理と机上の議論だけを行なう安全で気楽な政治職だと思ったからだ。英国〈陰の議会〉の〈議長〉の地位は長いあいだ空席だったため、反異界族の助言役が実際にどんな仕事をするのかを憶えている者はほとんどいなかった。たしかに〈議長〉には、立法的立場から〈宰相〉の吸血鬼的問題提起と〈将軍〉の軍事的強迫観念のバランスを取るという役目がある。だが、反異界族は縄張りにも団にも拘束されないため、実際に動いて情報を集める任務も負っているのだ。この事実を知ったとき、マコン卿は唾を飛ばして憤慨した。人狼というものは程度の差こそあれ、諜報活動を卑しき行為――吸血鬼の専門分野――と見なして軽蔑している。〝ヴィクトリア女王のドローンになる気か？〟と妻を責めたほどだ。それから丸一週間、アレクシアはだぼだぼのナイトガウンを着て夫に仕返しした。

「あたくしより適任者がほかにいると思う？」

「だが、いいか、これが武器だとしたら非常に危険だ。恐ろしいたくらみが隠れているかもしれん」

アレクシアはうんざりしてため息をついた。「ほかの人には危険でもあたくしには危険じゃないわ。あたくしは害を受けない唯一の存在よ。これまでのところなんの影響もないわ。少なくともあたくしと似たような種族は。それで思い出した――今夜の会議で〈宰相〉がおもしろいことを言ったの」

「ほう？　めずらしいこともあるものだ」

「公文書によれば、ソウル・サッカーより恐ろしいものが存在するんですって――存在したのかもしれないけど。あなた、何か知らない？」アレクシアは夫の顔をじっと見つめた。

黄褐色の目にまぎれもない驚きの表情が浮かんだ。予想外の問いかけだったようだ。

「そんな話は今まで聞いたことがない。だが、吸血鬼と人狼の認識は違う。われわれはきみのことをソウル・サッカーではなく、カース・ブレーカーと見なし、それほど恐れてはいない。人狼には、きみより恐ろしい存在がたくさんいる。だが吸血鬼はどうだ？　太古の昔から、神話には昼の世界にも夜の世界にも恐ろしい生き物がいると語られている。それをわれわれ人狼は〝皮泥棒《スキン・スティーラー》〟と呼ぶが、あくまでも神話だ」

アレクシアはうなずいた。

マコン卿が片手でアレクシアの脇腹の曲線をやさしくなではじめた。

「これで話は終わりだな？」せがむような声だ。

ついにアレクシアは夫の強引な愛撫に屈した――言っておくが、あまりに哀れっぽい声だったからで、自分の胸が早鐘を打っていたからではない。

結局アレクシアは、前の人狼団の死んだアルファのことをたずねそびれた。

いつもより少し遅く目覚めると、すでに夫はいなかった。でも、すぐに夕食の席で会うからあわてることはない。アレクシアの頭のなかは、すでに捜査の計画でいっぱいだ。メイドのアンジェリクが選んだ服――白いレースで縁取った薄青色のシルクのウォーキングドレス――にも「それでいいわ」とだけ答えた。

アンジェリクは女主人の素直な反応に驚いたが、いつもの手際のよさですばやく服を着せ――アレクシアの好みからすれば少しおしゃれすぎるが――わずか三十分後には食卓についた。誰が見ても記録的な速さだ。

夕食のテーブルにはアレクシア以外の全員がついていた。今夜の〝その他全員〟は、もともといる団員と帰還軍人、クラヴィジャーの半数といけすかないチャニング少佐を含む総勢三十名ほどだ。しかし〝その他全員〟のなかに城の主《あるじ》はいなかった。マコン卿の不在は、この大人数のなかにあっても目立つ。

しかたなくアレクシアはライオール教授の隣にどすんと座り、挨拶がわりに軽くほほえんだ。ライオールはまだ食事を始めておらず、熱い紅茶を飲みながら夕刊を読んでいた。

いきなり女主人が現われて食事に加わったのを見て、その他全員はあわてて立ち上がり、アレクシアが座るように身振りすると、全員がカチャカチャと音を立てて座った。ライオールだけは流れるように立ち上がって小さくお辞儀し、踊り子さながらの優雅さでふたたび席に着いた。そして何ごともなかったかのように夕刊の続きを読みはじめた。

アレクシアはみながゆっくり食事を続けられるよう、さっさと仔牛のシチューとアップル・フリッターを自分で取りわけて食べはじめた。正直なところ、二ダースの男たちと暮らしながらレディの優雅さを保つのは面倒なものだ。城の裏庭に何百人もの兵士が野営している状況ではなおさらだわ。

アレクシアはライオールが状況に慣れるのを待って切り出した。「それで、ライオール教授、話を聞かせて――夫はどこに行ったの？」

上品なライオールはさりげなく質問をかわした。「芽キャベツはお好きですか？」

アレクシアは恐怖に手を止めた。好き嫌いはほとんどないが、芽キャベツだけは別だ。どうみても発育不全のキャベツとしか思えない。

ライオールがカサカサ音を立てて夕刊を広げた。「〈シェルスキー＆ドループ〉社が実に興味深い新製品を発売しました。ほら、ここです。空の旅のために特別に開発された新型やかんで、飛行船の側面に取りつけると、この小型回転装置を通して風を動力化し、湯を沸かすのです」ライオールが広告を指さすと、アレクシアは思わず目を奪われた。

「本当？　まあすてき。ひごろから飛行船で旅する人にはとても便利ね。それって……」アレクシアは言葉をのみこみ、ライオールを疑わしそうに見つめた。「ライオール教授、質問をはぐらかそうとしても無駄よ。夫はどこ？」

ライオールは役に立たなくなった夕刊をテーブルに置き、銀の皿からシタビラメの唐揚げ《フリッター》をひときれ皿に取った。「マコン卿は日没とともに出て行かれました」

「出て行った時間を聞いたんじゃないわ」

ライオールから離れた席に座るチャニング少佐がスープの上でうつむき、小さく笑った。

アレクシアはチャニング少佐をにらみ、テーブルの正面でクラヴィジャー仲間と並んで座る無防備なタンステルに鋭い視線を向けた。ライオールが話さなくても、タンステルなら話すかもしれない。赤毛の世話人《クラヴィジャー》は女主人ににらまれたとたん大きく目を見開き、あわてて仔牛肉をほおばって何も知らないふうをよそおった。

「せめてちゃんと服を着ていったかだけでも教えてちょうだい」

タンステルはゆっくり肉を噛んだ。ものすごくゆっくりと。

アレクシアはシタビラメにそっとナイフを入れるライオールを振り返った。これまで出会ったなかで、肉より魚を好む人狼はライオールだけだ。

ったのかしら？

「〈クラレット〉に行ったの？」もしかしたら仕事の前に行きつけの人狼クラブに用事があ

ライオールは首を横に振った。

「わかったわ。つまり、あたくしたちは当てっこゲームをしてるのね？」

ライオールは鼻から小さく息を吐いてシタビラメを食べ終えると、皿の脇に測ったように正確にナイフとフォークを置き、わざとらしくナプキンで口の端を押さえた。

アレクシアは自分の料理をつまみながらじっと待った。そしてライオールがダマスク織りのナプキンを膝に戻し、メガネを押し上げてからたずねた。「どうなの？」

「今朝、伝言が届きました。詳しい内容はお話しできません。マコン卿は罵詈雑言をまくし立て、北のほうに向かわれました」

「北のほう？」

ライオールはため息をついた。「おそらくスコットランドと思われます」

「なんですって？」

「しかもタンステルも同行せずに」ライオールは赤毛のクラヴィジャーを指さし、いかにも不満そうに明白な事実を述べた。当のタンステルは申しわけなさそうな表情を浮かべ、会話に加わりたくないとばかりにさらに熱心にもぐもぐと口を動かしている。

アレクシアは不安になった。どうしてタンステルを連れて行く必要があるのかしら？

「何か危険なことでも？　だとしたら、あなたが同行すべきじゃないの？」

ライオールは鼻を鳴らした。「危険は大ありです。従者がいないときのアルファのクラバットがどんなものになるか考えてもみてください」最高のエレガンスを知る副官《ベータ》は恐ろしい図を想像しただけで身を縮めた。

アレクシアはひそかに同意した――たしかにライオールの言うとおりだ。

「同行したくてもできなかったんです」やり玉にあげられたタンステルがつぶやいた。「ご主人様は狼の姿で行くしかありませんでした。機関士たちのストライキで列車が止まっていますから。わたしは行ってもよかったんです。舞台の公演も終わったし、スコットランドには一度も行ったことがないし……」すねるような口調だ。

団員の一人――ヘミング――がタンステルの肩をバシッと叩き、「言葉に気をつけろ」と皿から顔も上げずにいさめた。

「正確にはスコットランドのどこに行ったの？」アレクシアが問いつめた。

「ハイランド南部かと存じます」と、ライオール。

アレクシアは落ち着きを取り戻した。情報はたったのそれだけだ。そしてライオールは、この程度の情報なら何もばれないだろうと高をくくっていたらしい。だが、それでごまかされるアレクシアではない。ハイランド南部といえば、コナルが以前、住んでいた場所の近くだ。なるほど。「つまり、夫は前の人狼団のアルファが殺されたことを知ったのね？」

驚いたのはチャニング少佐だ。金髪の少佐は口いっぱいにほおばったフリッターを文字どおり吐き出した。「どうしてあなたがそんなことをご存じなんです？」

アレクシアは紅茶カップから少佐を見上げた。「あたくしはいろんなことを知ってますわ」

アレクシアの言葉にチャニング少佐は形のいい口をゆがめた。

「マコン卿は〝厄介な家族がらみの急用だ〟というようなことを申されました」と、ライオール。

「あたくしは家族ではなくって？」と、アレクシア。

「しかもおうおうにして厄介ですな」思わずライオールは小声でつぶやいた。

「気をつけてちょうだい、教授。面と向かってあたくしを侮辱できる人物は一人だけよ。あなたは夫ではないわ」

ライオールは顔を赤らめた。「申しわけございません、伯爵夫人《ミストレス》。つい口がすべりました」ライオールは称号を強調し、クラバットを引き下ろしてわずかに首を見せた。

「われわれは全員がマコン卿の家族だ！　それなのに何も言わずに出てゆくとはどういうことだ？」チャニング少佐が声を荒らげた。アルファの不在に、アレクシア本人より憤慨しているようだ。「事前に話してくれれば、とどまるよう説得できたかもしれん」

アレクシアは茶色い目でガンマをじろりと見た。「どうかしら？」

だがチャニング少佐は別のことで頭がいっぱいのようだ。「もちろんマコン卿のことだから知っていたのだろう。少なくとも見当はついていたはずだ。団を束ねるアルファがいない状態で何カ月もやってこられるはずがない」

「よくわからないけど」少佐の言葉が自分に向けられたものではないということは明らかだったが、アレクシアは先をうながした。「あなたが夫に話すつもりだったことをあたくしに話してくださいませんこと？」

チャニング少佐は驚き、すまなそうな表情と怒りの表情を同時に浮かべた。いまや全員が少佐に注目している。

「そうだな」ライオールの柔らかい声がした。「話してみてはどうだ？」さりげない口調の裏には鋼のような鋭さがあった。

「いえ、たいしたことじゃありません。ただ、その、われわれが地中海を航行中、船上の人狼の誰ひとり狼に変身できなかったんです。船には六つの連隊と四つの人狼団がいましたが、全員のあごひげが伸びました。つまり、そのあいだじゅう、われわれは人間だったということです。船から離れ、ウールジー城に向かいはじめたとたん、もとの異界族に戻りました」

「最近の出来事と考え合わせると、とても興味深い話ね。どうして夫に話さなかったの？」

「話す時間などありませんでした」チャニング少佐はアレクシアより怒っている。

「〝たいしたことじゃない〟と思って夫の耳に入れなかったの？　それは愚かであるばかりか危険なことよ」今度はアレクシアが怒りをあらわにした。「まさか、やきもちでも焼いてるの？」

チャニング少佐がテーブルに手のひらを叩きつけ、皿がカチャカチャと音を立てた。「六年もの海外任務から戻ったばかりだというのに、アルファが自分の団をほっぽり出して他団の用で出かけるなぞ非常識でしょう！」ひとりよがりの少佐が吐き捨てるように言った。

「やっぱり」近くに座るヘミングがつぶやいた。「完全なやきもちだ」

チャニング少佐はヘミングに脅すように指を突きつけた。大きくて優雅な手だが、胼胝《たこ》ができて荒れている。アレクシアは首をかしげた——人狼になる前は、いったいどこの田舎で暮らしていたのかしら？「言葉に気をつけろ、この小僧め。わたしのほうが地位は上だぞ」

ヘミングは〝すみません〟というように頭を下げて喉もとをさらし、無言で食事に戻った。タンステルとほかのクラヴィジャーたちは目を見開いて二人の会話を見つめている。今まで人狼団が全員そろったことはない。コールドスチーム近衛連隊はインドに長く駐留していたため、ウールジー城のクラヴィジャーが団員全員に会うのはこれが初めてだ。

レディ・マコンは、一晩に、これ以上チャニング少佐のたわごとに付き合う気はなかった。そんなことよりこの新しい情報のほうが重要だ。急いで街に行かなきゃ。アレクシアは椅子から立ち上がって馬車を呼んだ。

「今夜もロンドンに向かわれるのですか、奥様？」マントと帽子を持って廊下に現われたフルーテがいぶかしげにたずねた。

「残念ながらそうよ」せっぱつまった口調だ。

「書類カバンは必要ですか？」

「いいえ、フルーテ。〈議長〉として行くんじゃないの。できるだけ目立ちたくないのよ」

フルーテの沈黙は――その大半が――きわめて能弁だ。フルーテはこう言っていた――〝奥様の計画には緻密さが足りません。あなたのどこが目立たないと言うのです？　それではアイヴィ・ヒッセルペニーの帽子と同じです〟。

アレクシアは個人秘書のフルーテに向かってぐるりと目をまわした。「ええ、あなたの言いたいことはわかるわ。でも、昨夜の事件について何か見落としてるような気がするの。そしてその原因がなんであれ、連隊とともに街にやってきたことがわかったのよ。とにかくアケルダマ卿に会わなきゃ。ＢＵＲにつかめなかった情報も、彼のボーイたちなら探れるかもしれないわ」

フルーテがかすかに不安をあらわにした。片方のまぶたが、わからないくらいほんのわずかに震えている。二十六年間、彼の監督のもとで暮らしてきたアレクシアだからこそ気づく小さな変化だ。フルーテは、そのかすかなしぐさでこう言った――〝ロンドンのはぐれ吸血鬼のなかでもっとも奇矯な人物と付き合うことにはまったく賛成いたしかねます〟。

「心配しないで、フルーテ。充分に気をつけるから。でも、今夜出かける正当な理由がないのは問題ね。いつもの行動パターンと違うから、誰かに見とがめられるかもしれないわ」

そのとき、おどおどした女性の声がした。「奥様、それについてはいい考えがあります」

アレクシアはほほえみながら顔を上げた。ウールジー城に女性の声はまれだが、そのなかでもこれはよく耳にする声だ。一般的なゴーストがそうであるように、〈かつてのメリウェイ〉は従順なゴーストで、アレクシアはこの数カ月で彼女に好意を持ちはじめていた――たとえどんなに臆病でも。

「こんばんは、〈かつてのメリウェイ〉。今夜のご機嫌はいかが?」

「おかげさまでまだ自分を保っています、奥様」ガスランプで明るく照らされた廊下にちらちらと揺らめく灰色がかった霧のようなものが現われた。玄関ホールは〈かつてのメリウェイ〉の移動圏内からいちばん遠いので、固体化するのは難しい。つまり彼女の肉体はウールジー城の高い部分のどこかに閉じこめてあるということだ。アレクシアはそのことを考えないようにしていた。どうかにおいだけはしませんように。

「伝言をことづかっております、奥様」

「あたくしのどうしようもない夫から?」このくらいは予想がつく。もっとまともな方法——たとえば出かける前に妻を起こして用件を告げるというような——を取らずにゴーストに伝言をことづけるのはコナル・マコンくらいのものだ。

ぼんやりした霧が小さく上下に揺れた。〈かつてのメリウェイ〉がうなずいたしるしだ。

「はい、ご主人様からです」

「それで?」アレクシアが鋭くたずねた。

〈かつてのメリウェイ〉がかすかにあとずさった。なんどアレクシアが〝城内をうろついてあなたの肉体に触れたりしない〟と言い聞かせても、〈かつてのメリウェイ〉は反異界族に対する恐怖を克服できない。アレクシアが強い態度に出るたび、いまにも除霊されるのではないかとおびえ、そのたびに短気なアレクシアはいらだった。

アレクシアはため息をついて口調を変えた。「夫からの伝言がなんなのか教えてくれない、〈かつてのメリウェイ〉？」アレクシアはホールの鏡を見ながらアンジェリクがまとめてくれた髪を乱さないよう帽子をピンでとめた。頭の後ろのほうに載っているので帽子に実用的意味はまったくないが、夜だから日よけができなくても問題ない。

「帽子の買い物におでかけください」〈かつてのメリウェイ〉は意外なことを告げた。

アレクシアは額にしわを寄せて手袋をはめた。「あたくしが？」

またもや〈かつてのメリウェイ〉はうなずいた。「リージェント・ストリートに新しく開店した〈シャポー・ドゥ・プープ〉という帽子店です。ご主人様は今すぐ出かけるよう、念を押されました」

自分の身なりにも頓着しないコナルが、いきなりあたしに帽子を買いに行けだなんて、どういう風の吹きまわし？

だがアレクシアは話を合わせた。「ああ、そうそう、ちょうどこの帽子が気に入らないと思っていたところよ。だからといって新しいのがほしいわけでもないけど」

「しかし、確実にほしがっているかたがおられるはずです」フルーテがアレクシアの背後からいつになく強い口調で言った。

「そうね、フルーテ。ごめんなさい——昨日はあんなブドウを見せてしまって」アレクシアは心から気の毒に思った。フルーテはきわめて繊細な神経の持ち主だ。醜悪なものには耐えられない。

「わざわいは誰にも平等に降りかかるものです」フルーテは分別顔で言うと、青と白のレースのついたパラソルを手渡し、アレクシアが階段を下りて馬車に乗りこむのを見送った。

「ヒッセルペニー家まで」フルーテが御者に告げた。「大至急」

「ああ、それからフルーテ」アレクシアは私道を走りはじめた馬車の窓から顔を突き出した。「明日の晩餐会は中止してちょうだい。夫がいなければやる意味がないわ」

フルーテは走り去る馬車に向かって了解のしるしに頭を下げ、中止の手はずに取りかかった。


なんの通知もなくヒッセルペニー家の玄関口に現われたアレクシアはほくそえんだ。これでおあいこね。昨日の夕方はアイヴィがいきなり訪ねてきたのだから。

こぢんまりしたヒッセルペニー家の応接間で物憂げに来客待ちをしていたアイヴィは、親友の突然の来訪に驚きながらもうれしそうだった。ヒッセルペニー家は皆、レディ・マコンのまさか、娘の奇妙な友人――行きおくれの才女アレクシア・タラボッティ――が土壇場でこれほどの社会的地位を手に入れるとは夢にも思っていなかったからだ。

なかに入ると、ヒッセルペニー夫人が編み棒をカチカチ鳴らしながら、娘の終わりなきおしゃべりに無言で付き合っていた。

「まあ、アレクシア！　来てくれてうれしいわ」

「こんばんは、アイヴィ。今夜のご機嫌はいかが？」

軽率な質問だった。アイヴィはひとつの質問に嫌というほど詳しく答える性質がある。

「ねえ信じられる？　わたしとフェザーストーンホー大尉の婚約発表が今朝の《タイムズ》紙に載ったのに、一日じゅうただの一人も訪ねてこなかったのよ！　つまり、来客はこれまでたったの二十四人だけ。先月バーニスが婚約したときは二十七人だったのに！　情けない——まったくもって情けないわね。でも、あなたが来てくれて二十五人になったわ、やさしいアレクシア」

「アイヴィ」アレクシアはさっそく切り出した。「家にこもってじっと来客を待ってるなんてバカらしいわ。何か気晴らしが必要よ。いい考えがあるの。あなた、新しい帽子がものすごくほしいんじゃない？　一緒に買いに出かけましょう」

「今すぐ？」

「そう、今すぐ。リージェント・ストリートに素敵な店ができたんですって。行ってみない？　ひいきの店になるかもしれないわ」

「あら」アイヴィの頬が喜びに上気した。「それって〈シャポー・ドゥ・プープ〉のこと？　とても斬新な店みたいね。知り合いのレディたちが〝享楽的〟って言ってたわ」娘のはしたない言葉に、どんなときも物静かなヒッセルペニー夫人は息をのんだが、口から出てきたのは吐息だけだったのでアイヴィは先を続けた。「なんでもそこを訪れるのは進んでる女性ばかりで、女優のメイベル・デアも常連なんですって。しかも経営者自身がとてもスキャンダラスな人らしいわ」

熱心な口調からして、アイヴィはよほど〈シャポー・ドゥ・プープ〉に行きたいらしい。

「いつもとひと味違った冬の帽子を見つけるにはうってつけの店かもしれないわ。あなたは婚約したばかりなんだから、ひとつ新調するべきよ」

「そうかしら？」

「そうよ、アイヴィ。絶対にそうすべきよ」

「さあ、アイヴィ」ヒッセルペニー夫人が編み物を置いて娘を見上げ、優しい口調で言った。「服を着替えてらっしゃい。親切な申し出をしてくれたレディ・マコンをお待たせしてはいけないわ」

アイヴィは世のなかでもっとも好きな帽子の買い物を強く勧められ、〝あら、そう？〟と形ばかりためらいながらも二階に駆け上がった。

「あの娘《こ》の力になってくださいますわね、レディ・マコン？」ヒッセルペニー夫人は思い詰めた目でふたたび手にした編み棒を見つめた。

母親の心配も無理はない。「今回の突然の婚約を心配しておられるのでしょう？」と、アレクシア。

「あら、そうではありません。フェザーストーンホー大尉は娘にぴったりの男性ですわ。いいえ、わたしが心配なのはあの娘の帽子の趣味です」

アレクシアは笑いをこらえ、真面目な顔で答えた。「もちろんですわ。女王陛下と国家のために全力を尽くします」

ヒッセルペニー家の使用人が歓迎のティー・トレイを持って現われ、アレクシアはほっとして淹れたての紅茶を飲んだ。今夜はすでに大変な夜だった。これからアイヴィの帽子の買い物に付き合うとなると、ますます大変さは増すに違いない。このタイミングでの紅茶は心身の健康のために不可欠だ。ヒッセルペニー夫人の気づかいにアレクシアは心から感謝した。

それから十五分間、やっとの思いであたりさわりのない天候の話を続けたころ、ようやくアイヴィが戻ってきた。三センチ幅のひだ飾りのついたオレンジ色のタフタ織のウォーキングドレスにシャンパン色の紋織りのオーバージャケット。そして頭には恐ろしく目立つ植木《フラワー》鉢帽《ポットハット》。帽子には予想どおりシルク製のキクの花束がこれでもかとついており、あちこちから針金の先についた小さな羽根製のハチが突き出ている。

アレクシアは帽子から目をそらしながらヒッセルペニー夫人にお茶の礼を言い、アイヴィをウールジー城の馬車に押しこんだ。ロンドンの夜が目覚めようとしていた。ガス灯がともり、優雅にめかしこんだ男女が辻馬車に手を上げ、あちこちでにぎやかな若者たちが千鳥足で歩いている。アレクシアは御者に〝リージェント・ストリート〟と告げ、ほどなく二人は〈シャポー・ドゥ・プープ〉に到着した。

夫が〈シャポー・ドゥ・プープ〉に行かせたがった理由が判明するまで、アレクシアは育ちのよい普通のレディらしく買い物をすることにした。

「本気でわたしと一緒に帽子を選ぶつもりなの、アレクシア？」アイヴィが鉄の扉を押し開けながらたずねた。「あなたの帽子の趣味はわたしと違うと思うんだけど」

「そうであってもらいたいものだわ」アレクシアは親友の小さなかわいい顔とつやのある黒い巻き毛の上に鎮座する花だらけのおぞましいしろものを見ながら、しみじみ言った。

店は噂どおりだった。外観はとてもモダンで、空気のように軽いモスリン地のカーテンがかかり、壁はピーチとセイジグリーンのストライプ。家具はすっきりしたラインのブロンズ製で、それに調和するクッションが置いてある。

「まあぁ」アイヴィは目を見開いて店内を見まわした。「なんてフランスふうなの！」

帽子は陳列台や壁の鉤にも飾ってあるが、大半は天井からぶら下がる小さな金鎖にかかっていた。鎖の長さがそれぞれ違うので、店内を見てまわるには帽子のあいだをすり抜けなければならず、そのたびに帽子は異国の植物のようにかすかに揺れた。まさにありとあらゆる帽子がいたるところで揺れていた――メクリンレースのついた刺繍入り薄手綿《バチスト》の縁なし帽、イタリアの羊飼いふう麦わら帽、うね織りのひもつきボンネット《カポート》、アイヴィのフラワーポットが恥ずかしくなるようなビロード地のつばなし帽《トーク》、バグパイプ奏者がかぶるような奇妙な布帽子……。

その数ある帽子のなかでまっさきにアイヴィが魅せられたのは、周囲をブラック・カランツと黒いビロード地のリボンで飾り、横には緑の羽根が二本のアンテナのように突き出したカナリアイエローのフェルト地の縁なし帽という、もっとも醜悪なものだった。

「ああ、それはやめて！」アイヴィが壁にかかった帽子に手を伸ばしたとたん、アレクシアと誰かの声が叫んだ。

脇に手を下ろしたアイヴィとアレクシアが振り向くと、カーテンで仕切られた奥の部屋から驚くべき風貌の女性が現われた。

これほど美しい女性を見たのは初めてだ——アレクシアは心から思った。愛らしい小さな口もと。緑色の大きな目。高い頬骨。そして笑ったときにできるえくぼ。つまり彼女は笑っていた。えくぼは苦手なアレクシアだが、この女性にはよく似合う。おそらく細く骨張った体型とともでもなく短く——まるで男のように——切った茶色い髪のせいで、えくぼの印象が薄まるからだろう。

アイヴィが息をのんだ。

髪のせいではない。いや、髪だけのせいではない。目の前の女性が頭の先から光るブーツの先まで完璧な男の格好をしていたからだ。ジャケット、ズボン、ベスト。すべてが一流品だ。恥ずかしくなるほど短い髪にシルクハットをかぶり、暗紅色のシルクのクラバットを滝のように垂らしている。とはいえ女性であることを隠そうとはしていない。低い音楽的な声はまぎれもなく女性のものだ。

アレクシアは陳列カゴからバターのようにやわらかい、焦げ茶色の子ヤギ革の手袋を取り、手袋を見つめて女性から目をそらした。

「わたくしはマダム・ルフォー。〈シャポー・ドゥ・プープ〉へようこそ。何をお探しでしょう？」かすかにフランスなまりがあるが、ほとんど気づかないほどだ。アンジェリクの強いなまりとはまったく違う。

アイヴィとアレクシアは少し頭を傾けてお辞儀した。首を嚙まれていないことを示すために編み出された最近はやりのお辞儀だ。誰だって吸血鬼の庇護という恩恵も受けていないのにドローンと思われたくはない。マダム・ルフォーも同じお辞儀をしたが、たくみに巻いたクラバットのせいで嚙み跡があるかどうかはわからなかった。よく見ると二種類のクラバット・ピン――銀製と木製――がついている。どうやらルフォーは夜型人間で、用心深い人物のようだ。

アレクシアが答えた。「婚約したばかりの友人ミス・ヒッセルペニーが新しい帽子を探していますの」自分の名前は言わなかった。マコン伯爵夫人の名はできるだけ知られないほうがいい。

マダム・ルフォーはアイヴィの帽子についたおびただしい花と羽根製のハチを見つめた。

「ええ、そのようですわね。こちらへどうぞ、ミス・ヒッセルペニー。ドレスにぴったりの帽子がありますわ」

アイヴィは言われるままに奇妙な服を着た女店主のあとを小走りでついていきながら肩ごしに振り返り、意味ありげな視線を向けた。口に出して言う勇気があったらこう言っていたに違いない――〝まったく、なんて服を着てるのかしらね？〟

アレクシアはマダム・ルフォーと声をそろえてアイヴィの手から遠ざけたおぞましい黄色の縁なし帽のほうにさりげなく歩み寄った。周囲の洗練された帽子とはまったく違う。これだけ売り物ではないかのようだ。

いっぷう変わった女店主が完全にアイヴィに気を取られているのを見て（取られない人がいるとは思えない）、アレクシアはパラソルの柄を使って縁なし帽を持ち上げ、なかをのぞいた。そのとたん、夫が自分を〈シャポー・ドゥ・プープ〉に送りこんだ理由を理解した。いまわしい縁なし帽の下には鉤に見せかけたノブが隠れていた。アレクシアはすばやく帽子をもとに戻すと、まわりの装飾品をながめるふりをしながら何食わぬ顔で店内を見てまわった。やがて〈シャポー・ドゥ・プープ〉の別の顔が少しずつ見えてきた。一見、扉がなさそうに見える壁ぞいの床についたすり傷と、明かりのついていない数個のガスランプ。照明用とはとても思えない。

マコン卿がこの店に行くことを熱心に勧めたのでなければ気づかなかっただろう。それ以外に怪しげなところはまったくない。すべてが洗練され、店内の帽子はあまりおしゃれ心のないアレクシアでさえ目を奪われるほど魅力的だ。だが、すり傷と隠しノブに気づいたとたん、店と店主に興味が出てきた。レディ・マコンは心がない《ソウルレス》が、心の活動は休むことを知らないのだ。

アレクシアはマダム・ルフォーがアイヴィを案内した場所に近づいた。アイヴィがかぶっているのは、ひさしが上に曲がった麦わら製の小さなボンネットで、頭頂部に品のいいクリーム色の花が二、三個と趣味のいい青い羽根が一本ついている。アイヴィによく似合う。

「アイヴィ、とてもすてきよ」と、アレクシア。

「ありがとう、でも、少し地味すぎない？　わたしに合うとは思えないわ」

アレクシアとルフォーは視線を交わした。

「そんなことないわ。最初にあなたがかぶろうとしたあのおぞましい黄色の帽子とはまったく違うもの。近くでよく見たけど、まったくあれはひどいわ」

ルフォーがアレクシアをちらっと見た。美しい顔がこわばり、えくぼが消えている。

アレクシアは歯を剝き出してニヤリと笑った。人狼と暮らしていれば、人狼のくせがうつるのはしかたない。「まさかあなたのデザインではないでしょう？」アレクシアは女店主に向かってさりげなく言った。

「もちろん弟子の作品ですわ」ルフォーはフランスふうに小さく肩をすくめると、さっきより少し花の数の多い別の帽子をアイヴィの頭に載せた。

アイヴィは得意げだ。

「ほかに……あの手のものはありませんの？」アレクシアは醜悪な黄色い帽子の話を続けた。

「ええと、あそこに乗馬帽がありますわ」と、ルフォー。警戒する口調だ。

アレクシアはうなずいた。ルフォーが指さしたのは、床のすり傷にもっとも近い場所にある帽子だ。どうやら話が通じ合ったらしい。

アイヴィが羽根形の飾りボタンのついたフロストピンクの手のこんだ帽子に興味を示し、二人の会話はいったん途絶えた。アレクシアは手袋をした両手で閉じたパラソルをまわしながら猫なで声で言った。

「ガスランプにも不具合がありそうですわね」

「おっしゃるとおりです」ルフォーの顔に確信の表情が浮かんだ。「それに扉の取っ手にも。でもご存じのように——開店当初は何かと問題が起こるものです」

ああ、なんてこと——アレクシアはくやしがった。扉の取っ手——あたしったら、どうして気づかなかったのかしら？　アレクシアはさりげなく近づき、パラソルに寄りかかって取っ手を見下ろした。

二人の会話にまったく無頓着なアイヴィが次の帽子に手を伸ばした。

玄関扉の内側の取っ手は通常のものよりはるかに大きく、歯車とボルトが複雑に組み合わさってできていた。帽子店の取っ手にしては頑丈すぎる。

マダム・ルフォーはフランスのスパイ？

「それでね」アレクシアが二人のところに戻ると、アイヴィが気軽な口調でルフォーに話しかけていた。「アレクシアはいつもわたしの趣味が最悪だって言うんだけど、何を根拠に言うのかはまったくわからないの。彼女の好みはどれも平凡すぎるのよ」

「あたくしは想像力に欠けてるの」と、アレクシア。「だから創造力あふれるフランス人メイドを雇ってるのよ」

ルフォーが興味をひかれたらしく、えくぼを浮かべて小さくほほえんだ。

「そして夜中もパラソルを持ち歩く風変わりなご性格のようです。マコン伯爵夫人でいらっしゃいますわね？」

「アレクシア」アイヴィが驚いた。「あなた、まだ自己紹介をしてなかったの？」

「ええと、その――」アレクシアが言いわけを考えていたとき……

ドーン！

爆発音がして周囲が闇に沈んだ。

4　パラソルの正しい使いかた

ものすごい音があたりを揺るがし、長い鎖の先からぶらさがる帽子が激しく揺れ、アイヴィがミルクも固まるようなすさまじい悲鳴を上げた。続いて、いくらか落ち着いた誰かの悲鳴が聞こえたかと思うと、ガスランプが消え、店内は闇に包まれた。

しばらくしてアレクシアは気づいた。どうやらあたしを殺すための爆発ではなかったらしい。過去一年の経験からすると新たな展開だ。それとも、ほかの誰かを殺そうとしたの？

「アイヴィ？」アレクシアは闇のなかで呼びかけた。

答えはない。

「マダム・ルフォー？」

やはり答えはない。

アレクシアはコルセットが許すかぎり身を乗り出し、手をあちこちに伸ばしながら暗闇に目を凝らした。ふと指先がタフタ地にふれた。アイヴィの服のひだ飾りだ。見るとアイヴィがうつぶせに倒れている。

心臓が凍りついた。

身体のあちこちを触ってみたが、どうやらケガはなさそうだ。手が鼻の下をかすめたとき、手の甲に軽い息を感じた。脈も浅いが安定している。気絶しているだけらしい。

「アイヴィ！」アレクシアが小声で呼びかけた。

答えはない。

「アイヴィ、起きて！」

アイヴィは身じろぎして小さくつぶやいた。「なあに、ミスター・タンステル？」

あらまあ。なんてこと。別の人と婚約したというのに。もうろうとして名前をつぶやくほどタンステルとの関係が進展しているとは思わなかったわ。かわいそうに――せめて今だけは夢を見させてあげましょう。

アレクシアは気つけ薬を取り出しもせず、友人を気絶したままにしておいた。

だがマダム・ルフォーはどこにもいない。闇に消えてしまったようだ。おそらく爆発の原因を調べに行ったのだろう。それとも、彼女が爆発の原因そのものなのか。

どこに消えたかは想像がつく。アレクシアは暗闇に目が慣れるのを待って壁を伝い、店の奥――すり傷がついていたほう――に歩きはじめた。

スイッチかノブのようなものがないかと壁紙をあちこち触っていると、手袋の陳列ケースの下にレバーがあった。強く押すと、目の前で扉がバタンと開き、もう少しで鼻をぶつけそうになった。

扉の先は部屋でも通路でもなく、大きな垂直坑《シャフト》だった。中心部に数本のケーブルがぶらさがり、両側に二本の誘導レールがついている。側柱につかまりながら身を乗り出して見上げると、シャフトの天井部に蒸気駆動の巻き上げ機のようなものが見えた。通路脇のひもを引くと、巻き上げ機が動きだして蒸気が噴出し、きしみとうなりを上げてシャフトの底から箱形のカゴが現われた。この装置には見覚えがある――昇降室だ。〈ヒポクラス・クラブ〉でもっと無骨なタイプに乗ったことがある。胃が変になるのはわかっていたが、アレクシアはためらわずに乗りこんで格子扉を閉め、壁についているクランクをまわして下に移動させた。

地下に着いたとたん、カゴがガクンと揺れ、アレクシアは大きくよろめいて壁に寄りかかった。それからパラソルをクリケットバットのように身体の前に構えて扉を開けると、明かりのついた地下通路に足を踏み出した。

見たこともない照明装置がついている。ガス照明器には違いないが、天井についたガラス管のなかはオレンジ色がかった靄のようなものが詰まっていて、靄が管のなかを渦巻くたびに照度が変わり、あたりがまだらになったり、薄暗くなったりした。雲でできた光のようだ。

通路の突き当たりの扉が開いており、そこからまぶしいオレンジ色の光と三人の怒った声が漏れている。どうやら地下通路はリージェント・ストリートの真下を横切っているらしい。扉の奥からフランス語で言い争う声が聞こえた。

アレクシアは外国語が得意だ。話の大まかな内容は難なく聞き取れる。

「いったいどういうつもり?」マダム・ルフォーの声は怒っているがなめらかだ。

通路は実験室として使われているようだが、〈ヒポクラス・クラブ〉や王立協会で見たものとはまったく違う。まるで大型機械部品や道具を備えた機械工場のようだ。

「見てごらんなさい、ボイラーを動かすたびにこれじゃあ命がいくつあっても足りないわ」

アレクシアはなかをのぞきこんだ。広い部屋はみごとにめちゃくちゃだった。テーブルから落ちた木箱が散乱し、ガラスが割れ、汚れた床には大量の小型部品が散らばり、隣には帽子かけと、そこから下がっていたとおぼしきひもや針金がからみあって転がっていた。いたるところ黒い煤《すす》だらけで、かろうじて落下しなかったチューブや歯車やバネ、それより大きな機械部品に降りつもっている。爆発域以外も雑然としていた。積み上げた研究書の上にギョロメガネが置かれ、壁には堅い黄色の紙に黒エンピツで描かれた大きな設計図が手当たりしだいに張ってある。爆風によって混乱したのは間違いないが、今回の不幸な出来事の前もそれほど片づいてはいなかったようだ。

爆発の影響を受けなかった装置や道具が動いているので音もうるさい。蒸気がシューッと息を吐き、歯車がガチャリと回転し、金属連結チェーンがカチッと音をたて、バルブがキーッときしみを上げている。これだけの不協和音を出せるのは、英国北部の巨大工場くらいのものだろう。だが耳ざわりではなく、機械のシンフォニーといった感じだ。

がらくたの山に半分隠れるようにしてマダム・ルフォーが立っていた。ズボンをはいたやせた腰に両手を当て、男のように脚を大きく開き、薄汚れた少年をにらみつけている。油じみのついた顔に汚れた手。頭には新聞少年ふうの縁なし帽を小粋にずらしてかぶっている。どうみても騒ぎの張本人のようだが、本人は今回の〝失敗花火〟に反省の色はなく、むしろ興奮しているようだ。

「それで何をしたの、ケネル？」

「エチルエーテルにぼろぎれを浸して火に投げこんだだけだよ。エーテルは燃えやすいだろ？」

「まあ、なんてことだろーね、ケネル。いったい今まで何を聞いてたの？」こう言ったのは、ひっくり返した樽の上に脚をそろえて座るゴーストだ。非常に安定しているところを見ると、肉体が比較的そばにあって保存状態もいいのだろう。リージェント・ストリートは大量除霊現象が起こった地域からずいぶん北に離れているから、昨夜の災難はまぬがれたようだ。ゴーストの話し言葉から判断すると、彼女の肉体はフランスからやってきたに違いない。もしくは移民としてロンドンに来て死んだのか。輪郭の鋭い美しい顔立ちの老女で、マダム・ルフォーに似ている。ゴーストはあきれたように胸の前で腕を組んだ。

「エチルエーテル！」ルフォーが金切り声を上げた。

「うん、そう」と、わんぱく小僧。

「エーテルは爆発性よ、まったくこの子は……」そのあとは罵倒する言葉が続いたが、ルフォーの甘い声で言われると、さほど不快でもない。

「ああ、そっか」少年は少しも悪びれずにニッと笑った。「でも、すごい音がしただろ？」

アレクシアはこらえきれず、ついくすっと笑った。

三人が息をのみ、笑い声の主に振り向いた。

アレクシアは背筋を伸ばし、青いシルクのウォーキングドレスをなでつけると、パラソルを前後に振りながら広い洞穴のような部屋に入った。

「あら」ルフォーが完璧な英語に切り替えた。「わたくしの発明室へようこそ、レディ・マコン」

「帽子店経営だけでなく発明もなさるとは多才ですわね、マダム・ルフォー？」

ルフォーは軽く頭を下げた。「ごらんのように、このふたつは予想以上に衝突するものです。あなたが巻き上げ装置のしくみを理解し、この実験室を探し当てることを予測しなかったのはうかつでした、レディ・マコン」

「あら、なぜそう思われますの？」

ルフォーはアレクシアに向かってえくぼを見せて身をかがめ、ケネルが引き起こした爆発にも壊れなかった銀色の液体入りの小瓶を床から拾い上げた。「ご主人様から、とても聡明なかただと聞いております。そしていろんなことに首を突っこみすぎるとも」

「いかにも夫が言いそうなことね」アレクシアは裾にガラスの破片がつかないようスカートをそっとつまみ、ルフォーが立っている場所に向かって、物が散乱する床を縫うように歩きはじめた。近づいて見ると、発明室の床に置かれた発明品はどれも驚くべきものだった。製作中のギョロメガネ組み立てラインのようなものがあるかと思えば、蒸気機関の内部構造をいくつか組み合わせたような巨大な装置がある。しかもそれぞれの蒸気機関が検流計と、馬車の車輪と、卵を入れるニワトリ型の籐製カゴに溶接してあった。

アレクシアは大型バルブに一度つまずいただけで部屋を渡りきり、少年とゴーストにていねいにお辞儀した。

「はじめまして。レディ・マコン、ただいま参上」

少年はニッと笑って大仰にお辞儀した。「ぼく、ケネル・ルフォー」

アレクシアはケネルを淡々と見つめた。「それで、ボイラーを吹き飛ばしたのはきみ？」

ケネルは顔を赤らめた。「そうじゃないよ。火をつけたのはほんとだけど。でも、すごい音だったと思わない？」ケネルの英語は完璧だ。

ルフォーがあきれて両手を広げた。

「それだけは間違いないわね」アレクシアはいつだって子どもの味方だ。

〈かつてのベアトリス・ルフォー〉と名乗るゴーストは、アレクシアにていねいにお辞儀されて驚いた。不死者は生者から邪険にあつかわれることが多い。だが、アレクシアはどんなときも礼儀を重んじる主義だ。

「わたくしのどうしようもない息子と姿のないおばです」ルフォーは何かを期待するような目でアレクシアを見ながら紹介した。

あら、全員、姓が同じね。マダム・ルフォーはケネルの父親と結婚しなかったのかしら？なんて不道徳な……。でもケネルは少しもルフォーに似ていない。ひとめ見ればわかる。ケネルの髪は亜麻色で、あごがとがり、大きな目はすみれ色で、えくぼもできない。

ルフォーが家族に向かって言った。「こちらはウールジー城伯爵夫人のアレクシア・マコン。女王陛下の〈議長《マージャ》〉でもいらっしゃるわ」

「あら、夫はそんなことまで話したの？」アレクシアは驚いた。〈議長〉のことを知る者は少ない。反異界族であることと同じように、マコン卿もアレクシアもできるだけ伏せるようにしている。マコン卿からすれば妻を危険にさらさないため、アレクシアからすれば、相手が異界族であろうとそうでなかろうと、たいていの人は〝魂がない〟と知ると変に動揺するからだ。

ベアトリス・ルフォーのゴーストが口をはさんだ。「〈議長〉だって？　あたしの肉体に除霊師を近づけよーって魂胆かい、おまえ？　なんて冷たい、思いやりのない子だろーね！　息子よりおまえのほう、ひどーいよ」マダム・ルフォーにくらべるとかなりなまりが強い。〈かつてのベアトリス・ルフォー〉はすばやくアレクシアから離れると、さっきまで座るふりをしていた樽の上空に浮かんだ。アレクシアに魂を傷つけられるとでもいうように。なんて愚かなゴーストかしら？

アレクシアはふと眉を寄せた。ゴーストのおばがいるということは、大量除霊の犯人はマダム・ルフォーではないということだ。おばの魂が発明室のどこかにあるのに、反異界族のような力を持つ武器を発明するはずがない。

「おば様、そう感情的にならないで。肉体に触れないかぎりレディ・マコンがあなたを消すことはできないわ。そして肉体のありかを知ってるのはわたくしだけよ」

アレクシアは鼻にしわを寄せた。「そんなに興奮なさらないで、〈かつてのベアトリス・

ルフォー〉。いずれにしてもあたくしは除霊をする気はありません——肉体を分解するとぐちゃぐちゃになりますから」そう言ってかすかに身震いした。

「あら、そりゃありがたいね」〈かつてのベアトリス・ルフォー〉が皮肉っぽく答えた。

「えっ！」ケネルが顔を輝かせた。「あなたが大量除霊をしたの？」

アレクシアはケネルにいたずらっぽく意味ありげに目を細めてから、ルフォーを振り返った。「それで、あたくしの夫はどういう了見であたくしの素性と地位をあなたにお話ししたのかしら？」

ルフォーは美しい顔に一瞬おもしろがるような表情を浮かべ、かすかに上体をそらした。

「どういう意味でしょう、奥様？」

「夫がどんな立場であなたに接したのかということです。人狼団のアルファとして？　伯爵として？　それとも異界管理局《BUR》の主任捜査官として？」

ルフォーはまたしてもえくぼを浮かべた。「ああ、たしかにコナル・マコンにはたくさんの顔がありますものね」

アレクシアは目の前のフランス人女性が夫を〝コナル〟と名前で呼んだことにむっとした。

「夫とは古くからのお知り合いですの？」変わった服を着るのは勝手だけど、身持ちが悪いのは問題だ。

「落ち着いてください、奥様。ご主人との付き合いは純粋に仕事上のものです。わたくしたちはBURの仕事を通じて知り合いましたが、ご主人はひと月前、伯爵兼夫という立場でここに来られ、わたくしにあなたへの特別な贈り物を依頼なさいました」

「贈り物？」

「はい」

「それはいまどこに？」

ルフォーは息子に目をやった。「さあ、ケネル、急いで掃除道具とお湯と石けんを取ってきなさい。大おばさまゴーストの言うことをよく聞くのよ。どれを水につけていいか……水がだめなら何を使えばきれいになるか……修繕には何が必要かを教えてくれるわ。長い夜になるわよ」

「でも、ママン、ぼくはただ、どうなるか見てみたかっただけなんだ！」

「これでどうなるか、よくわかったはずよ。ママンは怒り、罰としておまえは毎晩、掃除をするの」

「ああ、ママン！」

「さっさと始めなさい、ケネル」

ケネルは大きくため息をつき、アレクシアに向かって肩ごしに〝ごきげんよう〟と言うと急ぎ足で立ち去った。

「正しい仮説なしに実験するとどうなるか、これでよくわかるでしょう。あとを追ってちょうだい、ベアトリス。レディ・マコンと話があるの。せめて十五分間はあの子を近づけないで」

「まったく反異界族と親しくするなんて！　昔のあたしより、あんたははるかに無鉄砲だ」〈かつてのベアトリス・ルフォー〉はぶつぶつ言いながら少年を追いかけ、たちまち消えた。

「お目にかかれて何よりでしたわ、〈かつてのベアトリス・ルフォー〉」アレクシアは誰もいなくなった宙に向かって聞こえよがしに言った。

「どうかお気を悪くなさらないで。生前から、おばは気難し屋でした。聡明だけどあつかいにくい人です。ほら、わたくしのような発明家はいかんせん、つきあい下手なものですから」

アレクシアはほほえんだ。「そのような科学者はたくさん知っています。その大半は聡明さを言いわけにできない者ばかりでした。しかも彼らは聡明さを自慢しながら……」だんだん声が小さくなり、アレクシアはもごもごと言葉をのみこんだ。なぜか、この奇妙な格好をした美しいフランス人女性を前にすると落ち着かない。

「さあ」近づいたルフォーからはバニラと機械油のにおいがした。「ようやく二人きりになれましたね。お会いできて光栄です、レディ・マコン。最後に反異界族と会ったとき、わたくしはほんの子どもでした。それに、もちろんその人はあなたのように美しくはありませんでしたわ」

「あら、その、感激ですわ」アレクシアはほめ言葉に少しとまどった。

ルフォーがやさしくアレクシアの手を取った。「どういたしまして」

手が触れたとたん、ルフォーの手のひらに胼胝《たこ》ができているのが手袋ごしにも感じられ、アレクシアはかすかにドキッとした。これまで異性にしか――具体的に言えば夫にしか――感じたことのないような胸の鼓動だ。めったなことでは驚かないアレクシアも、これには動揺した。

　褐色の肌を赤らめながらアレクシアはあわてて手を引っこめた。あたしったら、なぜ赤くなってるの？　アレクシアは身体の反応を無視し、自分が何をたずねようとしていたのか、どうして二人きりになったのかを思い出そうと必死に考えをめぐらせた。なんだったかしら？　ああ、そうだ――コナルがあたしをここに来させた理由よ。

「たしか、あたくしに渡すものがあるとか？」ようやくアレクシアは思い出した。

ルフォーはうなずくかわりにシルクハットをちょっと上げた。「ああ、そうでした。少しお待ちになって」いたずらっぽい笑みを浮かべると、実験室の隅にある旅行カバンをがさごそ探し、やがて細長い木箱を持って現われた。

　アレクシアは期待に息を詰めた。

　ルフォーが蓋を開けた。

　なかには、形は奇妙だが、ありふれたデザインの、あまり魅力的とはいえないパラソルが入っていた。濃いねずみ色で、刺繍入りのレースの縁にクリーム色のたっぷりしたひだ飾りがついている。とがった石突きは異常に長く、卵サイズの小球が莢《さや》のようにふたつ――ひとつは生地の近く、もうひとつは石突きの先端近くについている。骨組みが大きいせいでかさばり、まるで雨傘のようだ。柄が極端に長く、ずんぐりした持ち手はごてごてと飾りたててあり、よく見ると、古代エジプトの柱の上に載っていそうなスイレンの花――もしくは情熱的なパイナップル？――が彫りこんである。パーツはすべて真鍮製だが、色づかいが多彩なところを見ると、部分的にさまざまな合金も使われているようだ。

「あら、またしてもコナルの悪趣味が炸裂したようね」と、アレクシア。あたしの趣味も、それほど創造的でもなければ洗練されてもいないけど、少なくとも異様ではない。

ルフォーがえくぼを浮かべた。「最善をつくしました――携帯性には問題がありますけど」

アレクシアは興味をひかれた。「持ってみてもいいかしら？」

ルフォーが箱を手渡した。

アレクシアは箱を持ち上げて驚いた。「見た目より重いのね」

「それが長くした理由のひとつです。ステッキとしても使えるように。ステッキがわりなら抱えず、突いて持ち歩けますから」

アレクシアはためしてみた。たしかにステッキにちょうどいい高さだ。「つねに持ち歩くべきものなの？」

「やんごとなきご主人様は、そうお望みのようです」

アレクシアは顔をしかめた。これはパラソルのなかでもかなり醜い部類だ。真鍮とねずみ色は――ごてごてした飾りは言うまでもなく――お気に入りのデイドレスのどれともまったく合わない。

「それに、身を守る武器として機能するには頑丈でなければなりません」

「あたくしの気質を考えれば賢明な対策ね」アレクシアはこれまで一度ならず誰かの頭蓋骨をなぐってパラソルをダメにした。

「遠隔操作について知りたくありませんか？」ルフォーがうれしそうに言った。

「遠隔操作機能がついているの？　ちゃんとした理由で？」

「もちろんですわ。わたくしがちゃんとした理由もなしにこんな不格好なものを設計すると思いますか？」

アレクシアは重いパラソルを返した。「ぜひうかがいたいわ」

ルフォーはパラソルの先端をアレクシアに持たせたまま持ち手を握った。よく見ると、石突きの片側に小さな油圧緩衝の蝶番《ちょうつがい》がついている。

「ここを押すと」――ルフォーが大きな持ち手の真下にある、柄についたスイレンの花弁のひとつを指さした――「この先端が開いて麻酔剤をしこんだ矢が飛びだします。そしてこの持ち手をひねると……」

アレクシアが握った先端の上部から恐ろしく鋭い二本の釘――銀製と木製――が突き出て、

アレクシアは息をのんだ。

「あなたのクラバットピンには気づいていたけど」

ルフォーはくすっと笑い、反対の手でそっとピンに触れた。「もちろん、ただのクラバットピンではありません」

「そうだと思いました。ほかにもパラソルには仕掛けがあるの？」

ルフォーはウインクした。「あら、こんなのは序の口ですわ。わたくしは芸術家ですから」

アレクシアは下唇をなめた。「ますますそんな気がしてきたわ。例外なのは帽子だけね」

ルフォーがかすかに顔を赤らめたのが、オレンジ色の光のなかでもわかった。「ここにあるスイレンの花弁を引いてみます」

とたんに実験室の音が静まった。ぶーんというううなり、歯車がガチャリと動く音、蒸気のシューッという機械音のすべてが消え、急に周囲の雑音が聞こえはじめた。

「なんなの？」アレクシアは周囲を見まわした。すべての機械が止まっている。

数秒後、ふたたび機械が動きはじめた。

「何が起こったの？」アレクシアは驚異の目でパラソルを見下ろした。

「この小さなこぶから」――ルフォーは傘布の近くについている卵を指さし――「磁場破壊フィールドを発射しました。鉄、ニッケル、コバルト、スチール……どんな金属にも作用します。なんらかの理由で蒸気機関を停止させたいときはこれが役に立ちます。短いあいだですけど」

「すばらしいわ！」

またしても発明家は顔を赤らめた。「破壊フィールドはわたくしの発明ではありませんが、バベッジの原型を大幅に小型化しました。ひだ飾りはさまざまな隠しポケットになっており、小さな道具を隠すためにフリルをたっぷりつけました」ルフォーは広いひだ飾りに手を入れて小瓶を取り出した。

「毒薬?」アレクシアが小首をかしげた。

「まさか。もっと重要なもの——香水です。香りなしに犯罪には立ち向かえません、でしょう?」

「そうね」アレクシアは重々しくうなずいた。なんといってもマダム・ルフォーはフランス人だ。「まったくだわ」

ルフォーがパラソルを開いた。古めかしい仏塔形(パゴダ)だ。「そしてこんなふうに回転させて——くるりと持ち手を外側に向け——」「ひねりながらここを押します」と言いながら磁場破壊フィールド発射器の真上にある、小型ダイヤルが内蔵された小さなこぶを指さした。「偶発事故を防ぐため、あえて操作しにくいよう設計しました。パラソルの露先のキャップが開くと微細霧が噴出します。一回カチッと押すと、ここの三つから月の石(ラピス・ルナ)と水の混合物、二回押すと別の三つから硫酸で希釈した太陽の石(ラピス・ソラリス)が出ます。使うときは自分や大切な人が噴出域にいないことと風上にいることを確認してください。ルナリスは皮膚が軽くちくちくするだけですが、ソラリスには毒性があり、吸血鬼は機能不全になり、人間は死にます」ルフォーはニヤリと笑った。「ソラリスに抵抗力があるのは人狼だけです。もちろん、人狼にはルナリスが効きます。三回押すとルナリスに向けて噴射すると、人狼とソラリスの両方が同時に噴出するというしくみで、人狼は力を失い、数日間は重篤な状態におちいります。

す」

「まあ、すばらしいわ、マダム」アレクシアは適度に感心した口調で言った。「ふたつの種族を動けなくする有害物質があるとは知りませんでした」

ルフォーは小さくほほえんだ。「〈テンプル騎士団改訂規則〉の複写の一部を読んだことがありますの」

アレクシアはぽかんと口を開けた。「なんですって？」

だが、ルフォーはそれ以上のことは話そうとしなかった。

アレクシアはパラソルを取り、両手でうやうやしく向きを変えた。「これに合うようドレスの半数を変える必要がありそうね。でも、そうする価値はありそうだわ」

ルフォーはにこやかにえくぼを浮かべた。「もちろん、これは日よけにもなりますわ」

アレクシアはおもしろがって鼻を鳴らした。「夫はちゃんと費用を払ったのかしら？」

ルフォーが言葉をさえぎるように小さな手を上げた。「ウールジー家の財力はよく存じております。貴団とは以前にもお付き合いさせていただいておりますから」

アレクシアは笑みを浮かべた。「ライオール教授と？」

「大半は。彼は不思議なかた《マン》ですわ。ときどき何をお考えかわからなくなります」

「彼は人間《マン》じゃないわ」

「そうでした」

「あなたは？」

「わたくしも男《マン》ではありません。そんなふうに装っているだけですわ」ルフォーはわざとアレクシアの質問を取り違えて答えた。

「そう」アレクシアは眉をひそめ、メイベル・デアのような女優がこの新しい帽子店をひいきにしているというアイヴィの言葉を思い出した。「人狼団だけでなく、吸血群ともおつきあいがあるようね」

「なぜそんなことを？」

「ミス・デアがよくお見えになるとミス・ヒッセルペニーから聞いたの。ミス・デアはウェストミンスター群のドローンよ」

ルフォーは背を向け、実験室のなかを片づけはじめた。「この店を利用なさる余裕のあるかたはどなたでもお客様ですわ」

「そのなかには一匹狼やはぐれ吸血鬼も含まれるの？　たとえばアケルダマ卿の趣味に合うものを提供なさったことはある？」

「まだその栄に浴してはおりません」

なるほど――マダム・ルフォーはアケルダマ卿のことを聞いたことがないとは言わなかった。つまり名前は知っているってことね。

これはおもしろくなりそうだ。「ああ、それは大いなる損失だわ！　さっそく改めるべきよ。今夜おそく――真夜中ごろ――お茶はいかが？　アケルダマ卿に連絡をとって、空いているかどうかきいてみるわ」

ルフォーは興味と警戒の表情を浮かべた。「その時間なら出られると思います。ご親切に感謝しますわ、レディ・マコン」

「アケルダマ卿の都合がつきしだい、住所を書いたカードをお送りするわ」アレクシアはわれながら〝くだらない〟と思いながら、いかにも貴婦人然と首を傾け、考えをめぐらした。マダム・ルフォーと引き合わせる前に、アケルダマ卿と二人きりで会っておきたい。

そのとき、機械音に混じって不満げな甲高い声が聞こえた。「アレクシア？」

アレクシアが振り向いた。「まあ、アイヴィ！どうやってここまで来たの？たしか、昇降室の扉は閉めたはずだけど……」

ルフォーが淡々と答えた。「ああ、ご心配なく。声が聞こえただけです。店の音を集める音声捕獲分散増幅器ですわ」そう言って天井に固定されたトランペット型の装置を指さした。てっきり蓄音機か何かと思っていたが、たしかにアイヴィの声はそこから聞こえる。まるで本人がこの実験室のなかにいるかのようだ。まあ、驚いた。

「そろそろ店に戻って、ご友人を介抱したほうがよさそうですわね」と、ルフォー。

アレクシアは新しいパラソルを生まれたばかりの赤ん坊のように豊かな胸に抱え、うなずいた。

二人が店に戻ると、ガスランプが灯っていた。誰もいない店内のまぶしい照明の下、アイヴィが青ざめた顔で上体を起こし、きょとんとした表情で床に座りこんでいる。

「何があったの？」アイヴィは近づいてくるアレクシアとルフォーにたずねた。

「大きな爆発音がして、あなたは気を失ったの」と、アレクシア。「まったく、コルセットをきつく締めすぎだわ。だからすぐに気絶するのよ。コルセットの締めすぎは健康に悪いってあれほど言われてるでしょ？」

アイヴィは帽子店のなかで下着の話をする友人に息をのんだ。「お願い、アレクシア、そんなはしたないこと言わないで。今度はわたしを〈服飾改革〉にでも引きずりこむ気？」

アレクシアは目を丸くした。悪くない考えね――ブルーマーをはいたアイヴィなんて！

「それは何？」アイヴィはアレクシアが胸に抱いている物を見て言った。

アレクシアは身をかがめてパラソルを見せた。

「まあ、アレクシア、なんて美しいの。いつものあなたの趣味とはまったく違うわ」アイヴィが目を輝かせた。

こんな不格好なものをほめるなんて、さすがはアイヴィだ。

アイヴィはルフォーを熱い目で見上げた。「わたしもこんなのがほしいわ――できればレモン・イエロー地に黒と白の縦縞が入ったような。ないかしら？」

アレクシアはルフォーの驚愕の表情を見てくすくす笑った。

「そのようなお品《しな》はないかと……」ルフォーは二度、咳ばらいしたあと、かすれ声で言った。「お望みなら」――と軽く身を縮め――「注文いたしましょうか？」

「ぜひお願いするわ」

アレクシアは背を伸ばし、フランス語でささやいた。「追加の装飾はなしでね」

「もちろん」と、ルフォー。

小さなベルがちりんと鳴って、誰かが店内にぶらりと入ってきた。アイヴィはぶざまに床に座りこんだ姿勢からあわてて立ち上がりかけた。

新しい客はぶらさがる帽子の森をかき分けて近づき、アイヴィを見たとたん、あわてて駆け寄った。

「ああ、ミス・ヒッセルペニー、どうなさったんです？　ぼくにできることがあればなんなりと」

「まあ、タンステル」アレクシアが若い男をにらみつけた。「どうしてあ、あなたがここ、ここに？」

赤毛のクラヴィジャーはアレクシアを無視し、心配そうにアイヴィに手を貸した。

アイヴィはよろよろと立ち上がり、タンステルの腕に弱々しく寄りかかりながら黒い大きな目でタンステルを見上げた。

タンステルはアイヴィの瞳をうっとり見つめた――のんびり、ゆったり泳ぐ動きの鈍いグッピーのように。

まったく役者というものは。アレクシアはやけにぴっちりした半ズボンをはいた形のいいお尻を新しいパラソルの先でつついた。「タンステル、いったいなんの用？」

タンステルはぴょんと跳びあがり、〝なんてひどいことを〟という目でアレクシアを見た。

「ライオール教授からの伝言を届けに来たんです」なじるような口調だ。

ライオールはどうしてあたしが〈シャポー・ドゥ・プープ〉にいることを知ってたのかし

ら？　でもたずねるのはよそう。ウールジー団のベータには謎が多い。知らないほうが身のためだ。

「それで？」

またしてもタンステルはアイヴィの目を見つめた。

アレクシアはカツカツカツという金属質の音を楽しむようにパラソルを木の床に打ちつけた。「伝言は？」

「急ぎの用があるので至急、BURに来てくださいとのことです」タンステルはアレクシアに振り向きもせず答えた。

〝急ぎの用〟とはアレクシアに〈議長〉として出動を要請するときの団内の暗号だ。ライオールは女王陛下に伝えるべき情報をつかんだに違いない。アレクシアはうなずいた。「そうとなれば、アイヴィ、買い物が終わったらタンステルに送ってもらってくれない？　安全に送り届けてくれるわ、そうよね、タンステル？」

「光栄です」タンステルは目を輝かせた。

「まあ、うれしい」アイヴィがため息まじりにほほえみを返した。

アレクシアはふと思った――あたしはこれまでコナルにあんなバカげた笑みを返したことがあったかしら？　そこで思い出した――あたしの愛情表現はたいていが脅しか毒舌の形を取る。いまさらそんなことを気にしてもしかたないわ――アレクシアは自分で自分を慰めた。

ルフォーが店の出口までアレクシアを送った。

「アケルダマ卿の都合がつきしだい、カードを送ります。在宅とは思うけど、はぐれ吸血鬼の行動は予測がつかないものだから。ライオール教授の用事は、それほど時間はかからないわ」アレクシアは妙に親密に会話しているライオール教授とアイヴィを振り返った。「どうかミス・ヒッセルペニーがあまりにひどいものを買わないよう、そしてタンステルが彼女を貸し馬車に乗せたあとに間違っても自分まで乗りこまないよう、見届けてくださらない？」

「最善をつくしますわ、レディ・マコン」マダム・ルフォーは小さくお辞儀した。無礼に思えるほどそっけないお辞儀だ。次の瞬間、目にもとまらぬ速さでアレクシアの片手をつかんだ。「お会いできて光栄でした、マイ・レディ」ルフォーの手は力強く、確かだった。地下の実験室でこれだけたくさんの機械を組み立てていたら、誰だってある程度、筋肉がついて当然だ――たとえルフォーのように細身の女性でも。発明家の指がアレクシアのぴったりした手袋の上の手首をそっとなでた。あまりにすばやくて、本当に起こったのかどうかわからなかったほどだ。またしてもかすかに機械油とバニラの混じった香りがしたかと思うと、ルフォーはほほえんで手を離し、くるりと背を向け、揺れる帽子の森のなかに消えた。

ライオール教授とマコン卿はフリート・ストリートにあるＢＵＲ本部の執務室を共同で使っているが、マコン卿の留守のときのほうが部屋は片づいている。アレクシアは新しいパラソルを得意げに振り、ライオールが気づいて何かたずねてくれるのを期待しながら勢いよくなかに入った。だがライオールは積み上げられた書類と酸で刻み目の入った金属筒の山の背後で仕事に没頭していた。アレクシアに気づいて立ち上がり、頭を下げてまた座ったが、そのしぐさもいつになくおざなりだ。何が起こったにせよ、今は仕事で頭がいっぱいらしい。頭に載せたギョロメガネのせいで髪は乱れ、あろうことかクラバットもゆがんでいる。ライオールのクラバットがゆがむなんてこと、今まで一度でもあったかしら？

「大丈夫、ライオール教授？」アレクシアは曲がったクラバットを見てひどく不安になった。

「わたくしの体調は完璧です、奥様。お気づかいに感謝します。心配なのはあなたのご主人です。いまのところ、まったく通じません」

「わかるわ」伯爵夫人はそっけなく答えた。「あたくしも毎日、二人で会話しているときに話が通じないという困難に直面するもの。夫はいまどこで何をしているの？」

ライオールは小さく笑みを浮かべた。「いえ、そうではなく、連絡が取れないという意味です。北のほうでふたたび人間化現象が起こりはじめ、いまやファージングホーにまで到達しています」

アレクシアは新たな情報に眉をひそめた。「不思議ね。つまり現象が移動してるってこと？」

「しかもマコン卿が向かっているのと同じ方角に。卿より少し先ですが」

「そして本人はそのことを知らないのね？」

ライオールは首を横に振った。

「家族の問題というのは、死んだアルファのことね？」

ライオールは質問を無視した。「いったい、なぜこんなに速く移動できるのか……。列車は昨日からストライキで止まっています。まったく、こんなときにかぎって昼間族は役に立たたないものです」

「では馬車かしら?」

「かもしれません。かなりの速度で動いています。このことをマコン卿に知らせたいのですが、グラスゴーの支局に着かれるまでは連絡の取りようがありません。もちろん、チャニング少佐の船にまつわる話を伝えることもできません。マコン卿はこの現象が移動することをご存じないのです」

「夫は追いつけるかしら?」

ふたたびライオールは首を振った。「無理でしょう。アルファは俊足ですが、今回は急がないと言っていました。この速度で現象が北に移動すれば、おそらくマコン卿の数日前にはスコットランドに到達するはずです。かの地の職員には連絡しましたが、あなたも〈議長〉として知っておかれるべきだと思いましたので」

アレクシアはうなずいた。

「〈陰の議会〉のかたがたに知らせていただけますか?」

アレクシアは顔をしかめた。「それは早計じゃないかしら。次の会合まで待ったほうがいいわ。もちろんあなたは報告書を提出してちょうだい。でも、わざわざ〈宰相〉と〈将軍〉に知らせるつもりはないわ」

ライオールは理由もたずねず、無言でうなずいた。

「わかりました、ライオール教授。ほかに何もなければ失礼するわ。これからアケルダマ卿と会わなければならないの」

ライオールが謎めいた視線を向けた。「たしかに誰かが会わなければならないかもしれません。おやすみなさい、レディ・マコン」

アレクシアはライオールに新しいパラソルを見せるのも忘れて立ち去った。

5　アケルダマ卿の最新機器

果たせるかなアケルダマ卿は在宅し、マコン夫人を歓迎した。いきなりの訪問にもかかわらず心からうれしそうだ。自意識過剰の仰々しいしぐさから判断するのは難しいが、アレクシアはお世辞と興奮の嵐の奥に本物の優しさを感じた。

両腕を伸ばし、気取った足取りで近づいてきた老齢の吸血鬼は、アケルダマ流〝自宅でくつろぐジェントルマン〟スタイルに身を包んでいた。多くの男性にとってくつろぎファッションと言えば、スモーキング・ジャケットにオペラスカーフ、長ズボンに底が柔らかい外羽《ダービ》根式の靴《ーシューズ》を意味するが、アケルダマ卿にとってのそれは、やせた東洋ふうの鳥の黒い刺繍を散らした純白のシルクジャケットに派手なクジャク模様の濃い青緑色のスカーフ、流行の黒いジャガード織りのぴったりしたズボンに、やや悪趣味な黒白コンビの派手なウィングチップシューズを意味するらしい。

「わが**いとしの**アレクシアよ。なんという幸運だろう。ちょうどすばらしいおもちゃが届いたばかりだ。ぜひその目で見て、専門家の意見を聞かせておくれ！」アケルダマ卿は二人が出会った夜からマコン夫人をファースト・ネームで呼ぶ。アレクシアはアケルダマ卿の両手を強く握りながら、ふと気づいた――そう言えばあたしはアケルダマ卿のファースト・ネームを知らないわ。

反異界族に触れたとたん、アケルダマ卿の異界族的美しさ――氷のように白い肌と金色に輝くブロンドの髪――は、吸血鬼に変異する前の若い美男子のそれに変わった。

アレクシアは子どもにするようにアケルダマ卿の両頰にそっとキスした。「それで、今夜のご気分はいかが？」

アレクシアに寄りかかり、つかのま完全な人間状態で黙りこんでいたアケルダマ卿が、急ににぎやかにしゃべりだした。「気分は**上々**だよ、ちっちゃいティー・ビスケットちゃん、すこぶる**上々**だ。ロンドンの街なかで起こりつつある謎の事件にどっぷりつかっておるよ。何しろわたしは謎に**目がない**からね」アケルダマ卿は大きな音を立ててアレクシアの額にキスして手を離すと、いとおしげに腕をからめた。

「昨日の騒動以来、わがつましき屋敷は騒然としておるよ」そう言ってつましいにはほど遠い屋敷に案内した。廊下には大理石でできた異教の神々の半身像が並び、アーチ型の天井には豪華なフレスコ画が描かれている。「きみは**すべて**を知っておるんだろう？　なにしろ政界の有力者だからね、**ラッパズイセンちゃん**」

アレクシアはアケルダマ邸の居間が好きだ。自宅の居間を同じようにしたいわけではないが、ここにはたまに無性に訪れたくなる魅力がある。古めかしい白と金箔ばりで統一された内装はナポレオン時代以前のフランス絵画のようだ。

　アケルダマ卿は房のついた金の綾織り地の二人がけ椅子で眠る太った三毛猫を無造作に抱え上げ、そっと定位置に移動させた。アレクシアは近くにある玉座のように豪華な肘かけ椅子に座った。

「さて、なめらか**プリン**ちゃん、昨夜、ビフィから実におもしろい話を聞いたよ」アケルダマ卿は、はたきすぎた粉おしろいとほお紅の下の優美な顔に力をこめた。「寝物語にはうってつけだった」

　アレクシアはあまり聞きたくなかった。「あら、まあ、そう？　ところでビフィはどこ？　屋敷にいるの？」

　アケルダマ卿は金の片眼鏡《モノクル》をいじった。もちろん伊達メガネだ。吸血鬼はみな視力がいい。「ほほ、あの問題児はそのへんでいたずらをしておるに違いない。ネクタイがらみでちょっともめてね。いや、気にせんでくれ。それより昨晩ビフィが見たというのが……」

　アレクシアは言葉をさえぎった。「その前に新しい知り合いに招待状を送っていいかしら？　どうしてもあなたに引き合わせたい人がいるの」

　アケルダマ卿は一瞬、言葉を失った。「それは**なんと**うれしいことだろうね、いとしのキンカンよ。その御仁とは誰だね？」

「マダム・ルフォーという女性よ」

　アケルダマ卿は小さく笑みを浮かべた。「聞いたよ、最近、帽子を買いに行ったそうじゃないか」

アレクシアは息をのんだ。「どうして知ってるの？　まあ、くやしい！　ということは彼女とも知り合いってこと？　マダム・ルフォーはひとことも言わなかったわ」

「情報源は明かせんが、スノードロップよ、知り合いではない。名前を聞いたことがあるだけで、かねがね正式に会いたいと思っていた。聞けば男装の麗人だそうじゃないか！　わたしから直接カードを送ろう」アケルダマ卿は小さな呼び鈴のひもに手を伸ばした。「それで、**破廉恥**なフランス人女性から何を買ったんだね、小さなミカン《マイ・リトル・クレメンタイン》ちゃん？」

アレクシアはパラソルを見せた。

アケルダマ卿はその見てくれに息をのんだ。「おやまあ、これはなんとも」――と咳ばらいし――「**どぎつく**ないかね？」

黒白コンビのウィングチップシューズをはいて、青緑色のスカーフを巻いた人がよく言うわね。だがアレクシアはそれには触れず、「ええ、でもすばらしい機能がついているの」と詳しく説明しようとしたとき、遠慮がちなノックの音が聞こえ、ビフィが小走りで現われた。

「お呼びですか？」ビフィは美的センスとすばらしい肉体を兼ね備えた好青年で、どんなに思いがけない場所にもここぞというときに必ず現われる才能の持ち主だ。金持ちで地位のある家系に生まれていなかったら、優秀な執事になれたかもしれない。アケルダマ卿お気に入りのドローンだが、公言はしていない。それはアケルダマ卿にとって、二日つづけて同じベストを着るのと同じくらい恥ずべきことだ。ビフィの才能はアレクシアも認めていた。彼はカールごての名手で、髪結いの技術にかけてはあのアンジェリクに勝るとも劣らない。

「おお、ビフィ——わが**小鳩**よ、リージェント・ストリートにできたおしゃれな帽子店までひとっぱしりして、女店主をおしゃべりに誘ってきてくれまいか？　さあ、いい子だから。彼女も誘いを待っているに違いない」

ビフィはにっこり笑った。「かしこまりました、ご主人様。こんばんは、レディ・マコン。これはあなたのはからいですか？　ご主人様はあの帽子店が開店して以来ずっとマダム・ルフォーに死ぬほど会いたがっておられました」

「ビフィ！」アケルダマ卿があわててたしなめた。

「本当のことじゃありませんか」ビフィが言い返した。

「さっさとお行き、いけない子だね、くれぐれもその**かわいい**口を閉じておくんだよ」

ビフィは小さくお辞儀すると、近くの脇テーブルから帽子と手袋を取り、軽やかに出ていった。

「まったく、あの生意気小僧にはほとほと手を焼くよ。とはいえ、あの子はしかるべきときにしかるべき場所に現われるという**すばらしい**勘の持ち主だ。昨夜も、あの子は軍人と売血娼のたまり場として知られる聖ブライド教会近くの**おぞましい**小パブ〈ピックルド・クランペット〉の外にいた。間違ってもあの子が行くような酒場ではない。だがそこでビフィは、パブの裏路地をこそこそ歩くある人物に出会ったのだ。まあ、きみには**とうてい**想像もつかんだろうがね」

アレクシアはため息まじりに言った。「あたくしの夫？」

アケルダマ卿はがっかりした。「聞いてたのか？」

「いいえ、ただ、いかにもあの人がうろつきそうな場所と思っただけよ」

「それならこれはどうだ、かわいいペチュニアよ！　ビフィいわく、きみの夫はすこぶる不謹慎な状態でフリート・ストリートに向かおうとしていたそうだ」

「酔っていたの？」アレクシアは首をかしげた。一般的に人狼は酒に酔わない。体質的にそうらしいが、そうでなくてもコナルが酔っぱらうなんてらしくない。

「いや、そうではない。かわいそうにきみの夫君は街に襲いかかる例の恐るべき疫病に遭遇し、ロンドンのどまんなかでいきなり素っ裸の人間になっていたのだ」

アケルダマ卿は目を輝かせた。

アレクシアはこらえきれずに笑いだした。「どおりで何も話さなかったはずだわ。かわいそうに」

「もっともビフィに不満はなかったようだがね」

「当然よ、誰が不満を持つというの？」アレクシアはほめるときにはほめる主義だ。夫の肉体は文句なくすばらしい。「でも、おもしろいわ。つまり、必ずしも現象が始まったときにその場にいなくても〝反異界族病〟にかかるってことね。感染域に足を踏み入れたら影響されるってことだわ」

「きみはこの現象を病気だと思うかね、ライ麦ちゃん？」

アレクシアは首をかしげた。「はっきりとはわからないわ。あなたはどう思う？」

アケルダマ卿は別の呼び鈴を引いてお茶を頼んだ。「わたしはなんらかの武器だと思っておる」いつになくそっけない口調だ。

「これまでに似たような現象を聞いたことがある？」アレクシアは背を伸ばして友人を見つめた。アケルダマ卿は非常に高齢の吸血鬼だ。ナダスディ伯爵夫人より年上だという噂もある。そしてナダスディ伯爵夫人が五百歳を超えていることは有名だ。

アケルダマ卿はブロンドの長い三つ編みにまとめた髪を肩から払いのけた。「いや、ない。だが、わたしにはなぜか病気とは思えんのだよ。それに〈ヒポクラス・クラブ〉の経験からすると、現代の科学者と不埒な技術を使った**おいた**を見くびってはならん」

アレクシアはうなずいた。「そうね。〈陰の議会〉のメンバーも油断はできないわ。異《B》界管《U》理《R》局は疫病説を支持してるけど、あたくしは最新型の武器じゃないかと疑ってるの。あなたのボーイたちは何か情報をつかんでいないの？」

アケルダマ卿は不満そうに頬をふくらませた。アケルダマ卿の取り巻き——見るからに華美で、家柄がよく、たいして分別もない、いかにも軽薄そうなドローンたち——は、実は名うてのスパイ集団だ。だが、本人はそれを認めたがらない。アレクシアと、アレクシアを通してマコン卿とBURに知られたのはしかたないとしても、公言する気はないようだ。

「思ったほどの成果はない。だが、複数の連隊とともに汽船〈スパンカー〉で帰還した人狼団は、船にいるあいだずっと〝人間状態〟にあったらしい」

「ええ、ウールジー団のチャニング少佐がそんなことを言ってたわ。でも、団が城に着くころには普通の異界族状態に戻ったんですって」

「それで、チャニング少佐のことはどう考えるべきかな？」

「あの不快な人物については考えないようにすべきね」

アケルダマ卿が笑い声を上げたところへハンサムな若い執事がティー・トレイを持って現われた。「何十年も前、わたしは彼をスカウトしたことがある」

「まさか」アレクシアは耳を疑った。チャニング少佐がアケルダマ卿の好みに合うとはとうてい思えない――軍人には男色家が少なくないという噂は聞いたことがあるけど。

「変異する前、彼は**すぐれた**彫刻家だった。知っていたかね？ 誰もが〝余分の魂を持っているに違いない〟と目をつけ、吸血鬼と人狼はこぞって彼のパトロンになろうとした。実にすばらしい才能を持った若者だったのだよ」

「あたくしが知っているチャニング少佐と同一人物とは思えないわ」

「しかし彼はわたしの誘いを拒否し、軍人の道を選んだ――そのほうが**ロマンティック**だと考えたらしい。結局ナポレオン戦争のあいだに、同じ異界族でも毛むくじゃらのほうに変異してしまった」

アレクシアは意外な事実に言葉を失い、話題をもとに戻した。「もしこれが武器だとしたら、どこに移動したかを突きとめなければならないわ。ライオールの話では北に向かっているそうだから、たぶん馬車で移動してるのね。問題はどこに向かっているのか、そして誰が運んでいるかよ」

「そして、それがいったい何なのか」アケルダマ卿が紅茶を注いだ。アレクシアはミルクと少量の砂糖を入れ、アケルダマ卿は血を一滴たらしてレモンをしぼった。

「ライオール教授が北に向かっていると言うのなら、そうに違いあるまい。きみの夫の副官《ベータ》は**どんなときも**正しいからな」その奇妙な声音にアレクシアは鋭い視線を向けたが、アケルダマ卿はかまわず別の質問をした。「それはいつのことだね？」

「あたくしがここに来る前よ」

「いや、いや、サクラソウよ、そうではない。いつ、それが北に移動しはじめたのかということだ」アケルダマ卿はおいしそうなビスケットの載った小皿をアレクシアに渡した。もちろん自分は手をつけない。

アレクシアはすばやく計算した。「ロンドンを離れたのは、昨夜遅くか今日の早朝じゃないかしら？」

「ちょうどロンドンで人間化現象が治まったころだな？」

「そのとおり」

「つまり問題は、〈スパンカー〉で帰還し、昨日の朝、北へ向かったのがどの連隊、もしくはどの人狼団、もしくは誰だったかだ」

アレクシアはすべての状況がひとつの方向を指していることに不安を覚えた。「ライオール教授のことだから、すでに突きとめているに違いないわ」

「だが、きみはすでに誰が犯人か見当がついているんじゃないかね、かわいい**ツルニチソウ**

よ？」アケルダマ卿は二人がけの椅子から身を起こし、顔を近づけてモノクルごしにアレクシアの顔をのぞきこんだ。

アレクシアはため息をついた。「勘と言ってちょうだい」

アケルダマ卿は鋭くとがった恐ろしげな二本の長い牙を剝き出してニッと笑った。「そうだな、きみたち反異界族の祖先は何世代ものあいだ狩人だったのだからね、**シュガードロップちゃん**」さすがはアケルダマ卿――反異界族が吸血鬼を狩っていたことには触れなかった。

「あら、そういう意味の勘じゃないわ」

「ほう？」

「むしろ〝妻の直感〟とでも言うべきかしら」

「なるほど」アケルダマ卿が笑みを広げた。「きみの巨体の夫が武器に関係してるとでも？」

アレクシアはしかめつらでビスケットをかじった。「はっきりとはわからないけど、でも夫が向かった先は……」声が小さくなった。

「今回の事件がマコン卿のスコットランド行きと関係しているということか？」

アレクシアは無言で紅茶を飲んだ。

「つまり、アルファを失ったキングエア人狼団に関係があると？」

アレクシアは驚いた。キングエアの件がこれほど知られているとは思わなかったわ。アケルダマ卿はどうやってこんなに早く情報をつかんだのかしら？　まったく驚くべき収集力だ。

王室の諜報部がこれほど有能だったらどんなにいいか……。それを言うならBURもだ。「アルファのいない人狼団は荒れるものだが、まさかこれほど広範囲で……？　きみが思うに――」

アレクシアが言葉をさえぎった。「あたくしが思うに、なんだか急にロンドンの汚れた空気が嫌になったわ。マコン夫人には休暇が必要よ。北のほうはどうかしら？　この時期、スコットランドはすばらしいらしいわ」

「正気かね？　この時期スコットランドの気候はまったくもって最悪だ」

「本当ですわ、こんな時期にスコットランドに行くなんて――ましてや列車も動かないときに」別の声がした。かすかにフランスなまりがある。

マダム・ルフォーは例のごとく男装だが、正式な客人にふさわしく、色物のクラバットを白のローン地に、茶色のシルクハットを黒に変えていた。

「マコン夫人はよほど新鮮な空気が吸いたいらしい」アケルダマ卿は立ち上がり、客人を出迎えた。「マダム・ルフォー――かな？」

アレクシアは正式な紹介をしそびれたことに顔を赤らめたが、当人たちはその必要もなかったようだ。

「初めまして、アケルダマ卿。ようやくお会いできました。お噂はかねがねうかがっております」マダム・ルフォーはアケルダマ卿の派手な白黒コンビの靴とシルクジャケットを見つめた。

「わたしもマダムの噂は聞いておるよ」アケルダマ卿もルフォーのみごとな男装ぶりに鋭い視線を向けた。

アレクシアは二人のあいだに流れる警戒心に気づいた。まるで二羽のハゲタカがひとつの死骸の上空で旋回しているかのようだ。

「人の好みはさまざまですわね」ルフォーはやんわり答えた。アケルダマ卿は気分を害したようだが、ルフォーはかまわず横を向いてアレクシアに話しかけた。「本気でスコットランドへ、レディ・マコン?」

アケルダマ卿の顔に一瞬、同意するような表情が浮かんだ。「さあ、座りたまえ。それにしてもなんと清らかなるにおいだろう。バニラかな? すばらしい香りだ。それに、とてもいい女らしい」

いまのはさっきの仕返しかしら――アレクシアは首をかしげた。

マダム・ルフォーは紅茶を受け取り、小さな長椅子――移動させられた三毛猫の隣――に座ると、猫の望みをかなえるべくあごを掻いてやった。

「ええ、スコットランドよ」アレクシアはきっぱり答えた。「飛行船がいいわね。すぐに手はずを整えて明日には出発するわ」

「それは難しいでしょう。ジファール社は夜の顧客の要望には応じませんから」

そうだった――アレクシアはうなずいた。飛行船会社の顧客は昼間族で、異界族は含まれない。吸血鬼は縄張りから離れられないため、はるか上空を飛ぶ飛行船には乗れない。ゴーストも通常は地元につなぎとめられている。そして人狼は空の旅を好まない——ひどい飛行酔いになるからだと、アレクシアが飛行船に興味を示したときにマコン卿が教えてくれた。

「では明日の午後ね」と、アレクシア。「そんなことより、もっと楽しい話をしましょう。ねえ、アケルダマ卿、マダム・ルフォーの発明品の話を聞きたくない？」

「ぜひとも聞きたいものだ」

ルフォーは最近の発明装置の説明を始めた。古めかしい屋敷に似合わず、アケルダマ卿は最新技術を使った装置が大好きだ。

「アレクシアから新しいパラソルを見せてもらったよ。実にすばらしい作品だ。パトロンがほしくないかね？」十五分ほど話したあと、アケルダマ卿がたずねた。ほかのことはさておき、ルフォーの知性にはすっかり魅了されたようだ。

言葉の裏の意味を理解したルフォーは首を横に振った。アレクシアは思った——マダム・ルフォーの外見と能力を見れば明らかだ。過去にも似たような申し出を何度も受けたことがあるに違いない。「親切なお言葉に感謝します。特別のお申し出であることはわかっています——卿は本来、男性のドローンしか選ばないかたですから。でも、わたくしは今の状況に満足ですし、自活の手段もありますので、不死になりたいとは思いません」

アレクシアは二人のやりとりを興味深く見つめた。アケルダマ卿はマダム・ルフォーが余分の魂を持っていると思ったのね。たしかに、おばがゴーストになったところを見ると、魂が多い家系かもしれない。アレクシアがわかりきった質問をしようとしたとき、アケルダマ卿が白く細長い手をこすり合わせながら立ち上がった。

「さて、かわいいキンポウゲたちよ」

あらあら――アレクシアは同情して顔をしかめた。どうやらマダム・ルフォーも〝アケルダマ流呼び名の地位〟を獲得したようだ。ともに苦しむ同志が増えたわ。

「チャーミングなお花ちゃんたちよ、わたしの最新機器を見るかね？　それはそれは美しい」

アレクシアとルフォーは視線を交わすと、ティーカップを置いて立ち上がり、アケルダマ卿のあとについて部屋を出た。

三人は金箔ばりのアーチ型の廊下を進み、上に行くほど装飾的になる階段をいくつかのぼり、やがて屋敷の最上階――普通なら屋根裏部屋がある場所――に入った。だが、屋根裏部屋は中世ふうタペストリーが何枚もかかった豪華な部屋に造り変えられ、馬二頭が入るほど巨大な箱が置いてあった。箱は複雑なバネ装置を使って床から浮いており、周囲の音が内部に届かないよう、分厚い布地でくるんである。箱そのものはふたつの小部屋からできており、どちらも機器でびっしりだ。アケルダマ卿は最初の箱を〝送信室〟、ふたつめを〝受信室〟と説明した。

アレクシアは初めて見たが、ルフォーはそうではなかったようだ。

「まあ、アケルダマ卿、なんて贅沢な！　エーテルグラフ送信機ではありませんの！」ルフォーはごちゃごちゃした最初の部屋を感嘆の目で熱心に見まわした。今にも恐るべきえくぼが現われそうだ。「なんて美しいんでしょう」発明家は複雑きわまる機器を制御するいくつものダイヤルとスイッチをうやうやしくなでた。

アレクシアは眉を寄せた。「女王陛下も専用の送信機をお持ちだわ。通信手段としての電《テレ》信《グラフ》に将来性がないとわかってすぐに代替品として手に入れたそうよ」

アケルダマ卿は金髪の頭を悲しげに振った。「あの失敗の記事を読んだときは大いに落胆したよ。電信には大いなる望みを持っていたのだがね」電信開発の失敗以来、長距離通信には大きなずれが生じ、科学者たちは苦労のすえ、高磁気のエーテル磁性ガスを使った即時性の高い装置を発明した。「エーテルグラフは無線通信装置だから、電信と違って重大な電磁流切断の影響を受けることはない」

アレクシアはアケルダマ卿に向かって目を細めた。「その新技術については科学誌で読んだけど、まさかこんなに早く目にするとは思わなかったわ」この二週間、アレクシアは女王陛下にエーテルグラフを見せていただけないかと、それとなく話題を向けたが、うまくいかなかった。エーテルグラフの操作には微妙なこつが必要で、作動中は立ち入り禁止だ。BURが所有するエーテルグラフにも探りを入れたが、こちらも見ることはできなかった。BURのロンドン本部に一台あることは間違いない。刻み目いりの金属筒が転がっていたのが何よりの証拠だ。マコン卿に頼んでも無駄だった。「妻よ」——夫はついにいらだたしげに言った——「きみの好奇心を満足させるためだけに作業を中断させるわけにはいかんのだ」しかもアレクシアにとって不幸なことに、どちらも政府の備品なので二台のエーテルグラフはつねに作動している状態だった。

アケルダマ卿は刻み目入りの金属筒を一本、つまんで広げ、特殊な枠のなかに挿入した。

「ここに送信したい通信文を入れ、それからエーテル対流器《コンベクター》を作動させる」

熱心に見ていたマダム・ルフォーがアケルダマ卿の説明をさえぎった。「でも、まずはここに出力用の水晶真空管《バルブ》周波変換器を入れなければなりませんわ」と言って制御盤を指さし、驚きの声を上げた。「共鳴台はどこですの？」

「これは驚いた！」アケルダマ卿が歓喜の声を上げた。マダム・ルフォーがそこに気づいたことに興奮したようだ。「この装置は最新かつ最良型でね、**カボチャの花**よ。水晶互換識別《プロト》番号《コル》によって作動するのではないのだ！」

ルフォーはアレクシアを見て唇だけを動かし、〝カボチャの花〟？　とたずねた。怒ったような、おもしろがるような表情だ。

アレクシアは肩をすくめた。

「もちろん」しぐさの意味を誤解したアケルダマ卿がアレクシアに説明を始めた。「通常のエーテルグラフ送信機には送信先に適合する真空管《バルブ》が必要だ。同時に受け手側の受信室にも対《つい》のバルブがなければならん。もちろん、バルブがそろって初めてA地点からB地点への送信が可能になる。そのためには両者が通信する正確な時間を事前に決め、それぞれが正しいバルブを持っていなければならん。女王は帝国じゅうに点在するエーテルグラフひとつひとつに適合するバルブをずらりと持っておるらしい」

ルフォーが眉をひそめた。「それなのに、このエーテルグラフにはひとつもないんですの？　受け取る相手もいないのに送信しても、アケルダマ卿、あまり意味がありませんわ」

「そこだよ！」アケルダマ卿は喜びをこらえきれず、ど派手な靴で狭い部屋を跳ねるように歩きまわった。「わがエーテルグラフ通信装置にバルブは必要ない！　周波発信機に最新バルブを組みこんだゆえ、どんなエーテル磁気設定にも対応できるのだ。あとは受け手の水晶バルブの方位がわかりさえすればいい。そして通信を受け取るには、正確な時間と正しい走査手順を把握し、相手がわたしの識別番号を知っているだけでいいのだよ。ときにはほかのエーテルグラフ向けの通信文を傍受することもできる」そこで一瞬、表情をくもらせた。

「考えてみれば、それがわたしの人生だ」

「まあ、すばらしい」ルフォーが感動の面持ちで言った。「そんな技術が存在するなんて夢にも思いませんでしたわ。研究が行なわれていることは知っていましたが、まさかすでに実用化されていたとは。驚きました。作動しているところを見せていただけます？」

アケルダマ卿は首を振った。「いまのところ送信すべき通信文はないし、入ってくる予定もない」

ルフォーはがっかりした。

「それで実際にはどんなふうに作動するの？」アレクシアはしげしげと装置を見つめた。

アケルダマ卿は待ってましたとばかりに説明を始めた。「金属板上にかすかに碁盤の目があるだろう？」

アレクシアはアケルダマ卿から渡された金属筒を見た。たしかに表面が方眼に区切ってある。「ひとつの升目にひとつの文字ってこと?」

アケルダマ卿はうなずき、先を続けた。「金属板を薬品で洗うと、刻まれた文字が焼き切れる。すると二本の針がそれぞれの升目上——一本は上、一本は下——を移動し、文字を通過するたびに火花を散らす。これによってエーテル波《は》が生じ、エーテル球体の上部に反射する。その結果、太陽光の干渉がないかぎり**全世界に送信できる**というわけだ」アケルダマ卿の身ぶりはますます大きくなり、最後の言葉では小さくつま先旋回した。

「まあ、すごい」アレクシアは先端技術とアケルダマ卿の旋回ぶりに感嘆した。

アケルダマ卿は言葉を切って気を落ち着け、ふたたび説明を始めた。「適正な周波数に同調した受信室だけが通信文をとらえることができる。さあ、来たまえ」

アケルダマ卿はエーテルグラフ受信室に二人を案内した。

「われわれの**ちょうど**真上の屋根の上に受信器が据えられており、それが信号をとらえる。熟練の操作係が周囲の雑音を取り除き、信号を増幅させると、通信文がそこに」——アケルダマ卿は両手をひれのようにひらひら動かしながら、黒い微粒子をはさんだ二枚の小さなガラスと頭上に浮かぶ油圧アームについた磁石を指さし——「一度に一文字ずつ表示されるのだ」

「つまり、誰かがここにいて、文字を読み、記録しなければならないってこと?」

「しかも完全に静かな状態で」ルフォーが繊細な装置をしげしげと見ながら言い添えた。

「しかもその場ですばやく処理しなければならん——文字は時間とともに消えるからね」と、アケルダマ卿。

「なぜ防音室になっているのか、なぜ屋根裏部屋なのかがようやくわかったわ。とてもデリケートな装置なのね」と、アレクシア。あたしに操作できるとはとても思えない。「まったくたいした買い物だわ」

アケルダマ卿がにやりと笑った。

アレクシアは探るように見返した。「それで、この装置の正確な識別番号はなんなの？」

アケルダマ卿はわざと怒った顔をして、箱の天井をあだっぽく見上げた。「まったくアレクシアときたら、装置を見たばかりで、なんて大胆なことをきくんだろうね」

アレクシアは涼しい顔でほほえんだ。

アケルダマ卿はアレクシアににじり寄り、一連の数字を書いた小さな紙切れを差し出した。「きみのために特別に夜十一時のスロットを空けておく。今日から一週間、その時刻にすべての周波数を監視しよう」そういってせわしなく姿を消したかと思うと、切り子面の水晶バルブを持って現われた。「わが家の周波数に合わせてある——きみが遭遇する装置がここのものほど最新型ではないときのために」

アレクシアは小さな紙切れと水晶バルブを新しいパラソルの隠しポケットのひとつに入れた。「ほかに個人で装置を持っている人はいるの？」

「さあね」と、アケルダマ卿。「受信器は屋根の上に据えなければならんから、飛行船を雇って空中から捜索することは可能だ。だが、あまり効率的とは言えんな。この装置はすこぶる高価だ。個人でまかなえる者は少ないだろう。もちろん王室には二台あるが、ほかはどうかな？　手もとの一覧表にあるのは公式の識別番号だけだが、帝国全体を見ても、エーテルグラフの数はせいぜい百たらずだ」

そこでアレクシアは話をさえぎった。残念だが、もう時間がない。スコットランドに発つとしたら、今夜のうちにやらなければならないことが山ほどある。まずは女王にこれから数週間、〈議長《マージャ》〉が〈陰の議会〉の会議を欠席することを知らせなければならない。

アレクシアがアケルダマ卿にいとまを告げると、マダム・ルフォーも招待の礼を言い、二人は同時に屋敷を出て玄関の階段で別れの挨拶を交わした。

「本気で明日、スコットランドに飛ばれるおつもりですの？」ルフォーが高級そうな灰色の子ヤギ革の手袋のボタンをはめながらたずねた。

「あたくしが夫のあとを追うのがいちばんいいと思うわ」

「お一人で？」

「いいえ、アンジェリクを連れてゆくつもりよ」

ルフォーはその名前にかすかに反応した。「フランス人ですか？　どなたです？」

「ウェストミンスター吸血群から譲り受けたメイドよ。カールごての腕が天下一品なの」

「ナダスディ伯爵夫人のもとにいた女性ならば、きっとそうでしょう」ルフォーがさりげなく答えた。

どうやらいまの言葉にはふたつの意味があったようだ。

ルフォーはそれ以上アレクシアに質問するまを与えず別れの会釈をし、待たせていた貸し馬車に乗りこんだ。馬車は、アレクシアがていねいに〝おやすみなさい〟をつぶやいているあいだに走り去った。

ランドルフ・ライオール教授はいらだっていた。だが、傍目《はため》にはわからない。なぜなら、いま彼はいささかみすぼらしい毛むくじゃらの犬のような姿でアケルダマ邸の隣の路地のゴミ箱周辺をうろついているからだ。

ライオールは首をかしげた――吸血鬼とお茶を飲むのに、いったい何時間かかるというのだ？　だが、それがアケルダマ卿とマコン夫人となれば、かなりの時間がかかるのは間違いない。あの二人は放っておくと、えんえんと、のべつまくなしにしゃべりつづける。かつて二人が絶好調でしゃべっている場面に遭遇したときのことは、いまも忘れられない。それ以来、努めてそのような場面は避けてきた。マダム・ルフォーの出現は予想外だったが、おそらく彼女はそれほど発言していないはずだ。マダム・ルフォーが店を離れ、誰かを正式に訪問するとはめずらしい。あとでボス《アルファ》に報告しておこう。女性発明家の監視までは命じられていないが、マダム・ルフォーは知れば知るほど危険な人物だ。

ライオールはうろうろしながら風に鼻を向けた。奇妙なにおいがする。

吸血鬼だ。見ると、アケルダマ邸からかなり離れた場所の暗がりに二人の吸血鬼がひそんでいた。あれ以上、屋敷に近づくと、あの女々しい吸血鬼は自分の縄張りに血統の違うよそ者がいることに気づく。だとしたら、やつらはなんのためにあそこにいるのだろう？　目的はなんだ？

ライオールはしっぽを後ろ脚にはさむと、吸血鬼の背後にすばやくまわりこんで風下から近づいた。吸血鬼の嗅覚は人狼に遠くおよばないが、聴覚は人狼より鋭い。

ライオールはできるだけそっと近づいた。

どちらもBURの吸血鬼ではないことは間違いない。そしてライオールの勘が正しければ、二人ともウェストミンスター群の血統だ。

二人は何をするでもなく、ただ見張っている。

「くそっ！」ついに片方が言った。「お茶を飲むのにいったい何時間かかるってんだ？　しかもそのうちの一人は茶も飲まないというのに」

「いいか、彼は隠密にことをすませたがっている。おれたちは確かめるだけだ。人狼たちが騒いでいるときに手を出す気はない。知ってるとおり……」

銃を持ってくればよかった――ライオールは後悔したが、口にくわえて運ぶのは難しい。

知らないライオールは耳をそばだてたが、あいにく吸血鬼はそこで話を切った。

「おれが思うに、彼は妄想症《ミストレス》だな」

「たずねたわけじゃないが、あのかたもそう思ってるようだ。だからと言ってあのかたがやめるはずが――」

片方の吸血鬼がふと片手を上げ、言葉をさえぎった。

レディ・マコンとマダム・ルフォーがアケルダマ邸から現われ、玄関の階段で別れの挨拶を交わしている。やがてルフォーが軽やかに貸し馬車に乗りこみ、一人残ったレディ・マコンは階段の上で何やら考えぶかげに走り去る馬車を見つめた。

二人の吸血鬼がレディ・マコンに向かって動きだした。何をするつもりかわからないが、よからぬことには違いない。わざわざアルファの怒りの原因を増やす必要がないことだけは確かだ。ライオールは閃光のごときスピードで一人の吸血鬼の下にもぐりこむと、さっと脚を払い、すかさず二人目の吸血鬼に飛びかかってくるぶしにカッと歯を剥いた。脚をすくわれた吸血鬼はすばやく反応し、普通の人間の目にはとまらないほどの速さで脇に飛び上がった。だが、ライオールは普通の人間ではない。

ライオールも同時に身をおどらせ、空中で吸血鬼の脇腹に体当たりして相手を投げ飛ばした。と、もうひとりの吸血鬼がライオールのしっぽをつかみ、飛びかかった。

とっくみあいは最初から最後まで無言で行なわれた。聞こえるのはときおりあごがカチッと鳴る音だけだ。

ライオールが時間かせぎをするあいだに、何も知らないレディ・マコンはウールジー団の馬車に乗りこみ、通りを走り去った。馬車が見えなくなったとたん、二人の吸血鬼は動きを止めた。

「なんとも面倒なことになったたな」と、片方の吸血鬼。

「人狼めが」もうひとりが苦々しげに言い、二人の吸血鬼のあいだで〝追えるものなら追ってみろ〟とばかりに毛を逆立て、警戒するライオールに唾を吐きかけた。ライオールは足を止め、慎重に唾のにおいをかいだ。間違いない——ウェストミンスター群のにおいだ。

「誤解するな」一人の吸血鬼がライオールに言った。「色黒のイタリア女に手を出すつもりは毛頭ない。ちょっとたしかめたいことがあっただけだ。誰にも気づかれないと思っていたんだが」

もうひとりの吸血鬼が相棒を肘でぐいと突いた。「しっ。こいつはライオール教授——マコン卿の副官《ベータ》だ。下手に知られると厄介なことになる」

二人の吸血鬼は、なおも目の前でうなり、毛を逆立てる狼に向かって帽子をちょっと上げて背を向けると、ボンド・ストリートに向かってゆっくりと歩み去った。

ライオールはあとをつけようとして考えなおし、用心のため、駆け足でアレクシアの乗った馬車のあとを追い、無事に帰り着くのを見届けた。

夜が明ける少し前、アレクシアは戻ってきたベータをつかまえた。ライオールは疲れ切った様子で、もともと細い顔がゆがみ、さらにやつれている。

「おや、レディ・マコン、わたくしを待っていてくださったのですか。それはご親切に」

アレクシアはライオールの言葉に皮肉の色を探したが、あったとしても巧みに隠されてわからなかった。ライオールは感情を表に出さない。アレクシアはかねがね思っていた——ライオールは変異する前、役者だったんじゃないかしら？　魂の大半を不死と引き替えに失ったにもかかわらず、なんらかの方法で創造性を保っているのかもしれない。そう思えるほどしらを切るのがうまい。

ライオールはアレクシアの疑念にうなずいた。広域人間化現象の原因が何にせよ、それが北へ向かっているのは間違いない。BURは、ロンドンで異界族がもとに戻った時間とキングエア人狼団がスコットランドに向けて出発した時間が一致することをつかんでいた。ライオールはアレクシアが同じ結論にたどりついたことには驚かなかったものの、アレクシアがあとを追うという考えには断固として反対した。

「そうは言っても、ほかに誰が行けるというの？　少なくともあたくしは例の現象にまったく影響されないわ」

ライオールはアレクシアを正面から見つめた。「誰もあとを追うべきではありません。この状況に対処できるのはマコン卿だけです――たとえ処理しなければならない問題がひとつだけではないことを知らなくても。あなたがここに来られる前から、われわれは何世紀ものあいだ、数々の難局を乗り越えてきたのです。お忘れですか？」

「そうね、でも、あたくしが来るまでは何もかも取り散らかっていたじゃないの」と、アレクシア。ベータに反対されたくらいで予定を変えるつもりはない。「キングエア団が原因であることを誰かがコナルに教えるべきよ」

「キングエア団の人狼が誰も変身できなければ、あちらに到着しだい気づくでしょう。ご主人様はあなたにあとを追ってほしくはないはずです」

「ご主人様なんかくそくら――」アレクシアは下品な言葉を途中でのみこみ――「ご主人様がどう思おうと関係ないわ。それを言うなら、あなたがどう思おうとも。それに、すでに今朝フルーテが午後のグラスゴー行きの飛行船の予約を取ったの。着いてしまえば、ご主人様も許してくれるはずよ」

たしかにアルファは許すだろう――ライオールは思った。しかもおとなしく。だが、ここであっさり引き下がるつもりはない。「ならば、せめてタンステルをご同行ください。マコン卿が発って以来ずっと北に恋いこがれております。タンステルなら護衛役にもなります」

アレクシアは断固として反論した。「タンステルは必要ないわ。あたくしの新しいパラソルを見たでしょう?」

たしかにライオールは購入指示書を見たし、品物にもそこそこ感心した。だが、愚か者ではない。「たとえ既婚者であろうと、女性がしかるべき付き添いもなしに一人で空を飛ぶことはできません。言語道断です。あなたもわたくしも、そのことはよくわかっているはずです」

アレクシアは顔をしかめた。くやしいけどライオールの言うとおりだわ。アレクシアはため息をついた。しかたない。それに、タンステルなら御しやすいからなんとかなるだろう。

「わかったわ、そこまで言うのなら」アレクシアはしぶしぶ受け入れた。

ロンドン周辺に住む大半の人狼より――しかもマコン卿や〈将軍〉より――年上で大胆不

敵なベータも、この状況ではクラバットを引き下ろして首をさらし、小さなお辞儀とともに無言で寝室に引き揚げるしかなかった。これ以上、マコン夫人に抵抗しても無駄だ。

アレクシアはつねにそばにいるフルーテにタンステルを叩き起こすよう命じ、〝明日マコン夫人に同行してスコットランドに出発する〟という予期せぬニュースを伝えさせた。夜どおし女性の帽子を山ほど眺めて過ごし、ベッドにもぐりこんだばかりのタンステルは、その知らせにマコン夫人の正気を疑った。

夜明けとともに、ほぼ徹夜だったアレクシアは荷造りを始めた。正確には〝何を詰めるかでアンジェリクともめはじめた〟と言うべきか。そこへ、アレクシアが舌戦でかなわない地上で唯一の人物が訪ねてきた。

フルーテが持ってきたカードを見て、アレクシアは驚いた。

「まあ、なんてこと、あの人がいったいなんの用？　しかもこんな朝っぱらから！」アレクシアは訪問カードを小さな銀皿に戻し、身なりをチェックした。客を迎えるのには充分ではない。でも着替える時間はない。危険を承知で客を待たせるべきか、それとも〝伯爵夫人ともあろう人がなんて格好なの？〟という非難を受けて立つか？　アレクシアは、できるだけ用事をさっさとすませようと決心して後者を選んだ。

正面の応接間では、本人の半分ほどの年齢のレディに似合うようなピンクと白の縦縞のよそゆきドレスを身にまとい、もともとの肌というより化粧のおかげでバラ色の肌をした金髪の小柄な女性が待っていた。

「お母様」アレクシアはゆっくり近づいてくる母親に頬を向け、そっけないキスを受けた。

「ああ、アレクシア」ルーントウィル夫人は何年かぶりの再会のように声を上げた。「心配ごとでどうにかなりそうよ。いろんなことが一度に起こって。いますぐあなたの助けが必要なの」

アレクシアはめずらしく呆気にとられた。まず、あの母があたしの身なりに文句を言わなかった。次に、あの母がなんらかの理由で本当にあたしの助けをほしがっている。よりによってあたしの助けを。

「とにかく座って、お母様。ひどく動揺してるみたいよ。お茶を頼むわ」アレクシアが椅子を指さすと、ルーントウィル夫人はほっとして座りこんだ。「ランペット」アレクシアはそばにいた執事に呼びかけた。「お茶をお願い。それともシェリー酒がいい、お母様？」

「あら、そこまで動揺はしていないわ」

「お茶を、ランペット」

「そうは言っても事態は深刻なの。本当にしっけこうしんを起こしそうだわ」

「心悸《しんき》亢進《こうしん》でしょ」アレクシアが小声で訂正した。

ほっとしたのもつかのま、ルーントウィル夫人はいきなり火かき棒のように背を伸ばし、あわてて周囲を見まわした。

「アレクシア、あなたのご主人のお仲間たちはお留守？」

これはルーントウィル夫人が人狼団を指すときの独特の言いかただ。

「お母様、いまは朝よ。団員はみな眠ってるわ。あたくしだって夜どおし起きてたのよ」最後の言葉でさりげなくこの訪問が迷惑なことをほのめかしたが、通じる相手ではない。

「そうね、あなたはどうしても異界族の人と結婚すると言い張ったわ。いいえ、あなたの結婚相手に不満があるわけじゃないのよ、アレクシア、まったくその逆だわ」ルーントウィル夫人はピンクの縦縞模様のウズラよろしく胸をふくらませた。「わたしの娘が〝マコン伯爵夫人〟だなんて」

アレクシアにとってはいまだに驚きだ――あたしがこれまでの人生で母親を喜ばせた唯一のことが人狼と結婚したことだなんて。

「ねえ、お母様、あたくし今朝はたくさんやらなきゃならないことがあるの。何か急ぎの用事で来たんでしょう？　何があったの？」

「実はあなたの妹たちのことなの」

「ついにお母様も、あの二人がどうしようもないおばかさんだとわかったの？」

「アレクシア！」

「あの子たちがどうしたの？」アレクシアは警戒した。妹たちを愛していないのではない。あまり好きになれないだけだ。正確には異父妹に当たる。二人がミス・ルーントウィルであるのに対し、アレクシアは結婚する前、ミス・タラボッティだった。二人の妹はピンク縞の母親同様、金髪で、愚かで、反異界族でもない。

「二人が大げんかしているの」

「イヴリンとフェリシティがけんか？　まあ、驚いた」アレクシアの皮肉もルーントウィル夫人には通じない。

「そうなの！　でも本当なのよ。わたしがどれほど困っていることか。ほら、イヴリンが婚約したでしょう？　もちろんあなたの相手にはかなわないけど——稲妻は二度、同じ場所には落ちないわ——悪い話じゃないのよ。おかげさまで相手の男性は異界族じゃないわ。異例の親戚関係は一人で充分よ。ともかく、フェリシティは妹に先を越されたことが許せなくて、相手かまわず当たり散らしてるの。それでイヴリンが、フェリシティはしばらくロンドンを離れたほうがいいんじゃないかって。わたしも賛成したわ。お父様に相談したら〝田舎に行けば気も晴れるだろう〟っておっしゃって。それであの子をここに連れてきたの」

アレクシアは混乱した。「イヴリンを？」

「あら、違うわ。ちゃんと話を聞いてちょうだい！　連れてきたのはフェリシティよ」ルーントウィル夫人はフリルつきの扇子を取り出し、ぱたぱたとあおぎはじめた。

「えっ、ここに？」

「とぼけても無駄よ」ルーントウィル夫人はなじるように扇子で娘を突いた。

「なんですって？」ランペットったら、お茶はまだ？　ああ、早く持ってきてくれないかしら？　まったく、この母にはいつもいらいらさせられる。

「もちろん、ここにしばらく滞在させてもらおうと思って連れてきたの」

「なんですって！　しばらくってどれくらい？」

「必要なだけよ」

「ちょっと、それってどういうこと？」

「そばに家族がいるのもいいものよ」そう言ってルーントウィル夫人は応接間を見まわした。散らかってはいるが、本と革張りの大きな家具に囲まれた居心地のいい部屋だ。「あと少し女性らしさがあればいいわね。刺繍の敷物ひとつないじゃないの？」

「待って……」

「とりあえず二週間ぶんの荷物を詰めてきたけど、知ってのとおり、わたしは結婚式の準備で忙しいから、フェリシティにはもう少し長くウールジー城にいてほしいわ。そうなると買い物にも行かなければならないわね」

「ねえ、ちょっと待って――」アレクシアはいらだちの声を上げた。

「よかった、これで解決だわ」

アレクシアは魚のように口をぽかんと開けた。

ルーントウィル夫人が立ち上がった。心悸亢進もおさまったらしい。「馬車から連れてきてもいいかしら？」

アレクシアが母親のあとから応接間を出て玄関の階段を下りると、とてつもなく大量の荷物に囲まれたフェリシティが前庭に立っていた。

これで一件落着とばかりにルーントウィル夫人は二人の娘の頬にキスして馬車に乗りこみ、

ラベンダーの香水とピンク縞をなびかせて去っていった。

アレクシアはなおもショック覚めやらぬ表情で妹を見た。最新流行のビロード地のロングコート。赤の前立てに小さな黒いボタンがびっしりと並んだ白のブラウス。赤と黒のリボンがついた白のロングスカート。ブロンドの髪を結い上げ、後頭部にちょこんと帽子を載せている。アンジェリクがもっとも推奨する、今にも落ちそうなかぶりかただ。

「しょうがないわね」アレクシアはそっけなく言った。「とにかくなかに入って」

フェリシティは荷物の山を見まわし、そっと脇を通って、すべるように階段をのぼり、なかに入った。

「ランペット、お願いできる?」アレクシアは前庭に残された荷物の山にあごをしゃくった。

ランペットがうなずいた。

通りすがりにアレクシアは執事に声をかけた。「荷解きはしなくていいわ、ランペット。まだいまのところは。状況が変わるかもしれないから」

ふたたびランペットはうなずいた。「かしこまりました、奥様」

アレクシアは妹のあとから屋敷に入った。

フェリシティは勝手に応接間に入り、勝手に紅茶を注いだ。許可も得ずに。そして部屋に入ってきたアレクシアを見上げて言った。「はっきり言うけど、顔が丸くなったみたいよ、お姉様。最後に会ってから体重が増えたんじゃない? あら、本気でお姉様の健康を心配してるのよ」

あなたの心配は次の社交シーズンにどんな手袋が流行るかということだけのくせに――アレクシアはぐっと言葉をのみこむと、妹の正面に座り、豊かな胸の上でこれ見よがしに腕を組んでにらんだ。「さっさと話しなさい。どうしてあたくしのところになんか来る気になったの？」

フェリシティは首をかしげて紅茶を飲み、おずおずと言った。「ねえ、なんだかお姉様の肌が白くなったみたい。知らない人が見たら英国女性と思うかもしれないわ。よかったわね。この目で見るまでは信じられなかったけど」

吸血鬼が表舞台に現われて以来、英国では青白い肌が人気になり、上流階級の主流となった。だが、父親ゆずりのイタリアふうの肌を持つアレクシアは、その傾向を冷ややかに見ていた。あんなの、不死者のように見えるだけだ。「フェリシティ」アレクシアが鋭い口調で問いつめた。

フェリシティはぷいと横を向き、いらだたしげに舌を鳴らした。「こうするしかなかったのよ。とにかく、しばらくロンドンを出るしかなかったの。イヴリンたら、すっかりいい気になっちゃって。人がほしがってるものを手に入れたときのイヴリンがどんなふうになるか知ってるでしょ？」

「たしかにね、フェリシティ」

フェリシティは何やら手がかりか気配を探すかのようにあたりを見まわし、ようやくたずねた。「ウールジー城に連隊が滞在してるって聞いたけど？」

なるほど――アレクシアは思った――フェリシティの目的はそれね。「あら、そう？」

「てっきりそうだと思ったけど……違うの？」

アレクシアは疑わしそうに目を細めた。「裏庭に野営してるわ」

聞くなりフェリシティは立ち上がり、スカートをなでつけて巻き髪をふくらませた。

「ダメよ。やめて。そこにおとなしく座りなさい、お嬢さん」アレクシアは妹を子どもあつかいすることに快感を覚えた。「とにかく無理よ。ここであなたをあずかるわけにはいかないわ」

「どうして？」

「あたくしがいないからよ。スコットランドに仕事があって、今日の午後、出発するの。付き添いもなくあなたをウールジー城に残しておくわけにはいかないわ――ましてや連隊が滞在しているときに。まわりにどう思われるか、考えてもみてちょうだい」

「スコットランド？　スコットランドなんて死んでも行きたくないわ。あんな野蛮なところ。アイルランドも同然じゃないの！」フェリシティは〝軍人とお近づきになる〟という計画が頓挫して動揺しているようだ。

アレクシアはとっさにフェリシティが納得しそうな理由を思いついた。「夫が人狼団の件でスコットランドにいるの。だからあたくしも行くことになったのよ」

「またそんなこと言って！」フェリシティは思わず叫び、どさりと椅子に座りこんだ。「お姉様ったら、ひどいわ。どうしていつもそんなに役立たずなの？　たまにはあたしの身にもなってくれてもいいじゃない？」

アレクシアはフェリシティの言葉をさえぎった。このままではいつまで文句を言われるかわからない。「あなたの苦しみが筆舌につくしがたいことはわかったわ。ウールジー城の馬車を呼ぶ？　そうすれば少なくとも堂々とロンドンに帰れるわ」

フェリシティは浮かない表情だ。「それは無理よ、お姉様。あたしを追い返したら、お母様が黙っちゃいないわ。そんなことしたらお母様がどれほど手のつけられない状態になるか知ってるでしょう？」

たしかに嫌というほど知っている。だったら、どうすればいいの？

フェリシティは〝しかたない〟とでも言いたげに大きく息を吸った。「あたし、お姉様と一緒にスコットランドに行くわ。ひどく退屈なのはわかってるし、旅行は嫌いだけど、ここはいさぎよく耐えてみせるわ」なぜかうれしそうだ。

アレクシアは青ざめた。「やめて、それだけはダメよ」一週間以上もフェリシティと一緒にいたら間違いなく気が変になるわ。

「そう悪い考えでもなくってよ」フェリシティがにやりと笑った。「お姉様に身だしなみの基本を教えてあげるわ」と言ってアレクシアを上から下まで眺めまわした。「どう見てもお姉様には専門家の助言が必要よ。あたしがマコン夫人なら、そんな堅苦しい服は選ばないわ」

アレクシアは顔をこすりながら考えた。〝半狂乱の妹を気分転換のためにロンドンから連れ出す〟――案外これはいい口実になるかもしれない。フェリシティは自分のことしか頭にないから、アレクシアの〈議長〉としての活動には気づかないだろうし、関心もないだろう。それにフェリシティがいれば、アンジェリクの小言も半分に減るかもしれない。

これで決まった。

「いいわ。でも旅といっても空の旅よ。午後の飛行船に乗るの」

フェリシティは柄《がら》にもなく不安そうな表情を浮かべた。「そうするしかないのならしかないわね。でも、空の旅にふさわしいボンネットがないわ」

「ごめんくださあい！」開けっぱなしの応接間の外の廊下に誰かの声が響きわたった。「どなたかいらっしゃらない？」歌うような声だ。

「こんどは何ごと？」飛行船に乗り遅れるのではないかとアレクシアは不安になった。出発を遅らせたくはない。ましてや連隊とフェリシティを引き離すという任務を負った今となっては。

側柱の角に頭が見えた。全体が赤い羽根でできたような帽子をかぶっている。羽根はすべてピンと直立し、ところどころにふわふわした小さな白い羽根が見える。まるで興奮しすぎた水疱症のホウキのようだ。

「アイヴィ」アレクシアはつぶやいた。この女性はひそかに〟へんてこ帽子解放協会〟のリーダーを務めているんじゃないかしら？

「あら、アレクシア！　勝手に入らせてもらったわ。ランペットの姿が見えなかったものだから。でも応接間の扉が開いていたから、たぶん起きていると思って。どうしてもあなたに知らせなきゃと……」そこでアイヴィは先客に気づいた。「こんなところで何をしているの？」

「あら、ミス・ヒッセルペニー」フェリシティが明るく呼びかけた。

「まあ、ミス・ルーントウィル！　ごきげんよう」アイヴィは驚き、親友の妹に目をぱちくりさせた。「あなたこそなんのご用？」

「今日の午後、お姉様と一緒にスコットランドへ出発するの」

羽根ボウキが困惑して揺れた。「そうなの？」アイヴィはアレクシアが旅行のことを秘密にしていたことに傷ついたようだ。しかも、あんなに嫌いなはずの妹を連れてゆくなんて。

「しかも飛行船で」

アイヴィは分別顔でうなずいた。「それは賢明ね。レディに列車の旅はふさわしくないわ。あんな先を急ぐだけの旅なんて。それにくらべると空の旅は優雅だわ」

「ぎりぎりで決まったの」と、アレクシア。「旅行も、フェリシティが同行することも。ルーントウィル家でちょっとしたゴタゴタがあって――と言うか、イヴリンの結婚をフェリシティがねたんでるの」親友の気持ちを犠牲にしてまでフェリシティに会話の主導権を握らせることはない。フェリシティの毒舌にはアレクシア自身、もううんざりだし、ましてやそれが無防備なアイヴィに向けられるのを見るのは耐えられない。

「すてきな帽子ね」フェリシティが皮肉っぽく言った。

アレクシアは妹を無視した。「ごめんなさい、アイヴィ。あなたを誘えたらよかったんだけど。でもほら、母がどうしてもと言い張って。あなたも知ってるでしょう——母がどんなに頑固な人か」

アイヴィはしょんぼりとうなずき、応接間の奥の椅子に腰を下ろした。アイヴィにしてはおとなしいドレスだ。白地に赤い水玉模様のシンプルな外出着で、赤いひだ飾りも一列だけ、蝶結びのリボンもせいぜい六つくらいだ——もっとも、ひだはたっぷりで、リボンのひとつひとつはものすごく大きいけど。

「それにしても空の旅は危険らしいわ」と、フェリシティ。「あたしたち女性二人だけで行くのは不安よ。連隊の誰かに付き添ってもらうべきじゃ——」

「いいえ、その必要はありません！」アレクシアはきっぱり言い放った。「でもライオール教授がどうしても護衛役としてタンステルを連れて行けと言うの」

フェリシティが口をとがらせた。「やめてよ、あんな身の毛のよだつ赤毛の役者なんか。あの愛想のよさは不気味よ。どうしてあの人なの？　代わりにもっとすてきな軍人さんにしてくれない？」

タンステルをバカにされてアイヴィが顔色を変えた。「あら、ミス・ルーントウィル、男性のことをよく知りもしないくせに、よくそんなことが言えるわね。そんな根も葉もないちゆうぼうなんかしてもらいたくないわ」

「あら、少なくともあたしは自分の意見くらい持ってるわ」

あらあら、またアイヴィ得意の言い間違いだわ。ちゅうぼうって、中傷《ちゅうしょう》と誹謗《ひぼう》をごっちゃにした言葉かしら？

「まあ」アイヴィが息をのんだ。「ミスター・タンステルに関しては、わたしもれっきとした意見を持ってるわ。彼はあらゆる点で勇敢で親切な紳士よ」

フェリシティはアイヴィを探るように見た。「なんだかその紳士ととても親しいような口ぶりね、ミス・ヒッセルペニー？」

アイヴィは帽子の色と同じように顔を赤らめた。

アレクシアは咳ばらいした。アイヴィったらフェリシティのような人間の前で気持ちをさらけだすなんて、うかつにもほどがあるわ。それにしてもフェリシティはやけに突っかかる。これが最近のフェリシティだとしたら、母が追い出したがるのも無理はない。

「二人ともやめてちょうだい」

アイヴィが大きな、すがりつくような目でアレクシアを見た。「アレクシア、わたしも連れていってくれない？飛行船には一度も乗ったことがないし、わたしもぜひスコットランドに行ってみたいわ」

本当のところ、アイヴィは空を飛ぶことを大いに恐れており、ロンドン以外の地域に興味を示したことなど一度もない。ロンドンのなかでも、彼女の地理的関心は——金銭上の理由から——ボンド・ストリートとオックスフォード・サーカスに限られている。アイヴィの関心はタンステルだ。それに気づかないほどアレクシアはバカではない。

「あなたのお母様と婚約者が許してくれるのなら考えてもいいわ」アレクシアはわざと婚約者の部分を強調した――親友が婚約中の身であることを思い出し、道理をわきまえてくれることを願いながら。

アイヴィは目を輝かせた。「まあ、うれしいわ、アレクシア！」

どうやらこれがアイヴィの道理らしい。フェリシティは生きたウナギをのまされたかのような表情を浮かべている。

アレクシアはため息をついた。フェリシティを連れて行くのなら、アイヴィが加わろうとたいした違いはない。「ああ、まったくいつのまに〝婦人選抜大飛行会〟を率いるはめになったのかしら？」

フェリシティは謎めいた視線を向け、アイヴィは満面に笑みを浮かべた。

「家に戻って、母のお許しをもらって荷物を詰めてくるわ。何時に出発するの？」

アレクシアが時間を告げると、アイヴィははるばるウールジー城にやってきた理由を告げもせずに玄関から出て行った。

フェリシティが言った。「あの人が飛行船の旅にどんな帽子を選ぶのか、考えただけでぞっとするわ」

6 婦人選抜大飛行会

アレクシアには社交新聞の記事が目に浮かぶようだった。

マコン伯爵夫人が〈ジファール長距離飛行船・一般客輸送型〉に異例の大随行団をしたがえて乗船。夫人に続いてタラップを昇ったのは、白いひだ袖のピンクの旅行ドレスを着た妹のフェリシティ・ルーントウィルと、黄色の馬車ドレスにそろいの帽子をかぶったミス・アイヴィ・ヒッセルペニー。帽子には毒虫だらけの密林に踏みこむ探検家がつけるがごとき大仰なベールがついていたが、それを除けば、この二人の未婚女性の身なりは同行者として申しぶんない。一行は最新の飛行ゴーグル、耳当て、そして飛行船の旅を快適なものにするべく各種最新機器を身につけていた。

随行員のなかにはフランス人メイドと護衛役の紳士の姿もあった。一度ならずタラップでつまずいたところをみると、この赤毛の護衛はやや難ありと言わざるをえない。マコン夫人のもと執事で現個人秘書が見送る側にいたのは不可解ながら、夫人の母親の存在は、この疑問をかき消してあまりあった。マコン夫人はロンドンでも一、二を争う変わり者だ――この程度のことには難なく対処するであろう。

当のマコン夫人は最新の飛行ドレスをまとっていた。リボンで広がりを抑えたスカートに重みのある裾飾り。エーテル風《かぜ》にはためくようデザインされた、青緑と黒が層になったバッスルに、ぴったりした胴着《ボディス》。首からは青緑色のビロードで縁どったゴーグルをかけ、控えめなベールのついた青緑色のシルクハットをかぶり、頭には青緑色のビロード地の耳当てがしっかりと固定されていた。その日の午後、ハイド・パークを散策中の少なからぬ貴婦人が〝マコン夫人のドレスを仕立てたのは誰かしら〟と足を止め、厚顔なる既婚女性の数人が、〝マコン夫人の優秀なメイドを引き抜きたい〟と公言した。正直なところ、夫人が片手に持った異国ふうの派手なパラソルと反対の手に抱えた赤革の書類カバンは、どちらも最新の飛行ドレスには合わなかったが、こと旅に関するかぎり、誰が何を持って行こうととやかく言うべきではない。全体として午後のハイド・パークの巡視者たちは、この社交シーズンでもっとも話題をさらった新婦の優雅な旅立ちを好意的に受け止めた。

きっとハトの剝製の行進のように見えたに違いない――アレクシアは思った。そしてロンドン社交界が喜ぶことは、たいていアレクシアがげんなりすることだと相場が決まっている。アイヴィとフェリシティは口げんかが絶えず、タンステルはぞっとするほどはしゃぎ、フルーテは〝これから起こるであろう騒動を想像しただけで呼吸困難になる〟という理由でスコットランド行きを拒んだ。長く、過酷な旅になりそうだ――覚悟を決めて飛行船に乗りこんだアレクシアの視界に、ふと非の打ちどころのない身なりの若い男性が入った。レディ・マコンご一行を率いる神経質そうな船室案内係の乗務員が、若者を通そうと狭い通路で足を止めた。

だが、意外にも男性は立ちどまり、一行に向かって帽子を取った。バニラと機械油のにおいが鼻をくすぐった。

「まあ」アレクシアが驚きの声を上げた。「マダム・ルフォー！　いったい、地上《オン・アース》、こんなところで何をしているの？」

そのとき、飛行船をエーテルに飛ばすための巨大な蒸気機関がうなりを上げて動きはじめ、つながれた船体が大きく揺れた。マダム・ルフォーはよろめいてアレクシアに寄りかかり、姿勢を立てなおした。アレクシアには、寄りかかられた時間が長すぎたように思えた。

「わたくしたちはもはや地上《オン・アース》にはいないようですわ、レディ・マコン」ルフォーがえくぼを浮かべた。「昨夜の会話のあと、わたくしもスコットランドに行ってみたくなりましたの」

アレクシアは眉をひそめた。新しい店を開いたばかりなのに、旅行？　しかも息子とゴーストのおばを残してゆくなんて変だわ。やはりスパイかしら？　警戒したほうがよさそうね。マダム・ルフォーとは気が合いそうなだけに、アレクシアは残念だった。自分より自立心が強くて変わり者の女性などめったにない。

アレクシアは全員にルフォーを紹介し、ルフォーは一人一人にていねいに挨拶した。ただ、目が焦げそうなアイヴィのドレスにはかすかに顔をゆがめた。

レディ・マコン随行団の反応はあまりよくなかった。タンステルとアイヴィは頭を下げ、腰を折ってお辞儀したが、フェリシティはマダムの奇妙な格好にあきれたらしく、あからさまに無視した。

アンジェリクも居心地が悪そうだったが、メイドにふさわしくお辞儀した。アンジェリクは服装にうるさい。女性が男のような格好をするのは許せないのだろう。

ルフォーはアンジェリクを鋭く——まるで捕食者のように——じっと見つめた。きっとフランス人どうしのせいね——アレクシアの推察どおり、ルフォーはフランス語ですばやくアンジェリクに何かささやいたが、速すぎてアレクシアには聞き取れなかった。

アンジェリクは無言で形のいい小さな鼻をツンと上向け、女主人のドレスのひだを整えるのに忙しいふりをしている。

ルフォーは〝ではのちほど〟と言って立ち去った。

「アンジェリク」アレクシアは探るように呼びかけた。「今のはなんだったの？」

「なんでもありません、奥様」

今は追及するときではなさそうだ——アレクシアは乗務員のあとについて船室に入った。ほどなくアレクシアは部屋を出た。船内を探検し、デッキから離陸の様子を見るためだ。

若いころから王立協会の刊行物で飛行技術の発展を追ってきたアレクシアにとって、空を飛ぶのは長年の夢だった。ついに飛行船に乗りこんだ喜びは、フランス人の意味深なやりとりにもそがれはしなかった。

最後の客が乗りこんで船室に入るのを待って乗組員が係留ロープをはずすと、巨大な風船はゆっくり空に向かって上昇しはじめた。

アレクシアは息をのんだ。下界がしだいに小さくなり、人々は風景になり、風景はパッチワークキルトになり、そしてついに歴然たる事実を知らされた——本当に地球は丸いのね。

飛行船が通常大気層を上昇し、エーテル域に達するのを待って、エンジンの最後尾にあぶなかしくつかまる若い男がプロペラを回転させると、タンクの両脇と後ろから大量の白い蒸気が噴き出し、飛行船は北に向かって進みはじめた。やがてエーテル磁気流をとらえたらしく、船体がかすかにがくんと揺れてスピードが上がった。アーモンド形の巨大な帆布製の風船の下に太ったボートのような乗客デッキをぶらさげていることを考えると、驚くべき速度だ。

いつのまにかアイヴィがそばにいて、離陸の驚愕からさめるや歌いだした。アイヴィは歌がうまい。訓練されてはいないが、美しい声の持ち主だ。「〝あなたは高い道をゆき、わたしは低い道をゆく、そしてわたしはあなたより、ひとあし先にスコットランド〟」

アレクシアはほほえんだが、声を合わせはしなかった。もちろんこの歌は知っている。知らない人は、まずいない。〈ジファール〉社の〝飛行船の旅キャンペーンソング〟だ。だが、アレクシアの声は戦《いくさ》を指揮するにはふさわしいが、歌には向かない。いちどでも彼女の歌を聴いた者はみな、歌うのだけはやめてほしいと心から願うことになる。

すべてが爽快だった。上空の大気は冷たく、ロンドンはもちろん、郊外の空気より新鮮だ。アレクシアは、まるで自分がいるべき場所であるかのような安らぎをおぼえた。きっとエーテルがエーテル磁気分子のガス状混合物で充満しているせいね。

しかし翌朝の気分は最悪だった。吐き気がして、身体のなかも外もふわふわ浮かんでいるようだ。

「空の旅にはつきものです、マイ・レディ」乗務員が説明した。「消化器官に乱れが生じるのです」乗務員の指示で、女性客室係がミントとジンジャーのチンキ剤を届けてくれた。世のなかにアレクシアから食べ物を遠ざけるものはほとんどない。チンキ剤のおかげで、昼までにはかなりの食欲を取り戻した。吐き気の原因のひとつは、この数ヵ月、夜型の生活を送っていたせいかもしれない。急に昼間族のリズムで寝起きしたため、身体がついてゆかないのだろう。

だがフェリシティは、アレクシアの頬が日焼けしたことにしか気づかなかった。

「たしかに日よけ帽は誰がかぶっても格好悪いわ。でもね、お姉様、それくらいの犠牲は払うべきよ。お姉様が賢明なら、あたしの言うとおりにすべきだわ。最近ではかぶる人も少ないけど、お姉様のように日焼けしやすい質《たち》の人は多少、古くさくても文句は言えないわ。そもそも、いつもパラソルを持ち歩いてるくせに、どうして一度も使わないの？」

「あなた、ますますお母様に似てきたわね」と、アレクシア。

手すりから手すりに飛びうつりながら景色に感動の声を上げていたアイヴィは、二人のとげとげしい会話に息をのんだ。

そこへタンステルが現われ、フェリシティはすっかりそちらに気をとられた。アイヴィとタンステルの関係があやしいとにらんだフェリシティは、タンステルの気を引く作戦に出はじめた——自分に魅力があることをアイヴィに見せつけるためだけに。

「あら、ミスター・タンステル、ご一緒できてうれしいわ」フェリシティがまつげをぱちぱちさせた。

タンステルはかすかに顔を赤らめ、女性たちに向かって頭を下げた。「ごきげんよう、ミス・ルーントウィル、レディ・マコン」一瞬の間。「今日のご気分はいかがです、レディ・マコン？」

「昼食までには飛行病も治まったわ」

「それはなんとも結構なことね」フェリシティが皮肉っぽく言った。「お姉様の太りやすい体質と食べ物に対する執着を考えると、もう少し長く続いたほうがよかったんじゃない？」

フェリシティの挑発に乗るアレクシアではない。「太るのを気にするより、昼食がおいしいほうがいいわ」飛行船で出される食事はぱっとしない蒸し料理ばかりだ。評判のハイティーも期待はずれだった。

デッキチェアに座るフェリシティが隣の小テーブルからわざとらしく手袋を落とした。

「あら、なんてことでしょう、あたしとしたことが。ミスター・タンステル、拾ってくださる？」

タンステルが近づいて手袋を取ろうと身をかがめた瞬間、フェリシティが身体をずらし、タンステルはフェリシティの脚の上で――緑色のドレスのスカートに顔をくっつけるように――身をかがめる格好になった。かなりの接近状態だ。そして、ちょうどそのときアイヴィがデッキの角をまわって跳ねるようにやってきた。

「まあ!」アイヴィが足を止めた。弾んでいた風船が急にしぼんだかのようだ。

タンステルは身を起こしてフェリシティに手袋を渡し、フェリシティはタンステルの手をかすめるようにわざとゆっくり受け取った。

アイヴィの顔は怒ったプードルのようだ。

アレクシアは顔をしかめた――あんなはしたない真似をして……これまで厄介ごとに巻きこまれたことはないのかしら? いったいいつからフェリシティは男性をもてあそぶようになったの?

タンステルがアイヴィにお辞儀した。「ミス・ヒッセルペニー。ご機嫌いかがです?」

「あら、ミスター・タンステル、お邪魔をするつもりはありませんわ」

アレクシアは立ち上がり、これ見よがしに飛行帽の耳当てを整えた。まったく、いいかげんにしてくれないかしら? フェリシティは恥知らずで、アイヴィはほかに婚約者がいて、哀れなタンステルは困った子犬のような目で二人の女性を見ている。

タンステルがアイヴィに近づき、手をとってお辞儀しようとしたとき、船体がエーテル気流にぶつかって揺れ、アイヴィとタンステルはぶつかり合った。タンステルが腕をつかんで支えると、アイヴィはまつげを伏せ、熟れすぎたイチゴのように顔を赤らめた。

これ以上付き合ってはいられない——アレクシアは大股で前方デッキに向かった。

飛行船の前方デッキは強風が吹きつけるため、ふだんは誰もいない。紳士淑女は髪の乱れを気にして近づかないが、アレクシアは気にしなかった——たとえ部屋に戻ったとたん、アンジェリクからこっぴどく叱られるとわかっていても。アレクシアは耳当てを下ろしてゴーグルをはめ、パラソルをつかんで勢いよく歩きだした。

しかし、前方デッキには先客がいた。

いつものように一分の隙もない完璧な男装のマダム・ルフォーが、同じように整った身なりのアンジェリクの隣に立っていた。二人は胁の手すりにつかまり、不ぞろいのキルトのように広がるパッチワーク状のイングランドを見下ろしながら熱心にささやきあっている。アレクシアは飛行船につきものの風を呪った。何を話しているのか知りたいけど、風が強くて言葉がかき消されてしまう。アレクシアは書類カバンのなかみを思い浮かべた。フルーテが集音装置のようなものを入れてくれてなかったかしら？

ないとなれば正面攻撃しかない。気づかれる前に少しでも会話が聞き取れることを祈りながら、できるだけ静かにデッキを移動すると、運よく声が聞こえてきた。

「……ちゃんと責任をとるべきよ」ルフォーがフランス語で言った。

「無理よ、いまはまだ」アンジェリクがルフォーに近づき、懇願するように小さな手を腕に載せた。「お願いだからそう、せっつかないで」

「やるなら早いほうがいいわ、それともわたくしが言ったほうがいい？　わたくしは本気よ」ルフォーがツンと頭をそらすと、シルクハットが今にも落ちそうに傾いたが、落ちなかった。旅行用に固定されているようだ。ルフォーはアンジェリクの手を振りほどいた。

「もうじきよ、約束するわ」アンジェリクがルフォーにすり寄り、肩に頭をあずけた。

ルフォーはまたもや振りはらった。「ゲームね、アンジェリク。ゲームとレディの髪を整えること。いまあなたがやってることはそれだけじゃないの？」

「帽子を売るよりいいわ」

ルフォーはアンジェリクにキッと向きなおると、片手であごをつかみ、ゴーグルをはめた目をじっと見つめた。「彼女に追い出されたというのは本当なの？」疑いに満ちた、とげとげしい口調だ。

すでにアレクシアは二人のそばまで近づいており、アンジェリクが視線をそらした瞬間、アレクシアの目と飾り気のない真鍮ゴーグルの奥の大きなすみれ色の目が合った。アンジェリクは女主人の姿に驚いて涙を浮かべると、小さくしゃくりあげ、いきなり泣きついてきた。アレクシアはしかたなくメイドを抱きとめた。

いったいどういうこと？　フランス人とはいえ、アンジェリクが感情をあらわにするなんてめずらしい。やがてアンジェリクは自分を取り戻し、あわててアレクシアの腕から身を引くと、お辞儀をして走り去った。

マダム・ルフォーには好意を持っているが、大事なメイドを泣かされて黙っているわけにはいかない。「吸血群は彼女を拒否したわ。微妙な問題なの。アンジェリクは自分をあたくしへ放り出した吸血群のことを話したくないんじゃないかしら？」

「そりゃそうでしょうね」

アレクシアはむっとした。「そんなことより、あなたがこの飛行船に乗りこんだ本当の理由を教えてくださらない？」このフランス人女性にはわからせなければならない。団には団を守るルールがある。アレクシアはただの〝人狼代理〟かもしれないが、アンジェリクはれっきとした団の使用人だ。

緑色の目と茶色の目がゴーグルごしに見つめ合った。ゴーグルのせいではないが、アレクシアには相手の表情が読めなかった。ふとルフォーが近づき、手の甲でアレクシアの頬をなでた。どうしてフランス人は英国人より身体的な愛情表現を好むのかしら？

「過去にあたくしのメイドとかいかかわりになったことがあるの、マダム・ルフォー？」アレクシアは頬をなでられたことに気づかないふりをしたが、冷たい風が吹きつけるのに顔はほてっている。

ルフォーはえくぼを浮かべた。「ええ、前に一度。でも、過去の関係にはまったく縛られていませんわ」この女性《ひと》はわざと鈍感なふりをしたのかしら——親密なしぐさを無視されたルフォーは、さらにアレクシアに近づいた。

しかしアレクシアは動じず、頭を傾けて遠慮なくずばりとたずねた。「あなた、誰に雇われているの、マダム・ルフォー？　フランス政府？　テンプル騎士団？」

ルフォーは小さくあとずさった。この質問には気分を害したらしい。「わたくしがここにいる理由を誤解しておられるようですね、レディ・マコン。言っておきますが、わたくしに雇い主がいるとしたら、それはわたくし自身です」

「あたしがあなたなら、彼女のこと、信用しません」その日の夕食前、アレクシアの髪を整えながらアンジェリクが言った。アンジェリクは特別提供品の蒸気ごて《スチームアイロン》で女主人の髪を伸ばしていた。髪をまっすぐに垂らすことを提案したのはアイヴィだ。アレクシアもアンジェリクもこの案には大いに不満だったが、アイヴィは言い張った——〝最新ごてをためすのはあなたしかいないわ、アレクシア。あなたは結婚してるんだから、少しくらい髪型が変になってもかまわないでしょ？〟

「ほかに何か話すことはない、アンジェリク？」アレクシアはやさしくたずねた。アンジェリクが身なり以外のことで意見を言うことはめったにない。

アンジェリクは手を止め、フランス人にしてはめずらしく一瞬、顔のまわりでひらひらさせた。「ドローン、なる前、パリで知り合っただけです」

「それで？」

「それで、これまで親しくしてきました。えーと、なんと言うか、個人的に」

「だったらこれ以上、詮索はしないわ」アレクシアは詮索したい気持ちをこらえて言った。

「あの人、あたしのこと、あなたに何か言ーましたか、奥様？」アンジェリクはアレクシアのドレスの高い襟を伸ばしながらたずねた。

「いえ、とくに何も」

アンジェリクは疑わしげな表情を浮かべた。「奥様、あたしのこと、信用してないですね？」

アレクシアは驚いて目を上げ、鏡に映るアンジェリクの目を見つめた。「あなたははぐれ吸血鬼のドローンでありながらウェストミンスター群で働いていた。信用という言葉は軽々しく使うべきじゃないわ、アンジェリク。あなたの髪結いの腕は申しぶんないし、あなたのファッションセンスは、服に無頓着なあたくしにはなくてはならないものよ。でも、それ以上のものを求められても困るわ」

アンジェリクはうなずいた。「わかりました。では、ジュヌビエーヴが何か言ったせいではないですね？」

「ジュヌビエーヴ？」

「マダム・ルフォーです」

「いいえ、違うわ。どうしてそう思うの？」

アンジェリクは目を伏せ、首を振った。

「以前の関係について何か話すことはない？」

アンジェリクは無言だったが、顔には〝その質問は立ち入りすぎです〟と書いてあった。

アレクシアはアンジェリクを下がらせ、小さな革張りの手帳を探しはじめた。考えを整理してメモを残しておこう。マダム・ルフォーがスパイだとすれば、その根拠とともに書き留めておかねばならない。手帳には、何か厄介な問題が起こったときのために記録を残しておく目的もあった。〈議長《マージャ》〉の地位を引き受けると同時に手帳をつけはじめたが、個人的な覚え書きで、国家機密のような重大な情報を記すものではない。これまで父親の日誌が何度となく役に立った。あたしの手帳も次の世代で何かの役に立つかもしれない。でも、アレッサンドロ・タラボッティのやりかたを完全に踏襲するつもりはなかった。あの手の情報を記録する気はないわ。

尖筆型万年筆《スタイログラフィックペン》は最後に置いた場所――ベッドの脇テーブルの上――にあったが、手帳が消えていた。ベッドの下……家具の後ろ……どこを探しても見つからない。アレクシアは不安を感じながら書類カバンを探した。

そのとき扉をノックする音がした。よりによってこんなときに……適当にでまかせを言って追い返そうと扉に近づくまもなく、アイヴィが小走りで部屋に入ってきた。ほてった顔に、せっぱつまった表情を浮かべて。耳当てが見えないほど帽子を深く引き下ろし、帽子についたふわりとした黒のレースが顔の両脇の茶色い巻き髪をおおっている。

アレクシアは探しものを中断した。「アイヴィ、どうしたの？　耳ダニがくっついて興奮してるテリア犬みたいよ」

アイヴィは部屋の小さなベッドにうつぶせに仰々しく身を投げ出した。よほどショックなことがあったらしく、何やら枕に向かってつぶやいた。とんでもなく甲高い声だ。

「アイヴィ、その声どうしたの？　機関室の〈キーキー・デッキ〉にでもいたの？」飛行船はヘリウムを利用して浮揚する。声が変になるとすれば、当然、原因はヘリウムだ。

「なんでもないの」アイヴィがキーキー声で答えた。「しばらくしたらもとに戻るわ」

アレクシアは笑いをかみ殺した。まったくなんて声かしら。「あんな場所に誰といたの？」そしらぬ顔でたずねたが、だいたい予想はつく。

「誰とでもないわ」キーキー。「その、本当は、つまり……だから……ミスター・タンステルと」

アレクシアは鼻で笑った。「タンステルもさぞ変な声でしょうね」

「二人きりでいたとき少しヘリウムが漏れたみたい。でも、どうしても二人きりになる必要があったの」

「まあ、なんてロマンティック」

「アレクシアったら、ふざけないで！　わたしがこれほど重大な精神的危機に直面して動揺してるのに、よくもそんな軽々しいことを」

アレクシアは友人をからかっておもしろがってもいなければ、その身なりにうんざりしてもおらず、見つからない書類カバンを探しているようにも見えないよう表情をつくろった。

「当ててみましょうか。〝タンステルから不滅の愛を告白された〟」

「そうなの」と、アイヴィ。泣きそうな声だ。「なのにわたしには別の婚約者がいる！」

〝婚約者〟のところでようやくアイヴィの声がもとに戻った。

「ああ、謎のフェザーストーンホー大尉ね。念のために言っておくけど、たとえ婚約してなくても、あなたにタンステルはふさわしくないわ。いい、アイヴィ、彼は役者よ」

アイヴィがうめいた。「わかってるわ！　しかもあなたの夫の従者！　ああ、なんて恥ずべきことかしら」アイヴィはベッドの上で転がり、手の甲を額に押し当て、目をきつく閉じた。アレクシアは思った――どうみてもアイヴィは舞台女優にはなれそうもない。

「しかもタンステルはクラヴィジャー。さて、いよいよ困ったわね」アレクシアはできるだけ親身な口調で言った。

「ああ、でもアレクシア、もしかしたら、わたし、ほんの少しだけど、彼を愛してるかもしれないの」

「あら、自分でわからないの？」

「わからないわ。わかるものなの？　その人を愛しているかどうかなんて、どうやってわかるの？」

アレクシアは小さく笑った。「それをあたくしにきくのは間違いね。あたくしはコナルに対して嫌悪以外の感情があると気づくのに何年もかかったし、はっきり言って今この瞬間も嫌悪感が尾をひいていないとは断言できないわ」

アイヴィは驚いた。「まさか、冗談でしょ？」

アレクシアは前回、夫と長々と睦み合ったときのことを思い出した。記憶が正しければ、あのとき自分は大いにうめき声を上げたはずだ。「まあ、彼には彼のよさがあるけど」

「でも、アレクシア、わたしはどうしたらいいの？」

そのとき、アレクシアは書類カバンが部屋の隅の、衣装だんすと洗面所の扉の隙間に押しこまれているのに気づいた。誰かのしわざに違いない。あたしがあんなところに置くはずないもの。

「ああ、どうしてそんなところに？」アレクシアは書類カバンに話しかけ、部屋の隅から取り出した。

アイヴィは目を閉じ、自分の問題について考えこんでいる。「どうしてこんなことになったのか、自分でもわからないの。助けてちょうだい、アレクシア。これはとてつもない湿布《カタプラズム》よ！」

「まったくね」アレクシアは相づちを打ちつつ、書類カバンを見ながら考えをめぐらせた。誰かが留め金を壊して開けようとした……犯人が誰にせよ、その途中で邪魔が入った……そうでなければ手帳だけでなくカバンごと盗んでいたはずだ。小さな革の手帳ならベストのポケットやスカートのなかにも隠せるが、カバンはそうはいかない。だからカバンは残して去ったのだろう。でも、船室のカギの状態からすれば、入ろうと思えば誰でも入れるわ。

犯人は誰？　部屋に自由に出入りできるのは飛行船の乗務員……アンジェリク……。

「彼にキスされたの」アイヴィが涙ながらに言った。

「あら、まあ、それは重大ニュースね」これ以上、カバンから手がかりが見つかるとは思えない——少なくともアイヴィが部屋にいるあいだは。アレクシアはうなだれる友人のそばに座った。「彼とキスして楽しかった？」

アイヴィは無言だ。

「じゃあ、フェザーストーンホー大尉とのキスとくらべてどうだった？」

「アレクシア、なんてこと言うの？　わたしたちは婚約しただけで、結婚したわけじゃないわ！」

「つまり大尉とはキスもしてないってこと？」

アイヴィは真っ赤になって首を横に振った。

「だったら、タンステルはどんなふうだった？」

アイヴィはさらに顔を赤らめた。いまや日焼けしたスパニエル犬のようだ。「その、たぶん、少しは楽しんでいたような……」

「それで？」

アイヴィは目を開き、ますます顔を赤らめながらアレクシアを見てささやいた。「キスって楽しいものなの？」

「一般的には気持ちいい行為と思われてるわ。小説で読んだことあるでしょう？」アレクシアはこみあげる笑いを必死にこらえた。

「あなたはマコン卿とのそれを……楽しんでるの？」

アレクシアは即答した。こんなところでためらうタイプではない。「もちろんよ」

「ああ、そうなの、わたしにはなんだか」──アイヴィは言いよどみ──「湿った感じがしたわ」

アレクシアは首を傾けた。「いい、アイヴィ？　こうしたことに関して、夫は人並み以上の経験があるの。あたくしより何百歳も年上なんだから」

「あなたはそれで平気なの？」

「しかも彼はあたくしより何百年も長く生きるわ。異界族と関係を持ったら、この問題は避けられないの。たしかに一緒に歳をとってゆけないのはつらいことよ。あなたがタンステルを選べば、いずれは同じ問題に直面するわ。しかも彼が変異に失敗したら、いったいどれだけ一緒にいられると思う？」

「近々、その予定があるのかしら？」

アレクシアは肩をすくめた。変異に関する人狼団のしきたりについてはほとんど知らない。

アイヴィはため息をついた。「あまりに問題が大きすぎて考えられないわ。頭のなかがぐるぐるまわってるみたい。帝国じゅうの問題を抱えこんだかのような、長くて深いため息だ。

とにかくどうしていいかわからないの。わかる？　わたしの不協和音《カコフォニー》があなたに理解できる？」

「それって不幸《カタストロフ》のこと？」

アイヴィはアレクシアの言葉を無視した。「フェザーストーンホー大尉と年に五百ポンドの収入を捨てて、ミスター・タンステルと彼の不安定な」――そこで身震いし――「労働者階級を選ぶべきなの？　それともこのまま婚約を続けるべき？」

「大尉どのと結婚して、タンステルとは遊びでつきあったらどう？」

アレクシアのふしだらな提案にアイヴィは呆気にとられ、怒りに背筋をピンと伸ばした。

「アレクシア、よくもそんなことを考えつくわね。ましてや口に出して言うなんて！」

「あら、でもそうなったら湿っぽいキスもきっと上手くなるわ」

アイヴィが枕を投げつけた。「もう、アレクシアったら！」

だが正直なところ、これ以上アイヴィの苦境に付き合っているひまはなかった。アレクシアは重要書類や大事な小型装置や道具を書類カバンから出し、すべてをパラソルのポケットに入れた。すでに〝いつもパラソルを持ち歩く変わり者〟という評判が立っている。肌身離さず持っていても――たとえあたりが暗くなってからでも――誰も気にしないだろう。

夕食は苦行だった。緊張と疑念で少しもリラックスできないうえに、食べ物がまずい。たしかにアレクシアの食べ物に対する基準は人より高いが、それでも船内の食事は毎回、最低だった。すべてが――肉、野菜はもちろんプディングまでが――蒸され、しおれて色が抜け、ソースもなければ、塩も足りず、おまけに香りもない。まるで濡れハンカチを食べているかのようだ。

田舎のヤギ程度の味覚しかないフェリシティは目の前に並ぶ料理を息つくまもなく詰めこんでいたが、ふと姉が料理にあまり手をつけないのに気づいた。「うれしいわ、お姉様、ようやく手を打つ気になってくれて」

考えごとをしていたアレクシアはうっかり答えた。「手を打つ？」

「お姉様の健康がすごく心配なの。お姉様の年齢でその体重は重すぎるわ」

アレクシアはくずれそうなニンジンをつつきながら思った——このかわいい妹が上段デッキの手すりからふわりと落ちても、誰も悲しまないんじゃないかしら？

マダム・ルフォーが目を上げ、アレクシアを品定めするように見た。「レディ・マコンはとても健康的ですわ」

「みっともないほどがっしりした体型のせいでそう見えるだけよ」と、フェリシティ。

ルフォーはフェリシティの言葉など聞こえなかったかのように続けた。「それに引き替え、ミス・ルーントウィル、あなたは少し不健康そうに見えますわ」

フェリシティは口をぽかんと開けた。

ああ、どうしてマダム・ルフォーみたいにいい人がスパイなのかしら？　あたしの書類カバンを探ろうとしたのはルフォー？

そこへタンステルが遅刻の理由を並べながらふらりと現われ、フェリシティとアイヴィのあいだに座った。

「まあ、ご一緒できてうれしいわ」と、フェリシティ。「一皿目を食べそこねたかな」

タンステルがまごつきながらつぶやいた。

アレクシアは目の前の蒸し料理を見つめた。「よければあたくしのを差し上げるわ。近ごろ食欲がなくて」

アレクシアは灰色がかった塊の載った皿をタンステルに渡した。タンステルはしばらく不審そうな目で皿を見つめ、食べはじめた。

ルフォーはフェリシティに向かって話を続けた。「わたくしの部屋におもしろい発明品がありますの、ミス・ルーントウィル。顔の筋肉を元気にして、頬に赤みを与える効果がある装置です。そのうちためしてみてはいかが？」そういってかすかにえくぼを浮かべた。アレクシアはこっそり思った――きっとこの発明品はベタベタするか、痛いに違いない。

「そのご趣味からして、あなたが女性の身なりに関心があるとは思えないわ」フェリシティはルフォーのベストとディナージャケットをにらみながら憎まれ口をたたいた。

「あら、女性の美しさには大いに関心がありますわ」そう言ってルフォーはアレクシアを見た。

ルフォーはどことなくライオール教授を思い出させる――もちろんライオールよりきれいで、彼ほどキツネっぽくはないけど。アレクシアは妹に目を向けた。「フェリシティ、革張りの手帳をどこかに置き忘れたみたいなの。見かけなかった？」

二皿目が運ばれてきた。だが、まずそうな見かけは一皿目とほとんど変わらない。白いソースのかかった正体不明の灰色っぽい肉。ゆでたジャガイモ。生焼けっぽいロールパン。アレクシアは顔をしかめ、まったく手をつけなかった。

「あら、お姉様、こんどは書きものを始めたんじゃないでしょうね？」フェリシティは大げさに驚いてみせた。「はっきり言って、もう読書は充分だと思うわ。てっきり結婚したらあの悪習は治ると思ってたのに。あたしはよほどのときでないかぎり本なんて読まないわ。ひどく目に悪いでしょう。それに読書は額のここにひどいしわができるらしいわ」フェリシティは自分の眉間を指さし、アレクシアに向かって気の毒そうに言った。「でも、眉間のしわについては、もう心配する必要はないわよ、お姉様」

アレクシアはため息をついた。「いいかげんにしてちょうだい、フェリシティ、お願いよ」

ルフォーが含み笑いを漏らした。

そのときアイヴィがひどく心配そうな声を上げた。「ミスター・タンステル？　まあ！　ミスター・タンステル、あなた大丈夫？」

タンステルが真っ青な顔をひきつらせ、皿に身を乗り出していた。

「あまりにまずい料理のせいかしら？」と、アレクシア。「そうだとしたら、あたくしも同感よ。ちょっと料理人と話さなければならないわ」

タンステルがアレクシアを見上げた。そばかすが浮き上がり、目はうるんでいる。「ひどく気分が悪いです」そうはっきり言うと、よろよろと立ち上がり、転げるように扉から出て行った。

タンステルの背中を呆然と見ていたアレクシアは、はっとして目の前の料理を不審そうに見下ろし、立ち上がった。「ちょっと失礼するわ。タンステルの様子を見てきます。いいえ、アイヴィ、あなたはここにいて」アレクシアはパラソルをつかみ、タンステルのあとを追った。

タンステルはいちばん近い展望デッキの手すりに寄りかかり、胃をつかんでいた。

アレクシアがあわてて近づいた。「急に気分が悪くなったの？」

タンステルは口もきけず、ただうなずいた。

そのときかすかにバニラの香りがして背後からルフォーの声がした。「毒ですわ」

7 怪しいタコと飛行船のぼり

ランドルフ・ライオールは人狼にしては高齢だ。おおよそ三百歳くらいだろうか。歳を数えるのはとうの昔にやめてしまった。そしてその約三百年のあいだずっと、地元の吸血鬼たちと小さなチェスゲームを行なってきた――彼らは彼らのポーンを、彼は彼のポーンを動かして。ライオールが変異したのは、ヘンリー王が英国政府に異界族を正式に受け入れる少し前だ。したがって個人的には〈暗黒の時代〉を知らない。しかし、ブリテン島に住むすべての異界族と同様、あの時代に戻らないようたゆまぬ努力を続けてきた。これほど単純な目的が、政治と新しい技術によってこれほど簡単に損なわれていいはずがない。もちろん直接ウェストミンスター吸血群におもむき、何をたくらんでいるのかとたずねる方法もある。だが、マコン卿が異界管理局《BUR》捜査官に四六時中、群を見張らせていることをわたしが教えないのと同様、彼らもまたわたしには何も話さないだろう。

ライオールは馬車を使うよりはるかに短い時間で目的地に着くと、暗い路地で人間の姿に戻り、口にくわえていたコートを裸体にはおった。正式な訪問《ビジネス》にふさわしい身なりではないが、訪問先の主人はわかってくれるはずだ。これは仕事なのだから。しかし、相手は吸血鬼

――もしかしたらなじられるかもしれない。なんといっても彼らは何十年ものあいだ服飾界を支配し、人狼と人狼の変身につきものの非文明的状態をそれとなく批判してきた種族だ。

ライオールは屋敷の玄関に向かい、目の前に下がる呼び鈴を引いた。

若くてハンサムな召使《フットマン》が現われた。

「わたしはライオール教授。アケルダマ卿にお会いしたい」

若い男はライオールをまじまじと見つめた。「これは、これは。ご主人様にお取り次ぎいたします。しばらく入口の階段でお待ちいただけますか？」

吸血鬼の招待のルールというのは、なんとも奇妙なものだ。ライオールはあきれたように首を振った。

フットマンが消え、しばらくしてアケルダマ卿本人が扉を開けた。

二人は初対面ではないが、ライオールがアケルダマ卿の屋敷を訪ねるのは初めてだ。なんとけばけばしい――ライオールは金ぴかの室内装飾をのぞきこんで思った。

「やあ、ライオール教授」劇場に出かけるような格好のアケルダマ卿が美しい金の片眼鏡《モノクル》ごしに品定めするような視線を向け、小指をピンと立ててモノクルをはずした。「しかもお一人で。このわたくしめになんのご用ですかな？」

「あなたにひとつご提案があります」

アケルダマ卿はもういちどライオールを上から下まで眺めまわし、化粧で黒くしたブロンドの眉毛を吊り上げた。「それはライオール教授、なんと**チャーミング**な申し出だろう。さあ、なかに入りたまえ」

アレクシアはマダム・ルフォーを見上げもせずにたずねた。「あたくしのパラソルに毒消しはしこまれてないの？」

ルフォーは首を横に振った。「あれは攻撃用です。医薬品一式が必要だとわかっていたら追加したのですが」

アレクシアはあおむけで苦しむタンステルをのぞきこんだ。「いますぐ乗務員のところに行って、嘔吐剤か催吐剤《トコンシロップ》か収斂剤の硫酸亜鉛がないかきいてみてちょうだい」

「ただちに」ルフォーは勢いよく駆けだした。

アレクシアはルフォーの男装をうらやましく思った。あたしが苦しむタンステルを介抱しようとすると、たちまちスカートが脚にからまってしまう。タンステルの顔は紙のように白く、そばかすは浮き上がり、額には汗が噴き出し、髪まで濡れている。

「ああ、ひどく苦しそうだわ。大丈夫かしら？」アイヴィがアレクシアの言いつけを破り、二人を追って展望デッキにやってきた。特大メレンゲのようなスカートを広げてかがみこみ、胃をつかむタンステルの手をなすすべもなくなでている。

「吐くしかないわ、タンステル」アレクシアはアイヴィを無視し、不安と恐怖を大声でごまかすかのように精いっぱい毅然とした声を出した。

「アレクシア！」アイヴィが仰天した。「何を言うの？　そんなみっともない真似できないわ！　ミスター・タンステルがかわいそうよ」

「毒素が神経に達する前に胃の中身を出すのよ」

「バカなこと言わないで、アレクシア」アイヴィが引きつった笑い声を上げた。「きっと、ただの食あたりよ」

タンステルは身動きもできずにうめいている。

「アイヴィ、よかれと思って言うわ。どきなさい」

アイヴィは息をのみ、むっとしながらも立ち上がり、脇にどいた。

アレクシアはタンステルに手を貸して腹ばいにさせ、膝をつかせると、独裁者よろしく飛行船の側面を指さした。そして、できるだけ低く厳格な声で言った。「タンステル、これはアルファの言葉よ。あたくしの言うとおりにしなさい。今すぐ吐いて」これまでいろんなことがあったけど、まさか人に夕食を吐けと命じるとは夢にも思わなかった。

苦しむクラヴィジャーにも命令の厳格さは伝わったようだ。タンステルは手すりの下から飛行船の側面に向かって頭を突き出し、吐こうとした。

「無理です」と、タンステル。

「もっと思い切って」

「嘔吐は不随意運動です。やれと言われてもすぐにはできません」タンステルが消え入りそうな声で言った。

「それでもやるのよ。それにあなたは役者でしょ？」

タンステルは顔をゆがめた。「舞台で吐いたことは一度もありません」

「いまやっておけば、将来そんな役がまわってきたときに困らないわ」

タンステルはもういちどやってみた。だが何も出てこない。

そこへマダム・ルフォーがトコンシロップの瓶を持って戻ってきた。

アレクシアはタンステルに一息に飲ませた。

「アイヴィ、急いでコップに水を持ってきて」と、アレクシア。アイヴィがいたら邪魔でしょうがないわ。

やがて催吐剤が効きはじめた。夕食は食べるのにも味気なかったが、それが逆方向に出てゆく図は考えただけでもぞっとする。アレクシアはできるだけ見ないよう聞かないよう、顔をそむけた。

アイヴィが水の入ったグラスを持って戻ってきたときには、最悪の場面は終わっていた。

アレクシアはグラスの水を全部飲ませた。十五分後、ようやくタンステルの顔には血の気が戻り、身を起こして座れるようになった。

アイヴィは最初から最後まで右往左往し、落ち着きはじめたタンステルのまわりを行ったり来たりしている。見かねたルフォーがベストのポケットから窮余の策を取り出した。

「これを少し飲んではいかが、ミス・ヒッセルペニー。気分が落ち着きますわ」そう言って小瓶をアイヴィに手渡した。

アイヴィはひとくち飲み、何度かまばたきして、もういちど飲んだ。やがて狂乱状態は朦朧状態に変わった。「あら、喉が焼けそうよ！」

「部屋に連れていきましょう」アレクシアはタンステルを立ち上がらせた。

　羊飼いになった幻覚を見る酔っぱらいのごとく左右に揺れながら後ろ向きに歩くアイヴィを尻目に、アレクシアとルフォーはやっとのことでタンステルを部屋に運び、ベッドに寝かせた。

　すべてが終わったときには、すっかり食欲がなくなっていた。だが、このまま部屋に引っこむわけにもいかず、アレクシアはアイヴィとルフォーと一緒に食堂に戻った。頭のなかでは謎が渦巻いている。いったい《オン・アース》——というかいったい《イン・エーテル》——誰がタンステルを殺そうとしたの？

　食堂に戻る途中、アイヴィは一、二度、壁にぶつかった。

「何を飲ませたの？」アレクシアが小声でたずねた。

「コニャックを少し」ルフォーはちらっとえくぼを見せた。

「どうりで効果抜群だわ」

　その後の食事は何ごともなく進んだ——酩酊状態のアイヴィが二度、飲み物をこぼし、一度、ヒステリックなくすくす笑いの発作を起こしたのを別にすれば。アレクシアが部屋に戻ろうと立ち上がると、味気ない食事のあいだじゅう無言だったルフォーが話しかけた。

「寝る前にしばらく船内を歩きませんか、レディ・マコン？　二人だけで話したいことがありますの」ルフォーはえくぼも見せず、ていねいな口調でたずねた。

アレクシアは淡々とうなずき、フェリシティを残して食堂を出た。フェリシティのことだ。食事が終わったら好き勝手に過ごすだろう。

二人きりになったとたん、ルフォーは核心に切りこんだ。「あの毒はタンステルに盛られたものではないと思います」

「そう？」

「ええ。あれはあなたをねらったものです。毒はあなたの最初の料理にしこまれていました。それをタンステルが食べたのです」

「ああ、そうね。あなたの言うとおりかもしれないわ」

「不思議な神経をお持ちですわね、レディ・マコン、もう少しで殺されるところだったのに」ルフォーがけげんそうに首をかしげた。

「だって、そう考えたほうがすべてつじつまが合うもの」

「そうですか？」

「ええ、そうよ。タンステルに敵が多いとは思えない。でも、あたくしはつねに誰かに命をねらわれているわ」告白したことでアレクシアはホッとし、不思議と気が楽になった――まるで誰かが自分を積極的に殺そうとしないと、宇宙のしくみが狂ったような気がして落ち着かないとでもいうように。

「犯人の心当たりは？」ルフォーがたずねた。

「あなた以外にということ？」アレクシアは鋭く返した。

「あら」

ルフォーは顔を背けたが、アレクシアはその目にちらっと傷ついたような表情が浮かぶのを見逃さなかった。女優なみに演技がうまいのか、それとも本当に無実なのか……。

「失礼なことを言ってごめんなさい」アレクシアは謝ったが、失礼とは少しも思っていない。ルフォーのあとについて手すりに近づき、並んで寄りかかりながら夜のエーテルを見つめた。

「毒を盛った犯人だと思われたことに怒ったのではありません、レディ・マコン。あんなに不器用な人間だと思われたことが心外だったのです。あなたを殺そうと思えば、これまでいくらでも機会がありましたし、今夜のような下手なやりかたよりはるかに確実な方法をいくつも知っていますわ」ルフォーがベストのポケットから金の懐中時計を取り出し、裏側の小さな留め金を押すと、底から小さな注射針が飛び出した。

針のなかみはたずねるまでもない。

ルフォーは針をもとに戻し、時計をベストにしまった。

アレクシアはルフォーが身につけている宝石の数と種類を見つめた。いつものように木製と銀製のクラバットピンが一本ずつ。ベストの別のポケットからもう一本、鎖が伸びている。別の種類の時計かしら？　それとも何かの道具？　そう考えると、ピンボタンも、シルクハットの帯にはさんだ金属のタバコケースも急に怪しく思えてきた。そう言えば、マダム・ルフォーがタバコを吸うところは一度も見たことがない。

「そのようね」と、アレクシア。「でも、毒は攪乱目的とも考えられるわ」

「疑りぶかい性格でいらっしゃるのね、レディ・マコン？」ルフォーはじっと前を見つめている——冷たい夜空にすっかり心を奪われたかのように。

アレクシアはふと哲学的な気分になった。「魂がないことと関係があるかもしれないわ。あたくしはこれを〝妄想症〟ではなく〝実用主義〟と考えるようにしているの」

ルフォーは声を立てて笑い、えくぼを浮かべてアレクシアのほうを向いた。

そのときアレクシアは何か堅いものにねらいすまされたように背中を押され、手すりごしに前につんのめったかと思うと、デッキの端からまっさかさまに転げ落ちた。アレクシアは落下してゆく自分を感じながら悲鳴を上げ、つかまるものはないかと飛行船の側面を必死に両手で引っかいた。ああ、飛行船というのは、どうしてこんなにつるつるなの？　飛行船の居住部分は巨大なアヒルのような形をしており、展望デッキはそのもっともふくらんだ位置にある。つまり、アレクシアは落下すると同時に船体から離れつつあった。

その恐ろしくも長い数秒のあいだにアレクシアは悟った。このさき待っていたはずの未来のすべてがエーテルの冷たい風を突き抜け、大気圏を突き抜け、やがてドサリという悲しく湿った音とともに失われることを……。と、いきなりガクンと落下が止まり、アレクシアは上下さかさまの状態で飛行船の側面に頭をガンとぶつけた。見ると、何層ものスカートがエーテル風になびかないようドレスの裾にめぐらされた金属強化枠が、二階下の層の外側に突き出た突起のまわりにきつくからみついていた。どうやら連結装置の一部らしい。

背中を船体にくっつけた状態でぶらさがったアレクシアは、注意深く、そろそろと身をよじり、両手で船体を押しながら身体の向きを変え、金属の突起に手を伸ばし、ようやく両腕で突起にしがみついた。アレクシアは思った——一生のうちで、社会が女性に押しつけるバカげた服に感謝するのはこれが最初で最後だろう。そこで自分がまだ叫んでいるのに気づき、恥ずかしくなって口を閉じた。やがて不安がもやのように押し寄せてきた。今つかまっている小さな金属の突起はいつまで耐えられるだろう？　マダム・ルフォーは無事かしら？　パラソルも一緒にデッキから落ちたの？

アレクシアは何度か深呼吸して状況を整理した。あたしはまだ死んではいない。かといって安全でもない。「あーれー」アレクシアは声を張り上げた。「誰かー？　もしよろしければ少し手を貸してくださらなーい？」

冷たいエーテルが吹きつけ、脚をぞくっと震わせた。いまや両脚をおおうのはズロースだけだ。しかも外気にさらされることには慣れていない。だが、アレクシアの叫び声に答える者はいなかった。

そのときようやくアレクシアは、自分が叫ぶのをやめたのにまだ悲鳴が聞こえることに気づいた。見上げると、白い飛行船を背景にマダム・ルフォーとマントを着た人物がもみ合っていた。アレクシアを突き落とした人物はルフォーにもあとを追わせるつもりらしい。だが、発明家の闘いぶりはなかなかだった。腕を振りまわし、シルクハットを左右に激しく揺らしながら果敢に抵抗している。

「助けて！」アレクシアは上の騒ぎに負けないような大声で叫んだ。

もみ合いは続いている。最初はルフォーが、次にマントをはおった相手が手すりから身をそらし、落ちそうになりながら身をかわし、さらにもみ合った。ふとルフォーが身を引き、何かを取り出したかと思うと、轟音とともに圧縮ガスが噴き出し、いきなり飛行船全体が片方に傾いた。

その拍子に手もとがゆるみ、アレクシアは頭上の闘いから自分の差し迫った危険に注意を戻し、あわてて命綱の小突起を握りなおした。

ふたたびガスが音を立てて噴き出したとたん、マント姿の人物は視界から消え、ルフォーがぐったりと手すりに寄りかかるのが見えた。またしても飛行船がかしぎ、アレクシアは恐怖にヒィと小さい叫びを上げた。

「もしもーし！　マダム・ルフォー、どうか手を貸してちょうだい！」アレクシアは声をかぎりに叫んだ。このときばかりは、どら声の夫と荒くれ人狼団との生活でつちかわれた肺活量と大声の習慣に感謝した。

ルフォーが振り向き、下をのぞきこんだ。「まあ、レディ・マコン！　てっきり落ちて死んだものとばかり！　ああ、よかった、生きてらしたのね」

ルフォーの声はほとんど聞き取れなかった。いつもの音楽的で鈴のような高音がヘリウム声になっている。飛行船のガス袋に重大な漏れが生じ、展望デッキにいる人の声にまで影響しているらしい。

「もう落ちそうよ」アレクシアは大声で答えた。

シルクハットが〝わかった〟というようにうなずいた。「しっかりつかまって、レディ・マコン。いますぐ乗務員を連れてきますわ」

「なんですって？　聞こえないわ。声が高すぎて」

だが、すでにルフォーのシルクハットと頭は視界から消えていた。

アレクシアは突起にできるだけしっかりつかまることに集中し、形ばかり叫んだ。眼下に浮かぶふわふわ雲のおかげで、地面までの距離がわからないことがせめてもの救いだ。あとどれだけ落下しなければならないかなんて、考えたくもない。

やがて、ブーツをはいた足の近くの機窓がポンと開き、小さな窓から見覚えのある醜悪な帽子が現われた。帽子の下の顔が上下を見まわし、はしたない格好のアレクシアに気づいた。

「あら、アレクシア、いったい何してるの？　なんらかぶらさがってるみたいよ」ろれつがまわらない声だ。まだマダム・ルフォーのコニャックの影響から脱していないらしい。「なんてみっともない。いますぐやめてちょうらい！」

「アイヴィ。手を貸してくれない？」

「ろうやって手を貸せと言うの？　まったくアレクシアったら、そんな子どもじみた格好で飛行船にしがみつくなんて、頭がどうかしたの？　まるれフジツボみたいよ」

「ああ、お願いよ、アイヴィ。このまま死にたくはないわ」アイヴィの反応がもともと鈍いのは間違いないが、アルコールのせいでさらに新しい鈍感の高みに到達したようだ。

「そう？　まあ、そんなに言うんなら。れも正直なところ、アレクシア、こんなことは言いたくないけろ、あなたは夜気にズロースをさらしてるのよ――人目にさらしてるのは言うまでもなく」

「アイヴィ、あたくしは今、上空エーテルのなかに浮かぶ飛行船から命がけでぶらさがってるの。どんなに礼儀が大事でも、大目にみるべきときがあることをあなたも理解すべきよ」

「でも、どうしてそんなことに？」

「アイヴィ、見てわからない？　落ちたの」

アイヴィは友人に向かって黒いうつろな目をぱちくりさせた。「あら、まあ、アレクシア、あなた、本当に危険な状態なの？　ああ、なんてこと！」言うなり頭が引っこんだ。

まったくアイヴィったら、あたしが飛んでいる飛行船の側面を好きこのんで登るような人間だと本気で信じているのかしら？

何やらシルクっぽい生地が機窓から押し出され、アレクシアの頭上にぶら下がった。

「これは何？」

「わたしの二番目に上等なマント」

アレクシアは歯ぎしりした。

「アイヴィ、あたくしは死と隣り合わせの状態でつかまってるの。さっさと助けを呼んできて」

マントが消え、ふたたびアイヴィの頭が現われた。「そんなに危ないの？」

飛行船が傾き、アレクシアは悲鳴とともに大きく揺れた。

その瞬間、アイヴィは気絶した。アルコールのせいかもしれない。

予想どおり、いちばん頼りになるのはマダム・ルフォーだった。アイヴィが視界から消えてから数分後、長い縄ばしごが真横に下りてきた。アレクシアはやっとの思いで手を金属突起から縄ばしごに移し、はしごを登った。乗務員、心配そうな乗組員、ルフォーが息を詰めてアレクシアの登攀《とうはん》を見守っている。

デッキにたどりついたとたん、なぜか脚が言うことをきかなくなり、アレクシアは木の床にぶざまに座りこんだ。

「しばらくこうしていたほうがよさそうね」三度、立ち上がろうとして立ち上がれなかったアレクシアが言った。膝は震え、骨はまるでクラゲの触手のようだ。

黄色の帆布地と毛皮の制服をぴしっと着こんだ太めの乗務員が手をもみしぼり、ひどく心配そうにアレクシアのまわりを行ったり来たりしている。といっても、彼のいちばんの心配は、著名な伯爵夫人が飛行船から落下したことだ。この事実が知れたら、会社からなんと非難されるかわからない。「何か必要なものはございませんか、レディ・マコン？　紅茶か、それとももっと強いものを？」

「紅茶をいただきますわ」と、アレクシア。とにかく心配性のカナリアのようにうろつく乗務員を追い払いたかった。

隣にしゃがみこむルフォーを見て、またしてもアレクシアは彼女の男装をうらやましく思った。「本当に大丈夫ですか、レディ・マコン？」普通の声に戻っている。救出劇のあいだにヘリウム漏れは直ったようだ。

「旅の始めはあんなに空を飛ぶのが楽しみだったけど、いまはそうでもなくなったわ」と、アレクシア。「でも、そんなことより、乗務員が戻ってくる前に話してちょうだい。あたくしが落ちたあと何が起こったの？ 犯人の顔を見た？ 犯人の目的は何？ 何をしようとしたの？」〝そしてあなたは共犯者なの？〟――アレクシアは喉まで出かかった最後の質問をのみこんだ。

ルフォーは深刻な表情で首を横に振った。「犯人は仮面と長いマントをつけていました。男か女かもわかりません。ごめんなさい。しばらくもみ合ったあと、なんとか身を振りほどき、発射器で矢を放ちました。最初の一本ははずれて飛行船のヘリウム袋に穴を開けましたが、二本目は犯人の脇腹をかすりました。それで恐怖を感じたらしく、犯人は身をひるがえし、ほとんど無傷で行方をくらましました」

「ちきしょうめ」アレクシアは短く毒づいた。夫のお気に入りのひとつで、普段は決して使わないが、いまの状況にはぴったりだ。「たとえあたくしが反異界族で〈議長《マージャ》〉であることを公表しても、乗務員と乗客の数は多すぎて審問を行なうのは無理ね」

ルフォーがうなずいた。

「そろそろ立てそうな気がするわ」

ルフォーは身をかがめ、立ち上がるアレクシアに手を貸した。

「落ちたときにパラソルもなくしたのかしら？」

ルフォーはえくぼを浮かべた。「いいえ、展望デッキに転がっていました。今もあると思います。部屋に届けさせましょうか？」

「お願いするわ」

ルフォーはそばにいた船上召使を呼び、パラソルを見つけてくるよう命じた。

少し眩暈《めまい》がする。われながら情けないわ。この前の夏はもっとひどい状況を切り抜けたのに、少しばかり重力にもてあそばれたくらいでこんなに力が抜けてへたりこむなんて。アレクシアはルフォーに部屋まで付き添ってもらったが、アンジェリクを呼ぶのは拒んだ。

アレクシアはほっとしてベッドに座った。「少し眠れば、明日はすっかり元気になるわ」

ルフォーはうなずき、気づかうように顔を近づけた。「服を脱ぐお手伝いはいりませんか？　よければメイドの代わりに手を貸しますわ」

アレクシアは顔を赤らめた。ルフォーを疑うのは間違いかしら？　いまのところ味方にするには申しぶんない人物だ。男のような身なりにもかかわらず、驚くほどいい香りがする――まるでバニラ・カスタードのような。この女性を友人にするのは、そんなに危険なこと？

そのとき、ふとルフォーの首のクラバットに小さな血の染みがついているのに気づいた。

「犯人ともみ合ったときにケガをしたのね？　どうして何も言わなかったの？」アレクシアは心配そうになじった。「さあ、見せて」相手が止めるまもなくアレクシアはルフォーをベッドに座らせ、優雅な首に巻いた長いエジプト綿をほどきはじめた。

「たいしたことはありません」ルフォーは顔を赤らめた。

アレクシアはあらゆる抗議を無視してクラバットを床に投げた――どうせ使いものにはならない。そっと指を当て、よく見えるようにルフォーの首を傾けた。ケガはほんのかすり傷で、すでに血は固まっている。

「傷は浅そうね」アレクシアはほっとした。

「ほら、言ったとおりでしょう？」ルフォーが恥ずかしそうに身を引いた。

そのとき、ふとアレクシアは首に何か別のものがあるのに気づいた。クラバットで隠れていたところ――短く切った巻き髪で半分隠れたうなじの近くだ。なんだろうと思いながらアレクシアはさらにルフォーの首を傾けた。

なめらかな白い肌にマークのようなものがついている。黒インクのようなものでていねいに描いた線。なでるように髪を払うと、ルフォーはびくっとしたが、アレクシアは好奇心に勝てずにのぞきこんだ。

タコの入れ墨。

アレクシアは触れていることも忘れて眉を寄せた。あのシンボルはどこかで見たことがある。そうだ。手がぴくっと動いたが、恐怖にのけぞらなかったのは、ひとえに持ち前の強い性格のおかげだ。真鍮に彫りこまれたタコは嫌というほど見たわ――シーモンズ博士に誘拐されて監禁された〈ヒポクラス・クラブ〉のいたるところで。

気まずい沈黙が続いた。「本当に大丈夫、マダム・ルフォー？」アレクシアはほかに言葉が見つからず、ようやくそれだけたずねた。

アレクシアが手を離さない理由を誤解したルフォーがアレクシアに顔を向けた。鼻と鼻がくっつきそうだ。ルフォーは片手でアレクシアの腕をなで上げた。

フランス人女性は英国人女性より身体的愛情表現が好きだとは知っていたが、このしぐさは単なる親密さを超えている。それに、いかにマダム・ルフォーからいいにおいがして、どんなに頼りがいがあっても、タコのシンボルは問題だ。怪しいわ。あのデッキでのもみ合いは芝居で、飛行船内に共犯者がいるのかも。やはり彼女はスパイで、あらゆる手を使って〈議長〉の書類カバンをねらっているのかもしれない。アレクシアはルフォーの手から身をひいた。

それを合図にルフォーが立ち上がった。「これで失礼します。おたがい少し休息が必要ですわ」

翌日の朝食は、何ごともなかったかのように、みないつもどおりだった。アイヴィはアレクシアがとんでもない格好で飛行船をよじ登ろうとしたことは言わなかった。親友が下着を衆目にさらしたなんて恥ずかしすぎてとても言えない。いつものように——男装ではあるけれど——完璧な身なりのマダム・ルフォーは努めて礼儀正しく昨晩の空中曲芸には触れず、タンステルの体調をたずねた。アレクシアは回復したようだと伝えた。フェリシティはあいかわらず憎らしく、口が悪かったが、考えてみればフェリシティは言葉がしゃべれるようになってからずっと、耳のなかに入りこむおぞましいハサミムシのような子だった。とにかく、大事件が起こったようにはまったく見えない。

アレクシアは朝食にほとんど手をつけなかった。毒が心配なのではなく、いまだに飛行病の症状があるからだ。ああ、早く堅い普通の地面に降りたいわ。

「今日は何をなさるおつもりですか、レディ・マコン？」世間話が尽きたころ、ルフォーがたずねた。

「デッキチェアにぐったり横になって、たまにスリリングな船内散歩でもして時間をつぶすつもりよ」

「すてきな計画だこと」と、フェリシティ。

「ええ、そう。でもデッキチェアのおともは本よ——誰かさんみたいに日がな手鏡に気取った顔を映して過ごすつもりはないわ」アレクシアがやりかえした。

フェリシティはほほえんだ。「少なくともあたしの顔は、長いあいだ見つめるだけの価値があるもの」

ルフォーがアイヴィに振り向いた。「二人はいつもこの調子ですの？」

アイヴィは夢心地で宙を見つめていた。「えっ？　ああ、そうなの、わたしが知るかぎり。ずいぶん長いわ。アレクシアとわたしが友人になってからかれこれ四年くらいかしら。まったく長くなったものだわ」

ルフォーは無言で蒸し卵を口に運んだ。

アレクシアは妹と口げんかしてバカをさらけ出している自分に気づき、話題を変えた。

「ところでマダム・ルフォー、ロンドンに来る前は何をなさっていたの？　たしかパリにおられたんでしょう？　パリでも帽子店を？」

「いいえ、店をやっていたのはおばで、わたくしは手伝いをしていました。いまある知識はすべておばから教わったものです」

「すべて？」

「ええ、すべて」

「すばらしい女性のようね、おば様は」

「さあ、どうでしょう」

「魂をたくさんお持ちのようだわ」

「あら」アイヴィが耳をそばだてた。「おば様は死後ゴーストになられたの？」

ルフォーがうなずいた。

「それは何よりですわ」アイヴィは祝福の笑みを浮かべた。

「あたしもいずれゴーストになれるかしら？」フェリシティが得意そうに言った。「ほら、あたしは魂が多いタイプでしょう。そうは思わない？　お母様がよく言うの――あなたは演じたり歌ったり絵を描いたりしないわりには驚くほど創造的だって」

アレクシアは思わず舌を嚙んだ。フェリシティに余分な魂があるとしたら、足台にだってあるわ。アレクシアは無理に会話をルフォーに戻した。「なぜフランスを離れてここに？」

「おばが死んだあと、かつて誰かに盗まれた大事なものを探すためですわ」

「まあ、それで見つかったの？」

「ええ、でも最初からわたくしのものではなかったことがわかっただけでした」

「それは気の毒に」アイヴィが同情した。「わたしも一度、帽子でそんな目にあったわ」

「いいんです。それを見つけたときには、もう見わけがつかないほど変わっていましたから」

「あなたは、とても謎と秘密に満ちた人ね」アレクシアは興味を引かれた。

「これはわたくしだけの話ではありませんし、気をつけなければ他の誰かに迷惑がかかるかもしれません」

フェリシティがこれみよがしにあくびした。自分に直接、関係のないことにはほとんど興味を示さない。「とてもおもしろい話だけど、あたしはそろそろ服を着替えてくるわ」

アイヴィも立ち上がった。「わたしはミスター・タンステルの様子を見てきます――ちゃんとした朝食をとったかどうか」

「どうかしら――ちゃんとした朝食なんて誰もとってないと思うけど」と、アレクシア。目下の楽しみは、もうじき旅が終わり、味気ない、しおれた蒸し料理を食べずにすむようになることだけだ。

一行はそれぞれの部屋に向かった。今日も過酷な一日になりそうだ。アレクシアは部屋に向かいながらハッとした――アイヴィがタンステルの様子を見に行ったとしたら、誰もいないところで二人きり……。いい考えとは思えない。アレクシアは急いでアイヴィのあとを追い、タンステルの船室に向かった。

部屋に入ると、案の定アイヴィとタンステルが〝熱き抱擁状態〟におちいっていた。二人の唇はたしかに触れ合っているが、よく見ると接触しているのはそこだけだ。アイヴィはキスのあいだも帽子のことは忘れないらしく、ちゃんと頭に載っている。帽子の形は男性的だが、紫と緑の格子の巨大な蝶結びのリボンがついていた。

「ちょっと」アレクシアは大声で二人に呼びかけた。「どうやら驚くべき速さで元気になったようね、タンステル」

アイヴィとタンステルはぴょんと飛び上がって離れた。二人とも恥ずかしさで顔が真っ赤だ。しかし、赤毛のせいでタンステルのほうがはるかに赤く見える。

「ああ、どうしましょう、アレクシア」アイヴィは悲鳴を上げて飛びのくと、スカートの裾にリボンのついた飛行ドレスに可能なかぎりの速さで扉に向かった。

「ああ、待って、ミス・ヒッセルペニー、どうか行かないで！」タンステルは叫び、それから愕然としてもういちど呼びかけた。「アイヴィ！」

だが、アイヴィはそのまま走り去った。

アレクシアは赤毛をじろりとにらんだ。「どういうつもり、タンステル？」

「ああ、レディ・マコン、ぼくは本気で彼女を愛しています。黒い髪、優しい性格、美しい帽子……」

あらまあ。あの帽子コレクションが好きだなんて、本気で恋に落ちたようね。アレクシアはため息まじりに言った。「でもね、タンステル、よく考えて。ミス・ヒッセルペニーはあなたと将来の約束はできないわ。たとえすぐに変異しないにしても、あなたは大した将来性もない、ただの役者よ」

タンステルは悲劇の主人公の表情を浮かべた。ウエスト・エンドで上演された『浴槽のなかの死』で彼が演じたポルチグリアーノがいくどとなく見せた顔だ。「〝真実の愛はすべての障害を乗り越える〟」

「ああ、やめてちょうだい。頭を冷やして、タンステル。いまはシェイクスピアふう通俗劇《メロドラマ》の時代じゃないの。一八七〇年代よ。結婚は現実的なものなの。現実的に考えるべきよ」

「でも、あなたは愛していたからマコン卿と結婚なさったんでしょう?」

アレクシアはため息をついた。「どうしてそう思うの?」

「そうでなくて、あのかたに耐えられる人はいません」

アレクシアはにやりと笑った。「つまり、あたくしに耐えられる人もほかにはいないってことね」

タンステルは賢明にも女主人の言葉を無視した。

アレクシアはとくとくと説明した。「コナルはウールジー伯爵で、どんなにふさわしくない妻を選んでも許される立場なの。でも、あなたは違うわ。しかもその状況は将来も変わらないのよ」

タンステルはなおも目をきらめかせた。気持ちは少しも揺らがないらしい。

またもやアレクシアはため息をついた。「わかったわ。どうしても気持ちは変わらないようね。だったらアイヴィがどうするつもりか確かめてみるわ」

アイヴィは展望デッキの片隅で長々とヒステリーを起こしていた。

「ああ、アレクシア、どうしたらいいの？　わたしは不正義に屈してしまったわ」

「いますぐ醜い帽子中毒患者の専門家の助けを仰いでみる？」と、アレクシア。

「まあ、ひどい。真面目に答えてちょうだい、アレクシア。いい？　言っておくけど、これはいつわりの不正義よ！」

「どういうこと？」アレクシアは首をかしげた。アイヴィは何を言いたいのかしら。

「彼をとても愛してるの。ロミオがジュガルタを愛したように、ピラミッドが乾き《サースティ》を愛したように――」

「ああ、やめて。それを言うならロミオとジュリエット、ピュラモスとティスベでしょう？」アレクシアが顔をしかめてさえぎった。

「でも、この事態を家族が知ったら、なんと言うかしら？」

「あなたの帽子が頭のなかに漏れ出したんじゃないかと言うんじゃない？」アレクシアは聞こえないほどの小声でつぶやいた。

アイヴィは泣き言を続けた。「家族はどうするかしら？　わたしが婚約を破棄したら、フェザーストーンホー大尉はさぞ怒るでしょうね」そこで言葉を切り、恐怖に息をのんだ。

「婚約撤回書を突きつけてくるかもしれないわ！」

「アイヴィ、フェザーストーンホー大尉と別れるのがいい考えとは思えないわ——本人に会ったことはないけど。でも、良識があって、安定した収入のある軍人から役者に乗り換えるなんて。こんなことは言いたくないけど、アイヴィ、これは世間一般から見れば忌むべき行為、というより」——そこで劇的な間合いをとり——「尻軽と見なされるかもしれないわ」

アイヴィは音を立てて息をのみ、泣き言をやめた。「本当にそう思う？」

アレクシアはとどめを刺した。「もっと言えば、ふしだらかしら？」

またしてもアイヴィは息をのんだ。「ああ、やめて、アレクシア、そんなこと言わないで。本当に？ そんなふうに思われるの？ ああ、なんて恐ろしい。いったいどうしたらいいの？ しかたないわ、ミスター・タンステルをあきらめるしかないわね」

「それが賢明よ」と、アレクシア。「タンステルはあたくしの前で、あなたの帽子の趣味はすばらしいと公言したわ。真実の愛は断念したほうがいいわね」

「そのようね。ねえ、本当に、本当に、わたしがやろうとしていることはそんなにひどいことなの？」

アレクシアは大まじめにうなずいた。「ええ、最低ね」

アイヴィはため息をついた。すっかり打ちひしがれている。気分を変えるため、アレクシアはさりげなくたずねた。「昨日の夕食後、何かいつもと違う物音を聞かなかった？」

「いいえ、何も」

アレクシアはホッとした。展望デッキでの争いについて説明する必要はなさそうだ。

「待って、そう言えば聞いたわ」アイヴィは指で黒い巻き毛をひねりながら言いなおした。あら。「何を?」

「それが変なのよ――ちょうど眠りかけたころ、誰かがフランス語で叫ぶ声が聞こえたの」

あら、聞き捨てならないわ。「なんと言ってたの?」

「バカなこときかないで、アレクシア。わたしがフランス語が話せないことはよく知ってるでしょう? 誰があんな不快で、ずるずるした言葉なんか」

アレクシアは考えこんだ。

「マダム・ルフォーの寝言だったのかも」と、アイヴィ。「ほら、あの人の船室はわたしの隣だから」

「そうかもしれないわね」アレクシアは答えたが、とてもそうとは思えない。

アイヴィが深く息を吸った。「じゃあ、さっそくやってみるわ」

「何を?」

「気の毒なミスター・タンステルを振り切り、一生の愛を捨てるのよ」アイヴィは数分前のタンステルと同じような悲劇的表情を浮かべた。

アレクシアはうなずいた。「ええ、それがいいわ」

タンステルはアイヴィからの別れの宣告に納得できず、役者らしい大仰な態度で不満を示した。ひどくふさぎこみ、一日じゅうむっつりと黙りこんでいる。アイヴィは動揺し、アレクシアに哀願した。「でも、あの人ひどく不機嫌だわ。しかも丸々三時間も。少しだけ優しくしちゃダメかしら？　このままじゃ心の傷から一生立ちなおれないかもしれないわ」

「少し時間をあげなさい、アイヴィ」と、アレクシア。「そのうち元気になるわ」

そこへマダム・ルフォーが近づき、アイヴィの沈んだ顔を見てたずねた。「何か困ったことでも？」

アイヴィはいかにも哀れっぽく小さくしゃくりあげ、バラ色のシルクのハンカチに顔をうずめた。

アレクシアが小声で言った。「ミス・ヒッセルペニーはミスター・タンステルの求愛を拒否したの。それでひどく心が乱れてるのよ」

ルフォーはいかにも同情するように沈痛な面持ちで言った。「まあ、ミス・ヒッセルペニー、お気の毒に。さぞ苦しいでしょうね」

アイヴィは〝わたしの深い悲しみは言葉では言い表わせない〟といわんばかりに濡れたハンカチを振った。しかし、意味深なしぐさより言葉の力を信じるアイヴィは結局、口に出した。「わたしの深い悲しみは言葉では言い表わせないわ」

アレクシアは親友の肩を優しく叩き、ルフォーを振り返った。「マダム・ルフォー、ちょっと二人きりで話せるかしら？」

「ええ、いつでも喜んで、レディ・マコン。なんなりと」

アレクシアは首をかしげた。なんなりとって、どういう意味？

二人はアイヴィに聞かれないよう、エーテル風が吹き抜ける休憩デッキの人目につかない隅に移動した。エーテル風が少しチクチクする。帯電粒子に触れたときのような感じだが、エーテルガスはもっとやさしい。ちょうどホタルの一群が肌に群がり、飛行船が強い気流に乗るたびに離れてほかの場所に飛び移るような感覚だ。不快ではないが、ちょっとわずらわしい。

「昨夜、例の救出劇のあと、誰かと言い争っておられたそうね？」アレクシアはずばりとたずねた。

ルフォーは〝ああ、そのこと〟と言うように唇からふっと息を吐いた。「乗務員の怠慢を叱っていたんですわ。縄ばしごを持ってくるのにあんなに手間取るなんて言語道断です」

「言い争いはフランス語だったそうよ」

ルフォーは無言だ。

アレクシアは作戦を変えた。「なぜスコットランドにまであたくしを追ってきたの？」

「あなたを追っていると確信しておられる口ぶりですわね、レディ・マコン？」

「まさかあなたまで夫の従者に熱を上げるとは思えないわ」

「たしかに、それはありえません」

「それで？」

「とにかく、わたくしはあなたやあなたの身内に危害を加えるつもりはありません。これだけは信じてください。でも、これ以上のことは言えませんわ」

「その説明では不充分ね。理由もなく信じてくれと言われても無理よ」

ルフォーはため息をついた。「〈魂なき者《ソウルレス》〉のかたはとても論理的で現実的ですね──腹立たしいほどに」

「夫も同じことをぼやくわ。あなたは以前に反異界族に会ったことがあると言ったわね？」

あたしを追ってきた理由をききだせないなら、この謎めいた女性の過去を探ってみよう。何かわかるかもしれない。

「はるか昔に一度だけ。そのことならお話ししますわ」

「聞かせてちょうだい」

「その人に会ったのはおばと暮らしていたときでした。たぶん八歳くらいだったと思います。その人は父の友人──というより、親友だと聞いていました。〈かつてのベアトリス〉は父の妹のゴーストです。父は少々、放埒者でした。わたくしは嫡出子ではありません。父は玄関前に置き去りにされたわたくしをベアトリスおばに預け、そのあとすぐに亡くなりました。その人が会いに来たのは父の死後で、そのとき初めてわたくししか残っていないことを知ったのです。その人はわたくしに箱入りのハチミツキャンディをくれ、父の死をとても悲しみました」

「その人が反異界族だったの？」思わずアレクシアは話に引きこまれた。

「ええ。父とその人はかつてとても親しいあいだがらだったようです」

「それで？」

「〝親しいあいだから〟の意味がおわかりですか？」

アレクシアはうなずいた。「よくわかるわ。あたくしはアケルダマ卿の友人よ」

ルフォーもうなずいた。「訪ねてきた男性は、あなたのお父様です」

アレクシアは口をぽかんと開けた。父親の性向がショックだったからではない。彼の趣味がエキゾティックかつ折衷派であることは知っている。その日誌を読めば、彼が――ひかえめに言っても――肉体に関しておおらかであったことは想像がつく。そうではない。アレクシアが驚いたのは、あまりに奇妙な偶然のせいだ。自分とそう歳の変わらない目の前の女性が、あたしの父――しかも生きている父――と会ったことがあるなんて。

「父のことは知らないの。あたくしが生まれる前にいなくなったから」思わずアレクシアは口走った。

「ハンサムだけど気むずかしそうなかたでした。イタリア人はみなこの人みたいに冷たいのだろうと思っていましたわ。もちろん、ひどい思いこみでしたが、ともかく強烈な印象のかたでした」

アレクシアはうなずいた。「いろんな話を聞くかぎり、どうやらそんな人だったようね。話してくれてありがとう」

そこでいきなりルフォーは話題を変えた。「昨夜の事件のことは、あなたとわたくしだけの秘密にしておいたほうがよさそうですわね」

「妹やアイヴィたちに話す気はないけど、向こうに着きしだい、夫には話すつもりよ」

「当然ですわ」

ルフォーが立ち去ったあと、ひとり残ったアレクシアは首をかしげた——たしかにあたしはあの乱闘のことを知られたくない。でも、マダム・ルフォーが秘密にしたいと思うのはなぜ？

8　キングエア城

グラスゴー駅ちかくの芝生の一画に降り立ったのは日没の直前だった。飛行船はチョウが卵にとまるように着陸した。もっとも、このチョウは少しバランスを崩して片方に大きく傾き、卵は冬のスコットランド特有の想像以上にぬかるんだ灰色だ。

下船も乗船と同じように壮観だった。レディ・マコンは、布製カタツムリの行列よろしくバッスルを揺らす女性たちを率い、固い（というより、かなりぬかるんだ）地面に降り立った。ようやく飛行スカートをしまいこんでレディにふさわしい格好ができるとあって、みなこぞってバッスルスカートを身につけている。カタツムリのあとには大量の帽子箱と荷物を抱えたタンステルと、いくつもの旅行カバンを抱えた四人の乗務員、そしてフランス人メイドのアンジェリクが続いた。

アレクシアは小気味よく思った――これなら誰もウールジー伯爵夫人の旅に文句は言わないだろう。一人でこっそり街に現われたのでもなければ、若い未婚女性を一人だけ付き添わせるのでもなく、堂々と旅行団をしたがえてやってきたのだから。残念ながらこの到着の華々しさも、肝心の伯爵夫人が執拗なぬかるみに足をとられて大きくよろけ、旅行カバンのひとつに座りこむという失態によって帳消しになった。

アレクシアは心配するタンステルを片手で追いはらい、郊外までの移動手段を調達してくるよう命じた。

アイヴィは脚を伸ばすために芝生を歩いて野生の草花を探したいと言い、フェリシティはアレクシアの隣でさっそくひどい天気をぼやきはじめた。

「どうしてこんなに灰色なの？　緑がかった灰色は肌の色がすごく悪く見えるわ。しかもこんな天気のなかを馬車で移動するなんて最悪よ。どうしても馬車でなきゃだめなの？」

「いいこと」アレクシアはいらいらして答えた。「ここは北の地なの。つべこべ言わないで」

フェリシティの不満を尻目にふと見ると、タンステルが芝生を横切る途中でアイヴィに近づき、何か耳もとでささやくのが視界の隅に入った。アイヴィが何か答えている。帽子が激しく揺れたところをみると、興奮しているらしい。やがてタンステルは身をこわばらせ、くるりと背を向けて歩き去った。

アイヴィが近づき、かすかに震えながらアレクシアの隣に座った。

「あの人があんな態度をとるなんて」明らかに動揺している。

「あら、お似合いの二人に何かあったの？　もめごとでも？」と、フェリシティ。「あら、誰も答えないと見るやフェリシティは先をゆくタンステルを駆け足で追いかけた。

ミスター・タンステル？　ご一緒してもいいかしら？」

「タンステルはあなたに断わられたことが受け入れられないようね？」アレクシアはアイヴィを見つめ、できるだけしっかりした声を出した。今も眩暈《めまい》がして、地面は神経質なイカがのたうちまわっているかのようだ。

「それが違うの、そんなことじゃないの。わたしが……」そこでアイヴィは言葉をのみこんだ。ぎょっとするほど巨大な犬が猛スピードでこちらに駆けてくる。「あらまあ、あれは何？」

近づくにつれ、巨大な犬は首に布を巻いた巨大な狼であることが判明した。毛皮は金とクリーム色のまじった焦げ茶で、目は淡い黄色だ。

狼は到着するなりアイヴィに礼儀正しく会釈し、頭をアレクシアの膝に載せた。

「あら、あなた」アレクシアは狼の耳の後ろを掻いた。「見つけてくれるとは思っていたけど、こんなに早いとは思わなかったわ」

ウールジー伯爵が妻に向かってピンク色の長い舌をそっと垂らし、アイヴィを頭で指した。

「ああ、そうね」アレクシアは夫の無言の提案に答え、友人に向かって言った。「アイヴィ、しばらく目をそらしておいて」

「どうして？」アイヴィは首をかしげた。

「たいていの人は人狼の変身には耐えられな――」

「あら、わたしはまったく平気よ」と、アイヴィ。

怪しいものだ。これまでの例からしてアイヴィは気絶しやすい。アレクシアは続けた。

「それに変身が終わったときは真っ裸よ」

「まあ!」アイヴィは驚いて手を口に当て、「わかったわ」と言ってすばやく背を向けた。

だが、たとえ目をそらしても、骨が壊れて組み変わるときの鈍いバキバキという音は聞こえる。まるでシチュー用のニワトリを切断する音が大きな厨房にこだまするかのようだ。案の定アイヴィは身震いしている。

人狼の変身はいつ見ても恐ろしい。人狼たちが変身を今なお呪いとみなす理由のひとつがこれだ——たとえこの啓蒙と自由意志の現代において、変異するかどうかはクラヴィジャーの意志にゆだねられているとしても。変身の大半は生物学的再構築によって成り立っている。いわば、パーティのために応接間の家具を配置換えするようなもので、最初はきちんとしているものがひどく散らかり、再度きちんと収まるという過程をとる。そして部屋の模様替えと同様、その途中にはすべてがもとのようにちゃんと収まるとはとうてい思えない瞬間がある。人狼の場合、それは毛皮が後退して髪の毛になり、骨が砕けて新しい骨格になり、肉と筋肉が二本脚の上と下にすべるように移動する瞬間だ。アレクシアはこれまでいくどとなく夫の変身を見てきたが、そのたびに怖気《おぞけ》と科学的興奮を感じた。

ウールジー伯爵ことコナル・マコンは変身の達人と言われている。もちろん、優雅さという点では誰もライオール教授にかなわないが、少なくともマコン卿の変身は速く、効率的で、若い狼たちが漏らしがちなボクサーふうのうめきなど決して上げない。

数分後、マコン卿は妻の前に立った。大柄だが、太ってはいない。かつてアレクシアは言った――〝これだけの大食漢だと、普通の人間のように歳を取っていたらきっと太っていたでしょうね〟。さいわいマコン卿は三十代半ばで変異を選び、それ以来、歳を取らない。彼は永遠に、広い肩に合わせたあつらえもののジャケットと特注ブーツが必要な、扉をくぐるたびに頭を引っこめなければならない筋肉隆々の男でありつづける。

マコン卿は狼のときよりいくぶん色濃くなった目を妻に向けた。

アレクシアはマントを広げる夫に手を貸そうと立ち上がりかけて座りこんだ。まだ脚がふらついている。

マコン卿はマントを広げる手をとめ、裸のまま妻の前に膝をついた。

「どうした？」マコン卿が文字どおり吠えた。

「なあに？」何ごとかと振り向いたアイヴィはマコン卿の裸の背中を見て悲鳴を上げ、あわてて背を向けると、手袋をはめた手でぱたぱたと顔をあおいだ。

「大声を出さないで、コナル。アイヴィが動揺してるわ」と、アレクシア。

「ミス・ヒッセルペニーはいつも何かに動揺してるだろう。だが、きみは違う。ふらついて座りこむなんてありえない。きみはそんなに女々《めめ》しくはないはずだ」

「まあ、ひどい」アレクシアはむっとしたふりをしてみせた。

「とぼけるな。ごまかそうとしても無駄だ。いったいどうした？」マコン卿はすっかり勘違いしたようだ。「病気か！　それがここに来た理由か？　わたしに病気だと告げるために？」今にも妻を揺り動かしたそうな手をなんとか握りしめた。

アレクシアは夫の心配そうな目を正面から見つめ、ゆっくり、かんでふくめるように言った。「まったく健康よ。まだ脚が地面に慣れないだけ。飛行船や船での長旅のあとは誰だってこうなるわ」

マコン卿は心からほっとした。「つまり、きみもそれほど空の旅は得意ではなかったってことだな？」

アレクシアはとがめるように夫を見返し、つんと答えた。「そうね、あまり得意だったとは言えないわ」そこで話題を変え、「そんなことより、コナル、あたくしはこのままでもかまわないけど、アイヴィがかわいそうよ！　早くマントをはおってちょうだい」

マコン卿はニヤリと笑い、妻の熱い視線を受けながら立ち上がると、長いマントを身体に巻きつけた。

「どうしてあたくしがここにいるとわかったの？」アレクシアは夫がマントを着るのを待ってたずねた。

「下品なショーは終わった、ミス・ヒッセルペニー。もう安心だ」マコン卿はアイヴィに声をかけ、妻の隣に巨体を下ろした。旅行カバンがさらなる重みにきしみを上げた。

アレクシアは幸せそうに夫の身体にすり寄った。

「それくらいわけはない」マコン卿はマントを巻いた長い腕を妻にまわし、引き寄せながらつぶやいた。「この着陸場はキングエア城に向かう道筋からほんの少ししか離れていない。一時間ほど前にきみのにおいがして、飛行船が着陸態勢に入るのが見えた。それで何ごとかと確かめにきた。だが、ききたいのはこっちだ。こんなところで何をしている？　しかもミス・ヒッセルペニーまで連れて？」

「しかたなかったの。あたくしが一人でイングランド上空を縦断するのを世間が認めると思う？」

「ふうむ」マコン卿は、なおも動揺ぎみのアイヴィを困りきった目で見やった。アイヴィはマントを巻いただけのマコン卿とは話もできず、二人に背を向け、少し離れた場所に立っている。

「落ち着くまで待ってあげて」と、アレクシア。「アイヴィは繊細なの。たとえきちんと服を着ていても、あなたの美しい肉体は神経にこたえるのよ」

マコン卿はニヤリと笑った。「ほめてるのか？　きみがほめるとはめずらしい。この歳になって女性の心を騒がせられるとは光栄だ。だが、話をすり替えては困る。どうしてきみがここに？」

「それはもちろん」――アレクシアはまつげをぱちぱちさせ――「あなたに会うためよ。あなたがいなくて、とても寂しかったわ」

「おお、なんと愛情ぶかきことよ」マコン卿はそっけなく応じながらも、いとおしげに妻を見下ろした。もっとも、大柄なアレクシアはさほど見下ろす必要もない。改めて見るまでもなく、妻のアレクシアは体格がいい。おれの好みにぴったりだ。小柄な女性は、どうしてもみすぼらしい犬に見えてしまう。

マコン卿はそっとつぶやいた。「この嘘つきめ」

アレクシアは顔を近づけ、耳もとでささやいた。「もう少し待って。今は人に聞かれるわ」

「ふむ」マコン卿はアレクシアに向きなおり、やさしく、たっぷりと唇にキスした。

「えへん」

アイヴィの咳払いに、マコン卿はゆっくり唇を離した。

「あなた」アレクシアがうっとりした目を向けた。「ミス・ヒッセルペニーは憶えてるわね？」

マコン卿は妻を意味ありげに一瞥すると、立ち上がり、わざと他人行儀にお辞儀した――結婚式から三カ月のあいだ、この知性に欠ける女性とはほとんど親交がなかったとでも言いたげに。

「こんばんは、ミス・ヒッセルペニー。ごきげんよう」

アイヴィがお辞儀した。「驚きましたわ、マコン卿。到着時間をご存じでしたの？」

「いや」

「では、どうやって？」

「人狼の勘よ、アイヴィ」と、アレクシア。「考えないほうがいいわ」

アイヴィは言われたとおりに追求しなかった。

アレクシアは夫の反応を探りつつ、おそるおそる続けた。「妹とタンステルも一緒なの。

それから、もちろんアンジェリクも」

「なるほど、妻と援軍の予期せぬ到着か。近々、戦争でも起こるのか？」

「いっそフェリシティの辛辣な毒舌を完全に打ち負かしてくれるような敵を呼びたいものだわ。でも、こんなに人数が増えたのはまったくの予想外だったの」

アイヴィが後ろめたそうに身をよじった。

マコン卿は疑りぶかい目で妻を見た。

アレクシアは続けた。「もうじきフェリシティとタンステルが馬車を呼んでくるはずよ」

「わたしの従者まで連れてくるとは実に思慮深い」

「あなたの従者には、ほとほと手が焼けるわ」

アイヴィは息をのみ、マコン卿は肩をすくめた。「いつものことだ。あいつの人をいらだたせる技にはわれわれの誰もかなわん」

「人狼はそんな人格を選んで変異させてるんじゃないの？」と、アレクシア。「とにかく連れてくるしかなかったのよ。ライオール教授がどうしても男性の護衛を連れて行けと言い張って。飛行船だから団員を連れてはゆけないでしょ？」

「連れてこなくて賢明だった。空は人狼の縄張りではなさそうだ」

そのとき礼儀正しい咳ばらいが聞こえ、マコン夫妻が振り向くと、マダム・ルフォーが立っていた。

「ああ、そうそう。飛行船でマダム・ルフォーとも一緒になったの。まったく偶然に」アレクシアはこの発明家に対する疑念を夫に伝えようと、最後の言葉を強調した。「夫とはもう面識があるんでしたわね、マダム・ルフォー？」

ルフォーがうなずいた。「ごきげんよう、マコン卿」

マコン卿は軽く頭を下げ、男性相手にするようにルフォーと握手した。男のような格好をしている以上は男のように接するべきだとでもいうかのように。おもしろい戦法ね――アレクシアは思った。それともコナルはあたしが知らない事実を知ってるの?

「そう言えばすてきなパラソルをありがとう、あなた」と、アレクシア。「大いに役に立ちそうだわ」

「そうだろう？　まだ使ってないとは意外だ」

「まだ使ってないと、誰が言ったの？」

「いま役に立ちそうと言ったじゃないか、かわいい《スィート》妻よ」

アイヴィが驚いた。「あら、アレクシアはおしとやか《スィート》ではないわ」

アレクシアは無言でにっこり笑った。

マコン卿はルフォーに会えてうれしそうだ。「会えて光栄だ、マダム・ルフォー。グラスゴーへは仕事で？」

ルフォーは小首をかしげた。

「あなたにお願いしてもキングエア城を訪問させてはいただけませんでしょう？　キングエア団が中古で購入したエーテルグラフ送信機に技術的問題が生じたと、街で小耳にはさみました」

「まあ、本当なの、あなた？　いまやあの装置を持ってないのはあたくしたちぐらいのものじゃない？」

アレクシアの言葉にマコン卿が鋭い目を向けた。「どういうことだ？　ほかに最近、手に入れた者がいるのか？」

「誰あろうアケルダマ卿よ。しかも最新型なの。あたくしもほしいと言ったら怒る？」

マコン卿はわが身を振り返った。おれはどこでどう間違って、パリ発の最新ドレスではなくエーテルグラフ送信機をねだる女性を妻にしてしまったのだろう？　いや、まあ、いい——どちらもカネがかかる趣味という点では似たようなものだ。

「わが聡明なる妻よ、誰にでも誕生日はめぐってくる」

アレクシアは目を輝かせた。「まあ、うれしい！」

マコン卿はアレクシアの額に軽くキスしてルフォーを振り返った。「では二、三日キングエア城に滞在し、手を貸してくれないか？」

アレクシアはむっとして夫をつねった。いつになったら〝最初に妻に相談する〟というルールを覚えてくれるのかしら？

マコン卿は大きな手で妻の手を取り、かすかに首を横に振った。

ルフォーはなめらかな額に小さくしわを寄せたが、ほどなく何もなかったようにえくぼを浮かべ、マコン卿の頼みに応じた。

二台の貸し馬車に荷物を詰めこむあいだ、アレクシアは小声で夫に話しかけた。「チャニング少佐が言ってたわ——帰還中、船上にいたあいだずっと人狼の誰ひとり変身できなかったんですって」

マコン卿は驚いて目をぱちくりさせた。「本当か？」

「ええ。ライオールの話では、人間化現象は北に向かっているそうよ。おそらくあたくしたちより先にスコットランドに到達するだろうって」

マコン卿は顔をしかめた。「現象がキングエア人狼団と関係があるということか？」

アレクシアはうなずいた。

なぜかマコン卿はニヤリと笑った。「それは好都合だ。これでいい口実ができた」

「なんの口実？」

「キングエア団を訪ねる口実だ。そんなことでもなければ、連中は決してわたしを受け入れない」

「なんですって？」アレクシアがささやいた。「どうして？」だがそこへタンステルが現われ、ご主人様に会えてはしゃぎだしたので会話は中断した。

二台の貸し馬車はガタゴトと音を立て、ますます暗くなる夜道をキングエア城に向かった。アイヴィとルフォーが同乗したため、アレクシアは黙りこむか、ぼんやりするしかなかった。

外は暗く、雨のせいで景色もあまり見えず、アイヴィは不満そうだ。

「ハイランドを見たいと思っていたのに」まるで地面に線か何かが引いてあって、ハイランド地方とのあいだに明確な区切りがあるとでも思っているかのような口ぶりだ。アイヴィは早々に〝スコットランドはイングランドによく似ている〟と感想を述べたが、風景に関するかぎり、それは大間違いだと気づいたらしい。

急に疲れが押し寄せ、アレクシアは夫の大きな肩に頰を載せてうつらうつらしはじめた。いっぽう、フェリシティ、タンステル、アンジェリクが乗りこんだ馬車は和気あいあいと楽しそうだ。この事実にアレクシアは困惑し、アイヴィは苦悶した。フェリシティは恥ずかしげもなく媚びを売り、タンステルはたしなめようともしない。だが、キングエア城が見えたとたん、楽しい気分は吹き飛んだ。さらに追い打ちをかけるがごとく、全員が馬車を降りて荷物を下ろし、馬車が走り去ったとたん、雨は本降りになった。

キングエア城は巨大な石造りの土台が暗い湖に突き出す、まさにゴシック小説から出てきたような古城だった。さしものウールジー城もこの重厚さにはかなわない。古色蒼然たる風情を見てアレクシアは確信した――きっと内部はすきま風だらけの悲惨なほど古めかしい造りに違いない。

しかし、なかに入る前には、まず外に立つ〝すきま風だらけの悲惨なほど古めかしい人物〟の前を通過しなければならなかった。

「ああ」マコン卿は城門の外で腕組みする、たった一人の歓迎団を見るなりつぶやいた。

「さあ、妻よ、腰を引き締めて（「覚悟する」を意味する慣用句）くれ」

手のこんだまとめ髪から濡れた房を垂らすアレクシアが夫を見上げ、すかさず答えた。

「いまはあたくしの腰について論じるときじゃないと思うけど」

アイヴィ、フェリシティ、マダム・ルフォーが雨に震えながらマコン夫妻の隣に立ち、タンステルとアンジェリクが荷物を積み上げはじめた。

「誰なの？」と、アイヴィ。

門前の人物は、形のさだまらない長いキルト地のマントをまとっていた。顔は、上等だが今やすっかりくたびれた油引き革の御者帽の陰になって見えない。

「というか何？」フェリシティは土砂降りの雨に無駄と知りつつパラソルを差し、鼻にしわを寄せた。

その女性は――近づいて見ると、どうやら女性のようだ――近寄って出迎えようともしなければ、なかに招こうともせず、身じろぎもせずにこちらをにらんでいる。その鋭い視線は明らかにマコン卿に向けられていた。

一行はおそるおそる近づいた。

「あんたの来る場所じゃねぇよ、コナル・マコン、わあってるだろ！」普通に会話できる距離に近づく前に女性が叫んだ。「団員たち全員と闘いたくなけりゃ、いますぐうせやがれ」

帽子の下から見える顔は中年くらいで、美人ではないが、りりしい、はっきりした顔だちだ。硬くて多そうな髪には白髪が混じり、厳しい女家庭教師のような気性の激しさを感じさせる。紅茶をストレートで飲み、真夜中すぎにタバコを吸い、つまらないトランプゲーム《クリベッジ》が好きで、ぞっとするような子犬を群れで飼うようなタイプの女性だ。

アレクシアはたちまち好感を持った。

女性は慣れた手つきでライフルを肩にかけ、マコン卿に向けた。

たちまち好感度は下がった。

「変身して襲いかかろうったって無駄だよ。海に出てからこっち、団は何カ月も人狼の呪いには縛られていねぇんだ」

「それこそわたしが来た理由だ、シドヒーグ」マコン卿はかまわず近づいた。嘘がうまいわね——アレクシアは夫を誇らしく思った。

「弾が銀じゃねぇとでも思ってんのか？」

「それがどうした？ わたしは今おまえと同じ死すべきものだ。銀も恐くない」

「ちっ。相変わらず口の減らねぇ男だ」

「手を貸そうと思って来たんだ、シドヒーグ」

「手を借りたいなんて言ったのは、どこのどいつだ？ あんたなんかお呼びじゃねぇよ。あんたも、取り巻き団も、さっさとキングエアの縄張りから出ていきやがれ」

マコン卿は深くため息をついた。「これは異界管理局《BUR》の仕事の一環だ。好きで来たんじゃない。キングエア団の目に余る行為を見過ごすわけにはいかん。わたしはウールジー団のボ《アル》ス《ファ》として来たのではないし、ましてやアルファのいない団の仲介役として来たわけでもない。サンドーナーとして来たんだ。何を期待してる？」

女性はかすかにたじろぎ、銃を下ろした。「ああ、わかったよ。つまり団が――かつての自分の団が――どうなろうと知ったこっちゃない、女王どのの意向を伝えに来ただけってことか。しっぽを巻いて逃げた臆病者――あんたはその程度の男だ、コナル・マコン」

アレクシアが近づいた。マコン卿のあとについてきたのはアレクシアだけで、残りは女性が銃を構えたとたん、その場に立ちすくんだ。アレクシアが肩ごしにちらっと振り返ると、アイヴィとフェリシティは小型拳銃をぴたりと女性に向けたタンステルのそばで縮こまり、タンステルの隣に立つルフォーは手首を妙な角度に向けている。厚手の外套の袖に隠した新型武器をいつでも発射できるよう構えているに違いない。

アレクシアはパラソルを構え、夫と謎の女性に近づいた。マコン卿は雨のなか、背後の一団に聞こえないよう小声で言った。「外地から何を運んできた、シドヒーグ？　ナイオールの死後、向こうで何があったんだ？」

「あんたの知ったことか！　とつぜん出てって、あたしたちを見捨てたくせに」

「そうするしかなかったんだ」マコン卿は過去の議論を思い出したらしく、うんざりした口調で言った。

「くそっ、よく言うよ、コナル・マコン。ったく責任のがれもいいとこだ。いまさらなんのつもりだ？　団をめちゃめちゃにして二十年もほったらかしておきながら」

アレクシアはマコン卿を見つめた。いつも不思議に思っていた疑問の答えが見つかるかもしれない。〝なぜ人狼団のアルファはわざわざ自分の団を捨て、新たな団を力で支配するのか？〟

マコン卿は無言だ。

シドヒーグと呼ばれた女性はくたびれた古い帽子を押し上げ、マコン卿を見上げた。身長がほとんど変わらないので軽く見上げただけだ。体格もいい。大きなマントの下で筋肉がうごめくのを見て、アレクシアは感心した。

シドヒーグの目は、嫌と言うほど見覚えのある黄褐色がかった茶色だ。

「このぬかるみでは話もできん。なかに入って話そう」と、マコン卿。

「ふん！」シドヒーグは吐き捨てるように言うと、踏みならされた石の小道を城に向かって大股で歩きだした。

アレクシアは夫を見ながら言った。「おもしろい女性《ひと》ね」

「驚かんでくれや」マコン卿はうなるように答え、残りの一団に振り向いた。「これが、このあたりの典型的な歓迎の挨拶だ。さあ、なかへ。荷物はそのままでいい。シドヒーグが誰かに運ばせるだろう」

「その誰かが荷物をぽいっと湖に投げ捨てない保証はあるの、マコン卿？」フェリシティが小さなハンドバッグをかばうように握りしめた。

マコン卿は鼻を鳴らした。「保証はできんな」

アレクシアはすばやく夫のそばを離れ、荷物の山から書類カバンを取ってきた。

「これは雨傘の機能もあるの？」アレクシアがパラソルを振りながらルフォーにたずねると、

発明家はばつの悪い表情を浮かべた。「それだけは忘れました」

アレクシアはため息をつき、横目で雨を見上げた。「上出来ね。これから不機嫌な親戚に会うおぼれたネズミのような気分だわ」

「それを言うなら、お姉様」フェリシティが口をはさんだ。「おぼれたアリクイみたいよ」

そうして一行はキングエア城のなかに入った。

外観から想像したとおり、城内はすきま風だらけの古めかしい造りだった。むしろほったらかされてきたといったほうがいいかもしれない。灰緑色の絨毯はジョージ一世時代の遺物かと思うほどすり切れ、信じられないことに入口のシャンデリアにはろうそくが灯り、壁にはまぎれもない中世時代のタペストリーが掛かっている。アレクシアは小姑よろしく手袋をはめた手で階段の手すりをなで、指先についたほこりに舌打ちした。

シドヒーグがアレクシアのしぐさに気づいた。

「お上品なロンドン育ちには我慢できないってか、お嬢さん？」

「あらまあ」その称号をきいたアイヴィが驚きの声を上げた。

「一般的な家庭育ちでも我慢できないわね」アレクシアが鋭く言い返した。「スコットランド人は野蛮だと聞いてたけど、これは」——指を合わせて灰色の粒子の塊をこすり取り——

「非常識よ」

「いますぐ雨のなかに戻っても止めはしねぇよ」

アレクシアは首をかしげた。「そうね、でも、あたくしが掃除を始めたら止めてくださる？　それともほこりに特別の愛着でもおありなの？」

これにはシドヒーグもくすくす笑った。

マコン卿が紹介した。「シドヒーグ、こちらはわたしの妻でアレクシア・マコン。アレクシア、こちらはレディ・キングエアことシドヒーグ・マコン。わたしの曾々々孫娘だ」

アレクシアは驚いた。てっきり甥か姪の娘か何かだろうと思っていたが、まさか直系の曾々々孫娘だなんて。つまりコナルは変異する前に結婚してたってこと？　どうして今まで言わなかったの？

「でも」アイヴィが口をはさんだ。「アレクシアより年上に見えるわ」一瞬の間。「そしてあなたよりも、マコン卿」

「深く考えないほうが身のためですわ」マダム・ルフォーが小さくえくぼを浮かべ、困惑するアイヴィをなだめた。

「あたしはまだ四十だ」シドヒーグは見知らぬ上流階級の人たちの前で平然と自分の歳を告げた。フルーテの言葉どおり、スコットランドは恐ろしいほど未開の地だわ。アレクシアはかすかに身震いし、何が起こってもいいようにパラソルを握りなおした。

シドヒーグ・マコンはこれみよがしにマコン卿を見た。「それほど歳じゃあねぇよ」

フェリシティは鼻にしわを寄せた。「うわ、なんだか複雑すぎて気味が悪いわ。いったいどうして異界族なんかと結婚するはめになったの、お姉様？」

アレクシアは無言でいたずらっぽい視線を返した。フェリシティは自分で自分の質問に答えた。「ああ、思い出した――ほかに相手がいなかったからね」

アレクシアは憎まれ口を無視して夫を見つめた。「人狼になる前に家族がいたなんて一度も話してくれなかったわね」

マコン卿は肩をすくめた。「一度もきかれなかったからな」そう言って振り向き、紹介を続けた。「こちらは妻の友人のミス・ヒッセルペニー。妻の妹のミス・ルーントウィル。わたしのクラヴィジャー頭《がしら》のタンステル。そしてキングエア城のエーテルグラフの修理を快諾してくれたマダム・ルフォーだ」

シドヒーグが驚いた。「どうしてそのことを……？　いや、いい。何かを知ってることにかけちゃ、あんたはいつも薄気味悪いほどだった。あんたがBURの捜査官だと誰も安心しちゃいられねぇな。何を探り出されるかわかったもんじゃねぇ。さぁて、あなただけは大歓迎だ。会えて光栄です、マダム・ルフォー。あなたの発明品のことは聞いてます。あなたの理論にくわしいクラヴィジャーがいましてね。そいつも、まぁちょっとした素人発明家です」

そこでシドヒーグは曾々々祖父を見た。「ほかの団員たちに会いてぇんだろ？」

マコン卿は小さくうなずいた。

シドヒーグは薄暗い階段の脇に手を伸ばし、隠れていたベルを鳴らした。牛の鳴き声と蒸気機関が急停止する音が混じったような音がしたかと思うと、いきなり廊下に大柄の男たちが現われた。ほとんどがスカートをはいている。

「まあ、なにこれ!」フェリシティが驚きの声を上げた。「いったい何をはいてるの?」

「キルトよ」アレクシアは妹のしかめつらを見てニヤリと笑った。

「スカートじゃないの」と、フェリシティ。いかにも不快そうだ。「しかもなんて短いの? まるでオペラの踊り子みたい」

アレクシアはこみ上げる笑いをこらえた。大男たちが踊る姿を想像すると、なんともこっけいだ。

目のやり場に困ったアイヴィはおびえきった表情で枝つき燭台を見上げ、ささやいた。

「アレクシア、どこもかしこも膝だらけよ。どうしたらいいの?」

しかしアレクシアは、口にするのもはばかられる脚のあたりではなく、周囲の男たちの顔に注目した。マコン卿を見つめる表情は不快と喜びが半々だ。

マコン卿は知っている顔をアレクシアに紹介した。事実上キングエア団をまとめるベータはむっつり顔で、ガンマはうれしそうな表情を浮かべている。残る四名は歓迎派二人と拒絶派二人に分かれてそれぞれ並び、いまにもなぐり合いのケンカが始まりそうな雰囲気だ。キングエア団はウールジー団より少人数だが、統制は取れていない。アレクシアは首をひねった——これほど血気さかんな集団を率いていたコナルの後任のアルファは、どんな人物だったのかしら?

次の瞬間、マコン卿が驚くべき速さでむっつり顔のベータ――ぶっきらぼうにダブとか名乗った男――の腕をつかんで応接間に姿を消し、アレクシアは気まずい空気のなかに残された。

だが、レディ・マコンはこういう状況にこそ力を発揮する。なにしろ生まれたときから母親のルーントウィル夫人を監督し、やがてはそろいもそろって手に負えない二人の妹と渡り合ってきたたくましい性格だ。キルトをはいた巨体の人狼集団という過酷な状況にもまったく動じない。

「あなたのことは聞いています」〝沼地〟に関する言葉がなまったような名前のガンマが言った。「わが団のもとアルファが呪い破り《カース・ブレーカー》に籠絡《ろうらく》されたともっぱらの噂です」ガンマはあら探しをするかのようにアレクシアのまわりをゆっくり行ったり来たりした。なんとも犬っぽい動きだ。片足をピンと上げたらすぐにでも飛びのけるよう、アレクシアは身構えた。

さいわいアイヴィもフェリシティもガンマの言葉を誤解した。二人ともアレクシアが反異界族であることを知らないし、アレクシアも知られたくはない。どうやら二人は〝カース・ブレーカー〟を〝妻〟を意味するスコットランドの方言か何かと思ったようだ。

フェリシティは目の前の大男を冷ややかに見上げた。「あなた、英語が話せないの?」

アレクシアは妹を無視し、すばやく口をはさんだ。「どうやら形勢は不利なようね。あたくしはあなたのことを何も聞いてないわ」まったくそろいもそろって大男ばかりだ。アレクシアはいつになく自分を小さく感じた。

この言葉にガンマは顔をゆがめた。「マコン卿は一世紀以上もこの団のアルファだったのに、あなたに何も話してねぇんですか？」

「夫はあなたがたのことを話したがらないというよりは、あ、い、あたくしにあなたがたのことを知られたくないのかもしれないわ」と、アレクシア。

ガンマは見定めるようにじっとアレクシアをみつめた。「やっぱりおれたちのことは一度も話してねぇんですね？」

シドヒーグが会話をさえぎった。「うわさ話はそれくらいにしな。部屋に案内しますよ。おまえたち、荷物を運んでこい——ったく、イングランド人ってのはなんでこんなに荷物が多いんだろうね」

二階の寝室と客室もほかと比べて上等とは言えなかった。地味な色合いに、湿ったにおい。マコン夫妻に用意された部屋はこぎれいだが、かびくさく、赤茶けた内装は数百年前のものかと思うほど古めかしい。大きなベッドがひとつ。小さな衣装だんすがふたつ。アレクシア用の化粧台がひとつに、マコン卿の着替え室がひとつ。全体の配色と様相は、身体が濡れて不機嫌なリスを思わせた。

アレクシアは書類カバンを隠せる場所はないかと室内を見まわした。だが、ここなら大丈夫と思えるような場所はひとつもない。そこで扉を三つへだてたアイヴィの部屋に急ぎ足で向かった。

途中の部屋の前を通るとき、フェリシティの吐息まじりの声が聞こえた。「あら、ミスター・タンステル、あなたが隣の部屋なら安心だわ、そうは思わない？」

数秒後、アレクシアはタンステルがそばかすの顔に恐怖を浮かべてフェリシティの部屋から現われ、マコン卿の着替え室の脇にある従者用の小部屋に逃げこむのを見た。

アレクシアが行儀よく扉を叩いてなかに入ると、アイヴィはせっせと旅行カバンから荷物を取り出している最中だった。

「ああ、よかった、アレクシア。わたし思うんだけど、ここにはゴーストがいるような気がしない？　もっと悪ければポルターガイストとか？　すべての異界族に偏見を持ってるとは思わないでほしいんだけど、どうしても大量のゴーストには耐えられないの――とくに消魂《ディスアニムス》の最終段階にあるゴーストには。だって彼らはみな頭が変になって、ふわふわただよいながら少しずつ肉体のない自分を失っていくんでしょう？　どこにでもある普通の廊下を曲がると、眉毛だけが天井と鉢植えのヤシのあいだに浮かんでたりするんですって」アイヴィは一ダースの帽子箱をたんすの脇にきちんと積み上げながら身震いした。

アレクシアはマコン卿の言葉を思い出した。もし人狼が変身できないのなら、人間化現象はキングエア城じゅうに蔓延しているはずだ。だとしたら城内は完全に除霊されているに違いない。

「あたくしにはなぜか、ここには断じてゴーストなんかいないような気がするわ」アレクシアは自信たっぷりに言った。

アイヴィは信じなかった。「でもアレクシア、このお城はいかにも、いかにもゴーストがいそうな雰囲気よ」

アレクシアはあきれて舌を鳴らした。「いやだ、アイヴィ、バカ言わないで。見かけとゴーストの存在は関係ないわ。あなただって知ってるはずよ。ゴーストと不気味な古城を結びつけるのはゴシック小説だけ。最近の小説がどれほど非現実的か知ってるでしょ？　作家が異界族を正しく描いたためしは一度もないわ。いい？　最近読んだ小説なんか、変異が魔法と関係があるなんて書いてあったのよ――いまや変異が正当な科学的根拠にもとづいた現象で、余分の魂が医学的に解明されていることは常識なのに。ああ、それから先日読んだ記事には――」

アイヴィは先を続けようとするアレクシアをあわててさえぎった。「ああ、もう結構。学術的解説や王立協会の刊行物の話は聞きたくないわ。わかった、あなたの言葉を信じるわ。レディ・キングエアは何時に夕食が始まると言ってた？」

「たしか九時よ」

アイヴィの顔に別の恐怖が広がった。「夕食には」――ごくりと唾をのみ――「ハギス（ヒツジの内臓をヒツジの胃袋に詰めてゆでたスコットランドの伝統料理）が出るかしら？」

アレクシアは顔をしかめた。「まさか最初の食事には出ないでしょうけど、覚悟しておいたほうがいいわね――何が起こるかわからないわ」マコン卿は馬車に乗っているあいだ、このおぞましき食べ物について妙にうれしそうに説明した。その結果レディたちは死ぬほどの恐怖におびやかされている。

アイヴィはため息をついた。「わかったわ。そろそろ着替えなきゃ。青紫色のタフタドレスはふさわしいかしら？」

「ハギスに？」

「違うわ、バカね、夕食の席にってことよ」

「合う帽子はあるの？」

アイヴィは帽子箱を積み上げる手を止め、うんざりした表情で見上げた。「アレクシアったら、おかしなこと言わないで。これはイブニングドレスよ。夕食に帽子をかぶるわけないでしょ？」

「だったら好都合だわ。ひとつ頼みをきいてくれない？　このカバンに夫への贈り物が入ってるの。彼がうっかり開けないよう、しばらくあなたの部屋に隠しておいてくれないかしら？　驚かせたいの」

アイヴィは目を輝かせた。「まあ、すてき！　なんて奥様らしい考えなの。あなたがそんなにロマンティックだなんて知らなかったわ」

アレクシアは顔をしかめた。

「それで、なかみは何？」

アレクシアは必死にそれらしい答えを考えた。男性への贈り物で書類カバンに隠せるようなものって何かしら？　「えっと……靴下よ」

アイヴィは打ちのめされた。「靴下？　靴下をわざわざ隠すことはないと思うけど」

「幸運を招く特別な靴下なの」

アイヴィはアレクシアの見え透いたでまかせにも気づかず、積み上げた帽子箱の後ろに書類カバンを大事そうに隠した。

「ときどき見にくるかもしれないわ」と、アレクシア。

アイヴィは首をかしげた。「どうして？」

「その、つまり、状態を確かめるためよ、その、靴下の」

「よほど思い入れがあるのね、アレクシア？」

アレクシアはアイヴィの気をそらすため、あわてて話題を変えた。「それはそうと、たった今タンステルがフェリシティの部屋から出てくるのを見たわ」

アイヴィは息をのんだ。「やめて！」そう叫んだかと思うと、狂ったように晩餐のための装飾品を寄せはじめた。ベッドの上に広げたイブニングドレスの上に手袋、装身具、レースのヘアキャップを次々に放り投げている。

「アレクシア、失礼なことは言いたくないけど、あなたの妹は根っからのおバカさんだと思うわ」

「あら、気にしないで、アイヴィ。あたくしだって腹にすえかねてるんだから」アレクシアはうっかりタンステルのことを話した罪ほろぼしに言った。「今夜はアンジェリクに髪を整えてもらったらどう？　あたくしの髪は雨のせいで修復不能だわ。いくらやっても労力の無駄よ」

「あら、本当に？　ありがとう、うれしいわ」アイヴィがたちまち機嫌を直したのを見届けてから、アレクシアは着替えのために自室に戻った。

「アンジェリク？」寝室に戻ると、アンジェリクが忙しく荷ときをしていた。

「今夜はアイヴィの髪を整えてくれない？　この状態では、あたくしの髪はどうしようもないわ」アレクシアの黒髪は不快なスコットランドの天候に反応してくしゃくしゃ巻き毛の塊になっていた。「今夜はあなたがいつもかぶらせようとする、あのおぞましい既婚女性用レースのふちなし帽をかぶって簡単に結い上げておくわ」

「かしこまりました、奥様」アンジェリクはお辞儀をして出ていこうとして、ふと戸口で立ちどまり、振り向いた。「教えてください、奥様、なぜマダム・ルフォー、まだあたしたちと一緒にいるのですか？」

「彼女のこと、あまり好きではないようね、アンジェリク？」

いかにもフランス人らしく、アンジェリクは言葉がわりに肩をすくめた。

「悪いけどこれは夫の考えなの。あたくしも彼女のことは信用してないわ。でも、夫がいちど言い出したらきかないことはあなたも知ってるでしょう？　どうやらキングエア団のエーテルグラフ送信機が故障してるらしいの。驚くのも当然ね。こんな未開の地にあんな最新機器があるなんて。でも、とにかくあって、うまく動かないみたい。中古品らしいわ。中古じゃ壊れてもしかたないわね。とにかく夫は装置を修理させようとマダム・ルフォーを連れてきたの。あたくしにはどうしようもないわ」

アンジェリクは無表情で小さくお辞儀し、アイヴィの部屋に向かった。

アレクシアはアンジェリクが選んだ衣装をまじまじと見つめた。自分のファッションセンスを信用できない以上はしかたない。アレクシアはおとなしく準備されたドレスを着はじめた。

マコン卿が部屋に入ってきたのは、アレクシアが胴着《ボディス》の背中のボタンに苦労しているときだった。

「ああ、ちょうどいいところに。代わりに留めてくださらない？」

マコン卿は妻の頼みを完全に無視し、大股で三歩近づくと、首筋に顔をうずめた。

アレクシアはいらだちのため息を漏らすと同時にくるりと振り向き、夫の首に両腕を巻きつけた。

「助かるわ、あなた。だって急がないと――」

マコン卿がキスした。

そして息が続かなくなってから、ようやく唇をはずした。「馬車に揺られているあいだじゅう、こうしたくてたまらなかった」マコン卿は大きな手を妻の背中に当て、がっちりした巨体の上に抱き上げた。

「あら、てっきり馬車に乗ってるあいだは、戦略に頭を悩ませてるとばかり思ってたわ。ひどく恐い顔だったから」アレクシアは笑みを浮かべた。

「ああ、それも考えていた。わたしは同時にふたつのことができるんだ。たとえば、こうしてきみと話しながら同時にドレスを脱がせる方法はないかと考えてる」

「バカ言わないで。たったいま着たばかりなのよ」

マコン卿は不満そうに顔をしかめると、これまでのアレクシアの努力をすべて無に帰すことに全神経を注いでドレスを引き下ろした。

「きみに贈ったパラソルは本当に気に入ったか？」マコン卿は剝き出しになった両肩と背中に、やさしく、ためらいがちに指先を這わせた。

「ええ、コナル、すばらしい贈り物だわ――磁場破壊フィールド発生器、毒矢、それ以外にもたくさんの機能がついているんですもの。あんなパラソル、初めてよ。落下のときに落とさなくて本当によかったわ」

とつぜんマコン卿の指の動きが止まった。「落下？　落下とはなんだ？」

ああ、いつものどら声が始まった。アレクシアは夫の気をそらそうと身をよじり、「待って」と耳をふさいだ。

マコン卿はアレクシアの肩をつかんで身体を離した。

アレクシアは夫の胸を軽く叩いた。「たいしたことじゃないの――ちょっと転げ落ちただけ」

「ちょっと転げ落ちた！　何からちょっと転げ落ちたんだ？」

アレクシアは目を伏せ、そらし、つぶやこうとしたが、もともと毅然とした声なので思わずはっきり答えた。「飛行船よ」

「飛行船」抑揚のない、こわばった声だ。「そしてそのとき飛行船はたまたま空中に浮かんでいたとか？」

「ええと、そうね、正確にいえば空気中ではなく……エーテル域に……」

鋭い視線。

アレクシアはうなだれ、まつげのあいだから夫を盗み見た。

マコン卿はあつかいにくいボートを動かすようにアレクシアの向きを変えると、後ろ向きにベッドまで歩かせて座らせ、自分も隣に座った。

「最初から話してくれ」

「目を覚ましたら、あなたがひとことも告げずにスコットランドに出発していた晩からってこと？」

マコン卿はため息をついた。「家族の重大事だったんだ」

「それであたくしは何？　はいはいとうなずくだけの知り合い？」

さすがのマコン卿もかすかにばつの悪い表情を浮かべた。「わたしが妻帯者という状態に慣れるまで、しばらく時間が必要だ」

「前の結婚のときは、その状態に慣れなかったってこと？」

マコン卿は顔をしかめた。「はるか昔の話だ」

「つくづくそうであってほしいわ」

「変異する前のことだ。あのころ結婚は義務だった。当時は子孫を残さずに人狼になることはできなかった。わたしは地主になるべき立場にあり、一族に財産を残すという保証なしに異界族にはなれなかった」

もっともな理由だけど、あたしに内緒で出ていったことを簡単に許すつもりはない。「これまでの状況から判断すると、あなたには子どもがいたようね。あたくしが知りたいのは、なぜ現存する子孫がいることを話してくれなかったのかってことよ」

マコン卿は鼻を鳴らしてアレクシアの片手をつかみ、胼胝《たこ》のできた手で手首をなでた。「シドヒーグに会っただろう？　あんな親戚がいてうれしいか？」

アレクシアはため息をつき、夫の広い肩にもたれた。「すばらしく率直な女性のようね」

「あいつは手のつけられないぼやき屋だ」

アレクシアは夫の肩に向かってほほえんだ。「彼女がどちらの家系の血をひいたかは明らかね」そこで作戦を変えた。「あなたは以前の家族のことを話すつもりがあるの？　あなたの前妻は誰？　子どもは何人いたの？　これから先も各地に散らばったマコン家の子孫に会う可能性があるの？」アレクシアは立ち上がり、そしらぬ顔で夕食に出る準備を続けたが、本当は答えを知りたくてたまらなかった。異界族と結婚するに当たって、こんなことまでは考えなかった。もちろん恋人の一人や二人はいたと思っていた。二世紀も生きてきて一人もいなかったら、そのほうが心配だ。それに、夫の女性経験には夜ごと感謝している。でも、まさか妻がいたなんて。

マコン卿は組んだ腕を枕がわりにベッドに横になり、捕食者のような目でアレクシアを見た。これだけは否定できない――コナル・マコンは一筋縄ではいかない夫だけど、嫌になるほどセクシーな獣だ。

「そういうきみは飛行船から落ちたことを話す気はあるのか？」マコン卿が反論した。

アレクシアはイヤリングをつけながら言った。「そういうあなたは従者も連れずにあわててスコットランドに向かい、夕食の席であたくしにチャニング少佐の相手をさせ、あたくしをアイヴィの帽子の買い物に付き合わせ、ロンドンの半分が今も重度の人間化現象の影響を受けている理由を教える気はあるの？　おかげであたくしはイングランド縦断の旅を独力で敢行しなければならなかったのよ」

そのとき廊下でアイヴィの金切り声が聞こえ、続いて誰かの話し声が聞こえた。おそらくフェリシティとタンステルだろう。

マコン卿は物思いにふけるようにベッドに横たわり、鼻を鳴らした。

「アイヴィと妹を連れてイングランドを縦断するのがどんなに難儀だったことか――これもあなたのせいよ」

マコン卿は起き上がって近づき、ドレスの背中のボタンを留めた。アレクシアはちょっとがっかりしたが、このままでは夕食に遅れてしまう。それにお腹もぺこぺこだ。

「なぜここに来た？」マコン卿がぶっきらぼうにたずねた。

アレクシアはうんざりして頭をのけぞらせた。こんな会話を続けてもらちがあかない。

「じゃあ、コナル、この質問だけに答えて。キングエア城に到着してから変身できた？」

マコン卿は眉を寄せた。「やろうとも思わなかった」

アレクシアが鏡ごしに気の毒そうな視線を向けると、マコン卿はアレクシアから手を離し、あとずさった。手の動きが止まった。何も起こらない。

マコン卿は首を振りながら近づいた。「できない。きみに触れたまま狼になろうとするような感じだ。難しいというより、とらえどころがない。とにかく変身できない。身体の一部——人狼の部分——が消えてしまったかのようだ」

アレクシアが振り向いた。「ここに来たのは、あたくしが〈議長《マージャ》〉だから——そしてこの不変現象がキングエア人狼団と関係しているからよ。あなたはさっき、こっそりここのベータと話してたわね。キングエア団の人狼はこの数カ月、誰も変身できないんじゃない？　正確にはどれくらい？　〈スパンカー〉に乗りこんで故郷に向かいはじめてから？　それともその前から？　どこで武器を見つけたの？　インド？　エジプト？　それとも彼らが持ち帰った病原体のせい？　外地で何があったの？」

マコン卿は大きな手を肩にのせ、鏡ごしに妻を見た。「連中が教えるはずがねぇ。もはやわたしはキングエア団のアルファじゃない。やつらに説明する義務はねぇんだ」

「でもあなたはBURの主任サンドーナーでしょう？」

「ここはスコットランドだ。BURの権威は弱い。それに、キングエア団はわたしが長年ひきいた団だ。今さらやつらをみちびく気はないが、団員を殺したくもない。やつらもそのことは知っている。わたしはただ、ここで何が起こっているかを知りたいだけだ」

「それはあたくしも同じよ、あなた。この件に関して、あなたのお仲間に質問してもい い？」

「わたしにできんことがきみにできるとは思えねぇがな」と、マコン卿。疑わしげな口調だ。

「連中はきみが〈議長〉だと知らないし、知られないほうがいい。ヴィクトリア女王も、この地じゃそれほど敬愛されてねぇからな」

「目立たないようにやるわ」アレクシアの言葉にマコン卿はこれでもかというほど眉を吊り上げた。「わかりました——できるだけ目立たないようにやるわ」

「それならええだろう」言ったあとで思いなおした。なんと言っても相手はアレクシアだ。何をするかわからない。「だが、パラソルだけは使わんでくれよ」

アレクシアは不敵にニヤリと笑った。「あたくしは遠慮のない人間だけど、そこまで無遠慮じゃないわ」

「それはわかってる。だが、ダブには気をつけろ。あいつは油断ならん」

「とは言っても、ベータとしての能力はライオール教授ほどじゃないでしょ？」

「いや、それはわからん。ダブはわたしのベータでもガンマでもなかった」

聞き捨てならない情報だ。「では、外地の戦闘で死んだというナイオール——彼はあなたのベータじゃなかったの？」

「ああ。わたしのベータは死んだ」マコン卿は短く答えた。この件については、これ以上、話したくなさそうだ。「さあ、きみの番だ。飛行船から落ちた話を聞こう」

アレクシアは立ち上がり、最後の準備を整えた。「誰かがあたくしのあとを追っていたみたい。どこかのスパイか捜査員……〈ヒポクラス・クラブ〉の残党かもしれないわ。マダム・ルフォーと二人で展望デッキをぶらぶら歩いていると、誰かがあたくしたちを手すりごしに突き落とそうとしたの。あたくしは落ちて、マダム・ルフォーは犯人ともみ合った。あたくしはかろうじて途中でひっかかって助かったわ。本当にたいしたことなかったの――もう少しでパラソルをなくすところだったけど。とにかく、飛行船の旅はこりごりよ」

「そうだろうと思っていた。頼むから、せめてこれから数日は殺されないように気をつけてくれ」

「あなたはスコットランドに来た本当の理由を教えてくれるの？　簡単にはごまかされないわよ」

「ごまかそうなんて思うものか、かわいい従順な妻よ」

アレクシアはとびきり恐ろしげな表情を浮かべ、夫と並んで夕食に向かった。

9　メレンゲがこなごなになること

レディ・マコンは襟と袖に白いひだかざりと白いサテンのリボンがついた黒のイブニングドレスで現われた。本来なら身分にふさわしい落ち着きと威厳を与えたはずだが、夫との議論が長引いたせいで髪を縁なし帽のなかに押しこむのをすっかり忘れてしまった。長い黒髪はこれでもかとばかりにもつれ、縮れ、けばだち、朝に整えたまとめ髪は見る影もない。もっとも、マコン卿の目には魅力的に映った。まるで異国のジプシーのようだ。この髪で金のイヤリングをつけ、赤い巻きスカートをはき、上半身裸で、寝室で踊ってくれたらどんなにすてきだろう？　だが、マコン卿以外はみなあきれかえった。伯爵夫人ともあろう女性が夕食の席に乱れ髪で現われるなんて、たとえスコットランドでも不作法だ。

二人が現われたときは全員が席についていた。アイヴィのドレスは、青色からタフタ製のタンポポ綿毛のようなパフがいくつもついた暗褐色に変わっていた。腰の上で鮮やかな深紅色の太いベルトが巨大な蝶リボンに結んであり、なんだか興奮しやすい怪物のようだ。かたやフェリシティは、がらにもなく白と薄緑色のレースのドレスでおとなしさをよそおっていた。

すでに会話は始まっており、マダム・ルフォーはキングエア団のクラヴィジャーの一人——眉がひどく吊り上がっているせいでいつも驚愕と好奇心が入り混じったような顔のメガネの若者——と熱心に話しこんでいた。エーテルグラフの故障状況を検討し、食後に調べる計画を立てているらしい。

キングエア団のベータとガンマと残り四人の人狼はみな、むっつりした表情だ。装置の話には無関心だが、アイヴィとフェリシティとのくだらない世間話——スコットランドのとんでもない天候のことや、おぞましい食べ物のことなど——には応じている。

上座で機嫌よく座っていたレディ・キングエアことシドヒーグの表情がみるまに険しく、不機嫌になり、召使にてきぱきと指示していた手を止めたかと思うと、失礼なほど遅れて来た曾々々祖父とその妻をにらみつけた。

部屋に入るなりマコン卿は座る場所にとまどった。前回ここにいたときと同じ状況なら、いまわざとらしく空いている末席に座っただろう。だが〝古巣を訪れた客〟という立場だと優劣順位はどうなる？　一伯爵として座るのと、家族の一員として座るのは別だし、異界管《BU》理局《R》の代表として座るとなれば、また状況は変わる。いずれにせよその表情からして、マコン卿にとってかつての団と食事をとるのは苦痛でたまらないようだ。アレクシアは首をかしげた——コナルにうとまれ、見捨てられるなんて、キングエア団はいったい何をしでかしたのかしら？　それとも原因はコナルのほうにあるの？

シドヒーグがマコン卿のためらいに気づいた。「何を迷ってんだ？　あんたらしくないね。

アルファの席に座りゃいいじゃねぇか、じいさん《グランパ》、ほかにどこに座るってんだ」

この言葉に、フェリシティと緑多きスコットランドについて話していたベータが会話を中断してシドヒーグを見上げた。

「こいつはうちのアルファじゃねぇぞ！　気でも狂ったか？」

シドヒーグが立ち上がった。「えらそうな口をきくんじゃないよ、ダブ。挑戦されたら誰かが受けて立たなきゃならねぇ。おまえが〈アヌビスの形〉のできる男に刃向かってもぶちのめされるだけだ」

「おれは臆病者じゃねぇ！」

「ナイオールに言うんだな」

「おれはナイオールの背後を守ってた。あいつが敵の形跡とにおいに気づきそこねたんだ。そうでなけりゃ、待ち伏せには気づいてたはずだ」

会話がぷつりととぎれた。〝科学の優位性を追究していたマダム・ルフォーと〝ミスター・へんてこ眉毛〟さえテーブルに広がった緊張感に口をつぐみ、フェリシティはタンステルに色目を使うのをやめ、タンステルは未練がましくアイヴィを盗み見るのをやめた。

文明的会話と礼節を再構築するべくアイヴィが大声で場をつくろった。「あら、魚料理が来たようですわ。まあ、うれしい。わたし、魚には目がありませんの。あなたはどう、ミスター……えっと……ダブ。だってほら、魚はとても、その、塩からいでしょう？」

アイヴィの言葉にダブは困惑して腰を下ろした。アレクシアは同情した。あんな問いにいったいどう答えろと言うの？　短気で野蛮なダブも、こうした場に必要なだけのたしなみはあるらしく、「わたしも魚は大好きです、ミス・ヒッセルペニー」と答えた。

大胆な科学哲学者のなかには、現代社会の礼儀は人狼をなだめ、公《おおやけ》の場で行儀よくさせるために発展したと唱える者もいる。裏を返せば、礼儀作法を欠いた上流階級は人狼団と変わらないということだ。アレクシアはこの説をあまり信用していなかったが、血の気の多い人狼を魚にまつわるくだらない発言ひとつで黙らせたアイヴィの機転には感嘆した。あの仮説にも一理あるかもしれない。

「どんな種類がお好きですの？」なおもアイヴィは熱心にたずねた。「ピンク色、白、それとももっと大型の灰色がかった魚？」

アレクシアは夫と目を見交わして笑いをこらえつつ夫の左隣の席に座った。そこへ噂の魚が運ばれ、しばし会話は中断した。

「ぼくも魚が大好きです」やがてタンステルが甲高い声で言った。

すかさずフェリシティがタンステルの関心を自分に引き寄せた。「あら、そうなの、ミスター・タンステル？　どんな種類がお好き？」

「ええと」――タンステルは口ごもり――「ほら、えっと、なんというか」――円を描くように両手を動かし――「その、泳ぐやつです」

「妻よ」マコン卿がつぶやいた。「きみの妹は何をたくらんでるんだ？」

「アイヴィに対抗してタンステルの気をひきたいだけよ」

「どうしてまたミス・ヒッセルペニーはうちの役者兼従者なんかに興味を持つんだ？」

「そこよ！」アレクシアが興奮して答えた。「この件に関してだけは夫婦の意見が合ってうれしいわ。まったくとんでもない組み合わせなの」

「女というのは謎だな」マコン卿は困惑の表情で手を伸ばし、魚――白い種類――を自分の皿に取り分けた。

だがそれ以降、会話ははずまなかった。アレクシアはマダム・ルフォーと科学好きのクラヴィジャーの席から離れていたので、知的な会話にも参加できなかった。でも、たとえ近くても加われなかっただろう。いまや二人の会話はアレクシアの素人的興味の域を超えて〝磁場エーテル変形〟にまでおよんでいる。それでも話し声だけはテーブルの端まで聞こえた。マコン卿はここ数日何も食べていなかったかのようにむさぼりついている。たぶん食べていなかったのだろう。長い文章を話せないらしいシドヒーグは相変わらずぶっきらぼうで尊大な口調でしゃべり、アイヴィは性懲りもなく魚がらみの会話を続けている。あの話に付き合わされたらたまらないわ――アレクシアは思った。問題はアイヴィが肝心の魚のことを何も知らず、その大事な事実に本人が気づいていないことだ。

ついにアレクシアは業を煮やし、〝人狼の呪いから解放された気分はいかが？〟とさりげなく切り出して会話の主導権を握った。

マコン卿があきれて天を仰いだ。いかに遠慮を知らない妻とはいえ、まさか夕食の席で、しかも人狼全員がいる目の前でこの話題を持ち出すとは思わなかった。せいぜい団員ひとりひとりにこっそりたずねてまわるのだろうと思っていた。だが考えてみれば、わが妻アレクシアがそんな細かな心配りをするはずがない。

アレクシアのひとことはアイヴィの魚話さえ中断させた。「あら、みなさんも影響を受けてらっしゃるの？」アイヴィはテーブルに並ぶ六人の人狼を気の毒そうに見やった。「聞きましたわ――先週、異界族のかたがたが、その、不調になられたって。おばの話では、吸血鬼全員が群に引きこもり、ドローンの大半が呼び寄せられたそうですわ。おばは演奏会に行く予定でしたけど、ウェストミンスター群に属するピアニストが出席できずに中止になったんですって。ロンドンに住む全員が影響されたそうですわね。もっともロンドンには」――いよいよあとに引けない状況になってきた――「その、異界族のかたがたがそうたくさんはおられませんけど、それでも家から出られないとなればちょっとした騒ぎになりますわ。もちろん、人狼のみなさんも影響を受けられたんでしょう？　あら、でもアレクシアからは何も聞かなかったわ、そうよね、アレクシア？　どうして？　あの次の日に会ったのに、あなたひとことも触れなかったわね。ウールジー団に影響はなかったの？」

アレクシアはあえて答えず、鋭い茶色の目でテーブルのキングエア団を見つめた。六人の大柄なスコットランド男は言葉に詰まり、困惑の表情を浮かべている。

人狼たちは視線を交わした。その顔には〝夫のマコン卿からキングエア団が変身できないことを聞いたにしても、個別にたずねるのならまだしも夕食の席の話題にするとはあまりに非常識だ〟と書いてある。

ついにガンマのラークランがおずおずと口を開いた。「最初の数ヵ月は快適でした。ダブとおれは人狼になってから長いんで、これまでも――少なくとも新月のあいだは――その、太陽光を浴びてもある程度は平気でしたが、ほかの連中はことのほか今回の休暇を楽しんでました」

「おれは人狼になってまだ数十年ですが、これほど自分が太陽を恋しがってたとはぁ思いやせんでした」若い団員が初めて口を開いた。

「ラークランはうれしさのあまり、歌まで歌ってたほどで」

「でも、やがて楽しいばかりじゃなくなりやした」三人目の団員が口をはさみ、「いや、ラークランの歌がではなく、人間の状態がです」と、あわてて付け足した。

最初に発言した若い人狼がニヤリと笑った。「ええ、最初は光が恋しかったけど、いまは呪いが恋しいんです。いちど狼状態を経験すると、それが否定されるのはつれぇもんで」

ダブが仲間たちをたしなめるように見た。

「人間ってのはまったく不便です」三人目がダブの視線を無視して言った。

「近ごろは、ちょっとしたかすり傷もなかなか治らねぇし、異界族の力がないと、なんとも弱っちくてしかたねぇです。以前は馬車の後部だって軽々と持ち上げてたのに、今じゃミス・ヒッセルペニーの帽子箱を運ぶだけで息が切れちまって」

アレクシアが鼻を鳴らした。「ましてやなかの帽子を見たらどうなることか」

「ひげの剃りかたもすっかり忘れてました」若い団員が小さく笑った。

フェリシティは息をのみ、アイヴィは顔を赤らめた。食卓で紳士の身じまいの話をするなんて、なんて無礼な！

「小僧ども」シドヒーグがどなった。「もう充分だ」

「すみません、レディ・キングエア」三人はおとなしくうなずいた。みなシドヒーグの二倍か三倍の年齢はありそうだ。これまでずっとシドヒーグの成長を見守ってきたに違いない。

テーブルに沈黙がおりた。

「つまり、あなたがたはみな歳を取っているということね？」アレクシアが遠慮なくたずねた。ぶしつけさは彼女の魅力でもある。マコン卿は曾々々孫娘を見て思った。さすがのシドヒーグも客人に黙れと言うわけにもいかず、さぞ頭にきているに違いない。

誰も答えなかったが、団員たちの顔に一様に浮かぶ不安の表情を見れば答えは明らかだ。彼らはすっかり人間に――いちど部分的に死んだ者に可能なかぎりの人間状態に――戻っている。いや、むしろ死すべき者になっていると言ったほうがいいかもしれない。つまり彼らは今、普通の昼間族と同じように死ねるわけだ。そして、それはもちろんマコン卿にも当てはまる。

アレクシアはノウサギをひとくち食べてから続けた。「パニックにおちいっていないとはさすがね。でも、どうしてロンドンにいるあいだに医者に相談しなかったの？　ＢＵＲに調査を依頼しようとは思わなかったの？　あなたがたは連隊とともにロンドンを経由したんでしょう？」

人狼たちは助けを求めるようにマコン卿を見たが、マコン卿の表情はこう言っていた――〝おまえたちは妻の餌食だ。せいぜい食い尽くされるところを見学させてもらおう〟。だが、質問するまでもなくアレクシアは知っていた。異界族の大半は現代医学を信用していないし、キングエア団がマコン卿の管轄であるロンドンのBURに助けを求めるはずがない。彼らはこの屈辱的状態を知られる前にできるだけ早くロンドンを離れ、安全な本拠地に戻りたかったのだ――しっぽを巻いて。だが、いま彼らにこの行為はできない。なにしろしっぽがないのだから。

そこへタイミングよく次の料理――仔牛肉とハムのパイ・ビーツとカリフラワーのマッシュ添え――が運ばれ、団員たちはほっとした。アレクシアはフォークを意味ありげに振りまわしながらたずねた。「そもそも、どうしてこんなことになったの？　インド滞在中に毒入りカレーでも食べたの？」

「大目にみてやってくれ」マコン卿がニヤリと笑った。「妻は少々、身ぶりが大きい。イタリアの血が流れているものでね」

ぎこちない沈黙が流れた。

「みな病気なの？　コナルはあなたがたが病原体を持ちこんだんじゃないかと考えてるわ。自分たちだけでなく、夫にも感染させるつもり？」アレクシアは隣に座る夫を見やり、「それだけは勘弁していただきたいわ」

「心配してくれてうれしいよ」

　ガンマが（コナルはなんと呼んでたかしら？　ああ、そうだ、湖の地《ラークラン》だ）冗談まじりに言った。「やめてくださいよ、コナル。いくら結婚したからって、呪い破り《カース・ブレーカー》が本気で心配するはずねぇでしょう」

「わたくしもこの現象のことは聞きました」とつぜんルフォーが口をはさんだ。「わが家の近所は影響を受けなかったので直接この目で見てはいませんが、今回のことは論理的かつ科学的に説明できるはずですわ」

「ふん、科学者の言いそうなことだ！」ダブがつぶやき、仲間の二人がうなずいた。

「どうしてあなたがたはアレクシアのことを〝呪い破り〟と呼ぶの？」と、アイヴィ。

「まったくよ。お姉様はただの呪いじゃなくて？」フェリシティが無駄口をたたいた。

「おもしろいことを言うわね、フェリシティ」と、アレクシア。

　フェリシティがむっとして見返した。

　ガンマのラークランがすかさず話題を変えた。「ところでレディ・マコンの旧姓はタラボッティですよね。どうして妹のあなたはミス・ルーントウィルなんすか？」

「ああ、それね」――フェリシティはかわいらしくほほえみ――「あたしたち、父親が違うの」

「ああ、そうすか」ラークランは眉をひそめた。「なるほど。あのタラボッティか」

　ラークランは初めて見るかのようにアレクシアをまじまじと見た。「まさかあの人が結婚するとはな」

ベータのダブも興味ぶかげにアレクシアを見た。「まったくだ、しかも子どもまでもうけるとは思わなかった。市民の務めってやつか」

「あたくしの父をご存じなの？」急に興味をひかれ、アレクシアは自分の質問も忘れてたずねた。

二人の人狼は目を見交わした。「個人的には知りやせんが、噂は聞いてます。有名な旅行家でしたから」

フェリシティが鼻を鳴らした。「母はいつも言ってるわ——どうしてイタリア人となんか結婚したんだろうって。打算的結婚だったらしいけど、ハンサムだったことはたしかね。もちろん長続きはしなかったわ。彼はお姉様が生まれたあとすぐに亡くなったの。結婚してすぐ死んでしまうなんて、まったく迷惑な話だわ。だからイタリア人は信用できないのよ。でも、お母様はかえって幸せだったかもしれないわ。それからすぐにお父様と再婚したから」

アレクシアは夫に鋭い視線を向け、人に聞かれないよう小声でたずねた。「あなたもあたくしの父を知ってるの？」

「それほどでもない」

「あとで〝正しい情報交換の方法〟についてとっくり話し合う必要がありそうね、あなた。話についていけないのは、もうまっぴらよ」

「そうは言っても、わたしはきみより二世紀も長く生きてるんだ。そのあいだの出来事や知り合いになった人物すべてを話せるはずがない」

「下手な言いわけはやめて」アレクシアはふんと鼻を鳴らした。

二人が言い争うあいだも会話は続き、やがてマダム・ルフォーが説明を始めた。「エーテルグラフ通信機の水晶真空管《バルブ》共鳴器の磁場伝導率が狂っているのかもしれません。厳しい天候の影響で転移率が微妙に変化したのかも……」

メガネのクラヴィジャー以外、内容についてゆける者は一人もいなかったが、誰もがわけ知り顔でうなずいた。丸い顔にあわてたヤマネのような表情を浮かべるアイヴィでさえ、興味あるふりをして聞いている。

タンステルは気を引くようにアイヴィにポテト・フリッターの皿を差し出したが、アイヴィは無視した。

「まあ、ありがとう、ミスター・タンステル」すかさずフェリシティが自分に差し出されたかのように手を伸ばした。

アイヴィはむっとして鼻を鳴らした。

アイヴィの冷たい態度にいらだったタンステルはフェリシティのほうを向き、最近ポルトガルから輸入された自動まつげカール器についてしゃべりはじめた。

これを見たアイヴィはますます腹を立て、赤毛のタンステルから顔をそむけると、明朝、狩りに出かけるという人狼たちの話に加わった。銃や狩りについては何も知らないアイヴィだが、知識の欠如もアイヴィの詩的な暴走をとめることはできなかった。

「たいていの銃はバンという音がずいぶん遠くまで聞こえるのでしょう?」アイヴィがわけ

知り顔でたずねた。

「ええと、その……」周囲の男たちは言葉に詰まった。

あらまあ、アイヴィったら——アレクシアは笑いをこらえた——あちこちで謎の言葉を振りまいてるわ。

「せっかく昼間に動けるんだから、昔のように夜明けの狩りというのも悪くねぇな」ようやくダブがアイヴィのコメントを無視して言った。

「ダブというのは名前なの、それとも名字？」アレクシアがマコン卿にたずねた。

「いい質問だ」と、マコン卿。「あのならず者とは百五十年ほど付き合ったが、どっちなのかとうとう教えなかった。キングエア団に来る前のこたぁ、よくわからん。一七〇〇年代の始めごろに一匹狼としてふらりと現われた。ちょっとした厄介者だ」

「なるほど、そしてあなたは彼の素性についても、どんな厄介ごとを起こしたかについても知ろうとはしなかったのね？」

「ご明察だ」

食事が終わりに近づき、酒を飲む男性陣を残して女性たちは部屋を出た。

アレクシアは食後に男女が分かれるという習慣があまり好きではない。もともとは吸血鬼女王に対する敬意とプライバシーの確保のために始まった吸血鬼の伝統的習慣だが、アレクシアには〝どうせ高級アルコールの味は女にはわからない〟と見下されているような気がしてならない。とはいえシドヒーグと親しくなるにはいい機会だ。アレクシアは積極的に話しかけた。

「あなたは完全な人間なのに、アルファのように振る舞ってるのはなぜ?」アレクシアはシェリー酒を片手に、ほこりっぽい長椅子に座りながらたずねた。

「リーダーがいないから。そしてリーダーになれるのはあたししかいないから」シドヒーグは要旨だけをぶっきらぼうに答えた。

「団を率いるのは楽しい?」と、アレクシア。これだけはどうしてもきいてみたかった。

「あたしがちゃんとした人狼なら、もう少しうまくやれるんだがな」

アレクシアは驚いた。「あなた、本気で人狼になる気? 女性の変異はとても危険なんじゃない?」

「ああ。でもあんたのだんなはあたしの望みを聞こうとしねぇ」それ以上、何も言わないところを見ると、変異させるかどうかはコナルの決断しだいらしい。新たな人狼を生み出せるのは〈アヌビスの形〉ができる者だけだ。変異の場面を見たことはないが、科学雑誌で読んだ。それによれば、魂の再生には〈アヌビスの形〉と狼の姿というふたつの姿形が必要らしい。

「夫は変異の途中であなたが命を落とすのを恐れているんじゃないかしら。すべての責任は彼の手――というか牙――にかかっているのだから」

シドヒーグはシェリー酒をひとくち飲んでうなずいた。その姿は、どこにでもいる四十歳の女性と少しも変わらない。

「そしてあたしはコナルの血を引く最後の子孫だ」と、シドヒーグ。

「なるほど」アレクシアはうなずいた。「これでわかったわ。もし変異を認めれば夫はあなたを正式に嚙まなければならない。ためらうのも無理はないわ——自分の血脈を途絶えさせるかもしれないのだから。夫が団を離れたのはそのせい？」

「あたしが頼んだせいで出て行ったと思ってるのか？　本当に何も知らねぇのか？」

「そのようね」

「だったらあたしに言う筋合いはねぇ。あのならず者と結婚したんだろ？　自分でききゃぁいいじゃないか」

「あたくしがこれまできかなかったと思う？」

「じいさんは抜け目のねぇやつだ。それだけは間違いない。教えてくれ、レディ・マコン、いったいどうしてコナルと一緒になった？　コナルが伯爵の称号を手にしたからか？　BUR の長で、あんたたちの種族のお目付役だからか？　この結婚で、あんたになんの得がある？」

シドヒーグが何を考えているのかはたずねるまでもない。あたしのことを社会的地位もしくはカネ目当てでコナルと結婚した変わり者と思っているようだ。

「言っておくけど」アレクシアはさりげなく質問をかわした。「あたくし自身、毎日、自分に同じ質問をしてるわ」

「こんな結婚は、どう考えても自然じゃねぇ」

アレクシアはあたりを見まわし、声が届くところに誰もいないことを確かめた。マダム・ルフォーとアイヴィは長距離旅行に対する不満を言い合っているが、あのおっとりした口調はそれなりに旅を楽しんだ証拠だ。フェリシティは部屋のいちばん奥に立って雨の夜を見つめている。

「たしかに自然《ナチュラル》とは言えないけど、そもそも二人とも普通《ナチュラル》の人間ではないのだから自然なんてありえないんじゃない?」アレクシアは鼻を鳴らした。

「あんたのことはわからねぇよ、カース・ブレーカー」

「難しく考えなくてもいいわ。あたくしはあなたと同じ——ただ魂がないだけよ」

シドヒーグが顔を近づけた。見慣れた茶褐色の目が、同じように見慣れた困惑のまなざしで見つめている。「あたしは人狼団に育てられた。コナルが変異させようとさせまいと、昔からあたしはアルファになって団を率いる運命だったんだ。結婚でその地位についたあんたとは違う」

「その点はあなたにかなわないわ。でも、あたくしは自分を適応させるのではなく、あ、あたくしの団にはあたくしのやりかたを受け入れさせるつもりよ」

シドヒーグのしかめつらにかすかに笑みが浮かんだ。「チャニング少佐はさぞ頭に来てるだろうな」

アレクシアは声を立てて笑った。

シドヒーグとは気が合いそうだ——アレクシアがそう思ったとき、隣の食堂の壁に何かがぶつかったようなものすごい音が響きわたった。

女性たちは驚いて目を見交わした。すぐさまルフォーとアレクシアが立ち上がって食堂に向かい、一瞬おくれてシドヒーグがあとを追った。三人がなかに駆けこむと、大きなテーブルの上に高級ブランデーと皿に盛られたベタつくメレンゲ菓子の残骸が散らばり、その上でマコン卿とベータのダブが転げまわりながら取っ組み合っていた。キングエア団のほかの人狼とクラヴィジャーとタンステルはテーブルから充分に距離を取り、スポーツの試合を観戦するかのように殴り合いを見物している。

タンステルが実況を始めた。「おっ、マコン卿の鋭いアッパーカットが入りました、おっと、ダブが蹴ったか？　これはまずい、これは反則だ」

アレクシアは立ちどまり、二人のスコットランドの大男がつぶれたメレンゲのベタつく粉のなかで転げまわるさまを見つめた。

「ラークラン、報告せよ！」シドヒーグが騒ぎに負けじと叫んだ。「何ごとだ？」

このときまでアレクシアが好感を抱いていたラークランが肩をすくめた。「そろそろはっきりさせたほうがよさそうです、マイ・レディ。いずれにせよ片をつけねばなりやせん」

シドヒーグは白髪まじりのお下げを前後に揺らして首を振った。「片をつける道具は歯と鉤爪だ。こぶしと肉体じゃねぇ。こんなやりかたがあるか。団規違反だ！」

またしてもラークランは肩をすくめた。「いまは狼の歯がねぇんで、これが最善の方法です。止めるこたぁできやせん、挑戦が行なわれたんです。おれたち全員、宣言の場に立ち会いました」

ほかの団員たちが重々しくうなずいた。

ダブの右パンチがマコン卿のあごに命中し、マコン卿が後ろ向きにふっとんだ。

シドヒーグはすばやく身をかわし、テーブルを横すべりして飛んできた銀皿をよけた。

「まあ、なんてこと!」戸口からアイヴィの声がした。「本当になぐり合ってるじゃないの!」

「レディが見るものではありません、ミス・ヒッセルペニー」タンステルがすばやく駆けより、アイヴィを部屋から外へ出した。

「でも……」アイヴィの声が遠ざかった。

アレクシアは、タンステルが自分を部屋から追い出そうとしなかった事実に満足げにほほえんだ。フェリシティは興味津々で目を見開き、なぐり合いを見ている。それに気づいたマダム・ルフォーはアレクシアに目配せし、フェリシティをうながして部屋を出て扉を閉めた。

マコン卿がダブの腹部に頭突きを浴びせると、ダブは背中から壁に激突し、衝撃で部屋全体が揺れた。

さて、そろそろ——アレクシアは意地悪く思った——キングエア団にもお仕置きが必要ね。

「もめるんなら、せめて外でやれ!」シドヒーグが叫んだ。

あたりは一面、血とこぼれたブランデーと割れガラスと砕けたメレンゲだらけだ。

「まったくどういうつもり?」アレクシアがあきれ声で言った。「人間状態のいま、こんななぐり合いを続けたらおたがい大ケガするってこともわからないの？　好きなだけなぐり合って平気なのは異界族のときだけよ。いまは異界族の治癒力もないのに」

二人の男が横転し、テーブルからドサリと床に落ちた。

あらあら――マコン卿の鼻からおびただしい血が流れているのを見てアレクシアは思った――クラバットの替えはあるかしら？

とはいえ、さほど心配してはいない。コナルのボクシングの腕はたしかだ。ひごろから紳士クラブ〈ホワイツ〉で鍛えているし、なんといってもあたしが選んだ相手だもの。もちろん勝つに決まってる。だからと言って部屋をめちゃめちゃにしていいはずはない。これ以上やらせるわけにはいかないわ。アレクシアは部屋を片づけさせられる召使に心から同情した。そこでふとアレクシアは身をひるがえし、決然とした足取りでパラソルを取りに行った。

だが、そうするまでもなかった。麻酔矢をしこみ、いつでも発射できるようにパラソルを抱えて戻ってきたときには、二人とも部屋の両端に座りこんでいた。ダブは頭をつかんで痛々しげに小さく咳きこみ、鼻血を出して片目が開かないほど目を腫らしたマコン卿はぐったりと片方にかしいでいる。

「二人ともいいかげん目が覚めた？」アレクシアは壁にパラソルを立てかけると、かがみこんで夫の顔にそっと触れ、傷の具合を確かめた。「少々の酢では無理ね」そう言うと、クラヴィジャーの一人に命じた。「ひとっぱしりしてリンゴ酢を持ってきてくれない？」マコン卿はクラバットで鼻を押さえながら妻を見上げた。やっぱり――クラバットはもう使いものにならない。

「そんなに心配してくれるたぁ知らなんだ」マコン卿はぶつぶつ言いながらもアレクシアのやさしい手に顔を寄せた。

あまりやさしいところを見せたら癖になるとばかりに、アレクシアはマコン卿の上着からメレンゲのかけらを手荒くはたき落としはじめた。

同時にキングエア団のベータのほうを見て言った。「おたがい気がすむまで片はついた、お二人さん？」

ダブは無表情だが、見返す目には深い嫌悪が感じられた。アレクシアの質問にむっとしたようだ。ダブの無礼な態度にアレクシアはあきれて首を振った。

クラヴィジャーがリンゴ酢の瓶を持って戻ってきた。アレクシアはさっそく夫の顔や首にたっぷり振りかけはじめた。

「いてっ！　もっとゆっくりやってくれ、うわっ、しみる！」

ダブが立ち上がった。

すかさずマコン卿も無理して立ち上がった。ここで優位を示したければ、立ち上がるしかない。それとも酢から逃げたかったのかしら？

「しみるに決まってるわ。昔ながらの治療には痛みがともなうのよ、わかった、勇敢なテーブルの戦士さん？　こんど狭い場所でケンカを始めるときはよく考えることね」アレクシアは舌を鳴らした。「二人とも恥を知りなさい」

「何ひとつ片はついちゃいねぇ」それだけ言うと、ダブはたちまち絨毯の上にぐったり座りこんだ。傷はこちらのほうがひどそうだ。片腕が折れ、左頬がざっくり切れている。

しかし、レディ・マコンの荒療治は周囲の呆然自失状態を打ち破ったらしく、仲間たちはあわてて、倒れこんだダブのまわりに集まり、腕に副え木を当て、傷の手当てをしはじめた。

「あんたがおれたちを見捨てた事実は変わらねぇ」ダブがすねた子どものように言った。

「わたしが団を去った理由はおまえたち全員がよく知ってるはずだ」マコン卿がうなった。

「あの……」アレクシアが片手を上げ、おずおずと口をはさんだ。「あたくしは知らないんだけど」

全員がアレクシアを無視した。

「あんたは団を統率できなかった」と、ダブ。

部屋にいる全員が息をのんだ。のまなかったのは、この言葉がいかにひどい侮辱に当たるかを理解できず、夫のイブニング・ジャケットについた最後のメレンゲのかけらをつまみとるのに熱中していたアレクシアだけだ。

「これは公正じゃねぇ」ラークランがその場から動かずに言った。どちらの味方につくべきかわからず、コナルからもダブからも距離を置いている。

「おまえたちはわたしを裏切った」マコン卿の低い声が朗々と響きわたった。たとえ狼に変身できなくても、そこには狼の怒りがあった。

「これがその仕返しか？　あんたは団を捨てた――これが公正か？」

「団規に公正も何もねぇ。おまえらもわたしもよく知っているはずだ。規則は規則だ。そして、その規則におまえらのやったことを弁護するものは何もなかった。ありゃあ、前代未聞のできごとだ。だからわたしは自分を納得させるため、みずからけじめをつけるしかなかった。あの状況を打開するには団を捨てるしかなかった——おまえらと一緒には、もう一夜たりとも過ごせねぇと思ったからだ」

アレクシアがふと見ると、ラークランが目に涙を浮かべている。

「それに」——マコン卿は口調をやわらげ——「ナイオールはアルファ後継者として最適だった。おまえたちをよく率いたそうじゃねぇか。あいつはわたしの子孫と結婚した。ナイオールがアルファだった数十年間は、おまえたちもおとなしかったはずだ」

シドヒーグが口を開いた。いつになくやさしい声だ。「ナイオールはあたしの連れ合いで、あたしは心から愛してた。頭の切れる戦略家ですぐれた軍人だったけど、本物のアルファじゃぁなかった」

「やつには統率力がなかったと言うんか？　規律が乱れたなんてぇことはこれっぽっちも聞いてねぇぞ。キングエア団の報告書にはひごろから目を通していた。てっきりおまえたちは全員、ナイオールのもとで満足してるものとばかり……」マコン卿が穏やかな声で言った。

「あたしたちを監視してたのか、コナル？」シドヒーグは安心したというより、傷ついた表情を浮かべた。

「あたりまえだ。キングエア団はかつてわたしが率いた団だぞ」

ダブが床に横たわったままキッと目を上げた。「あんたは団を弱体化させた――そうなると知っていながら。ナイオールは〈アヌビスの形〉ができなかった。当然、団は人狼を生み出せねぇ。その結果クラヴィジャーは団を去り、地元の一匹狼たちは反乱を起こし、団を守るために闘うアルファもいなくなった」

アレクシアはちらっとマコン卿を見た。石を彫り出したかのような険しい表情だ。それとも、腫れた目と血まみれのクラバットのせいでそう見えるのかしら？

「おまえたちはわたしを裏切った」これがすべてだというようにマコン卿は繰り返した。彼の世界のなかではそうなのだろう。コナルは何より忠義を重んじる男だ。

アレクシアはここぞとばかりに存在感を示した。「非難し合ってなんになるの？　今の状況ではどうしようもないわ――〈アヌビスの形〉であろうと別の形であろうと、あなたたちは誰ひとり変身できないんでしょう？　新しい狼も生まれないし、新しいアルファも見つからないし、挑戦も行なわれない。こんなときに昔のことを議論してどうなるの？」

マコン卿がアレクシアを見下ろした。「さすがは現実主義のアレクシアだ。これで、なぜわたしが彼女と結婚したかわかっただろう？」

シドヒーグがからかった。「いちかばちかの賭けだったのか？　ひょっとして手綱《たづな》を握れるかもしれないと思ったのかもしれんが、無理だな。このレディは一筋縄じゃいかねぇ」

「まあ、言ってくれるわね。本当はもうシドヒーグを変異させたんじゃないの、あなた？　あの性格は人狼そのものだわ」アレクシアも負けずに切り返した。

ガンマのラークランが一歩、前に出てアレクシアを見つめた。「申しわけありやせんでした、奥様。せっかくご訪問いただいたのに。あなたがたイングランド人から見れば、さぞ野蛮に見えるでしょう。でも、長いあいだアルファがいねぇと、みないらだっちまうんです」

「あら、あたくしはてっきり〝変身できない〟という非常事態のせいだと思ってたわ」

アレクシアの鋭い皮肉にラークランはニヤリと笑った。「ええ、それもあります」

「リーダーのいない人狼団は厄介ごとを起こしがちなの？」と、アレクシア。

誰も答えない。

「どうやら外地で何があったかを話す気はなさそうね？」アレクシアはさほど興味もないふうをよそおいながら、さりげなく夫の腕を取った。

沈黙。

「さて、一夜のお楽しみとしてはもう充分だわ。数カ月ずっと人間のままってことは、みな昼間に起きているってこと？」

シドヒーグがうなずいた。

「では」――アレクシアはドレスのしわを伸ばし――「あたくしたちはそろそろ失礼するわ」

「本気か？」マコン卿がいぶかるような目を向けた。

「おやすみなさい」アレクシアは人狼団とクラヴィジャーたちにきっぱり告げると、片手でパラソル、片手で夫の腕をつかみ、文字どおり引きずるように寝室に向かいはじめた。

マコン卿は重い足取りでおとなしく妻にしたがった。

あとに残った者たちは、思案げな表情とおもしろがるような表情を浮かべた。

「何をたくらんでる？」階段をのぼり、誰にも聞かれないところまで来るのを待ってマコン卿がたずねた。

アレクシアは夫に身体をぴったりくっつけ、唇に荒々しくキスした。

「いてっ」自分も楽しんだくせに、唇が離れたとたんマコン卿が叫んだ。「唇が切れてるんだぞ」

「いやだ、あたくしのドレスになんてことを！」アレクシアは白いサテン地のひだについた血をうらめしそうに見下ろした。

〝キスを始めたのはそっちだろう〟――マコン卿は喉まで出かかった言葉をのみこんだ。

「まったくしようがないわね」アレクシアはケガをしていない個所を選んで夫の身体を軽く叩いた。「あんなケンカをして、殺されてたかもしれないわ。わかってる？」

「バカ言え」マコン卿はそっけなく片手を振った。「たとえ狼のときでもダブはたいして強くはねぇ。人間のときならなおさらだ」

「それでも訓練された軍人よ」と、アレクシア。簡単に許すつもりはない。

「わたしだって軍人だ――忘れたのか？」

「あなたは訓練不足よ。ウールジー団のアルファはもう何年も実戦に参加してないわ」

「歳だと言いたいのか？　どれだけ歳か見せてやろう」マコン卿は身ぶりの派手なラテン男

のようにアレクシアを抱え上げ、寝室に運びこんだ。

たんすのなかを片づけていたアンジェリクがあわてて出て行った。

「話をそらそうとしても無駄よ」数分後、アレクシアが言った。その数分のあいだにマコン卿は妻の服の大半を脱がせていた。

「わたしが？　話をそらす？　わたしを強引にここまで連れてきたのはきみだ——ようやくおもしろくなりかけたところだったんだがな」

「どんなに追求しても彼らは何も話してくれそうにないわ」アレクシアは夫のシャツのボタンをはずし、大量の真っ赤な打撲の跡を見て心配そうに息をのんだ。明日の朝にはみごとなあざになっているに違いない。「こうなったら自分たちで突きとめるしかないわね」

鎖骨に唇を這わせていたマコン卿は動きを止め、いぶかしげに妻を見上げた。「何か考えでもあるのか？」

「ええ。まずは二十年前にあなたがキングエア団を去った理由をくわしくあたくしに話すこと。ダメよ」アレクシアは身体をまさぐる夫の手を制止した。「やめてちょうだい。次に、よく眠ること。きっと身体じゅうが痛むわよ——異界族になって忘れていた痛みを思い知らされるわ」

マコン卿は枕の上に頭をどさりと載せた。アレクシアがこの調子のときは何を言っても無駄だ。「それで、三番目の計画は？」

「それはあたくしだけの秘密よ」

マコン卿は大きくため息をついた。「きみが何かたくらむと、ろくなことにはならん」

アレクシアはいたずら小僧に言い聞かせるように指を振り立てた。「あら、それは誤算よ、あなた。とびきりいい考えがあるんだから」

マコン卿がニヤリと笑った。「すべて丸く収まる方法か？」

「あなたは前に結婚してたんでしょう？　それくらいわかるはずよ」

妻のほうに横向きになったとたん、マコン卿は痛みに顔をしかめたが、アレクシアが枕に頭を載せて横になると、大きな手を妻のお腹や胸に這わせはじめた。「きみの言うとおり――それこそ、いい考えだ」そう言って茶褐色の目を見開き、アレクシアに向かってせがむようにまつげをぱちぱちさせた。アレクシアがアイヴィから習ったしぐさで――あまりいい言葉じゃないけど――夫に対する求愛行動としては効果絶大だ。でも、まさか夫からまばたきされて自分がその気になるとは思ってもみなかった。

「じゃあ、せめてわたしをなだめてくれないか？」アレクシアの首を噛みながらマコン卿がしゃがれ声でつぶやいた。

「しかたないわね、そのかわり、すごくすごく優しくしてくれなきゃだめよ」

マコン卿は、言葉ではない方法でできるだけ優しくすると約束した。

ことが終わったあと、マコン卿は天井をじっとにらみながらキングエア団を去った理由を話した――ヴィクトリア女王の治世が始まったころ、〝人狼でスコットランド人〟という立場がどんなものだったかということから、心から信頼していたキングエア団のベータがマコン卿に内緒で女王暗殺を計画したことまで、すべて。

話すあいだ、マコン卿は一度もアレクシアのほうを見ず、しみと汚れでかびが生えつつある天井だけをじっと見つめていた。

「全員が共謀していた。一人残らず——団員もクラヴィジャーもだ。そして誰もわたしには告げなかった。いや、わたしが女王に対して強い忠誠心を持っていたからではない。今ではきみも人狼団や吸血群がどんなものかよくわかるだろう。異界族が昼間社会の統治者に無条件に忠誠を誓うことはない。連中がわたしに告げなかったのは、わたしが信条に忠実だったからだ。それは今も変わらない」

「信条って？」アレクシアは夫のほうを向いて身体を丸め、両手で大きな手を握った。触れ合っているのはそこだけだ。

「昼間族と折り合うことだ。もし暗殺が成功していたらどうなったと思う？ 英国軍としていくつもの作戦に参加した、ハイランドでも一、二を争う優れた連隊づきのスコットランド人狼団がヴィクトリア女王を殺したらどうなる？ 政府が倒れるばかりか、一気に〈暗黒の時代〉に逆戻りだ。異界族との融合に根強く反対する昼間族の保守派は、それを全国的な異界族の陰謀と見なし、教会は英国の地にふたたび足場を築き、またたくまに異端審問の時代に戻っただろう」

「あなたって革新派なのね！」アレクシアが驚いたのは、たんにコナルの政治的見解について今まで考えたことがなかったからだ。

「当然だ！　よりによって自分の団がすべての人狼をそのような窮地に追いこもうとしていたなんて、とうてい信じられんかった。しかも目的はなんだ？　過去の恨みとスコットランド人のプライドか？　アイルランド反体制派とのもろい同盟に対する反発か？　何より許せなかったのは、計画を誰もわたしに漏らさなかったことだ。あのラークランでさえ」

「結局、どうやって知ったの？」

マコン卿は憤然と息を吐いた。「やつらが毒を混ぜていたところを目撃した。毒だぞ！　毒殺なんぞ人狼団の倫理にも流儀にも反する行為だ。まっとうな殺しかたじゃねぇ――ましてや一国の統治者に対して」

アレクシアは笑みをこらえた。どうやらコナルは陰謀そのものより、毒を使おうとしたことが許せないらしい。

「人狼は隠しごとが苦手だ。数週間前からどうも団員たちの様子がおかしいと思っていた矢先に毒を見つけ、ラークランに白状させた」

「それで自分のベータと闘って彼を殺すことになったのね。そうやって団をアルファなき状態で置き去りにしてロンドンに向かったの？」

ようやくマコン卿は肘をついてアレクシアに向きなおり、妻の目になんの判断も非難も浮かんでいないのを見てふっと緊張をゆるめた。「人狼協定にこのような状況をあつかったものはない。正当な理由もなく、後任者もいないまま、アルファに対して大規模な背徳行為が行なわれたんだ。しかも腹心のベータによって」マコン卿の目が苦しげにくもった。「自分のベータだぞ！　キングエア団が新しい人狼を生み出せなくなったのは自業自得だ。やろうと思えば全員を殺すこともできた。そうなっても誰も――〈将軍〉すら――反対しなかっただろう。だが、連中が殺そうとしたのは昼間族の女王だ。わたしの命をねらったわけじゃねぇ」

マコン卿は悲しげに妻を見た。

アレクシアは話をひとつにまとめた。「つまりあなたはプライドと名誉と人狼の社会的利益のために団を捨てたのね？」

「まあ、そういうことだ」

「もっと悪い状況になっていた可能性もあるわ」アレクシアはマコン卿の額に浮かんだしわを伸ばした。

「ああ、あのとき成功していればな」

「これは〈議長《マージャ》〉として聞くけど、彼らはもういちどやると思う？　二十年のときを経て？　そう考えれば謎の武器に説明がつく？」

「たしかに人狼の記憶は長い」

「ヴィクトリア女王の身の安全を考えた場合、確実な防衛策はある？」

マコン卿は小さくため息をついた。「わからん」

「あなたがスコットランドに戻った理由はそれなの？　もし陰謀説が本当なら、あなたは彼ら全員を殺さなくてはならなくなるわ、サンドーナー？」

マコン卿はアレクシアの言葉に背を向け、広い肩をこわばらせたが、否定はしなかった。

10 エーテル通信

ライオール教授は、アケルダマ卿が提供してくれた情報とアケルダマ卿が〝ビフィ〟とだけ呼ぶハンサムな青年の助けを借りて作戦を開始した。「アンブローズは帰還した連隊の軍人たちと次々に接触しておる」アケルダマ卿は暖炉の火が赤々と燃える部屋で膝に太った三毛猫を載せ、年代物のスコッチを片手に言った。「最初は単なるアヘン剤か何かの密売だろうと思ったが、どうやらもっと質《たち》が悪そうだ。ウェストミンスター群は吸血鬼の仲介者のみならず、一般軍人にも近づいておる。みすぼらしい格好の男たちにもだ。なんと**おぞましい**ことよ」アケルダマ卿は小さく身震いした。「やつらが何をそんなにむきになって買いあさっておるのかは謎だ。ウェストミンスター群のたくらみを突きとめたいとな？　ならば**きみたち**人狼の軍事的コネを使って話を持ちかけてみるがいい。ビフィがしかるべき場所を知っておるだろう」

そういうわけでライオールはいかれたはぐれ吸血鬼の情報をもとに、完璧な身なりのドローンとチャニング少佐と三人で薄ぎたないパブ〈ピックルド・クランペット〉に座っていた。二つ三つ離れたぐらつくテーブルにはチャニング少佐がもっとも信頼する兵士が一人、怪しげな箱をいくつか握りしめ、不安そうな表情で座っている。ライオールはうつむき、ビールをちびちび飲んだ。ライオール教授はこの低俗な庶民の飲み物が嫌いだ。

チャニング少佐はそわそわと落ち着かず、長い脚を組み替えてはテーブルにぶつかって飲み物を揺らした。

「やめろ」と、ライオール。「まだだ。落ち着け」

チャニング少佐は無言でライオールをにらんだ。

ビフィが二人に嗅ぎタバコを勧めたが、両人狼はかすかに恐怖の色を浮かべて断わった。嗅ぎタバコなどとんでもない。大事な嗅覚が変になったらどうする！　まったく吸血鬼の趣味はきざったらしい。

やがて、ライオールのビールが減らず、チャニング少佐が三杯目に入ったころ、店に噂の吸血鬼が現われた。

長身で、おそろしくハンサム。貴族的な鼻に深い目。邪悪さと憂いを秘めた顔。まさに小説家が描く典型のような吸血鬼だ。ライオールは敬礼がわりにビールをひとくち飲んだ。さすがはアンブローズ卿――自分の見せかたをよく知っている。舞台センスは抜群だ。

アンブローズ卿はまっすぐ兵士のいるテーブルに向かい、名乗りもせずに腰を下ろした。

店内は盗聴防止装置も必要ないほど騒々しく、ライオールとチャニングの異界族の聴覚をもってしても十の言葉のうちひとつくらいしか聞き取れない。

商談はすばやく進み、兵士がアンブローズ卿の前で品物を並べた瞬間、いきなり終わった。アンブローズ卿は品物を見わたすや激しく首を横に振り、立ち上がって出口に向かいはじめた。

兵士も立ち上がり、何かをたずねようと身を乗り出した。

アンブローズ卿は明らかに気分を害したらしく、異界族のすばやさで相手に反応するまもあたえず、いきなり兵士の顔をなぐりつけた。

チャニング少佐がさっと立ち上がり、椅子を後ろに倒して飛び出しかけたところを、ライオールが腕をつかみ、ガンマの防衛本能を押しとどめた。チャニングは部下の兵士を人狼団の一員のようにみなす癖がある。

アンブローズ卿が頭をめぐらし、ライオールたちに視線を向けた。そして二本の牙を唇の上にはっきりと剝き出し、歯の隙間からシューッと息を吐くと、ワイン色のマントをひるがえしてさっそうと店を出て行った。

生まれてこのかたさっそうという言葉には一度も縁のないライオールは、少しだけアンブローズ卿をうらやましく思った。

口の端を赤く腫らした若い兵士がテーブルにやってきた。

「あの人でなし野郎め、殺してやる」チャニング少佐が毒づき、いまにもアンブローズ卿を通りまで追いかけそうなそぶりを見せた。

「よせ」ライオールがチャニング少佐の腕をぐっとつかんだ。「とりあえずバートは無事だ。

そうだな、バート？」

バートと呼ばれた兵士はわずかに血を吐き出してうなずいた。「海上ではもっとひどい目にあいました」

ビフィがテーブルから嗅ぎタバコの箱を取ってコートのポケットにしまった。「それで」――と兵士に向かって椅子に座るよう身ぶりし――「彼はなんと言ってました？　連中は何を探してるんです？」

「それがなんとも妙な話で。遺物です」

「遺物？」

兵士は唇を噛んだ。「ええ、古代エジプトの遺物です。でも、われわれが想像してたようなものじゃありません。いわゆる武器じゃない。だから、わたしが見せたものにあんなに腹を立てたんです。連中は巻き物を探してます。それも、文字が描かれた巻き物です」

「ヒエログリフか？」

バートがうなずいた。

「どんな文字か、やつは言ったか？」

「連中はかなりあせっているようです。わたしの前でうっかり口をすべらせたくらいですから。でも、たしかに彼は言いました。なんでも輪つき型十字形《アンク》（☥）とか呼ばれるもので、しかもそれが壊れているものがほしいようです。ほら、よく絵にあるでしょう、マークがふたつに割れたような」

ライオールとビフィは目を見交わし、同時に言った。「おもしろい」「そのシンボルについては公文書管理官が記録を保管してるかもしれません」もちろんビフィには吸血鬼の情報源に関する知識もある。

「ということは、つまり」ライオールが考えぶかげに言った。「これは過去にも起こったということだな」

アレクシアは熟睡する夫を残して寝室を出た。不死者として何世紀も生きてきたマコン卿は、ケガをした人間にどれほど睡眠が必要かを忘れていたようだ。大騒動だったわりには、夜はまだ浅く、城の大半が目覚めていた。

廊下に出たとたん、アレクシアは小走りでやってくるアイヴィとあやうく正面衝突しそうになった。いつもの穏やかな顔をひどくしかめている。

「まあ、アイヴィ、なんて顔なの」アレクシアはさりげなくパラソルに寄りかかった。今夜の出来事を考えると、とてもこれなしでは歩けない。

「ああ、アレクシア。早まったことは言いたくないけど、あえて言わせてもらうわ——ミスター・タンステルには、もううんざりよ」

「アイヴィ！」

「本当よ！　もう我慢できないわ。わたしに対する愛情は変わらないと思っていたのに、いちど拒否されただけであんなに軽々しく態度を変えるなんて。あれじゃ浮気者と言われてもしかたないわ！　わたしがあれほど悩んで断わったすぐあとで別の女性にクークー甘い声でささやくなんて。あの顔ときたら……まったく……優柔不断のチョウだわ！」

アレクシアは首をかしげた。〝クークー鳴くチョウ〟ってどんなのかしら？　「あたくしはてっきり、求婚は断わったけど、あなたはまだ彼が好きなんだとばかり思ってたわ」

「よくもそんなことを！　誰がなんと言おうとあんな人、大嫌いよ。この気持ちに嘘はないわ。あの人はただの〝クークー軟弱男〟よ！　あんないいかげんな性格の人とは金輪際、関わりたくないわ」

アレクシアは途方に暮れた。こんなときのアイヴィはとりつく島もない。〝動転したアイヴィ〟とか〝おしゃべりなアイヴィ〟には慣れてるけど、〝怒りにかられたアイヴィ〟は初めてだ。アレクシアは作戦を変えた。「あなたにはどうみてもお茶が必要だわ、アイヴィ。下に行ってみない？　いくらスコットランドでも紅茶くらいあるはずよ」

アイヴィは深く息を吸った。「ええ、そうね。すばらしい考えだわ」

アレクシアは気づかわしげに友人の腕を取って階下に下り、二人のクラヴィジャーがいる小さな客間に入った。二人の若者はミス・ヒッセルペニーの機嫌をなだめようと、熱心に好みに合う紅茶を探し、スコットランド人がズボンをはかないからといって礼儀を知らないわけではないことをレディたちに証明した。その結果、ついにアイヴィはキルトを受け入れた。

アレクシアは刺激的ななまりとやさしい気づかいにあふれる二人にアイヴィをあずけ、マダム・ルフォーと壊れたエーテルグラフを探しに出かけた。ひょっとしたらすばらしい装置の片鱗をのぞき見できるかもしれない。

だが、エーテルグラフの場所を突きとめるのには時間がかかった。キングエア城は本物の城だ。〝使い勝手のよさ〟という実用的観点から碁盤目のように仕切られたウールジー城とは違い、やみくもに継ぎ足した部屋と塔と無用な階段のせいで複雑きわまる造りになっていた。アレクシアは論理的思考にもとづき（それが間違いだったかもしれないが）、エーテルグラフはそびえたつ塔のどれかにあるとにらんだ。だが、そのどれかを突きとめるのは楽ではなかった。なにせキングエア城には嫌というほどたくさんの塔がある。さすがはスコットランド人――防衛意識が高い。曲がりくねった階段をのぼってひとつひとつ塔を探しまわるのは重労働だ。だが、その悪態が聞こえたとき、アレクシアは確信した。それはフランス語で、アレクシアが聞いたこともない言葉だったが、不謹慎な言葉であることは声の調子でわかる。どうやらマダム・ルフォーはいまいましい状況にあるらしい。

ようやく目的の部屋にたどりついたとたん、アレクシアはルフォーと鉢合わせした――というか、正確にはお尻に対面した。これもまた女性発明家がズボンをはく利点のひとつだ。ルフォーはこちらに背を向け、頭から装置の下にもぐりこんでおり、脚とお尻しか見えない。これがスカートだったら、とてもこんな格好はできないわ。

キングエア団のエーテルグラフ送信機が石の床に置いた小さな足台の上に据えてあった。足台がついた二棟つづきの秘密部屋のようだ。ガスランプがこうこうと灯り、すべてがまぶしく光っている。キングエア団も、この部屋にだけは少しも経費を惜しまなかったらしい。

しかも清潔だ。

アレクシアは首を伸ばし、ルフォーが作業している部屋の薄暗い内部をのぞきこんだ。どうやら故障の原因は送信装置にあるようだ。そばに帽子箱のようなものが置いてある。よく見ると、帽子箱のように見せかけた道具箱だ。そのとたん、アレクシアは自分も書類カバンに見えないような書類カバンがほしくなった。

かたわらには、つねにびっくり顔のメガネのクラヴィジャーがかがみこみ、ルフォーにわくわくするような道具を手渡していた。

「磁気モーター調整器」ルフォーの声に、クラヴィジャーが棒状の道具を渡した。片方に銅のコルク抜き、片方に光る液体が詰まったガラス管のようなものがついている。しばらくしてふたたび悪態が聞こえ、さっきの道具が戻されると、クラヴィジャーは別の道具を渡した。

「まあ」アレクシアが声を上げた。「いったい何をしているの？」

ゴツッという音がして発明家の脚がびくっと動き、またしても悪態が聞こえた。やがてルフォーが装置の下から這い出し、頭をこすりながら立ち上がった。そのせいで、きれいな顔についた油じみがますます広がった。

「あら、レディ・マコン、ようこそ。いつおいでになるかと思っておりました」

「夫とアイヴィのせいですっかり遅くなったわ」と、アレクシア。

「よくあることです——配偶者と友人を持つと」ルフォーが同情するように言った。

アレクシアはパラソルを杖がわりに身を乗り出し、装置の下をのぞこうとしたが、コルセットが邪魔をしてのぞけない。しかたなくルフォーを振り返ってたずねた。「何が問題かわかったの？」

「誤動作しているのは間違いなく送信室です。受信室は正常のようですが、実際に送受信をしてみないとはっきりしたことは言えません」

アレクシアが確認するようにクラヴィジャーを見ると、若者はうなずいた。口数は少ないが仕事熱心。一緒に仕事をするには理想的なタイプだ。

「なるほど」と、アレクシア。「いま何時かしら？」

若いクラヴィジャーが小型懐中時計を取り出し、ぱちっと開いた。「午後十時三十分です」

アレクシアはルフォーに振り向いた。「十一時までに修理できれば、アケルダマ卿のエーテルグラフを呼び出せるわ。ほら、あたくしに識別番号と真空管《バルブ》周波変換器をくれたでしょう？　しかも十一時に全周波を走査すると言ってたわ」

「でも、相手がこっちの共鳴値を知らねぇと意味がないんじゃねぇですか？　そうでなきゃ受信できやせん」クラヴィジャーはぱちんと時計を閉じてベストのポケットにしまった。

「ああ、それね」ルフォーが説明した。「アケルダマ卿のエーテルグラフは複数適応型《マルチ》だから、水晶互換識別番号《プロトコル》は必要ないの。決まった時間に決まった周波数に入ってくる通信を走査するだけでいいのよ。レディ・マコンが適合する真空管《バルブ》をお持ちだから、向こうが発信した通信文を受け取ることもできるわ」

クラヴィジャーがいつもよりさらに驚いた表情を浮かべた。

「レディ・マコンとアケルダマ卿は親友なの」ルフォーは、これですべて説明ずみとばかりに言った。

アレクシアがほほえんだ。「あたくしが結婚した日の夕方、彼の手をにぎって日没を見せてあげたのよ」

クラヴィジャーは困惑した。いつもよりさらに困惑した表情だ（彼の顔は多様な人間的感情を表わすのには適さないらしい）。

「アケルダマ卿は吸血鬼なの」と、ルフォー。

クラヴィジャーは息をのんだ。「命がけであなたを信用したってことですか？」

アレクシアはうなずいた。「その信用に比べれば――どんなに技術的に重要だとしても――あたくしにバルブをあずけるくらいなんでもないわ」

ルフォーが肩をすくめた。「それはどうでしょう、奥様？　命とテクノロジーはまったく別物ですわ」

「いずれにしても、ここのエーテルグラフが直れば機能を確かめられるわ」

クラヴィジャーが急に尊敬のまなざしを向けた。「あなたは効率的な女性ですね、レディ・マコン」

この言葉にアレクシアは喜ぶべきか怒るべきかわからず、無視することにした。

「では、さっさと修理を進めましょう」ルフォーは背を向け、ふたたび送信機の下にもぐりこんで作業に戻った。

しばらくして、くぐもった声が聞こえた。

「なんですって？」

ふたたびルフォーの顔が現われた。「お待ちになっているあいだにアケルダマ卿に送る通信文を書いておいてください、と言ったんです」

「いい考えね」アレクシアはクラヴィジャーを振り返った。「新しい金属筒と尖筆と酸を持ってきてくれない？」

クラヴィジャーは即座にしたがった。道具が届くのを待つあいだ、アレクシアはほかにバルブ周波変換器がないかとあたりを探ってみた。キングエア団は誰と通信してるの？　そもそも、なぜ大金をはたいてエーテルグラフを手に入れたのかしら？　アレクシアは部屋の隅にあるカギのかかっていない引き出しのなかに水晶バルブを見つけた。全部で三個だけだが、どれもラベルはなく、通信相手はわからない。

「何をしてるんですか、レディ・マコン？」背後からクラヴィジャーがいぶかしげな表情で近づいた（彼の顔にはまったく似合わない表情だ）。

「なぜスコットランドの人狼団にエーテルグラフが必要なのかと考えていたの」アレクシアは正直に答えた。正直さは、ときに相手を油断させる武器になる。

「ううむ」若いクラヴィジャーは曖昧な返事をしただけで、金属筒と酸の入った小瓶と尖筆を渡した。

アレクシアは部屋の隅に座り、舌を出しながら金属板の升目のひとつにひとつの文字をできるだけきれいに書きはじめた。これまで字のうまさで賞状をもらったことは一度もない。せめてできるだけはっきり書かなきゃ。

通信文ができあがった。〝スコットランド、テスト中。返答待つ〟。

アレクシアはクラヴィジャーに見られないよう、ひだスカートで隠しながら、パラソルの隠しポケットからアケルダマ卿がくれた水晶バルブを取り出した。

ルフォーがまだ作業中なので、アレクシアは邪魔にならないよう受信室側からエーテルグラフを探検し、記憶にあるアケルダマ卿の装置と比べてみた。全体的にアケルダマ卿の送信機より大型で無骨だが、部品の配置は同じだ。周囲の音を遮断するフィルター。入力信号増幅ダイヤル。あいだに黒い微粒子をはさんだ二枚のガラス。

ルフォーにそっと腕に触れられてアレクシアは驚いた。

「準備ができました。十一時五分前です。送信の準備を始めましょう」

「あたくしも見ていいの？」

「もちろんですわ」

三人は狭い送信室に窮屈そうに身を寄せた。受信室もそうだが、ここもアケルダマ卿のものと同じように各種装置がびっしり詰まっている。だが、ここの器具はさらに入り組んでおり、ダイヤルとスイッチの数も膨大で、アレクシアには自分に操作できるとはとても思えなかった。

マダム・ルフォーが通信文の書かれた金属筒を伸ばして専用の枠に挿入し、アレクシアはアケルダマ卿のバルブを共鳴台に置いた。時間を確認したあとルフォーが大きなノブのようなスイッチを押し下げると、エーテル対流器《コンベクター》が作動して薬品洗浄が始まり、刻まれた文字が発光しはじめた。二台の小型油圧エンジンが動いてエーテル電流抵抗インパルスが発生すると、二本の針が金属板上ですばやく動きはじめた。針が文字に触れるたびにまぶしい火花が散り、通信が始まった。雨が通信のさまたげになるのではないかとアレクシアは不安になった。でも、アケルダマ卿の装置は最新型で高性能だから、きっと天候にも影響されないだろう。

「スコットランド……テスト中……返答……待つ」見えない文字が宙を駆け抜けた。

そのころスコットランドから何百キロも南にあるしゃれた屋敷の最上階では、砂糖がけのオレンジピールのような服を着た男が背筋を伸ばして座り、入力通信の記録を始めていた。一見、冬シーズンのクラバットにペイズリー柄がはやるかどうかにしか関心がなさそうな男だが、実はよく訓練されたドローンだ。発信元は不明――だが、数日間は毎日、夜十一時に入ってくる通信をすべて走査せよと命じられている。男は通信文を書き取り、同位通信周波数と時刻を書きつけると、主人のもとへ走った。

「確実とは言えませんが、ここまではすべて順調です」マダム・ルフォーが通信機のスイッチを切ると、小型油圧エンジンが回転しながら静かに停止した。「もちろん、通信が成功したかどうかは返答が届くまでわかりません」

「対《つい》のバルブ周波変換器がない場合、相手が返信するには、受信した通信文から発信元の周波数を突きとめなきゃぁなりません」と、クラヴィジャー。「その作業にどれくらいかかりますか？」

「さあ、でも一瞬かもしれないわ」と、ルフォー。「受信室に移動したほうがよさそうね」

三人は受信室に移動し、計器板の下にある無音の小型蒸気エンジンのスイッチを入れた。それからたっぷり十五分間、じっと息をひそめ、ひたすら待った。

「あと数分だと思うわ」ルフォーがささやいた。そのささやき声にも、磁気共鳴コイルが反応してかすかに揺れた。

クラヴィジャーはルフォーに向かって顔をしかめ、雑音遮断器を再調整した。

そのとき、なんの前触れもなくアケルダマ卿からの返信文が受信機の二枚ガラスのあいだにゆっくり現われだした。磁石つき小型油圧アームが苦しげに行ったり来たりしながら一度に一文字ずつ磁粉を動かしてゆく。

アレクシアがまだ名前を知らないクラヴィジャーが、洗って柔らかくなった帆布の切れ端に入ってくる文字を慎重に、静かに、尖筆型万年筆《スタイログラフィックペン》で写しはじめた。アレクシアとルフォーはできるだけ動かず、息を詰めて見守った。静寂が重要だ。ひとつの文字が完成するとアームは自動的にもとに戻り、ガラスをやさしく揺らして前の文字を消して、ふたたび次の文字の準備を始めた。

やがてアームの動きが止まった。さらに数分待ってからアレクシアが口を開きかけると、クラヴィジャーは独裁者よろしく片手を上げて制し、すべてのスイッチを切ってからようやく、しゃべってもいいというようにうなずいた。なぜこのクラヴィジャーがエーテルグラフの担当者になったのかがようやくわかった。スコットランド男は寡黙で気むずかしいが、なかでも彼は群を抜いて口数が少ない。

「それで？　なんと書いてあったの？」アレクシアがうずうずしてたずねた。

クラヴィジャーは咳ばらいしてかすかに顔を赤らめ、文章を読み上げた。〝了解。スコットランドの味はどうだ？〟

アレクシアは笑い声を上げた。アケルダマ卿は通信文を読み間違えたらしい――〝スコットランド、テスト中《testing》〟ではなく〝スコットランド、試食中《tasting》〟と。「内容はともかく、これで送信機が正常に作動していることはわかったわね。これでアケルダマ卿と噂話ができるわ」

クラヴィジャーが顔をしかめた。「エーテルグラフは噂話をするためのもんじゃありやせん、レディ・マコン！」

「それを言うならアケルダマ卿に言ってちょうだい」

ルフォーがえくぼを浮かべた。

「通信機能を確かめるために、もうひとつだけ通信文を送ってもいいかしら？」アレクシアが期待をこめてたずねた。

クラヴィジャーはため息をついた。気が進まないが、客人の要望を拒否するわけにもいかない。クラヴィジャーはふらりと出てゆき、金属筒を持って戻ってきた。

アレクシアはこう書いた。〝ここにスパイ、いる？〟

たしかアケルダマ卿は言ってたわ——うちの最新型エーテルグラフは方位さえわかればよその通信も傍受できる——。

数分後、受信室に返信が届いた。〝わたしのではない。たぶん、おしゃべりなコウモリたちだ〟。

困惑するルフォーとクラヴィジャーの横でアレクシアはうなずいた。アケルダマ卿は、スパイはみな吸血鬼だと思っている。アケルダマ卿のことだから、さっそく独自にウェストミンスター群と付近のはぐれ吸血鬼たちの監視を始めるに違いない。この新たな任務に、ピンクの手袋をはめた指をほくほくとこすり合わせる様子が目に浮かぶようだ。アレクシアはにっこり笑ってアケルダマ卿のバルブをはずし、クラヴィジャーの目を盗んで大事なパラソルにそっと戻した。

レディ・マコンは疲れきった身体でベッドにたどりついた。決して小さいベッドではないが、夫はその大半を占領していた。大の字になって小さくいびきをかき、長いあいだ酷使されてきたとおぼしき、使い古されたボロボロの上掛けを身体のあちこちに巻きつけている。

アレクシアはベッドにのぼると、この数カ月のあいだに編み出した実証ずみの技を繰り出した。まずベッドの頭板にしがみつき、両脚でできるだけ夫をベッドの端に蹴りのけ、ふたたび夫が大の字になる前に自分がもぐりこめるだけの充分なスペースを空けるというものだ。アレクシアが思うに、おそらくコナルは何十年も何百年も一人で寝てきたのだ。再教育に時間がかかるのも無理はない。この夜ごとの儀式のおかげで、いつのまにかアレクシアの太ももには筋肉がついてきた。なにせ夫は巨体だ。

マコン卿は小さくうなったが、アレクシアが身体をすり寄せたとたん、妻がそばにいる状況を歓迎したようだ。アレクシアのほうにごろりと転がると、うなじに鼻をこすりつけ、太い腕を妻の腰に巻きつけた。

アレクシアは上掛けをぐっと引いたが、びくともしない。しかたなく夫の腕を毛布がわりにした。コナルは異界族だから、ふだんの体温は低いはずだが、アレクシアは一度も冷たいと感じたことはない。というのもアレクシアが触れるときの夫はつねに人間であり、人間のときの夫は上等な蒸気ボイラーと同じくらい温かいからだ。さいわい、今だけは夫に歳をとらせるという罪悪感なしに好きなだけ触れ合って眠ることができる。

やがてアレクシアは眠りに落ちた。

目覚めたときも寒くはなかったが、夫の愛情のせいか、それとも秘めたる殺人的傾向のせいか、気がつくとアレクシアはベッドの端に押しやられ、身体が半分、ベッドから落ちかけていた。腰にまわした太い腕がなかったら確実に床に転げ落ちていただろう。ナイトガウンはもちろんなくなっている。まったく、いつもどうやって脱がせてるのかしら？　うなじに鼻をこすりつけるしぐさが、いつのまにか唇での愛撫に変わっている。

アレクシアは薄くまぶたを開けた。夜は明けたばかり――というか、灰色で陰鬱なハイランドの冬の夜が明けたばかりだ。キングエア城は今日もあまり日が射さない、うら寂しい一日になりそうだ。勢いよくベッドから飛び出し、軽やかに朝露のなかを歩く気分にはとてもなれない。普通のときでさえアレクシアは飛びはねるタイプでもなければ、軽やかに動きまわるタイプでもない。

夫の愛撫が執拗な甘噛みに変わった。コナルはあちこち噛むのが好きだ。アレクシアはときおり思う――もしあたしが反異界族でなかったら、何回かに一度は本気であたしの肉を噛みちぎっているんじゃないかしら？　夫がその気になっているかどうかは、黄色い、飢えた目を見ればわかる。アレクシアは〝夫を愛している〟という事実にあらがうのはやめた。でも、夫の要求に対する現実的分析はやめられない。いずれにせよ欲望は欲望であり、あたしが触れている場合を除けば、夫はいまも人狼だ。こんなとき、つくづくアレクシアは反異界族の能力のおかげで夫の歯が四角くなることに感謝した。もっとも、誰も変身できない今のキングエアの状況からすると、たとえあたしに立派な魂があったとしても悩む必要はないけれど。

マコン卿が耳を責めはじめた。

「やめて。もうすぐアンジェリクがドレスを着せに来るわ」

「かまうものか」

「お願い、コナル。彼女は繊細な神経の持ち主なのよ」

「きみのメイドは気取りすぎだ」マコン卿はぼやき、愛撫をやめるどころか、朝の運動を促進すべく片腕を動かした。だが、不幸にもその腕がベッドのなかの妻を支えていたことを忘れていた。

みっともない悲鳴とともにアレクシアは床に転げ落ちた。

「なんてこった、いったいどういうことだ？」マコン卿はすっかり困惑している。

アレクシアは骨がどこも折れていないことを確かめると、スズメバチより怒って立ち上がった。もともとの毒舌にさらに毒をしこんで夫の気を失わせてやろうとしたとき、自分が裸であることを思い出し、同時にハイランドの冬の石城がどれほど寒いかに気づいた。アレクシアは息もつかずに悪態を並べつつ夫から上掛けを引きはがすと、温かい身体に向かって頭から突進した。

妻に裸体を押しつけられてマコン卿に文句のあるはずもない。ただ、その妻はすっかり目を覚まして怒っており、わが身は昨夜のケンカの後遺症であちこち痛い。

「今日は何がなんでもキングエア団で何が起こっているかを突きとめるわ」アレクシアはあらぬところを触ろうとする夫の両手を叩いた。「こんなふうにベッドでごろごろしてたら、調査の時間がなくなる一方よ」

「ごろごろする気はなかったんだがな」マコン卿がむっつりと言った。

ぐずぐずしてはいられない。アレクシアは寒さに立ち向かう決心をした——さもないと夫はいつまでこんなことを続けるかわからない。コナルはひとつのことを思い浮かべたら、最後までやりとげないと気がすまない性分だ。

「こっちのほうは今夜まで待って」アレクシアは夫の腕から抜け出して巨体をすばやくベッドの端に転がすと、自分の身体に上掛けを巻きつけた。そして横転しながらぴょんとベッドの端から飛び降り、足を引きずりながらガウンを取りにいった。夫は裸のまま哀れひとりベッドに残された。寒さに強いマコン卿は頭の後ろで両手を組み、枕に寄りかかって、腫れたまぶたの隙間から妻の後ろ姿を見つめている。

アンジェリクが部屋に入ってきたのは不幸にもまさにこのとき——女主人が直立する巨大なソーセージ・ロールのように毛布を巻きつけ、主人がみごとに素っ裸で大の字に寝そべっているときだった。アンジェリクはこの数カ月、人狼とともに暮らし、マコン夫妻につかえてきた。だから、この場面にも以前ほど過剰反応はせず、悲鳴を上げ、たじろいだだけで、目をそらしながら水の入ったたらいを備えつけの小さな洗面台まで運んだ。

アレクシアはこっそり笑みを浮かべた。かわいそうなアンジェリク。吸血群の世界から人狼団という混沌の世界にやってきて、最初はさぞめんくらったに違いない。なんと言っても、この世に吸血鬼ほど洗練された種族はいないし、人狼ほど野暮な種族もいない。そもそも吸血鬼はベッドでの営みをするのかしら？　彼らはおたがい礼節を気にしすぎる。その点、人狼は鷹揚だ。声が大きくてがさつだが、おおらかでもある。

アレクシアはアンジェリクを気の毒に思いながら「ありがとう」と言って紅茶を取りに行

かせ、すばやく毛布を落として顔を洗いはじめた。

マコン卿がベッドからごろりと下りて、手伝おうかと近づいた。マコン卿が手伝うとろくなことにはならない。くすくす笑い転げ、大量の水しぶきが飛び散り、必ずしも水とは関係ないところが濡れたりするが、アレクシアはなんとか身をかわしてガウンをはおり、夫が着替え室に押しこまれてベストを選ぶタンステルのやさしい指図を受けるのを見届けた。そこへふたたびアンジェリクが現われた。

アンジェリクが実用的なツイードのドレスと下着を選ぶあいだ、アレクシアは紅茶を飲んだ。そして形ばかりの文句も言わず、すまなそうに無言で出された服を着た。すでに今朝の一件でアンジェリクの繊細な神経はかなり傷ついたはずだ。

コルセットをギュッと締め上げられてアレクシアはひっと息をのんだ。このときばかりはアンジェリクも容赦ない。ドレスを着終えたアレクシアはアンジェリクの前におとなしく座り、髪をまかせた。

「それで、機械は直ったですか？」と、アンジェリク。

アレクシアは鏡を通していぶかしげにメイドを見た。「どうやらそのようね。でも、あまり喜べないわ。マダム・ルフォーはすぐに発つ気はなさそうよ」

アンジェリクは無言だ。

アレクシアは二人の過去を知りたくてたまらなかったが、ぐっとこらえた。フランス人の用心深さはイギリス人の頑固さもかなわない——少なくともこのようなプライベートなことに関しては。アレクシアは無言で髪が終わるのを待った。

「これでいいと言ってるだろう！」夫の大声が聞こえた。

アレクシアは立ち上がって振り向いた。

マコン卿が我慢づよいタンステルをしたがえ、大股でやってきた。

アレクシアは鋭い目で夫を見た。

「シャツがはみだしてるわよ。クラバットも結んでないし、襟も片方に曲がってるわ」アレクシアはだらしない服を整えはじめた。

「このくれぇかまうもんか。きみはいつもこやつの味方だぁな」マコン卿はむっとしながら妻の手に身をゆだねた。

「あたくしたちがスコットランドに着いてから、あなた、ますますなまりが強くなったみたい、気づいてた？」

マコン卿がジロリとにらみ、アレクシアは夫の肩ごしにタンステルに向かって目をぐるりとまわして出てゆくように手ぶりした。

「スコットランドに着いたのはあたくしたちじゃねぇ。着いたのはわたしで、きみはあとを追ってきただけだ」マコン卿は高い襟《ハイカラー》の下で指を動かした。

「やめて――せっかくの白いシャツが汚れてしまうわ」

「最新流行なんか、まっぴらだ、言わなかったか？」

「文句があるなら吸血鬼に言ってちょうだい。流行を決めるのは彼らよ」

「だからハイカラーか」マコン卿がうなった。「人狼に首を隠す必要なんかねぇ」

「いいえ」アレクシアがからかった。「これはあなたがすてきに見えるかどうかの問題よ」そう言って一歩うしろに下がり、ベストのショールカラーを軽くはたいた。「ほら、とってもハンサムだわ」

巨体の人狼が恥ずかしそうに顔を赤らめた。「そうか?」

「これ以上ほめてもらおうと思っても無駄よ。さっさとジャケットをとってきて。お腹がぺこぺこだわ」

マコン卿はアレクシアを引き寄せると、気をそらすように長く熱いキスをした。「きみはいつだって飢えてるんだな」

「ううん……」当たっているだけにアレクシアは怒れなかった。「それはあなたもでしょ? 飢えている対象が違うけど」

二人はほとんど遅れずに朝食の席についた。

城内の大半はまだ目覚めていなかった。シドヒーグと――いったい彼女はいつ寝てるのかしら?――二人のクラヴィジャーはテーブルにいたが、キングエア団の人狼は一人もいない。もちろんアイヴィとフェリシティはまだベッドのなかだ。二人は田舎にいようとロンドン時間を守り、午前もなかばすぎにしか起きて来ない。アレクシアは思った――二人がいないと、タンステルは退屈するんじゃないかしら?

へんぴな場所にしては、キングエア城の朝食は立派だった。ポーク、シカ、ヤマシギの薄切り冷肉盛り合わせ、ランカスターふうエビ料理《ポッテッドシュリンプ》、野生キノコのフライ、桃のスライス、ゆで卵にトースト。さらに種類の豊富なフルーツジャム。アレクシアはさっさと料理を取りわけ、お腹に詰めこみはじめた。

ボウルに入った味付けなしのポリッジと何もつけないトーストを食べていたシドヒーグは、レディ・マコンの山盛りの皿に物言いたげな視線を向けたが、他人の意見――とりわけ食べ物に関すること――に惑わされることのないアレクシアは大いに堪能しながらさかんに口を動かした。

妻のみごとな食べっぷりにマコン卿はあきれて首を振ったが、自分は妻のほぼ二倍の量を皿に積み上げたのだから文句は言えない。

「いまは人間に戻ってるんだから」アレクシアはいったん言葉を切り、「そんなに食べてたら丸々と太ってしまうわよ」

「しかたない。何かいまいましいスポーツでも始めるか」

「狩りなんてどう?」と、アレクシア。「〝ホーホー、そらキツネだ!〟」

一般的に人狼は乗馬を好まない。背中に狼を乗せたがるような奇特な馬は、そうはいない――たとえその狼がつかのま人間の姿をしていても。人狼が馬と触れ合うとすれば、せいぜい馬車に乗るくらいだ。いずれにせよ彼らは狼のときは馬より速く走れるから、馬に乗れなくてもさほど支障はない。もちろん、変異する前に乗馬が趣味だった者は別だ。

そしてマコン卿は乗馬が趣味ではなかった。「キツネ狩りか？　やめとこう」ポークをかじりながら言った。「キツネは、いわば狼のいとこのようなものだ。同族を狩るっちゅうのはどうも気が進まん」

「あら、でもあなたがピカピカのブーツをはいて派手な赤いジャケットを着たら、さぞ勇ましいと思うわ」

「いや、やるとしたらボクシングか、せいぜい庭球《テニス》だな」

アレクシアはフォークいっぱいのキノコをほおばり、こみ上げる笑いを隠した。コナルが全身白ずくめで網を張った棒を持って跳ねまわるところを想像すると、おかしくてたまらない。アレクシアはキノコを呑みこんで言った。「すてきなアイデアね、あなた」無表情だが、目はいたずらっぽくきらめいている。「ゴルフはどう？　あなたの地位や上品なセンスにぴったりだわ」

マコン卿はアレクシアをにらんだが、口もとにはかすかに笑みが浮かんでいる。「おいおい、あからさまな侮辱はよせ」

アレクシアは自分がゴルフを勧めたことで夫を侮辱したのか、それとも夫にぴったりだと言ったことでゴルフを侮辱したのかわからなくなった。

シドヒーグは二人のやりとりをあこがれと嫌悪の入り混じった目で見つめた。「やれやれ、あんたたちは恋愛結婚だと聞いてたが、とてもそうは見えないね」

アレクシアはむっとした。「ほかの理由でコナルと結婚する女性がいると思う？」

「たしかに妻以外にいるとは思えん」マコン卿も認めた。

そのとき、アレクシアの視界の隅に何かが映った。何やら小さなものが部屋の扉のそばで動いている。

顔を近づけたとたん、アレクシアは会話を中断して立ち上がり、扉に近づいた。

アレクシアはアレクシアらしからぬ金切り声を上げ、恐怖に飛びのいた。マコン卿が何ごとかと駆け寄った。

アレクシアは〝義理の曾々なんとか孫娘〟を見た。「ゴキブリよ！」これまでは失礼だと思って屋敷が汚いことは言わないようにしていたが、このときばかりはあまりの恐怖に遠慮も忘れて叫んだ。「どうして城にゴキブリがいるの？」

マコン卿は落ち着きはらって片方の靴を脱ぐと、いまわしい昆虫に近づいた。そして一瞬じっと見つめたあと、靴でぺしゃんこに叩きつぶした。

シドヒーグがクラヴィジャーの一人に言った。「どうしてこれがここに？」

「やつらを閉じこめておくこたぁできません、マイ・レディ。どうやら繁殖してるようです」

「だったら害虫駆除屋を呼ぶんだ」

若いクラヴィジャーはマコン夫妻のほうをちらっと盗み見て、「駆除屋は」――といったん言葉を切り――「この特殊なやつの対処法を知ってんでしょうか？」とたずねた。

「やってみるしかねぇだろう。さっさと街へ行って連れてこい」

「わかりやした」

アレクシアはテーブルに戻ったが、すっかり食欲をなくし、ほどなく立ち上がった。

マコン卿は最後にひとくち、ふたくち詰めこんで妻のあとを追い、廊下で追いついた。

「さっきのはゴキブリじゃなかったんでしょう?」と、アレクシア。

「ああ、そうじゃなかった」

「では?」

マコン卿は肩をすくめ、お手上げというように大きな手を広げた。「見たこともない色で、光っていた」

「ああ、くわしい説明をありがとう」

「気にするな。ありゃ、もう死んだ」

「そうね。それで、今日の予定は?」

マコン卿は思案顔で指先を噛んだ。「そうだな、いったいなぜここでは異界族になれねぇのか突きとめようと考えてた」

「まあ、あなた、それはまたとない独創的な考えだわ」

マコン卿が足を止めた。実のところ、キングエア団にはびこる人間化現象は彼の最大の関心事ではない。「赤いジャケットに光るブーツと言ったか?」

アレクシアは一瞬、困惑して夫を見つめた。いったい何が言いたいのかしら? 「ブーツが人間化病の原因だと言うの?」

「そうじゃない」マコン卿は恥ずかしそうにつぶやいた。「わたしに似合うと」

「ああ！」アレクシアはにっこり笑った。「たしかそんなようなことを言ったような気がするわ」

「それだけか？」

アレクシアはさらに笑みを広げた。「本当のことを言うと、ブーツとジャケット以外、何も身につけてないところを想像したの。いっそのこと……ブーツだけでもいいかもしれないわね」

マコン卿は興奮したようすで唾をのみこんだ。

アレクシアは夫のほうを向き、思いきった賭けに出た。「もしあなたが本気でこの格好をするなら、どちらが上に乗るかの相談に乗ってあげてもいいわ」

二百歳を超える人狼はこの言葉にビーツのように真っ赤になった。「相変わらず大胆だな。つくづくきみがギャンブル好きでなくて助かったよ」

アレクシアはマコン卿の腕のなかに身体をもぐりこませ、キスを待つように唇を向けた。

「まだわからないわよ」

11 主任サンドーナー

その日の午後、マコン夫妻は散歩に出かけることにした。決して快適とは言えないが、雨も上がり、まあまあの一日になりそうだ。田舎にいるのだから少しくらいルールをゆるめてもよかろうとアレクシアはウォーキングドレスには着替えず、足もとだけ歩きやすい靴に変えた。

二人にとって不幸だったのは、フェリシティとアイヴィが一緒に行くと言い出したことだ。二人のレディが着替えるのにひとしきり時間がかかったが、タンステルがこの場にいなかったのはさいわいだった。そうでなければ、午後の散歩ははるかに険悪なものになっていただろう。お茶の時間まで出てこないつもりかしらとアレクシアが案じはじめたころ、ようやくパラソルとボンネットで完全武装した二人が現われた。これを見たとたん、アレクシアは自分のパラソルを忘れたことに気づき、さらに出発は遅れた。まったく、この一行が散歩に出るのに比べれば全艦隊を海戦に送りこむほうがまだ楽かもしれない。

ようやく出発したものの、敷地の南端にある木立まで行ったところで、一行はキングエア団のベータとガンマに出くわした。二人は低い、怒ったような声で熱く議論していた。

「すべて破壊するべきだ」と、ラークランの声。「この状態を続けるわけにはいかねぇ」

「どれの、何が原因かを突きとめるまではダメだ」と、ダブ。

二人は近づいてくる一団に気づいて口をつぐんだ。

礼儀上、二人は一団に合流した。アレクシアがなんとか当たりさわりのない会話を続けることができたのは、意外にもフェリシティとアイヴィのおかげだった。ラークランとダブは機嫌のいいときでもあまりしゃべらないが、どうやら今は箝口令《かんこうれい》が敷かれているらしい。しかし、レディたちの強引さと脳天気さの前には堅い口もゆるまざるをえなかった。

「あなたがたはインドの最前線におられたそうですわね。あのような未開人と戦うなんて、なんて勇敢なんでしょう」アイヴィは目を見開き、英雄譚を期待するように二人を見つめた。

「あの地で激しい戦闘が行なわれることはもうない。現地人による小規模な反乱を平定するだけだ」マコン卿がアイヴィの認識を正した。

ダブがじろりとにらんだ。「よくあんたにそんなことがわかるな？」

「あら、実際は違うの？」と、アイヴィ。「ときどき新聞に出ているけど、あまり詳しい話は書いてなくて」

「インドはくそ暑くて――」

アイヴィが下品な話を予感して息をのんだ。

ダブは言葉を正した。「その……暑いところです」

「食事もうまくねぇし」と、ラークラン。

「そうなの？」アレクシアは興味をひかれた。食べ物の話にはいつも興味津々だ。「それはお気の毒に」

「エジプトのほうが、まだましでした」

「あら」アイヴィが目を見開いた。「エジプトにもいらしたの？」

「当然じゃない」と、フェリシティ。バカにした口調だ。「エジプトは最近、大英帝国の重要な港のひとつよ。誰だって知ってるわ。ほら、あたしは軍隊にとても興味があるから。連隊の大半がエジプトに寄港すると聞いたわ」

「あら、そうなの？」アイヴィは頭のなかに地図を思い描くようにまばたきした。

「それでエジプトはどうでしたの？」アレクシアがていねいにたずねた。

「あそこも暑いだけだ」ダブがつっけんどんに答えた。

「スコットランドにくらべれば、どこも暑いんじゃないかしら？」アレクシアが切り返した。

「あんたたちが好きでここに来たんだろう」と、ダブ。

「あなたたちも好きでエジプトに行ったんでしょ？」舌戦で負けるアレクシアではない。

「そうじゃない。人狼団がヴィクトリア女王につかえるのは義務だ」しだいに会話がとげとげしくなってきた。

「でも、かならずしも兵役の形を取る必要はないわ」

「おれたちは脚のあいだにしっぽをはさんで祖国をこそこそ歩く一匹狼じゃねぇ」ダブは〝この厄介な奥方をどうにかしてくれ〟という目でマコン卿を見たが、マコン卿は片目をつぶっただけだ。

だが、救いの手は思いがけないところから現われた。「エジプトにはとても古くて、すばらしい」――アイヴィはできるだけ洗練された言葉を探し――「品々があるそうですわね」

「古代遺物よ」フェリシティがいかにも誇らしげに言った。

レディ・マコンとダブの殺し合いを阻止しようと焦るあまり、思わずラークランが口をはさんだ。「エジプトでは大量の遺物を手に入れやした」

ダブがラークランをにらみつけた。

「そいつは違法じゃないか？」マコン卿が異界管理局《BUR》ふうの声でつぶやいた。誰も気づかなかったが、アレクシアだけは気づいて夫をつねった。

「あら、本当？ どんな遺物なの？」アレクシアは先をうながした。

「団の宝物室に加える装身具や塑像……それから、もちろんミイラも二、三体」

アイヴィが息をのんだ。「本物の生きているミイラ？」

フェリシティが鼻を鳴らした。「生きていないでほしいわ」それでもミイラの話には興味をひかれたようだ。アレクシアが思うに、フェリシティの世界ではどうやらかっこいいものに思えるらしい。

アレクシアはここぞとばかりに話を進めた。「だったらミイラ解包パーティを開くべきだわ。いまロンドンでとてもはやってるの」

「いい考えだ。あたしたちも流行遅れと思われたかぁない」耳ざわりな声がして振り向くと、いつのまに近づいたのかシドヒーグが険しい陰気な顔で立っていた。驚いたのは人狼の三人だ。無理もない。人狼たちはこれまで――たとえ相手がどんなに足音を忍ばせていても――異界族特有の鋭い嗅覚がつねに他人の接近を教えてくれるのに慣れていたのだから。

シドヒーグがガンマに向かって言った。「ラークラン、クラヴィジャーたちに準備させな」

「本気ですか、マイ・レディ？」と、ラークラン。

「ちょっとしたお楽しみもいいだろう。せっかくおいでなすったレディたちを退屈させちゃ申しわけねぇ。現にミイラがあるんだ――開けてみるのも悪くない。どっちみち、ほしかったのは護符だ」

「まあ、ぞくぞくするわ」アイヴィは文字どおり飛びはねんばかりに興奮している。

「どのミイラにします？」と、ラークラン。

「包帯に何の特徴もない小さいやつだ」

「承知しました」ラークランは準備をするため、急ぎ足で立ち去った。

「ああ、楽しみだわ」フェリシティがはしゃぎ声を上げた。「だって、つい先週、エルシー・フリンダース＝プークが解包パーティに行ったってあたしにえらそうに自慢したんだもの。あたしがスコットランド高地の幽霊城でミイラの解包を見たって言ったら、さぞくやしがるわ」

「どうしてキングエア城に幽霊が出るってわかるの？」

「わかるわよ、だって、出るに決まってるもの。こんな古めかしいお城に出ないはずがないわ。あたしたちが着いてからは一度も出てないけど、だからっていないってことにはならないわ」フェリシティはどうしても幽霊話を正当化したいようだ。

「ご友人の鼻を明かす話題を提供できて光栄だ」シドヒーグが冷ややかに言った。

「ええ、絶対に明かしてみせるわ」と、フェリシティ。

「妹は頭が悪いうえに意地悪なの」アレクシアがすまなそうに言った。

「じゃあ、あんたは？」と、シドヒーグ。

「あら、あたくしは意地悪なだけよ」

「あんたはかなり頭が切れそうだ」

「まだ力は発揮していないわ。これからよ」

一行は踵《きびす》を返し、城に戻りはじめた。マコン卿は少しアレクシアを下がらせ、小声で話しかけた。

「遺物のなかに人間化を引き起こす武器があると思うのか？」

アレクシアはうなずいた。

「でも、どうやって探し当てる？」

「BUR捜査官という立場を利用して、キングエア団が集めた遺物をすべて密輸品として押収したらどう？」

「それからどうする？　すべて焼却するのか？」

自称〝学者〟のアレクシアは顔をしかめた。歴史的遺物の無差別破壊には賛成できない。

「そこまでは考えてなかったわ」

「そいつはまずいな。片っぱしから破壊することには反対だ。だが、そのような危険物を帝国じゅうにばらまくわけにもいかん。悪いやつらの手に渡ったらどうなる？」

「〈ヒポクラス・クラブ〉のような？」アレクシアは考えただけで身震いした。

「もしくは吸血鬼とか」いかにふたつの異界族が現代社会に溶けこんでいるとはいえ、人狼と吸血鬼は決しておたがいを心から信用してはいない。

アレクシアはふと足を止めた。マコン卿は長い脚で四歩あるいたところで、ようやくアレクシアが立ちどまり、頭のまわりで恐るべきパラソルをまわしながらじっと宙をにらんでいるのに気づいた。

「思い出したわ」アレクシアは引き返してきたマコン卿に言った。

「ああ、そういうことか。きみは歩くのと何かを思い出すのを同時にできないんだったな」

アレクシアは夫に向かってベーと舌を突き出し、城に向かってふたたびゆっくり歩きだした。マコン卿は歩幅をアレクシアに合わせた。「朝食のときにあたくしを驚かせた、あの虫――あれはゴキブリじゃない。エジプトから持ちこまれたスカラベ《フンコロガシ》よ。彼らが持ち帰った遺物と関係あるに違いないわ」

マコン卿はうえっと唇をゆがめた。

二人はアイヴィたちと距離を保ったまま歩いた。前の一団がせわしなく城内に入ると同時に、なかから誰かが出てくるのが見え、しばしていねいな挨拶が交わされたあと、なかから出てきた人物がまっすぐマコン夫妻のほうに急ぎ足で近づいてきた。

よく見るとマダム・ルフォーだ。

アレクシアは〝ごきげんよう〟というように手を振った。ルフォーの姿は霧にけぶる灰色のキングエア城を背景にみごとに映えていた。紫がかった灰色の美しいモーニングコートに縦縞のズボン。黒いサテン地のベストにロイヤルブルーのクラバット。男装に美しく身を包んだ魅力的な女性がぐんぐん近づいてくる。そして近づくにつれて、不安そうな表情を浮かべているのがわかった。

「よかた、お二人に会えて」いつになくなまりが強い。まるでアンジェリクのようだ。「大変なこと、起こりました、レディ・マコン。あなたにお知らせしたくて、ずっと探してました。エーテルグラフの様子、見に行ったんです。するとそこに――」

そのとき、パンという鋭い音がスコットランドの空気を切り裂いた。アレクシアには霧まで揺れたように思えた。とたんにルフォーの表情が不安から驚愕に変わり、言葉と足の動きが途中で止まったかと思うと、ゆですぎたパスタのように前に倒れこんだ。赤い花がしみひとつない灰色の襟に広がった。

ルフォーがばたりと倒れる寸前、マコン卿が手を伸ばして身体を支え、そっと地面に横たえると、すばやく口の前に手を当てた。「息はある」アレクシアはさっと肩のショールをはずし、包帯がわりに使うよう夫に渡した。最後の上等のクラバットをダメにすることはない。

アレクシアは城を見上げ、銃身に反射する光を探して銃眼を見まわした。だが銃眼の数はあまりに多く、太陽光はあまりにも少ない。それが誰であれ、射撃の名手はどこにも見えなかった。

「伏せろ」マコン卿が叫び、アレクシアのスカートのひだをつかんで横たわるルフォーのそばに引き寄せた。そのとたん、ひだが裂けた。「ねらいはマダムか、それともおれたちか？」マコン卿がうなった。

「あなたの自慢の人狼団はどこ？　あたくしたちを助けに駆けつけるべきじゃないの？」

「狙撃犯がやつらじゃねぇとどうしてわかる？」と、マコン卿。

「鋭い指摘だわ」アレクシアは城からの標的にならないよう、広げたパラソルを盾のように動かした。

ふたたび銃声が鳴り響き、アレクシアたちがいる真横の地面に着弾して芝と小石をはね飛ばした。

「今度パラソルを頼むときは、いくらカネがかかろうと金属遮蔽板製にしよう」マコン卿がうなった。

「あら、暑い夏の午後に役立ちそうね。でも、いまはそんなことより遮蔽物を探すのが先よ」アレクシアがささやいた。「パラソルは目くらましのためにここに立てかけておくわ」

「あそこの生け垣はどうだ？」マコン卿が右手の野バラにおおわれた小さな土の防壁を見やった。これがキングエア城の庭垣の代わりらしい。

アレクシアがうなずいた。

マコン卿がルフォーを軽々と片方の肩にかつぎ上げた。異界族の力はなくても、もともとマコン卿は力が強い。

二人は庭垣めがけて一目散に走った。

またしても銃声。

ようやくあちこちで叫び声が聞こえはじめた。アレクシアがバラの茂みのまわりをそっと見まわすと、人狼が次々と城から現われ、銃声の出どころを探しまわっている。何人かが叫びを上げ、上を見て指さすと、クラヴィジャーと人狼はふたたび城内に駆け戻った。

二人はじっと身をひそめ、もう大丈夫そうだと判断してようやく茂みから出た。マコン卿はルフォーをかつぎ、アレクシアはパラソルを取って城に向かった。

城内に着いて確かめると、ルフォーの容態はそれほど深刻ではなかった。ケガのショックで気を失っているだけだ。ただ、銃弾で肩がひどくえぐれている。

そこへアイヴィが現われた。「まあ、何か大変なことでも起こったの？　誰もが身ぶり手ぶりで騒いでるみたいだけど」そこでマダム・ルフォーの昏睡状態に気づいた。「あまりの騒ぎに耐えかねたの？」とたずね、血痕に気づくや息をのんだ。アイヴィ自身が気絶しそうだ。それでも奥の応接間までついてきてはルフォーを小さな長椅子に寝かせるマコン卿とアレクシアを手伝おうとした。だが、かえって邪魔になるばかりだ。「致命傷ではないんでしょう？」

「何ごとだ?」いつのまに現われたのか、シドヒーグがアイヴィとフェリシティを無視してたずねた。

「誰かがマダム・ルフォーを始末しようとしたみたい」アレクシアは忙しく立ちまわりながら包帯と酢を持ってくるよう命じた。たいていのケガや病気はリンゴ酢をたっぷり振りかければ治るとアレクシアは信じている。ただし、細菌性の疾患は別だ。細菌には重曹が効く。とばっちりはまっぴらとばかりにフェリシティがあわててルフォーから離れた。でも、そうしてくれたほうがケガ人の介抱には好都合だ。

シドヒーグがたずねた。「いったいなんのために? ただのしがないフランス人発明家をねらってなんになる?」

そのとたん、ルフォーがかすかに動いたような気がした。もしかして気を失ったふりをしてるの? アレクシアは包帯の具合を調べるふうをよそおいながら顔を近づけた。バニラと、今日は機械油ではなく、銅のような血のにおいがする。アレクシアがそっと包帯をいじってもルフォーはまったく動かなかった。まぶたひとつ動かない。これが芝居だとしたら、かなりの達人だ。

ふと扉のほうを見ると、召使の黒い服がちらっと見え、戸口の隅からアンジェリクの白い、おびえた顔がのぞいたが、アレクシアが呼び寄せようとしたときはもういなかった。

「いい質問ね。目が覚めたら、きっと本人が話してくれるわ」そう言ってアレクシアはもういちどルフォーの顔を見た。反応はない。

みなの好奇心をよそにルフォーは午後のあいだじゅう目を覚まさなかった。もしくはあえて起きようとしなかったのか――とにかく、マコン夫妻や人狼団の半数と数人のクラヴィジャーによる手厚い看護にもかかわらず、その目は閉じたままだった。

アレクシアは焼き菓子のにおいで目を覚ましはしないかと、病室にお茶を運ばせた。だが、ルフォーは目覚めず、シドヒーグがやってきただけだ。アレクシアはこの夫の遠い親族を好きになるつもりでいたが、誰であろうとお茶の時間を邪魔されたくはなかった。

「ケガ人はまだ眠ったままか？」と、シドヒーグ。

「驚くほどよく眠っているわ」アレクシアはカップをにらんだ。「ほかに重大な損傷がなければいいけど。医者を呼んだほうがいいかしら？」

「戦場ではもっと重症の患者を世話した」

「あなたも連隊とともに戦場にいたの？」

「人狼じゃなくても、あたしはこの団のアルファだ。戦わなくても、つねに団とともにいる」

アレクシアはティー・トレイからスコーンをひとつ取ってクリームとママレードを載せ、つとめてさりげなくたずねた。「団員たちが夫を裏切ったときも団とともにいたの？」

「コナルから聞いたのか」

アレクシアはうなずき、スコーンをひとくちかじった。

「コナルが団を去ったとき、あたしはまだ十六で学校を終えたばかりだった。団の選択にとやかく言える歳じゃあなかった」

「では、今は？」

「今？　今は、あのときは全員がバカな真似をしたと思ってるよ。風上に向かって小便したようなもんだ」

アレクシアは下品な言葉に顔をしかめた。

シドヒーグはアレクシアの動揺を楽しむように紅茶を飲んだ。「ヴィクトリア女王は人狼のしっぽを追いまわしもしなけりゃ、吸血鬼の牙に血を提供もしない。ヘンリー王やエリザベス一世のように異界族を全面的に支持するわけじゃねぇが、恐れていたほど悪い君主でもない。科学者たちに対する監視が甘いぶん、人狼と吸血鬼にはたがいに牽制させて、何かあったらすぐに動けるよう見張ってるようだ。でも、最低の君主とも思えねぇ」

アレクシアは首をかしげた。シドヒーグはキングエア団を守るためにこんなことを言うの？　それとも、これが真実なのかしら？　「つまり、あなたはコナルと同じ革新派ってこと？」

「あたしが言いたいのは、あの件では誰もがしくじったってことだ。なかでもアルファが自分の団を見捨てるなんざ最低だ。コナルはベータだけでなく、首謀者たち全員を殺して団を一から作りなおすべきだったんだ。あたしは団を愛してる。キングエア団をリーダー不在のまま、ロンドンの団に組みこむくらいなら死んだほうがましだ。祖国《くに》の恥だよ――あんたのだんながやったことは」シドヒーグは目をたぎらせて身を乗り出した。きつくひとつに束ねた白髪まじりの髪が湿気で少し縮れている。

「コナルは団をナイオールに託したんじゃないの？」

「そうじゃねぇ。ナイオールはあたしが連れてきた。外地で知り合ったただの一匹狼だ。女学生なら誰だって夫にしたいと思うようなハンサムで勇ましい男だった。ここに連れてきて団員とじいさんに紹介し、許可をもらって正式に結婚するつもりだった。だが戻ってみるとコナルは行方をくらまし、団はめちゃめちゃだった」

「それであなたがリーダーに？」

シドヒーグは紅茶をすすった。「ナイオールは優れた兵士でいい夫だったけど、ベータの器《うつわ》ですらなかった。あの人はあたしのためにアルファになってくれたんだ」シドヒーグは二本の指で目頭をこすった。「いい男で、いい狼で、最善を尽くしてくれた。あの人を悪くいうつもりはねぇ」

アレクシアにはシドヒーグの気持ちがよくわかった。あたしがシドヒーグの立場でも、そんなに若くしてリーダーになることはできなかっただろう——たとえ自分にその能力があると思っていても。シドヒーグがいらだたしく思うのも当然だわ。

「それで、いまは？」

「状況はますます悪くなった。ナイオールは戦死し、ほかにアルファ役が務まるやつはいねぇ。ましてや本物のアルファ誕生は望むべくもない。しかもコナルじいさんは絶対にここには戻らない。あんたと結婚したことでますますその望みは消えた。あたしたちは永遠にコナルを失ったんだ」

アレクシアはため息をついた。「事情はどうであれ、コナルを信じて、いまの悩みを話すべきよ。きっとわかってくれるわ。あたくしにはわかるの。そうすれば解決法が見つかるかもしれないわ」

シドヒーグがガチャンと音を立ててカップを置いた。「解決法はひとつしかない。でもコナルはそれを決して受け入れねぇ。あたしはこの十年、毎年のように手紙を書いて頼んだ。もう時間がない」

「何を頼んだの？」

「あたしを変異させてくれと」

アレクシアは頰をふくらませて椅子の背にもたれた。「でも、それはとても危険よ。手もとに統計表はないけど、女性が〝変異嚙み《へんいが》〟を生き延びる確率はおそろしく小さいんじゃなくて？」

シドヒーグは肩をすくめた。「もう何百年もためした者はいねぇ。でも、これが吸血群にはない人狼団の強みだ。少なくとも人狼は組織を保つのに女性は必要ない」

「ええ、それでも吸血鬼は人狼より長生きだわ――闘争が少ないからよ。それに、もし変異嚙みに耐えられたとしても、あなたは残りの人生のすべてをアルファとして生きなければならないわ」

「危険なんかくそくらえだ！」シドヒーグが叫んだ。アレクシアは、このときほどシドヒーグがコナルに似ていると思ったときはなかった。激しい感情に揺さぶられた目は、コナルと同じような黄色だ。

「それで、あなたはコナルに変異させてもらいたいの？　マコン家の血を絶やす危険を冒してでも？」

「あたしのため――団のためだ。あたしの歳では、もう子どもは持てねぇ。いずれにしても、あたしを通してマコン家の血を継承することはできねぇんだ。コナルはそこを考えて行動すべきだ。コナルにだってキングエア団に対する責任はある」

「死ぬかもしれないのに？」アレクシアは紅茶をカップに注ぎたした。「あなたはこれまでも人間として団をまとめてきたんじゃないの」

「そして、あたしが歳を取って死んだらどうなる？　やるんなら今しかねぇんだ」

アレクシアはしばらく黙りこんでから言った。「変な話だけど、あなたの考えに賛成だわ」

シドヒーグは紅茶を飲む手を止め、長いあいだソーサーをつかんでいた。あまりに強く握りすぎて指先が白くなっている。「あんたからコナルを説得してくれないか？」

「あたくしをキングエア団の問題に関わらせるつもり？　本当にいいの？　ほかの人狼団のアルファに噛んでくれるよう頼むわけにはいかないの？」

「冗談じゃねぇ！」ほら出た――人狼のかたくななプライド。それとも、これはスコットランド人のプライドなの？　ときどきどちらかわからなくなるわ。

アレクシアはため息をついた。「夫には話してみるけど、それ以前の問題があるわ。コナルがいま〈アヌビスの形〉を取れない以上、あなたであろうと誰であろうと噛んで変異させることはできないってことよ。なぜこの団が変身できないのか、それを解明しないことにはどうしようもないわ。いまのままではアルファに対する挑戦も変異もできないのだから」

シドヒーグはうなずき、指の力をゆるめて紅茶を飲んだ。

アレクシアはシドヒーグが指を正しく曲げていないことに気づいた。紅茶カップの正しい持ちかたも知らないなんて、いったいどこの花嫁学校を出たのかしら？　ふとアレクシアは首をかしげた。「もしかして、この人間化現象はばかげた自傷行為？　コナルが変異に応じない腹いせに、あなたが残りの人狼全員を人間にしようとしているの？」

シドヒーグはコナルとそっくりの茶褐色の目を細めてどなった。「あたしのせいじゃねぇよ。いいか？　これはあたしらにも説明できない。なぜこんなことになったのかわからねぇからだ。あたしにも、誰にも。何が起こってるのか、まったくわからねぇんだ！」

「だったら、何が起こってるかを突きとめるのに協力してくれる？」

「それとあんたと、なんの関係がある、レディ・マコン？」

アレクシアはあわてて言いつくろった。「コナルにBURの仕事を優先するよう話してみるわ。そうすれば団の問題を忘れて調査に専念できるはずよ。あたくしはウールジー団の新しいアルファ雌として今回のことに興味があるの。もしこれが何か危険な病原体によるものだとしたら、その原因を突きとめて感染を広めないようにしなければならないわ」

「あたしを変異させるよう口添えしてくれるんなら、手を貸してもいい」

夫に代わってこんな大事なことを約束するわけにはいかないと思いながらも、アレクシアは答えた。「いいわ、これで決まりね！　さあ、お茶を続けましょうか？」

二人は紅茶を飲みながら〈女性社会政治同盟〉について気さくな議論を交わした。二人ともこの同盟の主義主張には賛成だが、過激な戦術と労働者階級的手法には反対だった。ヴィクトリア女王の性格をよく知るアレクシアは、女王もこの社会運動をよく思っていないことを知っていたが、言及するのは避けた。自分の政治的立場を伏せたまま、そのような発言はできない。伯爵の妻とはいえ、一国の女王とこれほど親しいのは不自然だし、〈議長《マージャ》〉であることをシドヒーグに知られたくなかった。まだ今のところは。

二人の会話は応接間の扉をノックする音で中断された。

シドヒーグが応じると、そばかすだらけのタンステルが真面目な顔で現われた。

「マコン卿からケガ人に付き添うように命じられました、レディ・マコン」

アレクシアは夫の判断になるほどとうなずいた。誰も信用できない状況にあって、マダム・ルフォーにこれ以上の危害をもっとも加えそうにない人物といえば、タンステルだ。というより、タンステルがこれまでのクラヴィジャーとしての訓練を役立てるいい機会だと思ったのかもしれない。この赤毛男はとびきりの役立たずに見えるが、満月の奴隷となる人狼たちの対処には力を発揮する。もちろん、タンステルがケガ人に付き添うということは、アイヴィとフェリシティもいずれ病室にやってくるということだ。かわいそうなタンステル。アイヴィはいまも〝ミスター・タンステルなんか大嫌い〟と信じているが、同時にフェリシティの魔の手から守らなければならないとも思っている。でも、あの二人は案外いい見張り役になるかもしれない。退屈しきった二人の未婚女性が熱心に目を光らせていたら、誰も変な真似はできないはずだ。

やがてタンステルと意識を失ったままのマダム・ルフォーを残し、全員が夕食の着替えのために部屋を出た。

自室に着いたとたん、アレクシアは今日で二番目に大きい衝撃を受けた。彼女が気丈な性格だったのはさいわいだった。誰かが部屋を荒らしていたのだ。またしても、犯人は書類カバンを探したようだ。靴とスリッパがあちこちに散らばり、ベッドはめちゃくちゃで、マットレスまで切り裂かれ、平らな場所には羽毛が雪のように降り積もっている。帽子箱は壊れて散らばり、なかの帽子は引きずり出され、衣装だんすのなかみが床に散乱していた（服が床に散らばる光景は、ナイトガウン以外、見たことがない）。

アレクシアは壁にパラソルをしっかりと立てかけて状況を調べた。飛行船のときよりはるかに悪質だ。そしてマコン卿が修羅場に気づいたとたん、状況はさらに深刻なものになった。

「なんてこった！　最初は銃でねらわれ、今度は部屋を荒らされるとは」とどろくような声だ。

「アルファのいない人狼団のまわりではいつもこんなことが起こるの？」アレクシアは何か大事なものが盗まれていないかと部屋を見まわした。

マコン卿がうなった。「手がつけられんな――リーダーのいない人狼団というのは」

「しかも散らかしすぎだわ」アレクシアは慎重に部屋を歩きまわった。「マダム・ルフォーが撃たれる前に知らせようとしたのはこのことだったのかしら？　エーテルグラフのことであたくしを探していたとか言ってたわ。たぶんあたくしを探してここに来て、部屋を荒らしていた犯人に出くわしたのね」アレクシアは山をみっつ築きはじめた――使い物にならないもの、アンジェリクに修繕させるもの、そして無傷のもの。

「でも、なぜマダム・ルフォーがねらわれたんだ？」

「犯人の顔を見たからじゃないかしら？」

マコン卿は形のいい唇を引き結んだ。「そうかもしれんな。さあ、そこまでにしよう。もうすぐ夕食の時間だし、こっちは腹ぺこだ。片づけはあとにしよう」

「まあ、えらそうに」そう言いながらもアレクシアは夫の言葉にしたがった。お腹をすかせた夫と口論しても意味がない。

マコン卿はボタンをはずすのを手伝った。今日の出来事に気を取られているせいか、背筋にそっとキスしただけで唇を這わせようともしない。「犯人の目的はなんだ？　やはり、きみの書類カバンか？」

「わからないわ。もしかしたら別の人物かもしれない。つまり、飛行船の客室に忍びこんだのとは別人かもしれないってことよ」アレクシアは首をひねった。飛行船に乗っていたときはマダム・ルフォーが犯人じゃないかと思った。でも、彼女はいま昏睡状態で、つねに誰かに監視されている。ルフォーが撃たれる前に部屋を荒らしたのでないとすれば、誰か別の人物だ。別の動機を持った、別のスパイってこと？　ああ、ますます混乱してきたわ。

「それとも何か別のものを探していたのかしら？　何か心当たりはない、あなた？」

マコン卿は無言だったが、アレクシアが振り向いていかにも妻らしい疑いの目を向けると、やましい牧羊犬のような表情を浮かべ、ボタンをはずすのを中断して窓に近づいた。そして鎧戸を引き開け、頭を突き出して手を伸ばし、ほっとした表情で何かを持って戻ってきた。油引きの革にくるまれた小さな包みだ。

「コナル、それは何？」

マコン卿は包みを開いて見せた。握りの部分が四角い、見たこともないずんぐりした小型拳銃だ。薬室をカチッと開けると銃弾が現われた。硬木製で、カゴのような模様が銀で埋めこまれ、発射薬の上に雷管がかぶせてある。銃にはそれほど詳しくないが、この構造を見れば、この小型拳銃がいかに高価で、最新技術を用いて作られ、吸血鬼と人狼の双方を殺傷できるものであることくらいわかる。

「ギャラン式〈殺す《テュエ》・殺す《テュエ》〉――サンドーナー仕様だ」

アレクシアは両手で夫の顔を包んだ。一日ぶんのひげが伸びてちくちくする。ここではずっと人間なのだから、ひげを剃るように言わなきゃ。「あなたは誰かを殺すためにここに来たんじゃないわよね？　夫婦間で目的が違うのは嫌よ」

「これはあくまで予防策にすぎん。本当だ」

本当かしら？」マコン卿のあごに載せたアレクシアの指がこわばった。「いつからあなたは、大英帝国で予防策と呼ばれる異界族の恐ろしい武器を持ち歩いてるの？」

「ライオールがタンステルに持たせた。ここにいるあいだはわたしが人間のままだと予測し、護身用にと思ったのだろう」

アレクシアは夫の顔から手を離し、夫が恐ろしい武器を包みなおして窓のすぐ外の隠し場所に戻すのを見つめた。

「使いかたは簡単なの？」アレクシアは無邪気にたずねた。

「考えたこともねぇ。きみには専用のパラソルがあるだろう」

アレクシアは口をとがらせた。「人間のときのあなたって、本当につまらないのね」

「それで」マコン卿はわざと話題を変えた。「きみは書類カバンをどこに隠したんだ？」

アレクシアはにっこり笑った。さすがはコナル——あたしがすぐに盗まれるような場所に置いておくほど低脳だとは思わなかったようだ。「もちろん誰も思いつかないような場所よ」

「そうだろうな。教えてくれないのか？」

アレクシアは茶色の大きな目を見開き、まつげをぱちぱちさせてしらばくれた。

「カバンのなかには、そんなに人がほしがるようなものが入っているのか？」

「それが変なのよ。まったくわからないの。こまごましたものはすべて取り出してパラソルに隠したわ。だからそれほど大事なものはないはずよ。王室の印。人間化病に関する最新事項を書き留めたメモと書類。手帳はないわ――盗まれたから。それから各地のエーテルグラフの識別番号表と、緊急用の紅茶と、ショウガクッキー《ジンジャースナップス》の小袋がひとつ」

　マコン卿がいつものとがめるような目を向けた。

　アレクシアはあわてて弁解した。「〈陰の議会〉の時間がどれだけ長いか知らないでしょう？　しかも〈将軍〉も〈宰相〉も異界族だから、お茶の時間にも気づかないの」

「まさかジンジャースナップスがほしくて部屋を荒らす者がいるとは思えんが」

「あら、とってもおいしいジンジャースナップスよ」

「犯人の目的は書類カバンではないんじゃないか？」

　アレクシアは肩をすくめた。「ここでこんな議論をしても意味がないわ。さあ、ボタンを手伝って。アンジェリクはどこかしら？」

　メイドの姿が見えないので、マコン卿がドレスのボタンをはめた。前身ごろの上から下まで何本ものプリーツが入った灰色とクリーム色のドレスで、裾にひかえめなフリルがついている。アレクシアのお気に入りだが、気になるのは首もとにクラバットふうのネクタイがついていることだ。いまは女性の服に男性ふうのファッションを取り入れるのが流行っていて、このドレスにも反映されていた。そのとたん、アレクシアの頭にマダム・ルフォーのことが浮かんだ。

　そしてルフォーのことを思い出したとたん、タンステルが付き添い任務についていることを思い出し、自分が夫の着替えを手伝わなければならないことに気づいた。これがなかなかに厄介だ。クラバットは片方にゆがみ、シャツの襟はすぐにくたくたにしおれてしまう。アレクシアはあきらめた。しょせん、あたしは一生の大半をオールドミスとして過ごしてきた女よ。オールドミスはクラバットを結ぶのが苦手と相場が決まっている。

「ねえ?」着替えを終え、並んで階段に向かいながらアレクシアが言った。「あなたの〝何代も離れた孫娘〟を噛んで変異させようと思ったことはないの?」

マコン卿は階段の最上段でいきなり立ちどまり、うなるように言った。「なんてこった、あのバカ女はきみまで説得しようとしたのか?」

アレクシアはため息をついた。「そう考えるのも道理よ。それに、いまキングエア団が抱える問題にとっては、それがもっとも明快な解決法だわ。すでに彼女はアルファとして行動してる。正式なアルファにしてあげてもいいんじゃない?」

「口で言うほど簡単じゃねぇ。きみもよく知ってっだろ? あいつが生き延びる確率は——」

「——とても小さい。ええ、よく知ってるわ」

「小さいなんてもんじゃない——救いようがないほど小さい。きみはわたしにこの手でマコン一族の血を絶やせと言うのか」

「でも、もし生き延びたら……」

「あくまでもしだ」

アレクシアは首をかしげた。「危険を冒すかどうかは彼女が決めることじゃなくて?」

マコン卿は無言で広い階段を下りつづけた。

「考えてみるべきよ、コナル――せめてBUR捜査官として。それがもっとも論理的な行動だわ」

マコン卿は肩をこわばらせて歩きつづけた。

「ちょっと待って」アレクシアがふと疑いの目を向けた。「もしかして、それがそもそもここに戻ってきた理由？〝家族の問題〟――あなたはキングエア団を立てなおそうと思ったのね？　裏切られたにもかかわらず？」

マコン卿は肩をすくめた。

「シドヒーグがどうやっているかを見たかったのね？　そうでしょ？」

「ここに来たのは人間化現象を捜査するためだ」マコン卿ははぐらかした。

アレクシアはニヤリと笑った。「そうね、それはそれとして、あたくしの読みが正しいことは認めるべきよ」

マコン卿は振り向き、しかめつらで妻を見上げた。「そうやって何もかも言い当てられるのがしゃくにさわるんだ」

アレクシアは鼻と鼻がくっつくまで階段を駆け下り、夫の一段上に立ってそっとキスした。

「知ってるわ。でも、あたくしは正しいことを言い当てるのが得意なの」

12 大解包

レディのための余興として夕食後にミイラが解包されることになったが、アレクシアはこの時間帯に一抹の不安を覚えた。アイヴィの体質を考えると、ミイラがひどくグロテスクだった場合、夕食が戻される恐れがある。だが、ミイラ解包のようなおどろおどろしい催しには薄暗さとろうそくの明かりが不可欠だ。

女性たちはみな、ミイラ解包パーティに参加するのは初めてだ。マダム・ルフォーとタンステルが参加できないことをアレクシアが気の毒がると、マコン卿は「わたしは興味がないからタンステルと付き添い役を代わろう」と言い、タンステルだけは参加できることになった。知ってのとおりタンステルは芝居がかったことが大好きだ。

アレクシアはちらっとアイヴィを見た。落ち着いた表情で、赤毛の役者と裸のミイラと同じ部屋にいるという事態に動じる様子はない。フェリシティは期待に唇をなめ、アレクシアはいやおうなく盛り上がる仰々しい雰囲気に身構えた。だが、意外にも古代遺物の存在に誰より動揺したのはフェリシティでもアイヴィでもなく、アレクシア自身だった。

話のとおり、それはどちらかといえば寂しげなミイラだった。小ぶりな箱のような棺にわずかばかりのヒエログリフが描いてあるだけで、棺から出されたミイラの包帯にも、ひとつのシンボルが繰り返し描かれているだけだ——輪つき型十字形《アンク》が割れたような。ミイラ自体には不快も恐怖も感じなかった。これまで博物館でミイラを見て取り乱したことは一度もない。だが、このミイラには何かがある。簡単に言えば、あたしを拒絶するような何かが。

　アレクシアは感傷的な人間ではない。だから、これが感情的な反応だとは思わなかった。むしろ科学の世界で使われる、いわゆる〝反発〟に近い。まるで自分とミイラが同じ種類の磁場と電荷を持っていて、激しく反発し合っているかのようだ。

　実際の解包にはおそろしく時間がかかった。これほど大量の包帯が巻かれているなんて、いったい誰が想像しただろう？　しかも護符が出てくるたびに行為は中断され、団員たちは喜びに息をのんだ。包帯が少しずつ解かれるにつれ、アレクシアは本能的に部屋の戸口にあとずさり、いつのまにか観客の最後尾でつま先立って経過を見つめていた。

〈魂なき者《ソウルレス》〉であるアレクシアは、これまで死についてあまり考えたことがなかった。結局のところ、アレクシアのような反異界族にとって死は単なる終わりだ——その先に待つものは何もない。異界管理局《BUR》の特別文書保管庫のなかにある尋問書にも、〝異界族に対する教会の最終兵器である反異界族もまた決して救われることのない人間に過ぎない〟と嘆く言葉が書いてある。ふだんアレクシアは自分の死すべき運命に無関心だ。これも、魂がないために身にしみついた実用主義の結果だろう。だが、この小さなミイラには反発と同時に、アレクシアを不安にさせる何かがあった——哀れで、寂しげで、しわくちゃの、この物体に……。

ついに解包作業は頭部に進み、焦げ茶色の肌と、わずかばかりの毛髪が残る完璧に保存された頭蓋骨が現われた。耳、鼻、喉、目から護符が取り除かれ、からっぽの眼窩《がんか》とわずかに開いた口が現われると、数匹のスカラベ《フンコロガシ》が剝き出しになったいくつもの穴から床に飛び出し、かさこそ這いまわりはじめた。そのとたん、それまで余裕で騒いでいたフェリシティとアイヴィが失神した。

タンステルはアイヴィを支えて自分の胸に引き寄せると、いかにもつらそうな声でその名をつぶやき、ラークランはいともそっけなくフェリシティを支えた。二人が身につけた高価なスカートは乱れ、それぞれの脚に芸術的に巻きつき、ふたつの胸は激しい動悸にせわしなく上下している。

夕べの余興は文句なしの成功だ。

シドヒーグが大声で命じると、男たちはアイヴィとフェリシティを廊下の奥の居間に運んだ。そこで二人は手順どおりに気つけ薬をかがされ、眉間にローズウォーターを塗られて目を覚ました。

一騒動のあと、気づくと部屋にはアレクシアと貧相なミイラしかいなかった。スカラベさえどこかに消えてしまった。アレクシアは首をかしげ、執拗な圧力にあらがった。二人きりとなったいま、反発力はますます強まったようだ。まるでまわりの空気がアレクシアを部屋から追い出そうとするかのように。アレクシアはミイラに向かって目を細めた。どうも何かひっかかる。でも、それがなんなのかはわからない。アレクシアはしきりに首をひねりながらミイラに背を向け、居間に向かった。

そこではタンステルがアイヴィにキスしていた。すっかり気がついたらしいアイヴィも熱い行為に応じている。しかも、みなの目の前で。

「ちょっと、どういうこと!」アレクシアが叫んだ。アイヴィにこれほど度胸があるとは思わなかった。アイヴィにとって、タンステルのキスはもはや湿ってるだけではなさそうだ。

フェリシティが、横たわる自分から全員の関心を奪ったものはなんだろうとまばたきして目を開けた。そして抱擁の場面を見たとたん、口をぽかんと開け、アレクシアと同じように驚きの声を上げた。「まあ、ミスター・タンステル、あなた何をしているの?」

「いくらあんたでも見ればわかるだろう、ミス・ルーントウィル」シドヒーグがぴしゃりと言った。意外にもこの行為自体にはそれほど腹を立てていないようだ。

「あら、この行為を認めると言うの?」と、アレクシア。

誰も答えない。二人はなおもキスを続けている。もしかしたら舌の段階までいってるんじゃないかしら? フェリシティは怒ったニワトリのような目でからみあう二人を見つめた。

感動的な場面はマコン卿のとんでもない大声に打ち破られた。それは一階の応接間からとつぜん響きわたった。いつもの怒号ではない。そんなものにいちいち動揺するアレクシアではない。違う——これは痛みの叫びだ。

アレクシアは部屋を出ると、上品な服がどうなろうとなりふりかまわず、狂ったようにパラソルを振りまわしながら猛然と階段を駆け下りた。

応接間に飛びこもうとしたが、扉はびくとも動かない。何か重いものが戸口をふさいでいる。アレクシアは力まかせに体当たりして、ようやく隙間をこじあけた。入口をふさいでいたのは床に倒れた夫の身体だ。

　アレクシアは身をかがめて傷を調べた。背中にはない。驚異的な努力のすえに巨体を横転させ、次に前を調べた。コナルはゆっくりと苦しげに息をしている——薬を打たれたかのように。

　アレクシアは手を止め、そばに置いたパラソルをいぶかしげに見つめた。〝露先が開くと麻酔薬をしこんだ毒矢が出ます〟——頭のなかでマダム・ルフォーの声が聞こえた。だとしたら、眠り薬を作るくらいわけないはずだ。アレクシアはすばやく振り返った。ルフォーはこんこんと眠りつづけている。新たな外傷はなさそうだ。

　シドヒーグとダブとラークランが戸口に現われた。アレクシアは〝入らないで〟というように片手を上げると、夫の服を腰まで脱がし、さらに詳しく調べた。傷を探したのではない。もしかしたら……ああ、やっぱり！

「これだわ」左肩の下に小さな穴が開いていた。

　アレクシアは戸口の三人を押しのけて廊下に出ると、二階に向かって叫んだ。「まぬけ小僧のタンステル！」ウールジー城でタンステルをこの愛称で呼ぶときは、〝武装してただちに来い〟ということを意味する。マコン卿のアイデアだ。

　アレクシアはふたたび応接間に戻り、横たわるルフォーにつかつかと近づくと、「これがあなたのしわざなら」と、意識を失っているように見える女性に向かってささやいた。「スパイ容疑で磔《はりつけ》にしてやるわ。見てらっしゃい」まわりで人が耳をそばだて、目を丸くしているのもかまわずアレクシアは続けた。「あなたは、あたくしにその力があることをよく知っているはずよ」

ルフォーは死んだように眠っている。

タンステルが駆けつけ、ただちに横たわる主人に身をかがめて息を確かめた。

「生きてます」

「かろうじてね」と、アレクシア。「あなたはどこで――」

「何ごとだ？」シドヒーグがいらだたしげに口をはさんだ。

「眠らされてるわ――毒矢のようなもので。たぶんカノコソウ・チンキね」アレクシアが顔も上げずに言った。

「うわ、なんてこった」

「毒か――女の武器だな」ダブがふんと鼻を鳴らした。

「なんですって！」と、アレクシア。「いいかげんなこと言わないで。あ、い、あたくしのとっておきの武器を突きつけられたいの？　言っておくけど、これは毒じゃないわ」

これ以上レディ・マコンを怒らせては大変だと、ダブは賢明にも部屋から出ていった。

「あなたはしばらくミス・ヒッセルペニーの繊細な神経をやさしくなだめるのを中断して、タンステル」アレクシアは立ち上がり、決然と扉に向かうと、「あたくしたちだけにしてちょうだい」と言って集まったキングエア団の団員たちを応接間から閉め出した。無礼きわまる行為であることはわかっている。でも、ときには無礼が必要な状況もあるし、今はそのときだ。そしてアレクシアはこのような状況にこそ力を発揮する。

さらにアレクシアはもうひとつの許しがたい無礼行為に出た。タンステルに夫の介抱をまかせ——といっても巨体を小さいカウチまで引きずって座らせ、大きなキルトの毛布を掛けただけだが——アレクシアは眠りつづけるマダム・ルフォーに歩み寄り、服を脱がせはじめた。

タンステルは何もたずねず、見ないように顔をそむけた。

アレクシアはあらゆる布地のあいだやひだを慎重に探り、隠し道具や武器らしきものがないかを調べた。ルフォーは身じろぎもしないが、アレクシアにはさっきより呼吸が速くなったように思えた。探しおえたときには、さまざまな道具が山と積まれていた。なかには見覚えのあるものもある。ギョロメガネ……エーテル応答ケーブル……真空管……。だが、それ以外は見たこともないものばかりだ。ルフォーはつねに吹き矢発射器をしこんでいる。飛行船で争ったときも犯人に向けて発射したと言っていた。でも、この道具の山のなかにそれらしきものはない——たとえ別のものに見せかけてあったとしても。盗まれたのかしら？　それともコナルに向けて発射したあと、どこかに隠したの？

アレクシアは眠るルフォーの身体の下に手を入れた。何もない。長椅子の背に押しつけられている身体の脇にも手を差し入れてみた。やはり何もない。それから長椅子の下と背もたれの後ろを見た。ルフォーが隠すとしたら完璧に隠すはずだ。

アレクシアはため息をついて服をもとどおりに着せはじめた。変な話だが、ほかの女性の裸を見たのは初めてだ。でも、美しい肉体であることは疑いようもない。アレクシアのように豊満ではないが、よく引き締まり、形のいい小さな胸が並んでいる。男装を好むルフォーに胸は小さいほうが好都合だ。服を着せおわったとき、アレクシアの手は恥ずかしさのせいでかすかに震えていた。

「マダムから目を離さないで、タンステル。すぐに戻ってくるわ」アレクシアは立ち上がって部屋を出ると、なおも戸口のそばでおろおろと寄り固まる団員たちを無視して扉を閉めた。二階に駆け上がり、寝室に入ると、アンジェリクが服の片づけをしていた。

「出て行って」アレクシアが命じた。

アンジェリクはお辞儀をして小走りで出ていった。

アレクシアはまっすぐ窓に近づき、つま先立ってコナルの大事な油引き革の小包を手探りした。張り出しレンガの後ろに隠してあり、なかなか手が届かない。アレクシアはイライラしながらあぶなっかしく窓枠につかまり、何層ものスカートを嘆きつつ手を伸ばした。バッスルが窓の横にすれてきしみを上げている。いまにも落ちそうになりながら、アレクシアはなんとか包みをつかんだ。

包みから小型拳銃を取り出すと、豊かな黒い巻き髪のあいだに鎮座するけったいなレース帽の下に押しこみ、書類カバンのあるアイヴィの部屋に急いだ。

アイヴィははんぶん失神、はんぶん興奮状態でベッドに横たわっていた。

「ああ、アレクシア、いいところに！　わたしはどうしたらいいの？　これほどの危機的状況はないわ。ああ、こんなに胸がどきどきしてる。あなた見たでしょ？　もちろん見たわよね。キスされたの――公衆の面前で。ああ、わたしはもう終わりよ！」アイヴィは半身を起こした。「それでも彼を愛してるの」そしてバタンとベッドに倒れた。「でもわたしは終わりだわ。ああ、悲しいかな」

「あなた、いま本当に〝ああ、悲しいかな〟と言った？　あたくしは、その、例の靴下をたしかめに来ただけよ」

アイヴィは自分の大問題のことしか頭になく、アレクシアが書類カバンを取り出したことにも、そのせっぱつまった表情にも気づかない。

「彼はわたしのことを永遠に愛すると言ったわ」

アレクシアはカバンのなかの書類や巻紙をぱらぱらめくり、〈議長《マージャ》〉特権逮捕許可を探した。あたしったら、あんな大事なものをどこに入れたのかしら？

「これは、たったひとつの真実の愛だと言ったの」

アレクシアは小声でつぶやいた。そんなバカげたセリフにどう反応しろと言うの？

アイヴィは返事がないのもかまわず、運命を嘆きつづけた。「そしてわたしは彼を愛している。本当よ。あなたにこんな愛は一生わからないでしょうね、アレクシア。わたしたちがはぐくむ真実の愛なんて。現実的な利益のために結婚するのもそれはそれで悪くないけど、でもこれは……これは本物の愛なの」

アレクシアは首をかしげ、驚いてみせた。「〝現実的な利益のために結婚した〟ってあたしのこと？」

アイヴィは友人を無視して続けた。「でも、わたしたちは結婚できないわ」

アレクシアはがさごそとカバンのなかを探しつづけた。「そうね、無理だと思うわ」

ついにアイヴィは身を起こし、友人をじろりとにらんだ。「まったくアレクシアったら、もう少しましなことは言えないの？」

そのとき、ようやくアレクシアは飛行船で部屋を荒らされたあと大事な書類をパラソルに移したことを思い出し、あわててカバンをパチンと閉じてカギをかけると、アイヴィの帽子箱の山の後ろに突っこんだ。

「ああ、アイヴィ、あなたの苦しみには心から同情するわ。本当よ、心から。でもごめんなさい。ちょっと下で急ぎの用があるの」

アイヴィは片手を頭に当て、またしてもベッドにぱたりと倒れこんだ。「ああ、あなたっていったいどんな友人なの、アレクシア・マコン？　わたしがこうして耐えがたいほどの危機と苦しみを味わっているのに。これまでの人生で最悪の夜なの、わかる？　それなのにあなたは夫に贈る幸運の靴下のことしか頭にないのね！」アイヴィはくるりとうつぶせになり、枕に顔をうずめた。

アレクシアはアイヴィが下手な芝居を続ける前に部屋を出た。

キングエア団の大半がなおも困惑の表情で応接間の外に寄り集まっている。アレクシアはとびきりの〝レディ・マコンにらみ〟をきかせながら扉を開け、ふたたび団員たちの前で扉を閉めた。

アレクシアがタンステルに拳銃を渡すと、タンステルは不安そうにごくりと唾をのんで受け取った。

「これが何かわかるわね？」

タンステルはうなずいた。「〈テュエ・テュエ〉――サンドーナー仕様です。でも、どうしてぼくに？ ここに吸血鬼はいないし、それを言うなら人狼もいません。いまの状況を見るかぎり」

「あたくしに言わせれば、いまの状況は長くは続かないわ。人狼に毒は効かない。あの薬品がなんにせよ、全身にまわりはじめるより早く夫は目を覚ますはずよ。しかも、この恐ろしい小型武器は昼間族にも効き目があるわ。あなたにこれを使う権限はある？」

タンステルはゆっくり首を横に振った。白い顔にそばかすが浮き出ている。

「だったら今ここで権限を与えるわ」

タンステルは何か言いかけて口を閉じた。サンドーナーはBURの役職だ。厳密に言えば、この件に関して〈議長〉に発言権はない。だが、レディ・マコンは恐ろしいほど殺気だっている。いま女主人の忍耐力をためす勇気はない。

アレクシアはタンステルに傲然と指を突きつけた。「誰もこの部屋に出入りさせないこと。

誰も、タンステル。召使も、団員も、クラヴィジャーも、たとえミス・ヒッセルペニーであろうと。それで思い出したけど、人前で彼女と抱き合うのはやめて。見るに堪えないわ」

そう言ってかすかに鼻にしわを寄せた。

タンステルはそばかすも消えるほど顔を赤らめたが、大事な話は忘れなかった。「これからどうなさるんです、レディ・マコン？」

アレクシアは部屋の隅でカチカチと時を刻む箱形の振り子時計を見上げた。「エーテルグラフで通信文を送るわ。いますぐに。急がないと大変なことになるの」

「誰あてですか？」

アレクシアが首を振ると、髪がはらりと落ちた。もうレース帽は取ってしまった。「あなたはあなたの仕事をやって、タンステル。あたくしはあたくしの仕事をやるわ。それからマダム・ルフォーとコナルのどちらかが目を覚ましたり、具合が悪くなったりしたらすぐに知らせて。わかった？」

赤毛がうなずいた。

アレクシアはマダム・ルフォーの道具の山をすくい上げると、バッグがわりのレースの帽子に詰めこんだ。ざんばら髪が顔にまといつくが、困難な状況に立ち向かうときは多少、身なりは犠牲になるものだ。アレクシアは片手に略奪品の詰まった帽子、片手にパラソルをつかんで応接間を出ると、片足でドアをバタンと閉めた。

「申しわけないけど、レディ・キングエア、当分のあいだ、この部屋には誰も出入り禁止よ。

見張りのタンステルに恐ろしい武器を持たせ、なかに入ろうとする者には誰であろうと発砲するようきつく言いつけてあるわ。タンステルがあたくしの命令にどれだけ従順かをためしたくはないでしょう?」

「いったい誰の権限でこんなことを? コナルか?」シドヒーグが愕然としてたずねた。

「夫はいま」――アレクシアはいったん言葉を切り――「万全な体調じゃないの。だから、もはやBUR管轄じゃない。これはあたくしの管轄で、権限はあたくしにあるわ。これまで、あなたたちの煮えきらない態度や優柔不断さに目をつぶってきた。団には団の問題やりかたがあると遠慮してきたけど、もう我慢の限界よ。あたくしはこの人間化病を終わらせたいの――今すぐに。これ以上、誰かが撃たれたり、襲われたり、密告されたり、部屋を荒らされたりするのはまっぴらよ。事態はますます手に負えなくなってるわ。あたくしは手に負えないことが嫌いなの」

「落ち着いて、レディ・マコン、まあ、落ち着いて」と、シドヒーグ。

アレクシアは不満そうに目を細めた。

「なんでおれたちがあんたの言いなりにならなきゃならねぇんだ?」ダブが反発した。

アレクシアがダブの鼻先に逮捕許可状を突きつけると、ダブは口をつぐみ、幅広の怒った顔に奇妙な表情を浮かべた。

シドヒーグは許可状をつかみ、近くのオイルランプの弱い明かりの上にかかげたあと、納得したようにラークランに手渡した。ラークランは淡々と内容を読んだ。

「あたくしの役職のことは聞いてなかったようね？」シドヒーグはアレクシアを鋭く見返した。「つまり、コナルとの結婚は純粋な愛情によるものじゃなかったってことか？」

「あら、言っておきますけど、この政治的地位は予想外の特典よ」

「だが、独身女性に与えられる地位でもない」

「女王の性格をよく知っているようね。だったら、あたくしが〈議長〉になることぐらい予測できたんじゃなくて？」アレクシアは許可状を取り返し、胴着の前みごろにていねいにはさんだ。わざわざ団員たちにパラソルの隠しポケットのことを教える必要はない。

「〈議長〉の座は何世代も空白だった。なんであんたが？　しかも今になって？」と、ダブ。怒りの表情はやわらぎ、いつになく思案げな顔だ。腕力とからいばりの男にも脳みそはあるらしい。

「女王はかつて、あなたの父上にその地位を申し出ました」と、ラークラン。

「そのような話は聞いたわ。そして父は辞退したと」

「いや、そうじゃありやせん」ラークランが小さく半笑いを浮かべた。「おれたちが妨害したんです」

「人狼が？」

「人狼と吸血鬼と、それからゴーストも数人」

「いったいあなたたちとあたくしの父となんの関係があるの？」

そこでダブが鼻を鳴らした。「こんなことをしてる時間があるのか?」

タンステルと二人の意識不明者がいる部屋の振り子時計がボーンと十一時十五分前を告げた。

「あまりないわ。とにかくこの逮捕許可状が本物だと認めるわね?」

シドヒーグは〝あんたに対するこれまでの疑問にはすべて答えが出た〟とでもいうようにアレクシアを見つめた。「わかった。この件についてはあんたの権限にしたがうよ」そう言って応接間の閉じた扉を指さし、団員たちの手前、「当面のあいだは」と付けくわえた。

いまはこれでよしとするしかなさそうだ——アレクシアは納得し、いつものようにさっさと話を先に進めた。「たいへんけっこう。これからエーテルグラフを使って通信文を送るわ。そのあいだ、あなたたちはエジプトから持ち帰ったすべての遺物をひとつの部屋に集めてちょうだい。通信が終わりしだい、すぐに調べたいの。人間化を引き起こしている遺物が特定できなければ、夫をグラスゴーに移動させるわ。そうすれば異界族に戻って、後遺症もなく回復するはずよ」それだけ言うと、アレクシアはエーテルグラフのある塔の最上階にまっしぐらに向かった。

エーテルグラフの部屋に入ったとたん、アレクシアは愕然とした。床には装置の管理者であるびっくり顔のクラヴィジャーが気を失って横たわり、キングエア団の真空管《バルブ》周波変換器がすべてこなごなに割れていた。あたり一面、光る水晶のかけらが散らばっている。

「ああ、なんてこと、だからカギをかけておくべきだったのよ」アレクシアはクラヴィジャーの息を確かめ、夫と同じように深く眠っているのがわかると、破片のなかを縫うようにエーテルグラフに近づいた。

装置は無事だ。アレクシアは首をかしげた。バルブを破壊した目的が外部との通信を絶つことだとしたら、どうしてエーテルグラフそのものを壊さなかったの？　とても繊細な機械だから壊そうと思えば簡単にできるはず。なのに、どうしてバルブをこなごなにしたの？

そうか――犯人はエーテルグラフを使って通信する必要があったのね。

アレクシアは送信室に駆けこみながら祈った――どうかクラヴィジャーが眠らされる前に犯人の破壊行為を邪魔していますように。祈りは通じたようだ。その証拠に、発信台に通信文を焼きつけた平らな金属板が載ったままなのがはっきり見えた。しかも、あたしが昨晩アケルダマ卿あてに送ったものではない。ああ、でも、なんてこと――通信文はフランス語だ！

読むのがあまり得意でないアレクシアは貴重な時間を費やし、ようやく金属に焼きつけられた文字を翻訳した。

〝武器はここ。でも不明〟。

ああ、なんていまいましい――どうしてこの金属通信文には紙とインクを使った昔ながらの手紙のように〝親愛なるだれだれ様〟と〝敬具、だれだれ〟が書いてないの？　それがあったらすべてわかるのに。マダム・ルフォーはこの文を誰あてに送ったのかしら？　いつ送信されたの？　撃たれる直前？　それとももっと前？　バルブ周波変換器を破壊したのもルフォー？　でも、あの人が機械を無差別に破壊するかしら？　ルフォーは機械を愛する人間だ。こんなめちゃくちゃなやりかたで破壊するとは思えない。そもそもルフォーは撃たれる前、あたしたちに何を言おうとしていたの？

アレクシアはハッとした。午後十一時まで時間がない。いますぐ通信文を書いて送信しなければ。いまのところ考えつく唯一の方法はアケルダマ卿に相談することだ。王室やBURのエーテルグラフに適合するバルブが手もとにない以上、いかれた吸血鬼に頼るしかない。

アレクシアは金属板にこう書いた。〝フルーテ、図書室を調べて。エジプト、人間化武器、ある？　BUR、キングエアに捜査官を送れ〟。

エーテルグラフが処理するには長い文章だが、これでもできるだけ短くしたつもりだ。アレクシアは昨夜、若いクラヴィジャーが行なった操作手順を思い出した。元来こうしたことは得意だが、それでもボタン操作のひとつかふたつは見落としたかもしれない。でも、やってみるしかない。

小さな送信室も一人ならばそれほど窮屈ではない。アレクシアはパラソルからアケルダマ卿のバルブを取り出し、そっと共鳴台の上に置いた。通信文を書きこんだ金属筒を枠に入れ、スイッチを押してエーテル対流器《コンベクター》と薬品洗浄を作動させると、刻みこまれた文字が焼き切れ、油圧エンジンが動き出した。思ったより簡単ね。王室のエーテルグラフ通信担当官は〝この複雑な装置を動かすには特殊な訓練と資格が必要だ〟とか言ってたけど、あれは大げさだわ。二本の針が金属板の上を動き、交差するたびに火花を散らした。アレクシアは通信のあいだじゅう息を詰めて座り、終わるのを待って発信台から金属板をはずした。ここを荒らした犯人のように置き忘れたりはしない。

アレクシアはすぐに受信室に移動したが、こちらの操作のほうがはるかに難しかった。どんなにあちこちつまみをいじり、歯車をまわしても、周囲の雑音が小さくならない。アケルダマ卿が返信に時間がかかったのはさいわいだった。三十分ちかく奮闘したあと、クラヴィジャーの手並みとはくらべものにならないが、なんとか受信室は静かになった。

アケルダマ卿からの返信文が二枚のガラス板のあいだの黒い磁粉のなかに一文字ずつ現われはじめた。アレクシアは息を詰め、文字を書き写した。それは短く、謎めいた、まったく役に立たない文章だった。

〝反異界族はつねに火葬される〟。それからシンボルのようなものが現われた。十字の上に円を載せたような印。何かの暗号？　なんて思わせぶりな！　アケルダマ卿ったら、こんなときまで謎かけめいたことをするなんて！

アレクシアはそれから三十分、夜中すぎまで次の通信を待っていたが、それきり何も届かなかったので装置のスイッチを切り、憤然と部屋を出た。

城内は浮き足だっていた。タンステルと病人がいる応接間の向かいの大広間では暖炉の火が赤々と燃え、メイドや召使たちが忙しそうに遺物を並べている。

「まあ、驚いた。あなたたち、アレクサンドリアで買い物ツアーでもしたの？」

脇テーブルに小さなミイラをそっと並べていたシドヒーグが目を上げた。何かの動物――

たぶんネコ？――のミイラのようだ。「あたしたちはやるべきことをやる。連隊から出る給金だけじゃ、キングエア団はとうていまかなえねぇ。金目のものを集めて何が悪い？」

アレクシアはずらりと並んだ遺物を当てもなくながめた。小さな木製の人物像。トルコ石とラピスラズリの首飾り。動物の頭をかたどった蓋つきの奇妙な石の壺。護符の数々。きちんと包帯を巻かれた二体のミイラを除けば、ほとんどが小さいものだ。解包したミイラに比べるとこの二体は立派だった。美しい色で塗られた丸みのある棺に収められ、棺の表面にも色とりどりの意匠とヒエログリフが描いてある。アレクシアはおずおずと近づいたが、圧倒されるような反発は感じなかった。二体のミイラも含め、どの遺物も王立協会の広間や歴史博物館に陳列してあるものとなんら変わらない。

アレクシアは疑うようにシドヒーグを見た。「これで全部？」

「あとは、二階にある〝お楽しみ解包ミイラ〟だけだ」

アレクシアは眉をひそめた。「これはすべて同じ商人から買ったの？　すべて同じ墓から略奪されたもの？　何か聞いてない？」

シドヒーグはむっとした。「すべて合法的に手に入れた。証明書もある」

アレクシアは大きく息を吸った。「そうね。でも、最近エジプトで古代遺物がどんなふうにあつかわれているかはよく知ってるわ」

シドヒーグは腹を立てたようだが、アレクシアはかまわず続けた。「とにかく出どころは？」

シドヒーグは顔をしかめて答えた。「すべて別の場所だ」

アレクシアはため息をついた。「もういちどさっきのミイラを見たいわ、でもその前に……」ミイラのことを考えただけで、同じ部屋にいたときのひどく落ち着かない気分がよみがえり、胃がきゅっとねじれた。振り向くと、キングエア団の面々が所在なくうろうろしている。キルトをはいた大男たちがむさくるしい顔に困惑の表情を浮かべている様子に、アレクシアはふっと頰をゆるめ、別の部屋で眠りつづける夫のことを思い出した。「ほかに、こっそり何か手に入れて、あたくしに隠している人はいない？　もしそんなことがあとでばれたら」——アレクシアはダブを正面から見た——「ただじゃすまないわよ」

前に出る者は誰もいない。

アレクシアはシドヒーグに向きなおった。「わかったわ。では、もういちどあのミイラを見せてちょうだい。案内してくれる？」

アレクシアはシドヒーグのあとについて階段をのぼったが、そのまま部屋には入らず、戸口に立ってじっとミイラを見つめた。またしても強い圧力を感じる。アレクシアは背を向けて走り出したい衝動と必死に闘いながらその場に立ち、しわくちゃの肌を見つめた。ほとんど黒といってもいいほどの濃い茶色の皮膚が、縮んで骨に張りついている。かすかに開いた口もとから欠けた灰色の下の歯が見え、からっぽの眼窩の上には半開きのまぶたが見えた。そして両腕は胸の上で組まれている。まるで死にあらがって肉体をとどめようとするかのように——胸のなかの魂をつかもうとするかのように。

魂？

「そうよ」アレクシアは息をのんだ。「どうして今まで気づかなかったの？」

シドヒーグがアレクシアに鋭い視線を向けた。

「あたくしはずっと人間化現象の原因は古代の武器だと思っていたわ。そしてコナルはキングエア団が罹患し、エジプトから持ち帰った病原体だと思っていた。でもそうじゃない。原因はこのミイラよ」

「なんだって？　一体のミイラになんでそんなことが？」

アレクシアは激しい反発力にあらがいながら部屋の奥に進むと、解かれた包帯の切れ端を拾い上げ、そこに描かれたシンボルを指さした。半分に割れたアンク。アケルダマ卿がエーテルグラフで送ってきた文にあった、十字に円を載せたマークと同じだ。ただし、包帯のマークは割れている。

「これは死のシンボルでもなければ、来世のシンボルでもない。これは名前か」――アレクシアは言葉を切り――「もしくは、このミイラの生前の称号かもしれないわ。まだわからない？　アンクは永遠の命のシンボルよ。それがここでは割れている。永遠の命を終わらせることができる生き物はひとつしかないわ」

シドヒーグは片手を唇に当てて息をのみ、それからゆっくりその手を下ろしてアレクシアを指さした。「呪い破り《カース・ブレーカー》――あんただ」

アレクシアは小さく硬い笑みを浮かべ、悲しげにミイラを見た。「たぶん、はるか昔の先祖ね」そう言ってミイラからあとずさった。周囲の空気がアレクシアを押し返そうとしている。

　アレクシアは答えを知りながらもシドヒーグにたずねた。「あなたも感じる？」

「感じるって、何を、レディ・マコン？」

「思ったとおりね。感じるのはあたくしだけだわ」アレクシアは胸騒ぎを感じ、またしても顔をしかめた。「レディ・キングエア、あなた、反異界族について何か知ってる？」

「誰もが知ってるようなことだけだ。あたしが人狼なら、語り部《ハウラー》から詳しい話を聞かせてもらえるんだが、人間は教えてもらえねぇ」

　アレクシアはシドヒーグの声ににじむ苦々しさを無視して続けた。「では、キングエア団の最年長は誰？」このときほどライオール教授がいたらと思ったことはない。彼ならきっと知っているだろう。そうに決まっている。アケルダマ卿に話したのも、おそらくライオールだわ。

「ラークランだ」シドヒーグが即座に答えた。

「いますぐ話をさせて」くるりと振り向いたとたん、アレクシアは背後の廊下に立つメイドにぶつかりそうになった。

「奥様《マダム》」アンジェリクは目を見開き、頬をピンクにそめている。「あなたのお部屋、何、起こったですか？」

「いやだ、またなの！」

アレクシアはあわてて寝室に駆けこんだが、なかはさっきのままだ。「ああ、なんでもないの、アンジェリク。あなたには話すのを忘れていたわ。片づけてくれる？」

アンジェリクは散らかった部屋に呆然と立ちすくみ、アレクシアがあわてて階下に駆け下りるのを見つめた。そのあとをシドヒーグが落ち着いた足取りで続いた。

「ミスター・ラークラン」アレクシアが呼びかけると、きまじめなガンマが人好きのする顔に不安の表情を浮かべて戸口に現われた。「ちょっと内密の話があるの」

アレクシアはラークランとシドヒーグを連れて廊下を横切り、ほかの団員から離れた場所に寄り固まった。

「変な質問に思えるかもしれないけど、あなたの知ってるかぎりで答えてちょうだい」

「もちろんです、レディ・マコン。なんなりとお望みのままに」

「あたくしは〈議長《マージャ》〉よ」アレクシアはにやりと笑った。「あたくしの命令には嫌でもしたがってもらうわ」

「そうでした」ラークランは軽くうなずいた。

「あたくしたちは死んだらどうなるの？」

「哲学問答ですか、レディ・マコン？　しかもこんなときに？」

アレクシアはいらだたしげに首を振った。「いいえ、ここにいるわれわれじゃなくて、あたくしたち反異界族という意味よ。反異界族が死んだらどうなるの？」

ラークランは顔をしかめた。「あなたがたの種族にはあまり会ったことがありやせん。さ

「いわい、めずらしい種族なんで」

アレクシアは唇を噛んだ。アケルダマ卿の返信文には〝反異界族は火葬される〟とあった。では火葬されなかったら？　もし肉体が分解されなかったらどうなるの？　ゴーストの性質を見ればわかるように、余分な魂は肉体に残る。肉体が保存されるかぎり、ゴーストはあたりをただよいつづける――不死者となって、だんだん正気を失ってゆくけど、それでも魂は存在しつづける。古代エジプト人はミイラ化の過程を通して、この事実に気づいていたんじゃないかしら？　だからこそミイラとして保存しようとしたのかもしれないわ。だったら、魂を持たないという状態もなんらかの形で肉体に残るの？　もしかしたら、魂を吸う能力は反異界族の皮膚に残るのかもしれない。そうよ――考えてみれば、あたしが異界族の力を打ち消せるのは、皮膚を通して相手に触れるときだわ。

アレクシアは息をのみ、何ごとにも動じなかったこれまでの人生で初めて気を失いそうになった。これが何を意味するか……考えただけでも恐ろしい。つまり、反異界族の遺体が異界族に対する武器になるかもしれないということだ。ここにあるような反異界族のミイラが分割され、帝国じゅうにばらまかれたら？　あるいは粉々にされて毒薬になったら！　人間化を引き起こす毒薬……。アレクシアは顔をしかめた。そのような薬もいずれは消化されて体外に出るかもしれないが、そのあいだだけは人狼も吸血鬼も不死ではなくなる。

ラークランとシドヒーグは無言でアレクシアを見つめた。アレクシアの頭のなかで歯車が動くのが見えるかのように。でも、ひとつだけわからない。なぜあたしはミイラに押し返されるように感じるの？　アレクシアはラークランにたずねた。「二人の反異界族が会ったらどうなるの？」

「ああ、そういうことはありません。たとえ親子でも。あなたも父上には会ったことがねぇでしょう？」ラークランは言葉を切った。「もちろん、あの人はそんなタイプじゃありませんでしたが、そうでなくてもありえません。反異界族はおたがい同じ場の空気を吸うことに耐えられねぇんです。人格がどうのという問題じゃなくて、単純に耐えられねぇ性質なんです。だから彼らは同じ社交グループを避ける傾向にあります」またしても言葉を切った。

「あのミイラがすべての原因だって言うんすか？」

「おそらく死によって〈魂なき者《ソウルレス》〉の能力が増大し、直接触れる必要がなくなったのね。ちょうどゴーストの余分の魂が肉体から抜け出て移動圏内を自由に動きまわるように」アレクシアはラークランとシドヒーグを見た。「これで一定の半径内で大量除霊が行なわれた理由の説明がつくわ」

「そしてキングエア団が変身できない理由も」シドヒーグがうなずいた。

「大量呪い破りか」ラークランが顔をしかめた。

そのときカギのかかった扉の奥からつぶやきが聞こえ、応接間の扉が開いてタンステルが赤毛の頭を突き出した。タンステルは三人があまりに近づいて立っているのに驚いてあとずさった。

「奥様、マダム・ルフォーが目を覚ましました」

アレクシアはタンステルのあとからなかに入り、扉を閉める前にシドヒーグとラークランを振り返った。「いま話した内容がどれだけ危険なものか、わざわざ言う必要はないわね？」

二人は状況にふさわしく重々しい表情を浮かべた。背後では、タンステルの姿に気づいたほかの団員たちが何ごとかと遺物を並べた部屋から出てきた。

「くれぐれも団のほかの人たちには言わないで」アレクシアは頼んだが、その口調は命令そのものだ。

二人がうなずくのを見届けてからアレクシアは扉を閉めた。

13 フランスの最新流行

アレクシアがなかに入ると、タンステルがかがみこみ、小さい長椅子で身を起こすマダム・ルフォーに手を貸していた。ぐったりした様子だが、たしかに目を開けている。近づくアレクシアを見つめ、ゆっくり笑みを——えくぼとともに——浮かべた。

「夫のほうは?」アレクシアもかすかに唇を曲げた。「コナルにも何か変化はあった?」そうたずねながら小さなカウチに座る小山のような夫に近づいた。鉤爪のある湾曲したカウチの脚が夫の重みに耐えかねて曲がっているように見える。手を伸ばして顔に触れると、少しざらざらした。あれほどひげを剃るように言ったのに。でも、まぶたは閉じたままで、驚くほど長いまつげが頬に伸びている。〝あなたにこんなまつげはもったいないわ〟——ついひと月前、アレクシアは長いまつげがうらやましくて夫をからかった。コナルは笑って、まつげであたしの首をくすぐって……。

アレクシアの回想を中断させたのはタンステルの声ではなく、かすかになまりのあるマダム・ルフォーの音楽のような声だった。それも今は乾いてかすれている。

「残念ながら、しばらくは目を覚まさないと思います。新型の眠り薬で機能不全になることはないにしても」

アレクシアがルフォーに近づいた。「いったいどういうこと、マダム・ルフォー？　何が起こったの？　今朝あたくしたちに何を言おうとしたの？　あなたを撃ったのは誰？」冷ややかな声だ。「あたくしの夫に矢を放ったのは誰？」答えはわかっている。でも、ルフォーの口からはっきり聞きたかった。そろそろ答えを出すべきだ。

ルフォーは唾をのみこんだ。「どうか彼女を責めないで、レディ・マコン。やりたくてやっているんじゃないんです、おわかりでしょう？　わたくしはそう信じています。少し軽率なだけで、何をしようと根はいい子なんです。誰よりもわたくしが知っています。エーテルグラフの部屋へ行くと、美しい真空管《バルブ》がひとつ残らずこなごなになっていました。どうして彼女にあんなことができたのか……誰であろうと許されませんわ」緑色の目から涙がこぼれた。「彼女はやりすぎました。それをあなたに知らせようとして、彼女があなたの部屋を荒らしているのに気づきました。そのとき、これはもう手に負えないとさとりました。水晶バルブを探していたのでしょう——あなたがアケルダマ卿と通信するためのバルブを持っていると知って、壊そうとしたのです。なんてひどいことを。まさか彼女がこんなことをするなんて。飛行船から突き落とすのはともかく、水晶バルブのような芸術品を破壊するなんて——怪物と呼ばれてもしかたありません」

なるほど、これでマダム・ルフォーにとっては人命よりバルブのほうが大事だってことがはっきりしたわ。

「アンジェリクは誰に雇われているの？　吸血鬼？」

ルフォーは観念したようにうなずいた。

アレクシアは思わず悪態をついた。これを聞けば、きっと夫も誇らしく思うだろう。タンステルもショックに顔を赤らめた。

「彼女のことは当然スパイだと思っていたけど、まさかあれほどやり手とは思わなかったわ。あたくしの髪をあんなにきれいにしてくれる女性が」

ルフォーがまったくだというように小さくうなずいた。

「彼女の目的は何？　なぜこんなことをするの？」

ルフォーは首を振った。シルクハットもクラバットも身につけていない姿はとても女性らしい。いつもとはまったく違う、柔らかい印象だ。ルフォー本人は不本意かもしれないけど。

「あくまで推測ですが――あなたの目的と同じだと思います、〈議長《マージャ》〉。人間化を引き起こす武器です」

またしてもアレクシアは悪態をついた。「アンジェリクはまさにそこに立っていたわ――その正体をあたくしが突きとめたとき、廊下であたくしの真後ろに」

ルフォーが目を見開いた。

だが、驚きの声を上げたのはタンステルだ。「原因を突きとめたんですか？」

「もちろんよ。あなた、どこにいたの？」そう言うなりアレクシアは扉に向かった。「タンステル、あたくしの命令はまだ有効よ」

「でも、レディ・マコン、あなたは――」

「命令よ！」

「アンジェリクが殺したがっているのは、おそらくわたくしだけです」ルフォーがアレクシアの背に呼びかけた。「間違いありません。ですから、どうか……取り返しのつかないことはなさらないで」

アレクシアは扉の前でくるりと振り向き、人狼よろしく歯を剝き出した。

「アンジェリクはあたくしの夫に矢を放ったのよ、マダム」

キングエア団がうろついているはずの部屋の外は静かだった。それもそのはず、キルトをはいた大男たちは眠らされていた――まさに大崩壊だ。

アレクシアは目を閉じ、いらだちを抑えるように大きく息を吸った。これもすべてアンジェリクのしわざなの？

アレクシアは麻酔針がしこまれたパラソルを握って、毒矢発射ボタンのあたりに指を這わせ、ミイラのある部屋に向かって階段を駆けのぼった。読みが正しければ、アンジェリクはミイラを城の外に持ち出し、馬車で雇い主のもとへ向かうはずだ。

だが、部屋の扉を開けたとたん、読みがはずれたことがわかった。ミイラはそのままの状態で置かれ、アンジェリクの姿はどこにもない。

アレクシアは眉をひそめた。「どういうこと？」

アレクシアはいらだたしげにパラソルの石突きを床に打ちつけた。そうよ！　吸血鬼のスパイの最重要任務は情報を伝えることだわ。情報こそ吸血鬼の命だ。アレクシアはパラソルを握りなおすと、コルセットをものともせず城の階段を全速力で駆けのぼり、息を切らしてエーテルグラフ通信室にたどりついた。

そして装置が動いているかどうかを確かめもせずにパラソルを構え、手もとのスイレンの花弁を引いて磁場破壊フィールドを発射した。たちまちすべての装置が停止した。

アレクシアは送信室に駆けこんだ。

アンジェリクが席から立ち上がっていた。火花を散らす小型アームが送信の途中で止まっている。アンジェリクはアレクシアを正面から見つめ、いきなり突進した。

アレクシアはとっさに身をかわしたが、アンジェリクの目的は襲うことではなかったらしく、軽くアレクシアを押しのけただけで部屋を飛び出した。アレクシアは機材がからみあう狭い部屋の壁に突き飛ばされてバランスを失い、脇腹からどさりと床に倒れこんだ。

スカートとバッスルとペチコートのなかでひとしきりもがいたあと、ようやく立ちあがって発信台に駆け寄り、金属板を取り出した。四分の三ほどが焼き切れている。もう送信されてしまったの？　磁場破壊フィールドは通信を阻止したの？　それとも反異界族に関するもっとも危険な情報は吸血鬼の手に渡ってしまったの？

確かめる時間はない。アレクシアは金属板を片側に押しやって身をひるがえし、アンジェリクのあとを追った。今度こそミイラを取りにいったはずだ。

今回の読みは正解だった。

「アンジェリク、止まりなさい！」

アレクシアが踊り場から見下ろすと、アンジェリクがグロテスクな古代の反異界族の死体を抱え、引きずりながら城の玄関に向かっていた。

「アレクシア？　何ごとなの？」赤らんだ頬に涙の跡をつけたアイヴィが部屋から現われた。

アレクシアはパラソルを構えると、マホガニーの手すりごしにねらいを定め、麻酔矢を放った。

アンジェリクはミイラを盾のようにかかげて身をひねった。矢は数千年という時を経た、しわだらけの茶色い皮膚に当たり、半分ほど突き刺さった。アレクシアは次の階段を猛然と駆けおりた。

アンジェリクは走りながら身を守ろうとミイラを背負ったが、その不気味さに怖じ気づいたのか、逃げ足が遅くなった。

アレクシアは階段の途中で立ちどまり、ふたたびねらいを定めた。

そのときアイヴィが視界に入った。二階の階段の踊り場に立ってアンジェリクを見下ろし、二発目をねらうアレクシアの視界を完全にさえぎっている。

「アイヴィ、どいて！」

「あら、アレクシア、アンジェリクは何をしているの？　なんだかミイラを着ているみたいだけど？」

「そうよ、パリの最新流行なの、知らなかった？」そう言うやアレクシアは荒々しく友人を押しのけた。

アイヴィが怒って悲鳴を上げた。

アレクシアはねらいを定めてふたたび矢を放った。今度はかすりもしない。「ちくしょう」今後もこんな任務が続くのなら射撃の練習が必要だわ。パラソルにしこまれた二本の矢を使いきったアレクシアは駆けだし、昔ながらの方法に出た。

「まったくアレクシアったら言葉に気をつけて。まるで魚屋のおかみさんみたいよ！」と、アイヴィ。「何をしているの？　いま、パラソルが何かを発射したように見えたわ。ああ、なんて気味が悪い。きっと幻覚ね。あまりにミスター・タンステルへの愛が深すぎて目がくもってきたんだわ」

アレクシアは親友を完全に無視し、ミイラの反発力に抵抗しながらパラソルを構え、階段を駆け下りながら言った。「そこを動かないで、アイヴィ」

アンジェリクが床に倒れた団員の一人につまずいた。

「そこまでよ」アレクシアがとっておきの〈議長〉らしい声で叫んだ。

アンジェリクとミイラが玄関扉にたどりつく寸前にアレクシアは追いつき、パラソルの先でアンジェリクを激しく突いた。

アンジェリクはその場に凍りつき、すみれ色の大きな目を見開いて、もと女主人を振り返った。

アレクシアは小さく硬い笑みを浮かべた。「さあ、アンジェリク、お仕置きはひとつ？

それともふたつ？」答えも待たずに片手を振り上げると、アンジェリクの頭に力いっぱいパラソルを振りおろした。

アンジェリクとミイラが倒れた。

「どうやらひとつで充分のようね」

階段の上でアイヴィが驚きの声を上げ、片手で口をおおった。「アレクシア！」引きつった声だ。「なんてひどいことをするの？　パラソルでなぐるなんて！　しかも自分のメイドを。使用人をしつけるにしても、こんな野蛮なやりかたはないわ！　いつもあなたの髪をきれいにまとめてくれる人じゃないの！」

アレクシアはアイヴィを無視し、ミイラを脇に蹴った。

またしてもアイヴィが息をのんだ。「何をしてるの？　それは古代の遺物よ？　あなた、そういうものが好きだったんじゃないの！」

なんと言われようとかまわない。いまは歴史に遠慮している場合じゃない。この不気味なミイラこそ、すべての原因だ。このままにしておけば、どこでどんな悪夢を引き起こすかわからない。これは存在してはいけないものなのよ。学術的価値なんて、くそくらえだわ。

アレクシアはアンジェリクの息を確かめた。まだ生きている。

まずはミイラを消滅させること。それ以外のことは、そのあとでいい。

強い反発力に逆らい、できるだけ遠くに離れたい衝動にあらがいつつ、アレクシアは城の正面階段となっている巨石の上にミイラを引きずった。これ以上、誰かを危険にさらす必要はない。

ルフォー特製のパラソルに反異界族に効く毒物——そんなものがあればの話だが——を発射する機能はない。でも、酸をたっぷりかければ、たいていのものは溶けるはずだ。

アレクシアはパラソルを開いて先端を握り、向きを変えて身の安全を確保すると、磁場破壊フィールド発射装置の上にある小さなつまみを三回、押した。たちまち六本の骨の先端が開いて細かい霧が噴き出し、ミイラのカラカラに乾いた皮膚と古い骨を湿らせはじめた。アレクシアは霧が全身にかかるようパラソルを前後に動かしたあと、胴体にパラソルを立てかけ、あとずさった。酸が燃えるツンとするにおいが空気を満たし、アレクシアはさらに後退した。やがて、これまでにかいだことのないにおいが立ちのぼった。かびくさい屋根裏部屋と銅のような血のにおいが混じり合ったような——古代の骨がついに死を迎えたにおいだ。

ミイラが発する反発力が弱まりはじめた。やがてミイラはゆっくり崩壊し、ふぞろいの骨のかけらと皮膚が突き出た、ごつごつした茶色の塊になった。もはや人体の面影はどこにもない。

パラソルは噴射を続け、石の階段に水玉模様を描いている。

そのとき、背後のキングエア城の正面大階段の最上段でアイヴィが悲鳴を上げた。

そのころブリテン島の反対側では、路上にとめた目立たない貸し馬車のなかでランドルフ・ライオールとチェスターフィールド・チャニングスのチャニング・チャニング少佐が座り、じっと待っていた。場所はリージェント・パーク近くのさりげなくしゃれた地区にある、豪勢という以外に取りたててなんの変哲もない屋敷の外。ウェストミンスター吸血群の屋敷のすぐ外に人狼二人がひそむなど危険きわまりない行為である。しかも正式な捜査令状もないとなればなおさらだ。まんいち異界管理局《BUR》に知れたら、ライオールはよくても任務をはずされ、少佐は免職もまぬかれない。

いきなり馬車の扉がバタンと開き、誰かがなかに転がりこんできて、二人は文字どおり毛皮が脱げるほど驚いた――これぞ人狼ならではだ。

「出発！」

チャニング少佐が拳銃で馬車の屋根をバンと叩くと、馬車は蹄の音を夜のロンドンに響かせながら猛然と走りだした。

「それで？」チャニングがうずうずしてたずねた。

ライオールは転がりこんできた若者が姿勢と威厳を取り戻すのに手を貸した。

ビフィは決死の逃走のあいだにずりおちた黒いビロード地のケープをさっと払いのけた。不法侵入するのになぜケープが必要なのかライオールにはわからなかったが、ビフィはどうしてもと言い張った。「身なりに中途半端はありえません」――これが彼のモットーだ。

ライオールはビフィに向かってニッと笑った。たしかにハンサムな若者だ。アケルダマ卿についてあれこれ言う人もいる――いや、かなり言う人もいる――がドローンの趣味だけは一流だ。「それで、どうだった？」

「ええ、たしかに一台ありました。屋根の近くに。ご主人様のものより少し古い型ですが、ちゃんと動いているようでした」

ビフィはハンサムなだけでなく有能な男だ。

「それで？」ライオールが片眉を吊り上げた。

「手短に言うと、当分のあいだ、ここの装置はこれまでのようには作動しないでしょう」

チャニング少佐はいぶかしげにビフィを見た。「何をやったんだ？」

「いえ、たいしたことじゃありません。このくらいのポットに入った紅茶がそばに置いてあって……」ビフィが言葉をにごした。

「実に役に立つものだな、紅茶というのは」ライオールが考えぶかげに言うと、ビフィがニヤリと笑った。

それはいつもアイヴィが出す、ため息まじりの、今にも失神しそうな声ではなかった。本物の恐怖の声だ。アレクシアは酸を振りまくパラソルを置き去りにして城に駆け戻った。

せっぱつまった悲鳴を聞きつけたのはアレクシアだけではない。タンステルと、足もとがおぼつかないマダム・ルフォーが命令に背いて一階の応接間から現われた。

「あなたたち、何してるの？」アレクシアが二人に向かって叫んだ。「いますぐ部屋に戻りなさい！」

だが、二人は聞いていなかった。二人の目は大階段の最上段に釘づけだ。見ると、アンジエリクがアイヴィの背後に立ち、恐ろしげな短刀を首に突きつけている。

「ミス・ヒッセルペニー！」タンステルが叫び、顔に恐怖が広がった。そしてすべてのためらいと礼儀をかなぐり捨てて叫んだ。「アイヴィ！」

同時にルフォーが叫んだ。「アンジェリク、やめて！」

誰もが階段に向かって駆け出すと、アンジェリクはさっきまでミイラがあった部屋にアイヴィを引きずりはじめた。

「それ以上近づくと、彼女の命はない」短刀を握りしめたアンジェリクが目をこわばらせ、フランス語で言った。

フランス語がわからないタンステルが〈テュエ・テュエ〉を取り出し、アンジェリクに向けた。ルフォーがタンステルの腕をつかんだ。ケガをしたばかりにしては驚くほどの力だ。

「人質に当たるわ」

「アンジェリク、こんなことしてなんになるの？」アレクシアはできるだけ落ち着いた声で呼びかけた。「すでに証拠は破壊したわ。じきに団員は目覚め、もとどおりになる。あなたがどんな薬を使ったにせよ、彼らが異界族に戻ったら長くは続かない。それもじきよ。あなたはもう逃げられないわ」

「だったら、あたし、失うものない、でしょ？」アンジェリクは運の悪いアイヴィをつかんだまま、じりじりとあとずさって部屋に入った。

アンジェリクが視界から消えたとたん、アレクシアとタンステルは階段をのぼってあとを追った。ルフォーも追おうとしたが、足取りが重い。撃たれた肩をつかみ、ぜいぜいとあえいでいる。

「殺さないで」アレクシアがあえぎ声でタンステルに言った。「聞きたいことがあるの」

タンステルは拳銃をズボンに差しこみ、うなずいた。

二人は同時に部屋に着いた。ああ、こんなときにパラソルがないなんて──アレクシアはほぞを噛んだ。どうしてこうも手もとにないときにかぎって必要な場面にでくわすの？　いっそうアイヴィに命じている。アンジェリクは短刀を持ったまま、奥の窓の鎧戸を開けるよ脇腹にくくりつけておこうかしら？　アンジェリクが気づく前に、タンステルはすばやく部屋の端で身をかがめ、アンジェリクから見えないよう家具に身を隠した。

タンステルが慎重に室内を動きながらこっそり近づくあいだ、アレクシアはアンジェリクの気を引く作戦に出た。しかし、これが楽ではなかった。タンステルはどう見ても秘めやかなタイプではない。燃えるような赤毛がわざとらしい大きな足音とともに上下し、まるでマントを着たゴシックふうの悪漢が舞台の上をこそこそ歩きまわっているかのようだ。この芝居かぶれのとんま──アレクシアはひそかに毒づいた。部屋の奥にひとつしかないガスランプのおかげで薄暗いのがせめてもの救いだ。

「アンジェリク」アレクシアが呼びかけた。

アンジェリクが振り向き、片手でアイヴィを荒々しく引き寄せた。反対の手はなおも恐ろしげな短刀をアイヴィの首に突きつけている。「急いで」アンジェリクはアイヴィに向かってすごみ、「あなたは」――とアレクシアに向かってあごをしゃくり――「そこを動かず、両手を見せて」

アレクシアが何も持っていない証拠に両手を振ると、アンジェリクはうなずいた。武器がないことにほっとしたようだ。アレクシアはこっそりアイヴィに念力を送った――〝気絶して〟。アイヴィが気絶してくれれば、ずいぶんやりやすくなる。だが、アイヴィはかたくなに意識を保ち、取り乱していた。まったくアイヴィったら、気絶してほしいときにかぎって気絶しないんだから。

「どうして、アンジェリク？」アレクシアは心から知りたくてたずねた。もちろん、アンジェリクの注意をタンステルの下手な芝居からそらすためでもある。

ほほえむアンジェリクはいつもよりさらにきれいに見えた。大きな瞳がガスランプの光を受けて光っている。「彼女に頼まれたから。あのかたが〝変異させる〟と約束したから」

「あのかた。あのかた、あのかたって誰？」

「誰だと思う？」アンジェリクが言下に問い返した。

ふとバニラのにおいがして、そばから低い声が聞こえた。見ると、マダム・ルフォーが脇の柱に力なく寄りかかっていた。「ナダスディ伯爵夫人よ」

アレクシアは困惑して眉をひそめ、唇を噛むと、ルフォーの存在を無視してアンジェリクに話しつづけた。「でも、あなたのご主人様ははぐれ吸血鬼だったんでしょう？　あなたはお情けでウェストミンスター群に引き取られたんじゃなかったの？」

またしてもアンジェリクがアイヴィを突いた——今度は短刀の先で。アイヴィは悲鳴を上げてがちゃがちゃと掛け金をいじり、ようやく鎧戸を開けた。キングエア城は古いので窓にガラスはない。冷たく湿った夜気が部屋に流れこんだ。

「考えすぎです、マイ・レディ」アンジェリクがあざわらうように言った。

そのとき、ようやく家具をすり抜けて近づいたタンステルがアンジェリクに飛びかかった。タンステルを知って以来アレクシアは初めて、このいずれ人狼になるべき男の優雅さと器用さを見たような気がした。もちろん芸人の域は出ていないが、それでもなかなかだ。

自分を助けに来た人物を見たとたん、アイヴィは気絶し、開いた窓の片側に倒れこんだ。

ああ、ようやく——アレクシアは思った。

アンジェリクが短刀を振りまわしながら振り向いた。

タンステルとアンジェリクが取っ組み合い、アンジェリクが鋭く短刀で切りつけた。訓練と鍛錬を積んだ動きだ。タンステルはさっと頭を下げ、肩で刃先をかわした。上腕がざっくり切れ、血があふれていた。

援護に向かおうとしたアレクシアをルフォーが引きとめた。その瞬間、足の下で何かがぐしゃりとつぶれる寂しげな音がして、アレクシアは組み合う二人から目をそらし、足もとを見た。うげっ！　床は一面、フンコロガシの死体だらけだ。

当然ながらタンステルはアンジェリクより力が強い。アンジェリクは細身の小柄な女性で、タンステルは人狼と舞台監督が目をつけるほどの大男だ。技術で欠けるところを腕力で補ってあまりある。タンステルがかがみこんだ姿勢から身体をひねり、ケガをしていないほうの肩で相手のみぞおちにタックルすると、アンジェリクは怒りの叫びとともに開け放たれた窓から後ろ向きに転落した。縄ばしごがかけてあるところを見ると、こうなることを予想して窓を開けたのではなかったようだ。長い、甲高い悲鳴に続いて、バキッという衝撃音が聞こえた。

ルフォーは悲鳴を上げ、アレクシアをつかんでいた手を離した。二人は同時に窓に駆け寄り、下を見た。

アンジェリクがねじくれた格好で地面に倒れていた。これもまた予想外の着地だったに違いない。

「〝殺さないで〟と言ったのを忘れたの？」と、アレクシア。

タンステルが青ざめた。「てことは死んだんですか？　ああ、ぼくはなんてことを」

「違うわ。アンジェリクははずみで宙に飛び出したの。もちろん、結果的にはあなたが殺して、あなたが――」

女主人の怒りを押しとどめるかのようにタンステルは気絶し、そばかすの小山となった。

アレクシアは、地面のアンジェリクを真っ青な顔で見つめるルフォーをにらんだ。

「どうしてあたくしを止めたの？」

ルフォーは口を開いたが、ゾウの群れが押し寄せるような音に言いかけた言葉をのみこんだ。

キングエア団が開いた扉のまわりに現われた。人狼しかいないところを見ると、クラヴィジャーとシドヒーグは、まだアンジェリクの眠り薬で眠っているらしい。そして人狼が目覚めたということは、ミイラが完全に消滅したということだ。

「どけ、雑種ども」背後からたけだけしいうなり声が聞こえた。現われたときと同じように一団は消え、マコン卿が大股で部屋に入ってきた。

「ああ、よかった」と、アレクシア。「目覚めたのね。どうしてこんなに時間がかかったの？」

「やあ、いとしき妻よ。こんどは何をやらかした？」

「からかうのはあとにして、アイヴィとタンステルの様子を見てくれない？　二人とも酢が必要だわ。ああ、それからマダム・ルフォーからも目を離さないで。確認しなければならない死体があるの」

妻のいつもどおりの態度と表情を見て、マコン卿はおとなしくしたがった。

「きみのメイドか？」

「どうして知ってるの？」アレクシアが怒るのも無理はない。ようやく事件を解明したと思ったら、また夫に先手を打たれたのだから。

「わたしは彼女に矢を打ちこまれた。忘れたのか？」マコン卿はふんと鼻を鳴らした。

「そうだったわ。とにかく確かめなきゃ」

「生きているのと死んでいるのと、どっちがいいだろうな？」

アレクシアは思案げに大きく息を吸った。「そうねえ、死んでいたら書類は少なくてすむけど、生きていたら謎は減るわね」

マコン卿はひらひらと片手を振った。「仕事を続けてくれ、妻よ」

「やめて、コナル。あなたの指図は受けないわ」アレクシアはむっとしながらも小走りで部屋を駆けだしていた。

「やれやれ――さすがはわたしが妻に選んだ女性だ」マコン卿は集まった人狼たちに、あきらめまじりにつぶやいた。

「聞こえてるわよ」

アレクシアは走りながら答え、階段を駆け下りた。今日一日ぶんの運動量はもう充分だ。眠りつづけるクラヴィジャーたちのあいだをすり抜け、正面玄関から外に出る途中、ミイラの様子を調べた。いまや茶色のどろりとしたただの塊だ。注入したぶんを使い切ったらしく、パラソルの毒霧は止まっていた。今回は武器の大半を使ってしまったから、点検補充が必要ね。アレクシアはパラソルをパチンと閉じて手に持つと、城の脇をまわり、湿った緑の上でねじれた格好でじっと横たわるアンジェリクに近づいた。

アレクシアは少し離れた場所からパラソルの先でアンジェリクを突いた。なんの反応もない。身をかがめて顔を近づけた。どんなに酢を振りかけても治る状態にないことは疑いようもない。首は片方に大きく曲がり、落下の衝撃で首の骨が折れている。

アレクシアがため息をついて立ち上がり、ゆっくり立ち去りかけたとき、炎のまわりの空気が波打つように死体の周囲の空気が振動した。

　これまで霊誕生《unbirth》の場面を見たことは一度もない。通常の誕生《birth》と同様、それは生々しく、上流階級では避けるべき話題とされているが、それがいまアンジェリクに起こりつつあった。

　アレクシアの目の前に、死んだメイドがかすかに揺らめきながら現われた。

「つまり、あなたはナダスディ伯爵夫人の牙嚙みに耐えられたかもしれないってことね」

　ゴーストがアレクシアを見つめた。じっと。まるで新しい存在状態――というか非存在状態――に慣れるのを待つかのように。彼女――アンジェリクの魂の残り――は、ただそこに漂っている。

「あたし、いつもいま以上の自分になれると思ってました」と、〈かつてのアンジェリク〉。「でも、あなた、あたしを阻止しました。彼ら、あなたは危険だと言いました。でも、それは、彼らがあなたを恐れているから――あなたの性質とあなたが生み出すものを恐れているからだと思ってました。でも、いまわかりました。彼ら、あなたという人物も恐れていたのだと。あなた、魂がない。それがあなたの性格に影響してる。あなた、反異界族であるだけでなく、そのせいで考えかたも人と違います」

「そうかもしれないわね」と、アレクシア。「でも自分ではわからないわ。あたくしはあたくしの考えかたしか知らないから」

　ゴーストは自分の肉体の上空に浮かんだ。肉体の腐敗が始まるまでは移動範囲を広げることができないから、近くにとどまるしかない。腐敗が進むにつれて肉体とのつながりは弱まり、遠くまで移動できるようになるが、同時に精神は崩壊し、ポルターガイストと狂気の状態になる。〝死後の生〟の始めかたとしては、あまりいい方法ではない。

アンジェリクはもと女主人を見た。「あなた、あたしの肉体を保存する？　それともあたしを狂わせる？　それともこの場で除霊しますか？」

「あなたしだいよ」アレクシアはきっぱりと言った。「あなたはどれがいいの？」

アンジェリクのゴーストはためらいもなく答えた。「いますぐ消してください。BUR、あたしにスパイになれと言うでしょう。でも吸血群や祖国、裏切りたくありません。気が狂うのも耐えられません」

「あなたにもいくらか良心の呵責《かしやく》はあるってことね」

その言葉に、かすかにゴーストがほほえんだような気がした。ゴーストはつかのまの存在だ。心のなかにある記憶の物理的出現だとする科学的仮説もある。「あなたが思っている以上に」〈かつてのアンジェリク〉が答えた。

「あなたを消したら、かわりにあなたは何をしてくれる？」アレクシアは反異界族だ。好奇心を抑えることはできない。

〈かつてのアンジェリク〉はため息をついた。もはや息をためておく肺も、吐く口もないはずなのに。アレクシアは首をかしげた――ゴーストはどうして話ができるのかしら？

「知りたがり屋ですね。では取引しましょう。あなたの十の質問に、できるだけ正直に答えます。答えたら、あたしを消してください」

「どうしてこんなことをしたの？」アレクシアは即座にたずねた。まずはもっとも簡単で、もっとも重要な質問からだ。

〈かつてのアンジェリク〉はまさにぼんやりした指を十本立て、一本を折り曲げた。「ナダスディ伯爵夫人が牙嚙みしてくれると言ったから。永遠の命、ほしくない人いますか？」一瞬の間。「ジュヌビエーヴ以外に」

「なぜあたくしを殺そうとしたの？」

「それは誤解です。あたしが殺そうとしたのはジュヌビエーヴだけ。でも、うまくいかなかった。飛行船で突き飛ばしたのと狙撃《ゴーストリー》、あれは彼女をねらったものです。あなたは邪魔だっただけ。危険なのはあの人です」

「じゃあ、毒を盛ったのは？」

〈かつてのアンジェリク〉が三本目の指を折った。「あたしじゃありません。思うに、奥様、誰か別の人物、あなたを殺そうとしてます。四番目の質問は？」

「あたくしを殺そうとしてるのはマダム・ルフォー？」

「さあ、ジュヌビエーヴのこと、よくわかりません。あの人、なんというか、頭がいいです。でももし彼女、あなたを殺そうと思えば、そこに横たわっているのはあたしじゃなく、あなただったでしょう」

「だったら、なぜあ、い、なぜあなたは彼女を殺そうとしたの？」

「五番目の質問です、奥様。ジュヌビエーヴのことで無駄づかい、いいんですか？　彼女はあたしのもの、持ってます。あの人、それをあたしに返すと言い張りました。そうしなければ世間に公表すると」

「それほど困ることなの？」

「公表されたら、あたしは終わりでした。吸血鬼女王、絶対に家族持ち、認めません。子どもがいる者、決して変異させません――吸血鬼の勅令です。小さな規則――でも女王、いつも掟に忠実でした。いまこうしてレディ・キングエアが、あなたのご主人の人生をどんなに複雑にしてるか見て、よーやくわかりました。掟を守ること、どれだけ大事か」

アレクシアはこれまでの答えを頭のなかで整理した。アンジェリクのすみれ色の目には見覚えがある。「マダム・ルフォーの息子、ケネル。あの子はマダムの子どもじゃない。あなたの子ね？」

「どちらでも、もう関係ありません」〈かつてのアンジェリク〉は次の指を折った。残りは三本だ。

「マダム・ルフォーがわざわざ飛行船に乗りこんで追っていたのは、あたくしではなくあなただったのね！　彼女はあなたを脅していたの？」

「そう。あたしが母親に戻らないなら女王に話すと。あたしは不死を手に入れようと必死でした。わかるでしょう？　あたしは不死を手に入れようと必死でした。それだけはどうしても許せなかった、」

アレクシアは顔を赤らめ、夜の冷たい空気に感謝した。「あなたたち二人は……」

〈かつてのアンジェリク〉は肩をすくめた。ゴーストになっても変わらない、さりげないしぐさだ。「そうです。長いあいだ」

エロティックな場面が頭のなかに浮かび、アレクシアの顔はますますほてった。マダム・ルフォーの黒髪とアンジェリクの金髪が寄り添う図。この二人が並んだら、さぞ美しい絵になるだろう。みだらな絵葉書から出てきたような。「それは、なんというか、とてもフランスふうね」

ゴーストが笑い声を上げた。「とんでもない。あたしがどーやってナダスディ伯爵夫人の気をひいたと思います？　間違っても髪結いの腕じゃありません、マイ・レディ」

そのような事例を父親の蔵書で見たことはある。でも、男性的欲求を満たすとか、せいぜい同性愛者を刺激するための見せもの的意味合いのものだと思っていた。まさか女性どうしがみずからそのような行為を求め、しかも恋愛感情まで抱くなんて……そんなことが可能なの？

気づくとアレクシアは最後の質問を口にしていた。

〈かつてのアンジェリク〉は鼻を鳴らした。「あたしに言えるのは、少なくともある時期、ジュヌビエーヴは本気であたしを愛したってことです」

アレクシアはようやく、この一週間のルフォーの行動や発言の意味がわかりかけてきた。

「かわいい顔に似合わず、なかなかしたたかね、アンジェリク？」

「最後の質問をそんなことに使うなんて、もったいないことを、マイ・レディ。誰もみな、教わったよーになるだけです。あなたはご自分が思っているほどしたたかじゃありません。

だんな様が知ったら、なんと言うでしょーね？」

「知るって、何を？」

「あら、本当に気づいてないですか？　てっきり知らないふりをしているものとばかり思ってました」ゴーストが笑い声を上げた。アレクシアのとまどいと来るべき悲劇をあざ笑うような、しゃがれた、本物の笑い声だ。

「なんのこと？　あたくしが何を知らないというの？」

「もう終わりです。約束、果たしました。十の質問、ちゃんと答えました」

そのとおりだ。アレクシアはため息をつき、しぶしぶながら人生で初めての除霊を行なうべく手を伸ばした。奇妙なことに、英国政府はアレクシアが生まれたときから反異界族であることを知り、BURの重要機密ファイルにはロンドンでたった一人の反異界族だと記載されているにもかかわらず、そのもっとも一般的な能力である除霊をこれまで一度も利用しなかった。さらに初めて行なう除霊がゴースト本人の願いによるものであるのも奇妙なら、その舞台がスコットランド高地というのも奇妙だ。そして何より奇妙だったのは、それがあまりにも簡単なことだった。

アレクシアはアンジェリクのねじれた死体に片手を置いた《レイド》。文字どおり死者を眠りにつかせた《レイド》わけだ。そのとたん、ぼんやりしたゴーストの姿は消え、つながりが途切れ、余分な魂のすべてが消滅した。アレクシアが両手を上げた瞬間、呼び戻してくれる肉体を失った魂は永遠に消え去った。完全なる消魂《ディスアニムス》。人狼や吸血鬼と違って、魂は二度と戻れない。肉体が死んだ以上、魂の復活は不可能だ。かわいそうなアンジェリク——別の道を選んでいたら不死になれたかもしれないのに。

城に戻り、階段をのぼってミイラのいた部屋に入ると、驚くべき光景が目に入った。アイヴィのものとおぼしき赤い格子柄のハンカチを包帯がわりに肩と上腕に巻いたタンステルが薬がわりに高級ブランデーをしきりにあおり、アイヴィがかたわらに膝をついて甘い言葉をささやいている。少なくともアイヴィは目を覚まし、まともな分別《センス》とはいえないまでも、意識《センス》だけは取り戻したようだ。

「ああ、ミスター・タンステル、わたしを助けにきたときのあなたのなんて勇敢だったこと！　まるで英雄のようだったわ」と、アイヴィ。「もしメイドに——しかもフランス人のメイドに——短刀で刺されたなんてことが知れたらどうなっていたかしら？　あのまま死んでいたら、死んでも死にきれないわ！　ああ、なんとお礼を言ったらいいの？」

マダム・ルフォーがマコン卿の近くに立っていた。落ち着いた表情だが、目と口もとがわずかにこわばり、えくぼも封印している。この表情が何を意味するのか、アレクシアにはわからなかった。いまもルフォーのことは信用できない。ルフォーは今回の事件の最初から何かと怪しげだった。不気味なタコの入れ墨は言うまでもない。〈ヒポクラス・クラブ〉のいかれた科学者との経験から、タコが信用ならないことは嫌というほど学んだ。

「アンジェリクは全部、話していったわ」ルフォーに歩みより、アレクシアは言った。「次はあなたの番よ、マダム・ルフォー。あなたの本当の目的は何？　アンジェリクだけ？　それともほかに何かあるの？　飛行船であたくしに毒を盛ったのは誰？」そこでさっとタンステルに目を向けて肩の傷をじろりとにらみ、「傷には酢をかけたのかしらね」とつぶやいた。

「話していった？」だがルフォーはアレクシアが口にしたひとつの言葉に気を取られていた。

「いま、話していったと言われたの？　彼女は死んだんですの？」

「アンジェリクのこと？」

ルフォーはそわそわと唇を噛み、うなずいた。

「そうよ」

そのとたん、意外にもルフォーは緑色の目を大きく見開き、それでも足りないというように顔をそむけて泣きはじめた。

アレクシアは静かに泣ける能力をうらやましく思った。あたしが泣くと、顔が涙のあとだらけになるけど、ルフォーは淡々と悲しみをあらわにしている。しゃくりあげもしなければ、鼻をすすりもしない。静かな大粒の涙が頬を伝い、あごの先からこぼれ落ちてゆく。悲しみが強すぎて声さえ出ないのかもしれない。

感傷に動かされることのないアレクシアはお手上げというように両手を天に向けた。「ああ、いったいどういうこと？」

「どうやら、われわれ全員が正直に話すべきときが来たようだ」マコン卿がいつもよりやさしい声で呼びかけ、アレクシアとルフォーを事件の現場（そして今やアイヴィとタンステルがおぞましいキスの音を立てている場）から部屋の反対側に移動させた。

「あら?」アレクシアはマコン卿をにらんだ。「いま〝われわれ全員〟と言ったわね? つまり、あなたも関わっていたってこと、いとしいだんな様? 愛する妻に隠しごとをしていたの?」

マコン卿はため息をついた。「まあ、そうつっかかるな」

アレクシアは豊かな胸の上で腕を組み、無言で夫をじろりとにらんだ。

「マダム・ルフォーに仕事を依頼したのはわたしだ」マコン卿が地鳴りのような低い声で言った。「わたしが留守のあいだ、きみを見張ってくれるよう頼んだ」

「そしてあたくしにはそのことを言わなかったわけ?」

「きみがおとなしく受け入れるはずがない」

「そのとおりよ。いいこと、コナル、BUR捜査官に見張らせるなんてひどいわ。いったいあたくしは何? キツネ狩りの獲物? もうたくさんよ! よくもそんなひどいことを!」

「いや、マダムはBUR捜査官ではない。古くからの知り合いだ。彼女には友人として頼んだ。雇ったわけじゃない」

アレクシアは顔をしかめた。いい、そんなこと言われて、どう反応しろというの? 「どれだけ古くて、どれだけ親しいご友人?」

ルフォーが涙まじりに小さく笑った。

マコン卿は心から驚いた。「何を言うか。そんなバカげた質問をするとはきみらしくもねぇ。わたしがマダム・ルフォーの趣味に合うと思うか?」

「あら、あたくしだってアケルダマ卿の趣味には合わないわ」

女性っぽいアケルダマ卿に嫉妬し、アケルダマ卿とアレクシアの仲のよさが気に入らない
マコン卿は、なるほどとうなずいた。「たしかに、きみの言うとおりだ」

「もちろんわたくしは」ルフォーが低い涙声で言葉をはさんだ。「アンジェリクのそばにいられると思って引き受けました。なにせ彼女はレディ・マコンのメイドですから」

「きみにはきみの目的があったということか」マコン卿はなじるように言い、ルフォーに疑いの目を向けた。

「当然ね」と、アレクシア。「アンジェリクはかつてあなたと親しかったと言ったわ。そしてケネルがあなたの子どもではなく、自分の子どもであることも」

「いつ彼女がそんなことを？　死ぬ前か？」と、マコン卿。

アレクシアは夫の腕を軽く叩いた。「いいえ、あなた、死んだあとよ」

その言葉にルフォーが顔を輝かせた。「アンジェリクはゴーストになったんですの？」

アレクシアは指先を振った。「いいえ、もういないわ」

ルフォーは息をのみ、つかのま浮かんだ奇妙な希望はたちまち悲しみの表情に変わった。

「除霊したんですね？　なんて残酷な」

「彼女に頼まれて取引したの。ごめんなさい。あなたの気持ちまでは考えなかったわ」

「近ごろは誰も人の気持ちなど考えないようですわね」苦々しい口調だ。

「そんなに悲しんでみせなくてもいいわ」アレクシアに感傷的な皮肉は通じない。

「おい、アレクシア、少し言葉が過ぎるぞ。マダムは動揺している」

アレクシアはルフォーに顔を近づけた。「何か理由があるんでしょう？　あなたは恋人を失ったことより、過去を失ったことがつらいのよ。そうじゃない、マダム？」

ルフォーの顔からかすかに悲しみの色が消え、目を細めてアレクシアを見た。「わたくしたちは長いあいだ一緒でした。でもあなたのおっしゃるとおりです。わたくしは彼女を取り戻したかった――自分のためではなくケネルのために。息子のことを持ち出せば彼女を昼間社会に引き戻せると思ったのです。ドローンになってからアンジェリクは変わりました。吸血鬼たちは、かつてケネルとわたくしが克服した苦しみをふたたび課そうとしたのです」

アレクシアはうなずいた。「そんなことだと思ったわ」

マコン卿は妻を賞賛の目で見た。「驚いた、どうしてそんなことまで知ってる？」

「それは」――アレクシアはニヤリと笑い――「旅行中にマダム・ルフォーがあたくしに色目を使ったからよ。あれは芝居とは思えないわ」

ルフォーがふっとほほえんだ。「気づいておられるとは思いませんでした」

アレクシアは眉を吊り上げた。「つい最近まではね――あとから考えてなるほどと納得したわ」

マコン卿はルフォーをにらみ、どなった。「きみはわたしの、わ、わたしの妻を誘惑しようとしたのか！」

ルフォーは背筋を伸ばしてマコン卿を見た。「そんなに怒らないで、コナル。ひとりじめは禁物ですわ。あなたにとって魅力的な女性です——わたくしが惹かれても無理はないでしょう?」

マコン卿は言葉に詰まった。

「何もなかったから安心して」アレクシアがにっこり笑った。

「だからといって、わたくしがあきらめたわけでは——」

マコン卿はルフォーをにらみ、さらに恐ろしげな顔で見下ろした。マコン卿の態度にルフォーはあきれたように目をぐるりとまわした。

アレクシアはさらに笑みを広げた。コナルをからかう度胸のある者はそうはいない。アレクシアがちらっとルフォーを見ると、ルフォーも楽しんでいるようだ。そこでアレクシアは話題を変えた。「ほめてくれるのはうれしいけど、まだ事件は解決してないわ。マダム・ルフォーが飛行船に乗りこんだ理由が、あたくしを見張ることと母親の義務を果たすようアンジェリクを脅すことだったとしたら、あたくしに毒を盛ろうとしてタンステルがとばっちりを受けた事件の犯人はマダムではないってことよ。しかもアンジェリクでもなかったわ」

「毒! 毒のことなんか聞いてねぇぞ! 飛行船から落ちただけじゃなかったのか」マコン卿は怒りに身を震わせた。目はいつのまにか茶褐色から野生の黄色——狼の目——に変わっている。

「ああ、そうそう、落ちたのはアンジェリクのせいよ」

「話をすり替えるんでねぇ、この減らず口め!」

アレクシアはあわてて弁解した。「その、てっきりタンステルが話したと思ったのよ。だって毒にやられたのはタンステルだったんだから。それに彼はあなたのクラヴィジャーでしょ。ふつうはあなたにすべて話すはずだわ。それはともかく」――アレクシアはルフォーを振り返った――「あなたも人間化を引き起こした武器を追ってたようね？」

またしてもルフォーはほほえんだ。「どうしてわかりました？」

「あたくしの書類カバンを盗もうと誰かがしつこく部屋に押し入ったからよ。あなたはパラソルのことも隠しポケットのことも知っている。だからアンジェリクではなく、あなたのしわざだと思ったの。ロンドン人間化現象に関する〈議長《マージャ》〉の記録と、〈将軍〉と〈宰相〉の捜査記録のほかに何を探していたの？」アレクシアは言葉を切り、首をかしげた。「こんなことはいますぐやめてもらえないかしら？　しゃくにさわるったらないわ。カバンには、もう何も重要なものは入ってないの、おわかり？」

「だとしても、あなたがどこに隠したのか興味がありますわ」

「さあね、アイヴィに幸運の靴下についてきいてみたらいかが？」

マコン卿がアレクシアをいぶかしげに見た。

ルフォーは奇妙な答えを無視して質問を続けた。「つまり原因を突きとめたのですね？　人間化現象の原因を？　そうに違いありません、その証拠に」――とマコン卿の狼の目を指さし――「もとに戻ったようですから」

アレクシアはうなずいた。「もちろん突きとめたわ」

「やっぱり、あなたなら突きとめるだろうと思っていました。それが、あなたを追いかけた本当の理由です」

マコン卿がため息をついた。「いやはやマダム・ルフォー、BURが事件を解決するのを待って詳細をたずねればすむのに、なぜそんなことを？」

ルフォーはマコン卿を鋭くにらんだ。「BURが——それを言うなら王室が——そのような情報を教えると思いますか？　ましてやフランス人科学者に？　たとえ友人でも、あなたは決して真実を話してはくださらないでしょう」

マコン卿は、いかにも気が進まないという表情で、あきらめまじりにたずねた。「きみもアンジェリクと同じようにウェストミンスター群の指図でこの情報を探っていたのか？」

ルフォーは無言だ。

アレクシアは待ってましたとばかりにほくそえんだ。夫を出し抜く絶好のチャンスだ。

「コナル、あなた本当に知らなかったの？　マダム・ルフォーはあなたの依頼で動いているのでもなければ、吸血群に雇われているのでもない。この女性《ひと》は〈ヒポクラス・クラブ〉の一味よ」

「なんだと！　まさか、ありえん」

「いいえ、本当よ。入れ墨を見たもの」

「それは違う」マコン卿とルフォーが同時に言った。

「本当だ、アレクシア、〈ヒポクラス・クラブ〉は完全に解散した」と、マコン卿。

「これで、あなたが急に冷たくなった理由がわかりました、レディ・マコン」ルフォーが言った。「わたくしの入れ墨を見て、そう思いこんだのね」

アレクシアはうなずいた。

「入れ墨？　なんの入れ墨だ？」マコン卿はますます困惑してうなった。

ルフォーはクラバットをしていない襟もとをさっと引き下げ、首の入れ墨をさらした。

「ああ、なんだ、勘違いの理由はこれか」と、マコン卿。アレクシアは首をかしげた。タコを見てさぞ怒り狂うだろうと思っていたのに、夫はかえって安心したようだ。

マコン卿は大きな手でそっとアレクシアの手を取った。「〈ヒポクラス・クラブ〉はＯＢＯの軍事部門だった。マダム・ルフォーはＯＢＯの会員だ――そうだな？」

ルフォーは小さく笑ってうなずいた。

「それで、いったいそのＯＢＯってなんなの？」アレクシアはなだめるような夫の手を振りはらった。

「〈真鍮タコ同盟《Order of the Brass Octopus》〉――科学者と発明家の秘密結社だ」

アレクシアは夫をにらんだ。「そしてあなたは、そのことをあたくしに話そうとも思わなかったわけ？」

マコン卿は肩をすくめた。「秘密組織だからな」

「いよいよ夫婦間の情報伝達について考えなおさなければならないようね。あなたは言葉ではない親密さにばかり熱心で、大事な情報はちっとも教えてくれないわ。もう我慢の限界よ！」アレクシアは指で鋭く夫を突いた。「〝会話を多く、ベッドでの運動は少なく〟」

マコン卿がぎょっとした。「わかった、この件についてはゆっくり相談しよう」

アレクシアは疑わしそうに目を細めた。

「約束する」

アレクシアはルフォーに向きなおった。マコン卿の困った顔を見て笑いをこらえている。

「それで、その〈真鍮タコ同盟〉とやらの目的はなんなの？」

「秘密です」

アレクシアはルフォーをじろりとにらんだ。

「正直なところ、ある程度〈ヒポクラス・クラブ〉の主義と重なるところはあります――すなわち、異界族を監視し、しかるべき抑制を行なうべきだという点では。申しわけありません、マコン卿、でも事実です。異界族――とくに吸血鬼――はいまも世間を騒がせています。いつ暴走するかわかりません。ローマ帝国を見てください」

マコン卿は鼻を鳴らしたが、とくに気分を害したふうでもない。「昼間族がうまくやったように――か。忘れないでもらいたい。きみたち昼間族はいまも異端審問を行なっている」

ルフォーは緑色の目を異様にこわばらせてアレクシアを見た。これこそがもっとも重要なことだとでも言うように。「反異界族のあなたにはわかっていただきたいのです。あなたは均衡理論《カウンターバランス》の体現者です。あなたにはわれわれの側についてもらわなければなりません」

言われなくてもわかっている。この数カ月、〈将軍〉と〈宰相〉と一緒に仕事をしてきてよくわかった。科学者たちはつねに異界族を監視しなければならないという切迫感にかられている。どちら側につくべきかはわからないが、アレクシアはきっぱり答えた。「あたくしが忠義をつくす相手がコナルであることはご存じでしょう？　コナルと女王陛下よ」

ルフォーがうなずいた。「そしていま、あなたはわたくしの忠誠心がどこにあるかおわかりになったはずです。いったい何が異界族の力を一度に打ち消したのか、教えていただけませんか？」

「新しい発明品にでも利用するつもり？」

ルフォーは抜け目ない表情を浮かべた。「たしかに買い手はいるでしょう。考えてもみてください、マコン卿。吸血鬼と人狼を死すべき者に変える能力があれば、わたくしがサンドーナーにどんな協力ができるかを。あるいはレディ・マコン、あなたのパラソルに新しい道具を備えつけたらどうなるか？　そうなったら異界族をいかに管理できるかを」

マコン卿が鋭くルフォーを見つめた。「これほど過激な人だとは知らんかったな、マダム・ルフォー。いつからそんなふうに？」

この瞬間、アレクシアはミイラのことをルフォーに話すまいと決めた。「申しわけありません、マダム、でも、このことはあたくしの胸におさめておいたほうがよさそうだわ。あたくしが原因を取り除いたのは明らかに」――戸口のそばで何かを期待するようにうろつく団員を指さし――「あなたのすばらしいパラソルのおかげよ。でも、このことは公《おおやけ》にしないほうがいいわ」

「手厳しいかたですわね、レディ・マコン」ルフォーは眉をひそめた。「でもこれだけは言っておきます――わたくしたちはいずれ必ず原因を突きとめてみせますわ」

「あたくしが目を光らせているかぎり、そうはさせないわ。でも、もう手遅れかもしれない。阻止したつもりだけど、かわいいスパイが送ろうとした情報がウェストミンスター群に届いているかもしれないわ」そのとたん、アレクシアはアンジェリクがエーテルグラフで送りかけていた通信文のことを思い出した。

アレクシアが背を向けて扉に向かうと、ルフォーとマコン卿があとに続いた。

「ダメよ」アレクシアがルフォーを振り返った。「ごめんなさい、マダム・ルフォー。あなたが嫌いなんじゃないの。ただ信用できないだけ。あなたはここにいて。ああ、それからあたくしの手帳を返してくださらない？」

ルフォーは困惑の表情を浮かべた。「手帳を盗んだのはわたくしではありません」

「でも、たしかあなたは――」

「――書類カバンを探していました。でも、飛行船の客室に押し入ったのはわたくしではありません」

「では誰が？」

「あなたに毒を盛ろうとした人物だと思います」

アレクシアはお手上げとばかりに両手を上げた。「いまそれを追求している時間はないわ」そう言うと夫をしたがえ、急ぎ足で部屋を出た。

14 変身

マコン卿は廊下を見わたした。誰もいない。団員たちはミイラ部屋に行ったか、アンジェリクの死体を片づけに行ったようだ。邪魔者がいないとわかると、マコン卿は妻を壁に押しつけ、全身をこすりつけた。

「ううん、今はダメよ」と、アレクシア。

マコン卿は鼻を首にこすりつけ、耳のすぐ下にキスし、なめた。「ちょっとだけだ。きみがここにいて、無傷で、わたしのものだということを確かめたい」

「あら、最初のふたつはそのとおりだけど、最後のはいつだって疑問よ」アレクシアはいちおう反論したが、結局は言葉とは裏腹に夫の首に腕を巻きつけ、自分から身体を押しつけた。

いつものようにマコン卿は言葉を超えた手法に出ると、唇で唇をふさぎ、おしゃべりな舌を封じた。

そのとたん、直前まで――城じゅうを走りまわったあとも――毅然と気を張っていたアレクシアは、どうしようもない脱力感におそわれ、しどけなく身をゆだねた。コナルがこんな気分のときは、こっちも楽しむしかない。夫の両手が髪をまさぐり、思いのままに頭を傾けはじめた。ああ、でも、キスのうまさだけは超一流だわ。

アレクシアは妻の務めに身を捧げながらも——もちろん自分もたっぷり楽しんだけど——身を引きはがしてエーテルグラフに向かうことは忘れていなかった。

そんなアレクシアの強い決意にもかかわらず、マコン卿が顔を離すまでにはたっぷり数分はかかった。

「これでよし」清涼飲料水を飲み終えたかのようにマコン卿が言った。「では続けるか?」

「何を?」アレクシアはもうろうとした頭で考えた。あたしはキスを始める前に何をするつもりだったの?

「通信機だ、思い出したか?」

「ああ、そうよ」アレクシアは夫を叩いた。「どうしていつもあたくしの気をそらそうとするの? いよいよ本領発揮と意気ごんでいたのに」

マコン卿が笑い声を上げた。「誰かが隙をつかないと、きみはそのうち帝国を支配するかもしれん。そうでなくても皆を服従させそうだ」

「ハ、ハ、おもしろいわね」アレクシアはバッスルを挑発的に前後に揺らしながら廊下を小走りで駆けだし、半分ほど行ったところで立ちどまると、肩ごしになまめかしく夫を振り返った。「ああ、コナル、さっさとついてきてちょうだい」

マコン卿はうなりながら重い足取りで妻のあとを追った。

アレクシアはまたしても立ちどまり、首をかしげた。「あのとんでもない騒音は何?」

「オペラだ」

「本当？　とてもそんなふうには聞こえないけど」

「タンステルがミス・ヒッセルペニーにセレナーデを歌ってる」

「嘘でしょ！　かわいそうなアイヴィ。ああ、なんてことかしら」そう言ってふたたび先を急いだ。

長い階段をのぼってエーテルグラフのある塔の最上階に向かう途中、アレクシアは自説を披露した。すでに消滅したミイラは古代の反異界族で、死後、魂を吸う不思議な武器に変化して大量人間化を引き起こし、それを知ったアンジェリクがミイラを盗もうとした……おそらくウェストミンスター群とナダスディ伯爵夫人がてなずける科学者たちの手に渡そうとしたのだろう……。

「アンジェリクの情報がすでに吸血群に伝わってるとしたら厄介だわ。その場合はマダム・ルフォーにも話したほうがいいかもしれない。少なくとも彼女なら、その知識を使って、あたくしたちの側に有利な武器を造ってくれるわ」

マコン卿はけげんそうに見返した。「ほかにもミイラをねらってるグループがいるってことか？」

「どうやらそのようね」

マコン卿はため息をついた。疲れた表情だ。年齢のせいでないとすれば、不安のせい？

アレクシアは夫の手をきつく握っていたことに気づき、あわてて手を離した。どうやら今は人狼に戻って異界族の力を取りこむ必要があるようだ。

マコン卿がうなった。「死んだ反異界族を使った武器をめぐる争いだけはなんとしても阻止しなければならん。すべての〈魂なき者《ソウルレス》〉は死後、必ず火葬すべしという規則を発令しよう。もちろん、内密にだ」そう言ってアレクシアを見返した。このときばかりは怒りではなく、気づかう表情だ。「連中は、きみや帝国じゅうに散在するきみの種族を追うだろう。それればかりか、もしミイラ化で反異界族の能力が保存できることが知れたら、きみは死後、さらに貴重な存在になる」

「さいわい、古代人がどうやってミイラを作ったかを知る者はいないわ。しばらくは安心よ。それに、たぶんアンジェリクの通信文は届いていないと思うわ。磁場破壊フィールドを発射させてエーテルグラフの動作を停止させたから」

しかしエーテルグラフ室に着いたアレクシアは、隠しておいたアンジェリクの金属板を取り出したとたん、不安になった。通信文は完全に焼き切れており、火花読み取り器がつけた溝は金属板の全体にくっきり残っている。

アレクシアがあっぱれな悪態を早口でまくしたてると、マコン卿は非難と尊敬が入り混じった目で妻を見た。

「通信文は送られてたのか？」

アレクシアは金属板を夫に渡した。〝死んだミイラは魂吸い《ソウル・サッカー》〟と書いてある。それだけだが、アレクシアの将来を面倒なものにするには充分だ。

「そうだとしたら、万事休すね」アレクシアがあきらめまじりに言った。

「相手に届いたかどうかを確かめる方法はないのか？」

アレクシアが共鳴台から無傷の切り子面の水晶バルブを取り上げた。「ウェストミンスター群のエーテルグラフ用バルブに違いないわ」そう言ってパラソルのポケット――アケルダマ卿のバルブが入っている隣――に押しこんだ。

それから眉を寄せて考えこみ、あらためてアケルダマ卿のバルブを取り出すと、手袋をはめた手であちこちまわしながらしげしげと見つめた。マダム・ルフォーが修理したあとのテスト送信のとき、アケルダマ卿はなんと返信してきたかしら？　ネズミに関することじゃなかった？　いいえ、そうじゃない。コウモリよ。コウモリと言えば、吸血鬼社会を意味する古い俗語だ。あのときの推測どおりアケルダマ卿がウェストミンスター群を監視していたとしたら、彼もミイラに関する通信文を受け取ったってこと？　彼が知るのは、いいこと？　悪いこと？

確かめる方法はひとつしかない。アケルダマ卿に通信文を送って、返してくれるかどうかだ。

約束の通信時間はとっくに過ぎている。でも、アケルダマ邸のエーテルグラフが作動し、しかるべき周波数に向けられていれば、送られてきたものはすべて受信するはずだわ。もし以前にいちどでも重要な通信文を傍受したことがあれば、あたしからの通信を待っているかもしれない。

アレクシアはマコン卿にできるだけ静かにするように言いつけ、〝まんいち音を立てたらただじゃすまない〟という視線でにらんでから作業に取りかかった。いまでは操作にもすっかり慣れた。アレクシアは手ばやく通信文を刻み、アケルダマ卿のバルブを共鳴台に載せて金属板を枠に入れ、装置を動かして送信した。前よりずっと簡単だ。通信文の内容はふたつだけ――〝?〟と〝アレクシア〟。

通信が完了するとすぐに受信室に移動した。マコン卿はエーテルグラフの外に立って腕組みし、フリルを着た妻がつまみをあちこちいじり、いかにも重要そうな大きなスイッチを引いたりしながら、せわしなく動きまわるのを見つめた。妻の科学好きは認めても、マコン卿には機械のことはさっぱりわからない。もっともBURにはちゃんとエーテルグラフ係の部下がいるから問題はない。

操作は成功したらしく、返信文が一文字ずつ、磁粉のなかに現われはじめた。アレクシアはできるだけそっと書き写した。これまで受信したなかでもっとも長い。書き取るのに時間がかかり、文章をどこで切って、どう読むのかが判明するまでさらに長い時間がかかった。意味がわかったとたん、アレクシアは笑い声を上げた。〝かわいい**花びらちゃん**〟。イングランド上空を縦断してもなお太字は健在だ。〝ウェストミンスターのオモチャには紅茶問題が生じた。ビフィとライオールのおかげ。ごきげんよう。A〟。

「やったわ!」アレクシアはにっこり笑った。

「なんだ?」マコン卿が受信室の入口から顔をのぞかせた。

「あたくしの大好きな吸血鬼があなたの有能なベータの協力のもと、ウェストミンスター群の通信機に牙を剝いたみたいよ。アンジェリクの最後の通信文は届いてなかったわ」

マコン卿はむっつりと眉間にしわを寄せた。「ライオールがアケルダマ卿に協力？」

アレクシアは夫の腕を叩いた。「こういうことになると、ライオール教授はあなたよりずっと柔軟なのよ」

マコン卿の眉間のしわがさらに深くなった。「どうやらそのようだ」一瞬の間。「では、こいつをちょっと……」アンジェリクの通信文が書かれた金属板を持っていたマコン卿は、その危険物をねじり、ぎゅっと力をこめてくるりとひねりつぶし、一個の金属の塊に丸めた。「溶かしたほうがいいかもしれんな。念のために」そう言って妻を見た。「ほかに誰か知っている者は？」

「ミイラについて？」アレクシアは唇を嚙んで考えこんだ。「ラークランとシドヒーグ。それからアケルダマ卿とライオール教授。それとアイヴィも――もっとも彼女の理解の範囲内でだけど」

「つまり、説得力はないということだな？」

「そのとおり」

二人は顔を見合わせて笑い、アレクシアが装置のスイッチを切るのを待ってゆっくり階段を下りはじめた。

「ミス・ヒッセルペニーが駆け落ちしたよ」

前夜の大騒動のあと、動ける者はそれぞれ寝室に引き揚げ、アンジェリクの眠り薬の影響が抜けない者たちは団員によって部屋に運ばれた。そうして大半が——人狼たちはふたたび反太陽本能に突き動かされ、それ以外の者は純粋な疲労から——昼間じゅう眠りつづけた。

その日アレクシアが最初の食事に下りてきたのは、ちょうどお茶の時間——太陽が沈んだばかりのころだった。まるで結婚後の夜型生活がスコットランド高地で奇跡的に根づいたかのように。

キングエア団の面々がテーブルにつき、揚げニシンを猛然とほおばっていた。誰もが〝目を輝かせ、しっぽをふさふささせている（「元気はつらつ」を意味する慣用句）〟ように見えるのは、文字どおりしっぽを取り戻すことができたからだろう。レディ・キングエアことシドヒーグさえ機嫌よく、午前中の誰もが眠っているあいだにタンステルとアイヴィが駆け落ちのメッカであるグレトナ・グリーンに向けて出発したとうれしそうに報告した。

「なんですって？」アレクシアは心から驚いて大声を上げた。アイヴィは愚かだけど、ここまで愚かとは思わなかった。

正直なところ、昨晩の事件のあいだじゅう、アレクシアがすっかりその存在を忘れていたフェリシティが食事から顔を上げた。「ええ、そうよ、お姉様。彼女から書き置きをあずかってるわ」

「あら、本当？」アレクシアはピンクの手袋をはめた妹の手からなぐり書きの手紙をひったったくった。

フェリシティはアレクシアのあわてぶりを見てにやりと笑った。「これを書いたとき、ミス・ヒッセルペニーはよほど興奮してたようね。少なくとも感嘆符が十個はあったわ」

「それで、どうしてアイヴィはよりによってあなたに書き置きを託したの？」アレクシアは腰を下ろし、ハギスを少し皿に取り分けた。

フェリシティは酢漬けタマネギを嚙みながら肩をすくめた。「まともな時間に起きていたのがあたしだけだったからじゃない？」

たちまちアレクシアはいぶかるような視線を向けた。「フェリシティ、あなた、まさか二人をけしかけたんじゃないでしょうね？」

「え、あたしが？」フェリシティは大きな目をぱちくりさせた。「まさか、そんなことするもんですか」

もしフェリシティが手を貸したのだとしたら、悪意からやったに違いない。アレクシアは片手で顔をこすった。「これでアイヴィは終わりね」

フェリシティがにやりと笑った。「そう、終わりよ。あの二人が結婚してうまくいくはずがないもの。あたしはミスター・タンステルのことなんかこれっぽっちも好きじゃなかったわ。顔を見るのも嫌だったんだから」

アレクシアは歯ぎしりしてアイヴィの手紙を開いた。

テーブルを見わたすと、団員の半数が興味津々でアレクシアを見つめ、残りの半数はまったく無関心でひたすらニシンを噛みくだいている。

親愛なるアレクシア——書き置きはそう始まっていた。

ああ、どうかわたしをこの罪から解放してちょうだい。わたしの心はすでにつぶれそうよ！

アレクシアは今にも吹き出しそうになるのをぐっとこらえた。

わが乱れし心はしのび泣き！

あらあら、こんどは美文調？

わが骨は今まさに犯さんとせん罪にうずきを覚ゆ。おお、なぜわが身に骨ありや？　わたしはこの新たな地に生まれた愛に自分を見失ってしまったの。こんな気持ち、あなたにはとうてい理解できないでしょうね！　でも、わかってちょうだい、最愛の友人アレクシア、わたしは繊細な花よ。愛のない結婚はあなたのような人にはお似合いだけど、わたしは愛がなければしおれ、枯れてしまう。わたしには詩人の魂を持った男性が必要なの！　わたしはあなたのように我慢づよくはないわ。もう一分たりとも彼と離れてはいられないの！　わたしの愛の後尾車両が脱線した以上は、愛する男性にすべてを捧げるしかないわ！　どうかひどい人間だと思わないで！　すべては愛のためよ！

アイヴィ

アレクシアは書き置きを夫に手渡した。数行読んだところでマコン卿は大声で笑いだした。

アレクシアは目を輝かせながらも、あきれた口調で言った。「あなた、笑いごとじゃないわ。まさに憂慮すべき後尾車両の脱線よ。あなたは、従者でウールジー団有望株のクラヴィジャーを失ったんだから」

マコン卿は手の甲で目をこすった。「ああ、うすのろタンステルか、あいつはそれほど有望なクラヴィジャーでもない。いずれにせよ、あまり当てにはしていなかった」

アレクシアは夫からアイヴィの手紙を取った。「でもフェザーストーンホー大尉はお気の毒ね」

マコン卿は肩をすくめた。「そうか？　わたしに言わせれば運よく難を逃れたというところだ。これから死ぬまであの帽子の山を見て過ごすことを考えてみろ」

「コナルったら」アレクシアはいさめるように夫の腕を叩いた。

「でもあなた、これはひどくまずい状況よ。アイヴィをあずかっていた身として、あたくしはこの不幸な事件を彼女のご両親に報告しなければならないんだから」

またしてもマコン卿は肩をすくめた。「おそらく新郎新婦は、われわれより早くロンドンに戻るだろう」

「グレトナ・グリーンに行ったあと二人がロンドンに向かうと言うの？」

「ああ、タンステルが舞台をあきらめるとは思えん。それに、やつの荷物は全部ウールジー城にある」

アレクシアはため息をついた。「かわいそうなアイヴィ」

「どうしてかわいそうなんだ？」

「だって、あなた、どうみても世間的に落ちぶれるのは目に見えてるわ」

マコン卿は眉を上下に動かした。「つねづね思ってたんだが、きみの友人は役者のセンスがあるぞ、アレクシア」

アレクシアは顔をゆがめた。「アイヴィがタンステルと一緒に舞台に立つと言うの？」

マコン卿は肩をすくめた。

二人の会話を熱心に聞いていたフェリシティが空《から》の皿にフォークをカチッと置いた。「ちょっと待って！　つまりアイヴィは完全に終わりじゃないってこと？」

マコン卿は無言でにやにやしている。

「そうね、あなた」——アレクシアはちらっと妹を見やり——「あなたの言うとおり、アイヴィは案外いい女優になるかもしれないわ。たしかに見かけがいいもの」

フェリシティはテーブルから立ち上がると、憤然と部屋を出て行った。

マコン夫妻は笑みを交わした。

さて、切り出すなら今しかない。「あなた」アレクシアはニシンを慎重に避けながら、さりげなくハギスをお代わりした。いまいましい飛行船の後遺症のせいか、まだ少し吐き気がする。でも、身体のためには食べなければならない。

「なんだ？」各種生肉を山のように皿に積み上げたマコン卿がたずねた。

「あたくしたち、もうすぐここを発つんでしょう?」

「そうだな」

「だったら、そろそろレディ・キングエアを嚙むころじゃねぇかしら」アレクシアは食べ物を嚙む音しかしない静かな夕食の席で遠慮なく言った。

とたんに団員たち全員がいっせいにしゃべりだし、テーブルは騒然となった。

「女を変異させることはできねぇ」と、ダブ。

「だが、残るアルファはレディ・キングエアだけだ」と、ラークラン。まるで肉屋に残っている肉塊の話をするような口調だ。

シドヒーグは無言で、青ざめた、しかし決然とした表情を浮かべている。

アレクシアは手袋をはめた手でぐいと夫のあごをつかみ、自分のほうに向けて夫を人間に変えた。

「団の掟がなんであろうと、人狼のプライドがなんであろうとやるべきよ。この件についてはあたくしの助言にしたがってちょうだい。あたくしと結婚したのは正しい意見がほしかったからじゃないの?」

マコン卿はうなりつつも顔をそむけはしなかった。「きみと結婚したのは、きみの身体が魅力的だったから——そしてきみのその口を封じたかったからだ。その証拠に見ろ、きみの口はわざわいのもとだ」

「あら、コナル、うれしいことを言ってくれるわね」アレクシアはぐるりと目をまわすと、全員の前で夫の唇にすばやくキスした。

全員をあきれさせること——これこそ人狼団を黙らせるもっとも確実な方法だ。これにはマコン卿も言葉を失い、ぽかんと口を開けた。

「いい知らせよ、レディ・キングエア」と、アレクシア。「コナルがあなたを変異させることに同意したわ」

驚きで静まり返ったテーブルにダブの笑い声が響きわたった。「呪い破り《カース・ブレーカー》とはいえ、どうやらレディ・マコンは本物のアルファらしい。まさかあんたがペチコートに頭が上がらないとはな、コナル」

マコン卿はゆっくり立ち上がり、身を乗り出して正面からダブをにらんだ。「もういちど言ってみろ、この小僧《パピー》め。人間のときと同じように、こんどは狼の姿でこてんぱんにぶちのめしてくれる」

ダブはすばやく横を向き、首をさらして服従のポーズをとった。いまさらマコン卿に逆らうつもりはないらしい。

マコン卿は、テーブルの上座で背を伸ばして静かに座るシドヒーグに近づいた。「本当にいいのか、シドヒーグ？　死が待ってるかもしれねぇんだぞ？」

「あたしたちにはアルファが必要だ、じいさん」シドヒーグがマコン卿を見た。「アルファなしではキングエア団は長くはもたない。残された選択はあたしだけだ。そしてあたしはマコン家の末裔《まつえい》だ。あんたにもこの団には責任がある」

マコン卿が低い、とどろくような声で言った。「わたしはこの団になんの責任もない。だが、たしかにおまえはわたしの最後の血族だ。どうやらおまえの望みを考えるときが来たようだな」

　シドヒーグは小さくため息をついた。「ようやくね」

　ふたたびマコン卿はうなずき、いきなり変身した。全身ではない。骨がくだけ、ひとつの姿から次の姿に溶けるように変わり、髪の毛が毛皮になったのは――頭だけだ。マコン卿は頭だけ狼になった。鼻が伸び、耳がピンと立ち、目は茶色から完全な狼の黄色に変わったが、首から下は人間のままだ。

「ちょっと待って！　いま、ここでやるつもり？」アレクシアは叫び、ごくりと唾をのんだ。「夕食の席で？」

　誰も答えない。全員が食事をやめた――スコットランド人が食事を中断するのはよほどのことだ。団員もクラヴィジャーも息を詰めてマコン卿を見つめている。あたかも意志の力でこの変異を成功させようとするかのように。そうでなければ吐き気をこらえているかのどちらかだ。

　そしてマコン卿は曾々々孫娘を食べはじめた。

　まさに、そうとしか言いようがない。

　アレクシアは恐怖に目を見開き、頭だけ狼の夫がシドヒーグの首に嚙みつき、ばりばりと嚙みくだくのを見つめた。まさかこんなものを見るなんて夢にも思わなかったわ。

マコン卿は嚙みつづけた――まだ皿も片づけてないテーブルで。シドヒーグの喉から血が流れてレースの襟にしたたり、シルクのドレスの胴着にどす黒いしみが広がった。

コナル・マコンがシドヒーグ・マコンに襲いかかっている。本能的反応は止められない。だが誰も助けようとはしない。

容赦なく嚙みつかれてシドヒーグは激しくもがいた。シドヒーグはマコン卿に爪を立て、両腕を振りまわしたが、マコン卿はびくともしなかった。哀れな人間のあがきが人狼の力にかなうはずもない。マコン卿は大きな手――身体は人間のままだから鉤爪はない――でシドヒーグの肩をつかみ、ひたすら嚙みつづけた。白く長い牙が皮膚と筋肉を切り裂き、なかの骨に到達した。血が鼻面をおおい、毛皮について固まっている。

アレクシアは恐ろしい光景から目を離すことができなかった。あたりは血まみれで、銅のようなにおいとハギスと揚げニシンのにおいが混じり合っている。シドヒーグの首の内部構造が見えてきた。まるでテーブル脇で行なわれる恐怖の解剖教室のようだ。シドヒーグが抵抗をやめた。白目を剝き、顔は真っ青だ。かろうじて身体につながっている頭部が、いまにもはずれそうに片方にぐらりと垂れた。

そのときバカげた冗談か何かのようにマコン卿はピンク色の長い舌を出し、ひとなつこすぎる犬さながら、たったいま自分が嚙み切った首のまわりをなめはじめた。そしてなめつづけた。シドヒーグの顔、かすかに開いた口、ぱっくり開いた傷口に狼の唾液をひたすら塗りつけてゆく。

あたしはもう二度とこの人に妻の役目を果たすことはできないわ――アレクシアはおぞま

しい光景に目を見開いたまま思った。その瞬間、まったく予期せぬことに、そしてそれが起こりつつあることとさえ気づかぬままアレクシアは気絶した。まさに正真正銘の気絶だ。しかも食べかけのハギスに顔を突っこんで。

まばたきして目を覚ますと、夫が心配そうな顔でのぞきこんでいた。「コナル、どうか悪く思わないで。でも、いままで生きてきて、あれほど恐ろしいものを見たのは初めてよ」

「きみは人の出産に立ち会ったことがあるか？」

「あるわけないでしょう？　変なことききかないで」

「だったら、それまで判定は待ったほうがいい」

「それで？」アレクシアは少し身を起こして周囲を見まわした。いつのまにか応接間に運ばれ、年代物の綾織りの長椅子に寝かされていた。

「なんのことだ？」

「どうだったの？　変異はうまくいった？　シドヒーグは生き延びられるの？」

マコン卿はわずかに背を伸ばした。「ああ、実にすばらしいことに完全なアルファ雌が誕生した。人狼の語りの歴史のなかでもまれな出来事だ。古代ケルトの女王ブーディカがアルファだったことを知ってるか？」

「まあ、コナル！」

そのときアレクシアの視界に見慣れない狼が現われた。いかつい顔で、手脚が長く、鼻面のあたりは灰色がかっているが、年齢の割に筋肉質で引き締まっている。アレクシアはやっとのことで枕の上に身を起こした。

狼の首は血におおわれ、毛皮には赤黒い塊がこびりついているが、それ以外に傷はない。その血も本人のものではないかのように見える。厳密に言えば、いまや異界族になったのだから、たしかに本人の血とは言えないかもしれない。

狼になったシドヒーグ・マコンがアレクシアに向かって舌をだらりと垂らした。耳のあたりを掻いたらどう反応するかしら――ふとアレクシアの胸にいたずら心が起こったが、人間時代のシドヒーグの自尊心を思い出し、危険を冒すのはやめた。

アレクシアは夫を見た。あたしが気を失っているあいだに、シャツだけは取り替え、顔も洗ったようだ。「成功したのね？」

マコン卿はニヤリと笑った。「変異を成功させたのは数年ぶりだ。しかもアルファ雌だぞ。語り部《ハウラー》たちがあちこちに知らせるだろう」

「きっと誇らしいでしょうね」

「だが、外の者にとって変異がいかに恐ろしいものかを忘れていた。すまない、妻よ。きみを驚かすつもりはなかった」

「あら、バカいわないで、そうじゃないわ！　あれくらいの血で動揺するもんですか。ただ少し眩暈《めまい》がしただけよ」

マコン卿が近づき、大きな手で妻の頬をなでた。「アレクシア、きみは丸々一時間も気を失っていた。気つけ薬を持ってこさせたほどだ」

マダム・ルフォーも長椅子の横に近づき、アレクシアのそばにしゃがみこんだ。「ずいぶん心配しましたわ、奥様」

「それで、何が起こったの?」

「きみは気絶したんだ」まるでアレクシアがとてつもない罪を犯したかのようにマコン卿がなじった。

「そうじゃなくて変異のことよ。あのあと、どうなったの?」

「それはそれはスリル満点でした」と、ルフォー。「雷鳴がとどろき、まぶしい青い稲妻が光り――」

「冗談はよせ」マコン卿がぴしゃりと言った。「小説じゃあるまいし」

ルフォーがため息をついた。「わかりました。シドヒーグはけいれんしはじめ、床に倒れて死にました。全員がまわりに立って遺体を見つめていると、いきなりむくむくと狼に変身しはじめました。ものすごい叫び声を上げて――最初の変身のときが最悪のようですわね。そこでようやくあなたが倒れていることに気づきました。マコン卿はかんしゃくを起こし、こうしてここにいるというわけです」

アレクシアは夫になじるような視線を向けた。「孫娘の変異の日にかんしゃくを起こすなんて!」

「きみが気絶したからだ!」またしてもマコン卿はうなった。

「冗談じゃないわ」アレクシアが鋭く返した。「あたくしは気絶なんかしません」いつもの調子が戻ってきた。実際、アレクシアがあんなに青ざめるなんて誰が予測しただろう？

「一度あった。きみが図書室で吸血鬼を殺したときだ」

「あれはお芝居よ。あなたも知ってたくせに」

「だったら、そのあと一緒に大英博物館を訪れ、きみを有名な〈エルギン大理石彫刻群〉の背後に押しこんだときはどうだ？」

アレクシアはあきれて目をまわした。「あれはまったく別の種類の気絶よ」

マコン卿が勝ち誇ったように言った。「ほれ見ろ！　たったいま、きみは間違いなく気絶した。決して気絶などしないはずなのに。きみはそんなタイプの女性じゃない。どこか悪いのか？　病気か？　きみが病気だなんて許さんぞ」

「お願いだから大騒ぎしないで。本当になんでもないの。飛行船に乗ってからずっと、ちょっと調子が悪いだけよ」アレクシアはさらに上体を起こしてスカートをなでつけ、しつこくなでようとする夫の手を無視した。

「誰かにまた毒を盛られたのか？」

アレクシアはきっぱりと首を横に振った。「前回、毒を盛ったのがアンジェリクではなく、あたくしの手帳を盗んだのがマダム・ルフォーではなく、どちらも飛行船の上で起こったことを考えると、犯人がキングエア城まで追ってきたとは思えないわ。これは言わば反異界族の勘よ。毒じゃないわ、あなた。少し力が入らないだけ、それだけよ」

ルフォーは鼻を鳴らし、〝二人とも頭がおかしいんじゃない〟とでもいうようにマコン夫妻を交互に見て言った。「奥様は妊娠しておられるだけですわ」

「えっ!」マコン卿とアレクシアが同時に叫んだ。アレクシアはスカートをなでる手をとめ、マコン卿は妻の顔をなでる手をとめた。

ルフォーはしんから驚いて二人を見た。「知らなかったのですか?　お二人とも?」

とたんにマコン卿は荒々しく身を引き、すばやく立ち上がった。こわばった両手を身体の脇につけて。

アレクシアはルフォーを見た。「バカなこと言わないで、マダム。あたくしが妊娠するはずないわ。科学的に無理よ」

ルフォーはえくぼを浮かべた。「わたくしはアンジェリクの妊娠中、ずっとそばにいました。奥様はあらゆる兆候を示しておられますわ——吐き気、脱力感、胴まわりの増加」

「まさか!」アレクシアは心底、驚いた。たしかに少し吐き気がして、なぜかいくつかの食べ物を受けつけなくなったけど、まさか妊娠だなんて?　でも、もしかしたらありえるかもしれない。科学者たちが間違っている可能性はあるわ。そもそも〈魂なき者《ソウルレス》〉の女性は少なく、ましてや人狼と結婚した女性は今まで一人もいないのだから。

アレクシアは急ににっこり笑って夫を振り返った。「これがどういうことかわかる?　あたくしは空の旅に弱かったんじゃないってことよ!　飛行船で気分が悪くなったのは妊娠のせいだったんだわ。ああ、よかった」

だが、夫の反応はまったく予想外だった。マコン卿は怒っていた。それも、どなり散らしたり、叫んだり、狼に変身したりするような、いつものマコン卿ふうの怒りではない。真っ青な顔で、静かに震えるように怒っている。とてつもなく恐ろしい、ぞっとするような怒りだ。

「どうやった？」マコン卿は声を荒らげ、あとずさった――まるでアレクシアが何か恐ろしい病気にでも感染しているかのように。

「どうやった、ってどういう意味？　どうやったかは、あなたが誰よりも知ってるはずよ、ひどい人！」怒りがこみあげ、アレクシアはキッとにらみかえした。コナルはうれしくないの？　これはまさしく科学的奇跡よ。違う？

「きみに触れるとき、ほかにいい言葉がないから便宜上〝人間になる〟と言うが、わたしはいまも死んでいる――というか、ほとんど死んだ状態だ。この数百年ずっと。これまでに異界族が子孫を残した例は一度もない。一度もだ。こんなことはありえない」

「あなたの子どもじゃないと言うの？」

「まあ、落ち着いてください、マコン卿。そう結論を急がないで」ルフォーが場を取りなそうと小さな手をマコン卿の腕に置いた。

　マコン卿は歯を剥き出してその手を振りほどいた。

「あなたの子どもに決まってるじゃないの、ひどいわ！」アレクシアは無性に腹が立った。力が出るときなら、立ち上がって部屋をつかつかと歩きまわっているところだ。パラソルはどこ？　あの石頭の脳天を思いきり叩けば、少しは目が覚めるかしら？

「何千年もの歴史と経験から言って、妻よ、きみは嘘をついている」

アレクシアは言い返そうとして言葉に詰まった。あまりに動転して言葉が見つからない。これまでに経験したこともない事態だ。

「相手は誰だ？　どこの昼間族の雑巾野郎と関係した？　うちのクラヴィジャーか？　アケルダマ卿のプードル気どりのドローンか？　あいつをしょっちゅう訪ねるのはそのせいか？　それともどこの馬の骨ともわからん腐れ男か？」

それからマコン卿はアレクシアが聞いたこともない――ましてや呼ばれたことなど一度もない――下品で辛辣な名前や言葉をやつぎばやに浴びせた。一年ぶんの悪態を一度に聞かされたかのようだ。そのすべてが身の毛もよだつ、残酷きわまりない言葉だった。まったく聞いたことがなくても、その口調で意味はわかる。

知り合ってこれまで、マコン卿の乱暴な行為はなんども目にしてきた。夕食の席で女性に嚙みついて変異させるのは、その最たるものだ。でも、これまで彼を恐ろしいと思ったことは一度もない。

でも、いまは恐かった。マコン卿は近づきもせず――むしろ少しずつ扉のほうにあとずさりながら――太ももでこぶしが白くなるまで両手を握りしめた。目は狼の黄色に変わり、犬歯が長く伸びている。このときばかりは、罵詈雑言をまくしたてるコナルの前に防波堤のように立ちはだかるルフォーに、アレクシアは心から感謝した。

マコン卿は部屋の隅に立ち、アレクシアに向かって悪態を叫びつづけた。わざと距離を置いたようにも見える。近づきたくないからというより、近づいたら本当に妻を引き裂きかねないとでも言うように。近づきはほとんど白に近いような淡い黄色だ。こんな色の目は今まで一度も見たことがない。そして悪態を吐きながらも、その目はうつろで苦悶に満ちていた。

「そんなことしてないわ」アレクシアは言葉をしぼり出した。「するものですか。そんなこと、絶対に。あたくしはふしだらな女じゃないわ。どうしてそんなこと言うの？　あたくしは無実よ」だが、アレクシアの弁明もマコン卿を傷つけただけだった。やがて、マコン卿は感じのいい大きな顔の口もとと鼻のまわりをゆがめ、今にも泣き出しそうに苦しげなしわを寄せると、大股で部屋を出てバタンと扉を閉めた。

マコン卿が去った部屋は、ぽっかり穴が開いたように静まりかえった。

騒ぎのあいだに人間の姿に戻ったシドヒーグが長椅子に近づき、アレクシアの前に立った。灰茶色の長く垂らした髪が裸の肩と胸をおおっている。

「気の毒だけど、レディ・マコン」シドヒーグが冷たい目を向けた。「いますぐキングエアの縄張りから出ていってもらわなきゃならねぇようだ」コナルはかつてあたしたちを見捨てた。それでも団の一員だ。団は団員を守る」

「でも」アレクシアはつぶやいた。「彼の子どもよ。本当よ。ほかの誰の子どもでもないわ」

シドヒーグは鋭く見つめ返した。「なあ、レディ・マコン。もうちょっとましな話は思いつかねぇのか？　これは不可能だ。人狼は子どもを作れねぇ。これまでもそうだったし、これからもそうだ」そう言って背を向け、部屋を出ていった。

アレクシアは、顔じゅうにショックを浮かべるルフォーを振り返った。「夫は本気であたくしを疑ってるわ」そして思い出した――コナルがどれだけ忠義を重んじる男であるかを。

ルフォーがうなずいた。「残念ながらそのようです」気の毒そうな表情を浮かべ、小さな手をアレクシアの肩に置いてギュッとにぎった。

「あたくしは無実よ、誓って不義をはたらいたことなどないわ」

ルフォーは顔をしかめた。「信じていますわ、レディ・マコン。でも、わたくしは少数派のようです」

「夫さえ信用しないあたくしを、どうしてあなたが信じるの？」アレクシアは目を伏せ、震える両手を自分のお腹に載せた。

「なぜなら反異界族のことをほとんど知らないからです」

「あなたはあたくしを研究対象としてしか見ていないのね、マダム・ルフォー？」

「あなたはすばらしい存在です、アレクシア」

アレクシアは泣くまいと大きく目を見開いた。夫の心ない言葉にいまもうち震えている。

「だったら、どうしてこんなことになったの？」アレクシアは両手でお腹をギュッと押した――なかにいる小さな命に問いかけるかのように。

「それこそわたくしたちが突きとめなければならない問題です。さあ、ここを出ましょう」

ルフォーはアレクシアに手を貸して立たせ、肩を支えながら廊下に出た。繊細な見かけによらず驚くほど力が強い。たぶん、ふだんから重い機械を持ち上げているからだろう。

途中で、いつになく真面目な顔をしたフェリシティに出くわした。

「お姉様、ひどい騒ぎよ」フェリシティは二人を見るなり言った。「あなたのだんな様がったいま広間のテーブルをひとつ、げんこつで粉々に叩きつぶしたわ。たしかにとんでもなく醜いテーブルだったけど、でも、貧しき者にはつねに与えるべきじゃなくて？」

「荷物を詰めて。すぐに出発しますよ」ルフォーがアレクシアの腰を支えたまま言った。

「あらまあ、どうして？」

「お姉様はご懐妊です。そしてマコン卿はお姉様を見捨てられました」

フェリシティは眉をひそめた。「それっていったいどういうこと？」

ルフォーは見るからにうんざりした顔で言った。「急いで、お嬢さん、部屋に戻って荷物をまとめるのです。今すぐキングエア城から出ていかなければなりません」

それから四十五分後、一台のキングエア団の馬車が最寄りの駅に向かって走りだした。馬たちは元気で、ぬかるみと泥をものともせずぐんぐん速度を上げてゆく。

人生最大のショックからさめやらぬアレクシアは馬車の扉の上方にある小窓を開け、吹きつける風のなかに顔を突き出した。

「お姉様、窓から離れて。髪がめちゃくちゃよ。ああ、まったく、それじゃ言いわけのしようがないわ」フェリシティのうるさい小言にもアレクシアは無反応だ。フェリシティはルフォーを振り返った。「いったいお姉様は何をしているの？」

マダム・ルフォーはえくぼのない、寂しげな苦笑いをそっと浮かべた。「耳を澄ましているのです」そう言ってアレクシアの背中にやさしく手を置き、そっとなではじめたが、アレクシアは気づくふうもない。

「何に？」

「走る狼たちの遠吠えに」

たしかにアレクシアは耳を澄ましていた。だが、そこにはスコットランドの夜の湿った静けさがあるだけだった。

〈英国パラソル奇譚〉小事典

異界管理局（BUR） *Bureau of Unnatural Registry*：人間社会と異界族の問題を扱う警察組織

異界族 *supernatural*：吸血鬼、人狼、ゴーストらの総称

ヴィクトリア女王 *Queen Victoria*：英国国王。在位一八三七〜一九〇一年

吸血鬼女王 *hive queen*：吸血群の絶対君主

吸血群 *hive*：女王を中心に構成される吸血鬼の群れ

世話人《クラヴィジャー》 *claviger*：人間だが、いつか自分も人狼にしてもらうため特定の人狼に付きしたがい、身の回りの世話をする者

ゴースト *ghost*：肉体が死んでも魂が複数残っており、この世にとどまっている者。肉体から離れると、正気を失ったり姿が薄れたりする

〈宰相〉 *potentate*：〈陰の議会〉で政治分野を担当する吸血鬼

サンドーナー *sundowner*：捜査の範囲内で正式に異界族の殺害を認められたＢＵＲ捜査官

〈将軍〉 *dewan*：〈陰の議会〉で軍事分野を担当する人狼

人狼団 *pack*：ボス《アルファ》を中心に構成される人狼の群れ

〈魂なき者《ソウルレス》〉 *soulless*：異界族の能力を消すことができる特別な者

取り巻き《ドローン》 *drone*：人間だが、いつか自分も吸血鬼にしてもらうため特定の吸血鬼に従属する者

〈なりたて〉 *larvae*：変異して間もない吸血鬼

反異界族 *preternatural*：〈魂なき者《ソウルレス》〉の別名

昼間族 *daylight folk*：異界族以外のふつうの人間

〈議長《マージヤ》〉 *muhjah*：〈陰の議会〉で情報分野を担当する反異界族の代表

あとがき

本書は、『アレクシア女史、倫敦《ロンドン》で吸血鬼と戦う』につづく〈英国パラソル奇譚〉シリーズ第二作 *Changeless* の全訳です。

かつて犬猿の仲だったウールジー人狼団のボス《アルファ》・マコン卿とめでたく結ばれ、伯爵夫人となったアレクシア。恐れ多くも女王陛下に招かれて〈陰の議会〉の議長《マージャ》となりました。そんななか、ロンドンの一部地域で人狼や吸血鬼が特殊能力を失ってただの人間同然となり、ゴーストたちが永遠に消滅するという現象が発生します。その様子はまさに反異界族に触れられたかのようで、疑いを向けられたアレクシアは、現象の謎を追って飛行船に乗り、未開の地、スコットランドへと向かうことに——

オールドミスの令嬢アレクシアとマコン卿の恋愛模様を基調にした前作と異なり、本書では、飛行船、エーテルグラフ通信装置、からくりを仕込まれたパラソルなど、スチームパンクの世界観への著者の憧憬を具現化したような小道具の数々が登場し、それらに彩られたレディ・アレクシア・マコンの冒険が華麗に展開します。

ちなみに、このシリーズは邦題を〈英国パラソル奇譚〉としていますが、原題はThe Parasol Protectorate――〝パラソルの下の保護領〟。まさに、結婚しても〈議長〉として恐れを知らず誰とも対等にわたりあうアレクシア女史を象徴する言葉です。

本シリーズは本国アメリカで二〇一一年六月に第四巻*Heartless*が、また完結篇となる第五巻*Timeless*が二〇一二年三月に刊行予定とされています。

先日発表になったところでは、アメリカでコミック化が決定したそうで、ますますシリーズの今後に期待が高まります。コミック化といってもいわゆるアメコミではなく、日本風の〝Manga〟になるとのこと。著者のホームページではキャラクターデザインも順次公開されていますので、興味のある方はご覧になってください。

また、ゲイル・キャリガーの次の作品は、同じく異界族と共存するイギリスを舞台にしたヤングアダルトものの四部作〈Espionage and Etiquette（スパイ活動と礼儀作法）〉となる予定です。こちらは本シリーズの少し前の時代を扱っており、本書にも登場する人物の若き日の姿もかいまみられるとか。

さて、本書の巻末ではある衝撃の事実が明かされ、アレクシアとマコン卿の関係は重大な危機を迎えます。

つづく第三作*Blameless*では、アレクシアは英国を離れ、反異界族であった父の放浪の足跡をたどってパリやフィレンツェを旅し、さまざまな秘密を知ることになります。いっぽう事態を受け止められないマコン卿の生活は荒れすさみ、ライオール教授やチャニング少佐にも被害が及びます……。それぞれに魅力的な登場人物たちが、これまで以上に活躍することになります。

ご紹介できる日が楽しみです。また、これから本書を読まれる紳士淑女は、どうぞ紅茶を片手にご堪能ください。

（A・U）

怒濤の大河ファンタジイ巨篇

《時の車輪》シリーズ

ロバート・ジョーダン／斉藤伯好訳

〈竜王の再来〉として闇の軍団に狙われた僻村の三人の若者は、美しき異能者、護衛士、吟遊詩人らとともに、世界にいまいちど光を取り戻すべく旅立った。その旅はかれらを、闇王と竜王の闘いに、そして〈時の車輪〉の紡ぎだす歴史模様に織りこんでいく……。

シリーズ既刊

第１部　竜王伝説（全5巻）
第２部　聖竜戦記（全5巻）
第３部　神竜光臨（全5巻）
第４部　竜魔大戦（全8巻）
第５部　竜王戴冠（全8巻）
第６部　黒竜戦史（全8巻）
第７部　昇竜剣舞（全7巻）
第８部　竜騎争乱（全5巻）
第９部　闘竜戴天（全5巻）
第10部　幻竜秘録（全5巻）
第11部　竜神飛翔（全6巻）
（斉藤伯好・月岡小穂訳）
外　伝　新たなる春—始まりの書（上・下）

ハヤカワ文庫

訳者略歴　熊本大学文学部卒，英米文学翻訳家　訳書『サンドマン・スリムと天使の街』キャドリー，『アレクシア女史、倫敦で吸血鬼と戦う』キャリガー（以上早川書房刊）

HM=Hayakawa Mystery
SF=Science Fiction
JA=Japanese Author
NV=Novel
NF=Nonfiction
FT=Fantasy

英国パラソル奇譚

アレクシア女史《じょし》、飛行船《ひこうせん》で人狼城《じんろうじよう》を訪《おとな》う

〈FT534〉

二〇一一年六月二十日　印刷
二〇一一年六月二十五日　発行
（定価はカバーに表示してあります）

著　者　ゲイル・キャリガー
訳　者　川《かわ》野《の》靖《やす》子《こ》
発行者　早川　浩
発行所　株式会社　早川書房

郵便番号　一〇一‐〇〇四六
東京都千代田区神田多町二ノ二
電話　〇三‐三二五二‐三一一一（大代表）
振替　〇〇一六〇‐三‐四七七九九
http://www.hayakawa-online.co.jp

印刷・精文堂印刷株式会社　製本・株式会社フォーネット社
Printed and bound in Japan
ISBN978-4-15-020534-8 C0197

＊本書は活字が大きく読みやすい〈トールサイズ〉です